天下有道

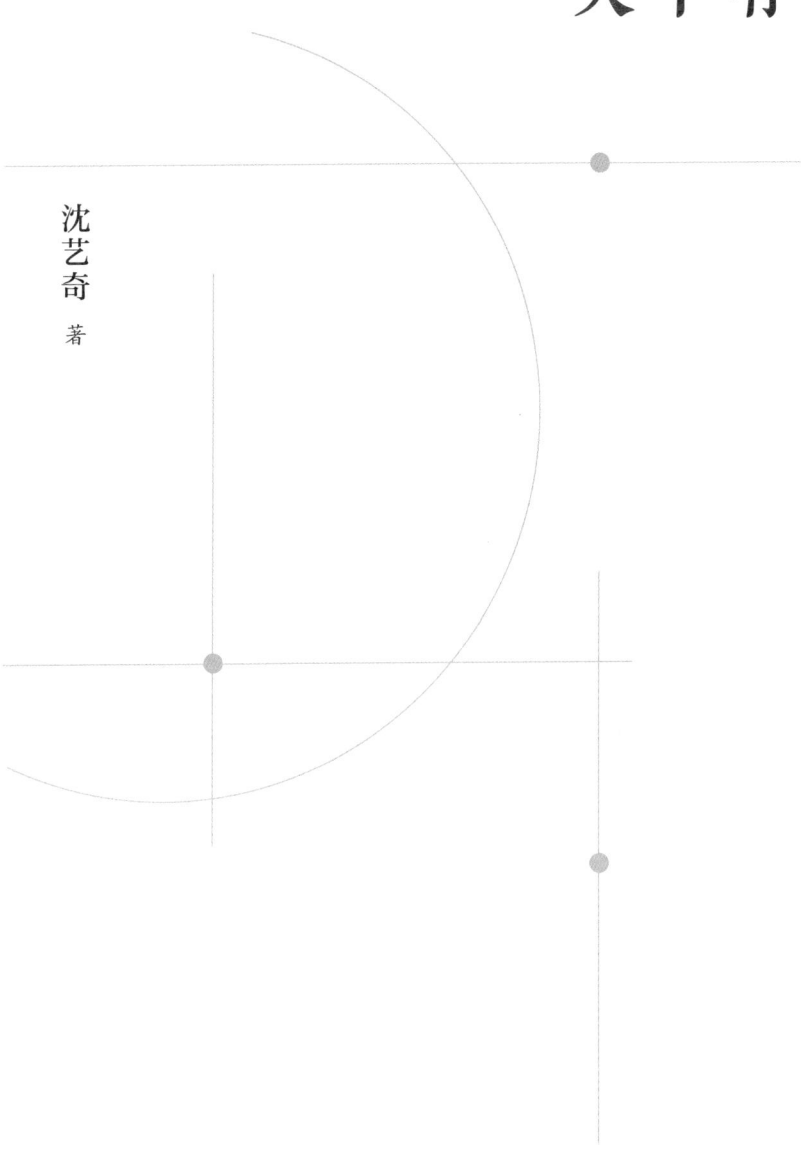

沈艺奇 著

海峡出版发行集团
海峡文艺出版社

图书在版编目(CIP)数据

天下有道/沈艺奇著. —福州：海峡文艺出版社,2025.1
ISBN 978-7-5550-3780-4

Ⅰ.I267

中国国家版本馆 CIP 数据核字第 2024DJ8777 号

天下有道

沈艺奇　著
出 版 人　林　滨
责任编辑　蓝铃松
出版发行　海峡文艺出版社
经　　销　福建新华发行(集团)有限责任公司
社　　址　福州市东水路 76 号 14 层
发 行 部　0591－87536797
印　　刷　福建东南彩色印刷有限公司　　邮编　350008
厂　　址　福州市金山浦上工业区冠浦路 144 号
开　　本　890 毫米×1240 毫米　1/32
字　　数　330 千字
印　　张　16
版　　次　2025 年 1 月第 1 版
印　　次　2025 年 1 月第 1 次印刷
书　　号　ISBN 978-7-5550-3780-4
定　　价　98.00 元

如发现印装质量问题,请寄承印厂调换

沈艺奇

媒体人、自由撰稿人。曾任厦门广电集团党委书记、总裁、董事长。厦门市第十三次党代会代表，厦门市第十三届人民代表大会代表，厦门市第十二、十三届政协委员。2006年入选中宣部文化名家暨"四个一批"人才。2013年起享受国务院特殊津贴。擅长桥牌、围棋，曾先后担任厦门市桥牌协会会长、厦门市围棋协会会长。博览群书，一生数笔。从学生时代起就在报刊上发表文章，创作有散文、小说、诗歌、电视剧解说词等，仅读书随笔就有70余万字。

序

艺奇的阅读世界

朱水涌

这是一部随笔，一部关于阅读、旅行的随笔，那种即兴随性的贴己自由的生命抒写与性情表达，足见这位阅读者旅行者的通达、广博与睿智。这里的文字似乎与诗、与浪漫保持着距离，也不是一般意义上的人生沉思或玄想，那字里行间所流淌出来的思想并不在大而无当的问题中徜徉，也似乎在逃避一个智者应该有的尖锐提问和自我审视。然而，我们却在那不经意间的叙事与幽默中，分明读到了诗、读到了历史、读到了哲学，读到一个淡写与笑谈人生的生命同苍茫旷远的世界的精彩对话，这种对话甚至有"逼得你无法藏身"的追问，"格外刺骨与清醒"。这就是这部《天下有道》的魅力，它蕴含着一种毫不矫情的对天下沧桑的领悟与感慨，流动着一份关于"不可道"的"道"的思考与灵性。这种智慧的写作与波俏的文字，我们实际上可以从书中察觉到它的影子和它的文学脉络。作者沈艺奇自己说："16世纪作家很少有人像蒙田这样，依然可以为人们所崇敬和接受。"作者很喜欢蒙田这位只有一本书传世的法国作家、思想家。这位法国的小贵族、曾经的葡萄酒产地波尔多市不称职的市长，他的那本书在沈艺奇看来，"无非是把脑袋里一时触发的想法记下来而已，纯属闲话家常，抒写情怀，是为了写给自家人、写给朋友看的，并不是为了公之于众"，却不料就是这样一部随意而得的文字，成为了蕴含"无限思想"的世界文学经典，而且是无论哪个时代、哪个流派都很推崇的经典。艺奇的《天下有道》写作显然深受蒙田随笔的影响，他的这部随笔在他生前也未曾想过要"公之于众"，读书染笔，日常随想，旅途见闻，家常一般，除了少数读书的文字在朋友圈里分享给几位朋友外，绝大多数的文字都是藏在他的电脑里的。但这些看似信手拈来的随想，却是渊博的知识与丰富个人经验的融合，包含了"无限思想"与孔夫子所推崇的"微言大义"，它就像作者的名字一样，充满了艺术的情趣与奇妙的历史与生命的思绪。

艺奇的阅读世界是大而丰富的，古往今来，东方西方，大凡那些引发了当代读者情趣的有韵味有价值的书，艺奇似乎都不放过。那段"可以把皇帝搞坏、把大臣搞废、把将军搞死、把文人搞疯"的明史演义，那些"龙旗飘扬"中力图挽救垂死王朝的动荡岁月，英王詹姆士二世卧室悬挂的中国人画像与明代万历皇帝宫廷中悬挂的西方人画像，中国的游侠列传与西方的"天路旅程"，李渔的《闲情偶寄》与奥修的《当鞋合脚时》，还有关于地中海的海洋帝国、威尼斯的财富之城、郑成功的南明小王朝的那些战争与搏斗，以及在风雨中的张居正、在日光之下的苏慧廉、在宇宙中摇滚的霍金、在广东仙花寺挂出中国第一幅世界地图的利玛窦，都是作者阅读与关注的对象。但他读得更多的是萨特、尼采、艾略特、卡夫卡、加缪、海明威、凯鲁亚克、聂鲁达、杜拉斯、塞林格、马尔克斯、德里达、福柯，这一长串20世纪经典作家哲学家的名字与他们的作品不断出现在沈艺奇的"阅读世界"与"阅读记忆"中。他说每个人心中"都有自己的萨特"，他说卡夫卡是"作家中骨灰级的天才"；他认为"《荒原》是一个时代的座右铭"，福柯的《疯狂与文明》是他见过的"最痛快淋漓集哲学和历史精华却又令人悲欣交织的思想作品"；他读加缪，"有一种感觉缠绕着，让你挥之不去"，"明知世界冰冷，却要尽力燃烧"，读叶芝的诗，会在心灵深处"仿佛听到细浪日日夜夜拍打岸的声音"。这就是艺奇的阅读世界，小随笔中的大世界，有那么一点"乾坤万里眼，时序百年心"的韵味与情怀。你要是循着《天下有道》的阅读随笔读来，相信你会获得一份丰富多彩的阅读书目。

　　一书一世界，一字一精神，不仅书籍本身是这样，一位真正阅读者的阅读，同样是自我心灵与精神的澄明，是他与书的作者、与世界、与生命自身的对话。在艺奇的读书世界里，我们感受到这种对话的精彩，沉潜虚静，睿智思辨，是一种朱熹的"涵泳"、"体察"的读书追求所流露出来的悉心。艺奇说："我喜欢这样的寓言，大命运中的小叹息。"从这本随笔中我们可以发现，艺奇读的书虽非是沉重繁复的宏大叙事，但每本书他都能读出内中的沉潜与情思，有着自己深沉的历史与人生思考。在《101年前的今天》中，他穿透了清王朝中兴的雾霭，清晰地看到"19世纪末的东亚地区，一头是回光返照的病猫，另一头是张牙舞爪的野狗"。他悲哀地写道，"龙旗飘扬的舰队"，虽然也拥有德国造的舰队武装，但那"深植于文化心理深处的海洋观却没有变化"。于是他问道，一个没有现代海洋思想的王朝，在那场"中日岂能避免"的一战中，"又岂能不败"；泰坦尼克号的沉没是震撼20世纪的事件，这个人类巨大灾难长久地存在于这个世纪的岁月里。艺奇读华特劳德的《永不沉没》，看到的是沉没时巨轮上人们表现出来的坚守、乐观、坚贞、道义，他断言"他们坚守的是古老却永远年轻的人类价值"。他关注到这个20世纪初发生的灾难所蕴含的世界寓言："泰坦尼克号以前，一切平静，打那以后，所有都成了混乱。"他与作者华特劳德发生了共鸣，他们共同追问："为什么泰坦尼克号远比任何别的事件，更为注明旧日子的结束，而一个不安的新时代开始？"一个"永不沉没"的人类文明的现代发问与历史思考，在阅读的微言中便自然而然地流露出来。李渔的《闲情偶寄》大都被认为是本讲艺术讲休闲的书，但艺奇将它与鲁迅、林语堂的作品对照着读，却读出了"李渔的闲，全景式地提供了17世纪中国百姓的日常生活和世俗风情的图像"。他说李渔是"人间大隐的奇葩",写的是一种另类的历史记录,李渔花花草草的世界,分明"更像是一位明清版的存在主义者"的人生。这种沉思的阅读,是沈艺奇将书籍作为心灵观察世界体察人生窗口的写照。

在艺奇的阅读世界里,还散发着一种阅读的情趣与惬意,这是艺奇所保持的一份阅读快乐,是他对于阅读"发现生活、体会生活、补偿生活"的怡情表现。当艺奇阅读美国人写的中国历史时,他自问自答地打趣道,"为什么美国学者选出陶渊明、杨贵妃、李自成三个人物代表中国历史","因为这三个人物分别代表了中国知识分子、女人和农民",体现了中国历史的"三种人三种出路",一下子将一个宏大严肃的问题化作了一种"大话西游"式的反讽;当读完李渔的"混迹于优伶行列,撕去高雅面纱"的世俗后,他不禁还要感慨"清客还要有清客的本领,虽之有骨气者所不屑为,却又非搭空架子所能企及",让人觉察到中国隐士的并不简单;他看出了万历皇帝的"黑色幽默",认为这"幽默"是遗传,是来自于叔祖"疯疯癫癫"的正德皇帝这朵"绝大奇葩";他将中国的游侠摸了一遍之后,说"金庸无非为我们编织了一个比皇帝还幸福的角色,这就是侠客"。这些别致的阅读与见解,散发着一种阅读的诱惑与情趣,这也是艺奇阅读世界一个特色,看清、看开、看透世界后而显现出来的机智与幽默,一种人间阅读者难得的笑谈人生。

《马可·波罗游记》是沈艺奇多次提到的书。他在书中敏锐感受到公元1275年这个"不经意的年份",他说这个年份"却是中国和西方历史风云际会的一个关键时刻",因为这一年秋天年轻的马可·波罗被历史带到刚刚建成的元朝大都,"也是这一年,一个名叫列班·扫马的蒙古人",从离北京不远的房山出发,"沿着马可·波罗的来路相向而行,踏上前往耶路撒冷朝圣的茫茫旅途",他的目标是"更加遥远的巴黎"。这种读书的时空联想是沈艺奇的,他会从利玛窦想到胡若望,从三十名留学幼童的集体照片想到李鸿章、曾国藩、左宗棠的洋务运动,从马尔克斯的《百年孤独》想到聂鲁达的"让我在你的静默中寂静",从电影《海上钢琴师》想到哲学家克尔凯郭尔的自传《非此即彼》。世界上的事原本就不是无缘无故,时空之间本来就存在着联系与对话。艺奇的这些联想阅读,表明了他对于事物与世界的参透,自然也与他所阅读广博的"天下书卷"相关。"读书破万卷,下笔如有神",这"神"给阅读"天下书卷"的沈艺奇带来了尤为丰富的类比与联想。沈艺奇有个读书习惯,当他阅读一本书时,他就会将与本书相关联的书一并找出来读,我称其为抱团阅读。如他读霍金的《时间简史》时,与"简史"抱团阅读的书便有《霍金演讲录》《果壳中的宇宙》《大设计》《霍金传》《霍金的宇宙》《宇宙的起源与归宿——听霍金讲万物之理》《在宇宙中摇滚——

宇宙之王霍金传》,这样的抱团阅读在沈艺奇的阅读世界与阅读记忆中随处可见。以一带十,触类旁通,既广且深,自然有超越1+1>2的阅读效果。

实际上,艺奇的旅行也可以看作是阅读的延伸,他的阅读涵盖着他的旅行足迹,这不仅因为他的旅行是循着自己阅读的书籍而去的,而且他的旅行目的地也是关于书籍的阅读与记忆。他说:"每一座城市的记忆往往埋藏于不同的阅读记忆。"他几次到巴黎,看到的风景是阿波利奈尔的诗与塞纳河,是雨果的小说与巴黎圣母院,是左岸、日耳曼大街上行走的萨特、波伏娃、加缪、杜拉斯等;他会在巴黎的咖啡馆、酒吧里一坐便是一个大半天,是因为这些咖啡馆、酒吧曾经是艾略特、海明威、菲茨杰拉德、斯坦因们写作灵感激发的地方;漫步旧金山GRANT大街,他要走进那一条《在路上》作者凯鲁亚克到过的小巷;迈入美国"城市之光"书店,他想到的是"垮掉一代"的诗歌评论,是那句"抛弃所有的绝望吧,当你走进这里";而他关于中国江南的印象、关于江南味道的记忆,则来自苏童、叶兆言、格非的作品和《江南的味道》《江南说渔》这类书籍。"读万卷书,行万里路",在沈艺奇的阅读世界里是合二而一、相互融合的。

既然阅读具有"发现生活、体会生活、补偿生活"的快乐,那么何为生活?何为人生?何为幸福?对此,艺奇喜欢尼采的一句话:"幸福所需的东西多少,也许仅一支风笛的声音。"他说那本"中国人在今天最该静心读的《瓦尔登湖》便是一支风笛",面对着一个躁动夸饰、诱惑与追求同存、欲望与良知搏击的今天,到书中去寻找安宁、寻找精神的栖居、找到那支风笛,正是沈艺奇在工作之余把更多的时间花在阅读上的原因。所以他说,"假如你被弃绝到一座沙漠孤岛上,你只能带走一张唱片,你会选哪一张?霍金的选择是莫扎特的《安魂曲》",找到安居灵魂的栖息地,那里才是人的精神故乡,才是人安身立命的地方,即使要被弃绝在荒漠孤岛上,也不能放弃。于是,艺奇也像中国古往今来的文人墨客,"免不了要梦想桃花源",想望着"开轩面场圃,把酒话桑麻,绿树村边合,青山郭外斜"的宁静。他说:"或许,我们记忆深处乡村早已不复存在,但我仍然相信,每个人的心灵深处都隐藏着一个美丽的村庄。"读《天下有道》,我感觉到了艺奇"心灵深处"的那个"美丽村庄",这个村庄在他的阅读世界里,在他的阅读记忆里,在他淡定的围棋棋局中,在那"悲秋并不在于冬天就要来临,而是看不到春天"的领悟中,在"我们应当认为西西弗斯是快乐的"的智性里,在"假如没有卡夫卡,我们打量和思考这个古怪世界,就会缺少另一种眼光"的通达。"淡写世上功名剧","笑谈人间胜负局",这两句出自艺奇同胞兄弟撰写的挽联中的句子,正好抒写了心中有了"美丽村庄"的沈艺奇的从容与澹然。

沈艺奇是我的师弟,我的朋友,他走进厦门大学中文系是1980年秋天，我那时已是大学三年级的学生。20世纪80年代是中国思想解放、改革开放大潮风起云涌的历史新时期，各种各样的文化思潮、五彩缤纷的书籍蜂拥而至，我们如饥似渴地阅读，尤其是那几套汉译世界学术名著和文学经典作品，所以艺奇说："80年代的文学阅读充满了太多令人意想不到的记忆，让人难以走出岁月的轮回。"那时他喜欢现代主义哲学与文学，喜欢写现代诗，毕业后分配到厦门的文化宣传部门。1994年春天，因为撰写大型文献纪录片《世纪之春》，我俩坐在了一起，从此开始了两人近三十年的亲密岁月，相知相信相互交流，相互结识其他文友。这期间，我们为我们的城市文学策划与编选出版了十年文学优秀作品选，谋划与撰写了自己的城市历史、城市形象、城市发展的诸多电视纪录片，策划了自己城市的多项文化活动，也在90年代初受邀合谋与撰写了一部没能最终完成的电视连续剧《早安！厦门》，但我们之间更多的话题是读书。我总觉得无论岁月如何流逝，人的角色如何改变，似乎那个黄金80年代洗礼成长起来的人，都绕不开阅读这个话题，都藏不住因为时代与时代的阅读而熏陶淬炼出来的精神气质、文化素养与特别的襟怀。记得艺奇与我最后的交流的时间是2021年的夏天，那时他去了苏州拂水山庄，他将照片与感慨微信我，我们在微信中交流了一下明末清初的文学。本想他退休后，除了他的围棋外，我们会更有机会和时间来讨论阅读、交流文史，却不料天妒英才，他"悄然"（与艺奇一起写作时，他喜欢用这个词）离开了我们，"悄然"地将他的书、他的围棋带到了另一个世界。庆幸的是，他还是留下一部阅读的文字，留下了他与历史、与文明、与人生的一次次对话与一次次叩问。于是作为朋友，作为一个阅读者，我在通读了这些美好的文字后写下这篇文章，既为序，更为纪念两年前逝世的好朋友。

2024 年 7 月 26 日
于厦门大学海滨东区
（作者系厦门大学中文系教授，博士生导师，厦门大学人文学院原副院长）

目 录

第一辑
文史览趣

甲午海祭 / 3
101 年前的今天 / 5
大国海盗 / 7
留学幼童 / 11
寂静的历史 / 13
闲情偶寄 / 21
一条奇特的大河 / 35
江南味道 / 37
人生若只如初见 / 44
文学意味着"孤独" / 46
儒与侠 / 48
无聊才读书 / 50
古代刺客的那些事 / 52
又见左岸 / 56
大历史中的小故事 / 64

只为摆正你的倒影 / 72
悲　秋 / 77
读读张岱 / 79
明末遗民 / 83
回忆录与历史 / 95
念念此去 / 100
梦中的精神家园 / 103
南渡北归 / 110
手　帖 / 121
一段南方文化记忆 / 124
空谷幽兰 / 127
岁月的画布 / 130
载僧渡江 / 135
黄河青山 / 139
有趣的宋朝 / 142

第二辑
经典雅读

城市记忆 / 151

假如玛雅预言真的发生 / 152

安　宁 / 154

一个登山者的梦想 / 156

一片纯静的天空 / 158

难忘萨特 / 161

文明的死亡 / 166

中国人的景观大道 / 170

卡夫卡的世界 / 172

英雄挽歌 / 174

细说福柯 / 177

想起加缪 / 182

生命之书 / 188

书的民族 / 190

阅读好时光 / 192

爱情和战争的烽火 / 196

最值得期待的书 / 198

蓝　调 / 202

怀　念 / 204

在路上 / 206

中西文明的冲突与挑战 / 208

马可·波罗到过中国吗 / 210

以西方语言叙述中国 / 212

一个关键时刻 / 214

一次伟大的旅行 / 216

我的新书单 / 218

一支风笛的声音 / 222

阅读地中海 / 224

半部阅读史 / 226

心头意味别样 / 231

阅读记忆中的霍金 / 237

一个生命的残片 / 246

神秘非洲 / 248

最残忍的月份 / 250

有趣的自传 / 252

第三辑
行在路上

一个王朝的背影 / 257
清迈时光 / 262
凯鲁亚克小巷 / 272
文学爱好者的酒吧清单 / 275
普林斯顿校园 / 278
纽约大都会艺术博物馆 / 280
小村纪行 / 284
巴　黎 / 289
奥帕尔海岸 / 291
波尔多 / 294
阅读台湾 / 300

巴厘岛 / 305
日惹的美 / 310
伊夫岛 / 317
车过阿尔 / 320
普罗旺斯 / 323
腾　冲 / 325
昆　明 / 335
里约奥运会 / 337
槟城记忆 / 343
敦煌之旅 / 353
兰　州 / 360

第四辑
诗意栖居

清晨小院 / 365
借道石室禅院 / 367
正在消失的村庄 / 370
树葡萄 / 372
家有小莫 / 374
家门口有两棵槟榔树 / 379
关于远方 / 381
紫藤花如约而来 / 386
普洱茶里的中国文化 / 389
漂学之路 / 394
多了一分思念 / 397

鼓浪屿记忆 / 399
棋行长汀 / 425
鼓浪屿的芳华 / 446
月港往事 / 450
活了很久很久的树 / 454
平和：林语堂故乡 / 457
登日光岩 / 461
"乡愁"步道 / 462
云何所住 / 465
博弈犹贤 / 468

| 附录 大家眼中的艺奇 / 473

第一辑

文史览趣

甲午海祭

从原子弹到人造卫星，从载人飞船到航空母舰，这些符号都曾代表了我们的"中国梦"。但是，历史告诉我们，仅仅拥有这些符号，并不能改变一个国家、一个民族的历史命运。

19 世纪 60 年代，以"自强""求富"为口号的洋务运动，也曾一度使清王朝出现"同治中兴"的景象。那时，中国的 GDP 仅次于大英帝国，排名世界第二。在中日力量对比中，大清帝国在硬实力上还占有优势。北洋水师拥有 2000 吨位以上的战舰有 7 艘，总吨位 27000 多吨；而日本海军 2000 吨位以上的战舰仅有 5 艘，总吨位 17000 多吨。然而，洋务运动并未像日本那样变革国家制度，军事变革也都停留在改良武器装备的低级阶段。

软实力的缺失，就连李鸿章自己也承认，"我办了一辈子的事，练兵也，海军也，都是纸糊的老虎，何尝能实在放手办理？不过勉强涂饰，虚有其表，不揭破犹可敷衍一时"。在《龙旗飘扬的舰队》一书中，作者写道："历史的悲剧在于，

洋务派官员们一方面在大张旗鼓地推行海军近代化，使得海军在技术领域发生了巨大的变化，从而一度成为亚洲最为强大的舰队；可是另一方面，深植于文化心理深处的海洋观却并没有变化。国家战略中并没有增添海洋意识，从而注定了海军近代化的失败命运。"

　　再看看日本，1890年后，日本以国家财政收入的60%来发展海军和陆军。明治天皇每年从宫廷经费中拨出30万元，又从文武百官的薪金中抽出十分之一，补充造船费用。相反，北洋海军自1888年正式建军后，就再没有增添任何舰只；1891年以后，甚至连枪炮弹药都停止购买了。慈禧太后动用海军经费来修建颐和园，为了张罗她的六十寿诞。历史何其相似，19世纪末的东亚地区，一头是回光返照的病猫，另一头是张牙舞爪的野狗，中日又岂能避免一战？中国又岂能不败？

2013年04月13日

101 年前的今天

101 年前的今天,泰坦尼克号撞上冰山后沉没。今天,我们宁愿相信,这些闪烁着人性光辉的故事不曾被海水淹没。

亿万富翁阿斯特把正怀着身孕的妻子送上艇,点燃了一支雪茄,返回轮船直到沉没。当时,他的身价足以建造 11 艘"泰坦尼克号"。另一个财富仅次于阿斯特的是美国"梅西百货公司"创始人斯特劳斯,今天,"梅西百货公司"仍然是世界最大的百货公司。他的夫人坚持从救生艇返回来和丈夫一起。"这么多年来,我们都生活在一起,你去的地方,我也去!"她把自己在艇里的位置给了一个年轻的女佣。这一对老夫妇就坐在甲板的藤椅上,像一对鸳鸯一样安详地栖息。造船师安德鲁斯,毫无逃生的意念,他痛悔地对一个小孩说:"孩子,我没有给你造一条不会沉没的船。"信号员罗恩一直在甲板上发射信号弹,摇动摩斯信号灯,不管它看起来多么没有希望。两位报务员坚守到最后一分钟,不停地敲击键盘,敲击着生命终结的秒数,发送最后的希望。乐队领班亨利·哈特利和 8 位乐手一直平静地演奏赞美诗《秋天》和圣歌《上

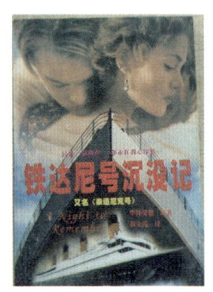

帝和我们同在》，直到海水把他们的生命和歌声一起带到大西洋底。泰坦尼克号使无数普通人变成了英雄！

《永不沉没》一书的作者阿兰巴特勒感叹道："他们坚守住的是古老却永远年轻的人类价值。"今天，我们不愿意相信，这些从未被关注的数据：头等舱143位妇女有4位，二等舱93位有15位，三等舱妇女179位有81位没有获救。头等舱和二等舱的29位小孩都救出来了，而三等舱的76位小孩，却仅仅救出了23位。

华特劳德的这本书或许应该译为《记取斯夜》，他这样写道："在泰坦尼克号以前，一切平静，打那以后，所有都成了纷乱。为什么泰坦尼克号远比任何别的事件，更为注明旧日子的结束，而是一个不安的新时代开始。"我们该不该相信这个传说，大约在1900年前后，考古学家在埃及古墓中发掘一具刻有咒语的石棺，其文如下："凡是碰到这具石棺的人，都会遭难。"当时，这具石棺和里面的古木乃伊就在泰坦尼克号上。

2013年04月14日

大国海盗

一

明洪武期间，倭寇大多来自东洋；后来，随着海禁越来越严厉，倭寇的队伍也越来越壮大，主体反倒变成了华人。日本平户，曾是倭寇"基地组织"聚集地，至今还保存不少当年海盗们的遗迹和文字记载。据说在倭寇首领王直的故居门口，还留着这样一副对联："道不行，乘桴浮于海；人之患，束带立于朝。"这副对联被后人无数次地套进"中国海盗"的故事里，成为他们的共同命运和烙印。

令人唏嘘的是，王直从来不认为自己就是"倭寇"。他在狱中写的《自明疏》详尽列开了自己"陈悃报国、以靖边疆、以弭群凶"的种种功绩，一副"觅利商海，卖货浙福，与人同利，为国捍边"的模样。王直和许许多多的海盗们，不断地向朝廷表示，"他无所望，唯愿进贡开市而已"。然而，故事的结局并没有当然也不可能如海盗们所幻想的那样，书下封侯非我愿，这无疑是洒落大洋的美梦破碎之处。

事实上，我想说的是，王直和无数的海盗之死，并非死于他们的"开禁"之梦，而是有着更深的政治博弈和凶险的官场斗争。真正令朝廷担忧、非杀之而后安的，并非是王直们的武装走私行为，而是他们居然敢在海外称王建制，"净海王"和"徽王"这类的称号，实在太容易令人浮想联翩。更何况，令帝国更为尴尬的是，王直和其他"倭寇"们居然拥有难以估摸的社会基础，民间"威望大著，人共奔走之。或馈时鲜，或馈酒米，或献子女"。即使在朝廷的政治中心，官民"明知海贼，贪其厚利，任其堆货，且为之打点护送"。当民生问题变成政治问题时，王直就非死不可了。"始以射利之心，违明禁而下海，继忘中华之义，入番国以为奸。"显然，这样的判决，与其说是刑事判决，不如说是政治判决。

王直死后，倭患乱源顿时失去了控制，东南沿海掀起狂风恶浪，果然应验了"死吾一人，恐苦两浙百姓"。谈迁这样评说道："假宥王直，便宜制海上，则岑港、柯梅之师可无经岁，而闽、广、江北亦不至顿甲苦战也。"

2013 年 06 月 21 日

二

所谓的"朝贡"或"勘合贸易"最为可恶的是，原本关系国计民生的资源，却被皇帝变为自娱自乐的把戏，置百姓死活于不顾，反而对那帮屌丝小国礼仪有加。

明永乐时期，朱棣规定日本十年一贡，每次百人，两艘船。

日本就想方设法缩短朝贡时间、增加货物数量,明朝官员也都一概放行。日本的朝贡船反而高调地在船头挂着一面高达一丈的"日本国进贡船"大旗,从宁波进港。获得进京许可后,使团便携带国书、贡物及自己私下携带的货物,在中国官员护送下前往北京,统一入住会同馆,然后是递交国书、呈送贡物、领取赏赐。之后,所携带的货物先由朝廷各机关挑选收购,余物还可以上市交易。

据《大明会典》记载:"各处夷人朝贡领赏之后,许于会同馆开市三日或五日,唯朝鲜、琉球不拘期限。俱主客司出给告示,欲馆门首张挂,各铺行人等将物入馆,两平交易。如赊买及故意拖延,骗勒夷人久候不得起程,并私相交易者,问罪,仍于馆前枷号一个月。若各夷故违,潜入人家交易者,私货入官,未给赏者,量为递减。"看看当年日本人很有意思的嘴脸吧:每当明朝的使节来访,日本国王都身穿明朝服装,亲自到港口迎接,并行跪拜大礼。为了巴结朝廷,日本还曾将 20 多名倭寇首领放在大蒸笼里活活蒸死，作为大礼包送给朝廷。或许由于生意太好做，嘉靖二年（1523），还发生了两个日本朝贡团在宁波血腥火拼的糗事。

"应仁之乱"使日本陷入内战，迅速崛起的大内氏开始争夺原先由细川氏所控制的对华贸易，两派都派出了使团向明朝进贡。大内氏从幕府派往中国的贡使手中，夺得了明朝正德皇帝的"勘合符"，而细川氏却从幕府手上拿到了之前弘治皇帝颁发的"勘合符"。持前皇帝许可证和持前前皇帝许可证的两支船队先后到达。双方为了谁的许可有效，谁先勘合，谁坐上宾，在当地官方举行的宴会上大吵。而明朝受贿的官员却袒护细川氏，惹得大内氏一伙愤而抄起家伙，当庭攻击细川氏使团，随即纵火焚毁嘉宾堂和船队，一路追杀，"所过地方，莫不骚动，藉使不蚤为之计，宁波几为所屠矣"。最后大内氏戏剧性地夺船出海，顺手劫走了明朝官员。朝廷震怒之下，取缔了日本的勘合贸易，并要求日本缉拿凶手，但杳无音讯。

2013 年 06 月 24 日

留学幼童

1872年8月11日,也就是清同治十一年七月初八,上海黄浦码头上,30名穿戴着瓜皮帽、蓝缎褂、崭新的厚底黑布鞋的中国幼童,每人拎着一只相同的箱子,排着整齐队伍登上轮船,漂洋过海,踏上了美国的土地。在一身中式打扮中,特别引人注目的是每人脑袋后面拖着一条乌黑油亮、显示着大清威仪的小辫子。这就是近代中国历史上的第一批官派留学生。

记得我第一次看到这张留学幼童集体照片时,内心深处不由得涌起一股辛酸而又复杂的心情,久久难以平静。100多年前,当一个灾难深重、饱受耻辱的民族,将他们的命运和希望寄托在这些满脸稚嫩的幼童身上,这是怎样的一种无助和悲哀!这些还在大轮船上蹦蹦跳跳的孩子,当时是否能够明白,他们青涩的眼睛、瘦弱的肩膀将不得不担负起为国家、为民族寻求富国强兵之路的使命?

从1872年到1875年,在李鸿章、曾国藩、左宗棠等试图利用西方科学文化知识挽救垂死的清王朝，倡导"师夷长技以制夷"的洋务运动背景下，清政府先后选派了120名年纪在10岁至16岁之间的幼童，分成三批赴美留学。他们当中，如今资料可以查找到的有：詹天佑、欧阳庚等22位幼童进入耶鲁大学；容揆和谭耀勋抗拒"召回"，在大批幼童回国后仍留在美国完成耶鲁大学学业；李恩富、陆永泉则是被召回后，重新回到美国，读完了耶鲁。邝咏钟、方伯梁等7位进入了麻省理工学院，丁崇吉进入了哈佛大学，唐绍仪、周寿臣等3位进入了纽约哥伦比亚大学，吴应科、吴敬荣等5位进入了纽约州瑞萨莱尔理工学院。

看看这些令人熟悉而又陌生的花朵，他们从哪里来？又到哪里去？身在异乡，他们是否生如夏花一样灿烂？抑或，如秋叶一样飘零？生逢乱世，狼烟四起，"苟利国家生死以，岂因祸福避趋之"，正是国家和民族的命运改变了他们人生的命运，而他们的命运是否改变了国家和民族的命运？

2013年08月07日

寂静的历史

一

这是一段寂静的历史,也是一段失败的历史。《万历十五年》更像是这场失败的总记录。在这段看起来波澜不惊的失败史中出场的人物,有万历皇帝朱翊钧,大学士张居正、申时行,南京都察院都御史海瑞,蓟州总兵戚继光,以知府身份挂冠而去的名士李贽,他们或身败,或名裂,没有一个人功德圆满。即使是侧面提及的人物,如冯保、高拱、张鲸、郑贵妃、福王朱常洵、俞大猷,也统统没有好结果。在黄仁宇看来:"这种情形,断非个人的原因所能够解释,而是当时的制度已至山穷水尽,上自天子,下至庶民,无不成为牺牲品而遭殃受祸。"

简单地说,一个气数已尽的国家制度,可以把皇帝搞坏,把大臣搞废,把将军搞死,把文人搞疯。中国两千年来,以道德代替法治,至明代而极,这就是失败的症结。按照《明史讲义》的说法:"明之衰,衰于正、嘉以后,至万历朝则

 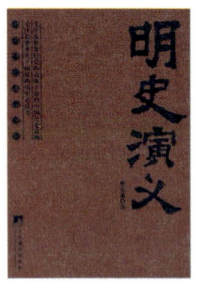

加甚焉。明亡之征兆，至万历而定。万历在位48年，历时最久。前10年为冲幼之期，有张居正当国，足守嘉、隆之旧，而又或胜之。盖居正总揽大柄，帝之私欲未能发露，故其于济可观，偏倚亦可厌。至居正卒后，帝亲操大柄，泄愤于居正之专，其后专用软熟之人为相。而怠于临政，勇于敛财，不郊不庙不朝者30年，与外廷隔绝，惟倚奄人四出聚敛，矿使税使，毒遍天下。庸人柄政，百官多旷其职，边患日亟，初无以为意者。是为醉梦之期。至四十六年，清太祖公然起兵，入占辽、沈，明始感觉，而征兵征饷，骚动天下，民穷财尽，铤而走险，内外交乘，明事不可为矣。是为决裂之期。"

当年，朱元璋给自己26个儿子每个人定了一个辈分表，每个表20个字，按"木、火、土、金、水"为序。比如：燕王朱棣往下依次为："高瞻祁见佑，厚载翊常由，慈和怡伯仲，简靖迪先猷"，结果只用了一半，明朝就灭亡了。不知他老人家九泉有知，又该作何感想呢？

2013年09月05日

二

明代的上朝故事，几乎可以说是一部荒唐可笑的帝王娱乐史。日复一日、繁重枯燥的早朝仪式，不仅百官不堪其负，就是后来连皇帝也暗暗叫苦。当时在位的弘治皇帝有一次简直是用央告的口气要求大学士同意免朝一日，理由是当夜宫中失火，皇帝本人彻夜未眠、神思恍惚。经过大学士们的商议，同意辍朝一日。

荒唐的是，皇帝的近亲或大臣去世，可以辍朝一至三日，而百官仍须亲赴午门，对着大殿行礼如仪。到了第六代正统皇帝登基时，由于皇帝只有9岁，朝廷大臣终于找到机会，规定早朝只准呈报八件事情为限，而且要求在前一天以书面的方式送达御前。此例一开，早朝渐成具文为主，但仪式仍坚持不辍。

首先打破这一传统的是第十代的正德皇帝，即万历的叔祖。正德皇帝一向特立独行，自成奇葩。对于皇帝的职责，他对群臣所固守的传统秩序根本不屑一顾，往往自行其是。在位时，正德皇帝就常常借机溜出北京，一晃悠就是几个月甚至一年，迹近荒唐。在京也没闲着，这位不住正殿住"豹房"的皇帝，经常极具娱乐性地在深夜举行晚朝，朝罢后又大开宴席，通宵达旦。面对这些越轨的举动，臣僚们穷于应付，怨声载道。正德皇帝索性撇开这些官员，大肆宠用亲信宦官。在他眼里，行政内阁不过是一个传递消息的机构而已。

到了嘉靖年间，换了一位喜欢读书的皇帝，刚开张时倒也本分，上朝如旧，还常常亲自修改礼仪。可是好景不长，人到中年的嘉靖皇帝开始对举行各种礼仪失去兴趣，转而专心致志于修坛炼丹，企求长生不死，甚至搬出紫禁城，住到离宫别苑去了。这上朝的游戏离了皇帝自然玩不下去，大臣们无朝可上，竟如丧考妣。尤其不幸的是，这个皇帝垂而不死，活活统治了45年之久，时间之长在本朝仅次于万历。

接下来是万历的父亲隆庆皇帝，更对国事毫无所知，临朝时如同木偶，常常让大学士代答其他官员的呈奏。在我的印象中，隆庆皇帝在位时只干了两件事，一件是稀里糊涂的"隆庆开关"，再一件就是免除早朝，日渐衰微的帝国从此"娱乐至死"。

2013 年 09 月 08 日

三

可以说，明朝统治"以廷杖始，又以廷杖终"。朱元璋鞭死开国功臣朱亮祖父子，开了廷杖大臣的先例。真正的廷杖发生在洪武八年（1375），时任刑部主事的老臣茹太素，上书"中言才能之士，数年来幸存者百无一二，今所任率迂腐官吏"，暗指朱元璋滥杀功臣，戳到皇上痛处，"帝怒，召太素面诘，杖于朝"。工部尚书薛祥更是以"大臣当诛不宜加辱为言"毙于杖下。从此以后，刚愎自用、刻薄寡恩的明朝皇帝们乐此不疲，屡创纪录。

最初，被廷杖的大多是一两个人，到了正德年间，明武宗一举创下107人同时受杖的纪录，而这个纪录很快就被刷新，嘉靖皇帝同时廷杖134人，其中16人当场死亡。我们实在难以想象如此壮烈而又悲惨的场景：上百人被扒下衣服，排在太和殿下，上百根棍子同时起落，一时间声响震天，血肉横飞。而廷杖的缘由也是无奇不有，劾严嵩，论妖僧，谏万贵妃干政，要廷杖；谏元宵观灯、嘉靖勿服金丹，也要廷杖。

正德年间，13 道御史弹劾刘瑾，上一本的杖三十，上两本的杖六十，而上三本的每本各杖六十，不等杖完，人就死了。1519 年，群臣劝说皇帝不要到江南游玩，惹得皇帝大发雷霆，对劝阻的大臣一律杖责，结果当场打死 11 人。最初，廷杖不过是用来替君主泄恨，责打更多属于象征性的，况且廷杖时"不去衣，用后棉底衣，重毡叠帕，示辱而已"。然而，从正德年间开始，平日衣冠楚楚的朝廷大员竟被剥光衣服，露出屁股在大庭广众面前被杖打，这种羞辱在士大夫看来简直生不如死。不仅如此，被打完之后还要谢主隆恩，真是斯文扫地。羞恶之心是士大夫操守中的四端之一，要他们放弃生命可以，但要让他们抛却操守是相当困难的。

明朝的士大夫比任何一个朝代都更加注重道统，对他们来说，对身体的折磨犹可接受，对心灵的折磨实在难以忍受。在这样一个黑暗的廷杖政治下，臣道被迫退位，士大夫们时时担心自己会当众丢尽颜面，又谈何守住臣道？文武百官只能无奈地在一次次廷杖声中，眼睁睁地看着大明江山灰飞烟灭。

2013 年 09 月 10 日

四

万历皇帝的"黑色幽默"或许来源于半个世纪前他的叔祖正德皇帝。这位前辈几乎是明代历朝皇帝中最为灿烂的绝代奇葩，他试图以近乎"黑色幽默"的荒诞方式改变帝国早已凝固的制度。1505年，正德即位时不满14岁。皇帝当了还没两年，他就难以忍受宫廷内的清规戒律，索性搬出紫禁城，在皇城中的空旷之处，另建一所名叫"豹房"的住所。兴之所至，他才偶然临朝或出席经筵，更多时间则泡在宦官、倡优、喇嘛和异域术士的包围之中。他甚至亲自训练老虎，为此还差点被老虎吃了，多亏太监们虎口拔牙才幸免于难。

正德皇帝还热衷于在皇城中练兵，亲率宦官组成一营，在铠甲上系上黄色的围巾，遮阳帽上插上天鹅翎毛。到了夜晚，则在豹房中和各式各样的男女彻夜玩乐。正德自有他自己寻欢作乐的办法，我行我素，并不为臣僚的批评所动摇。对朝廷上文臣和宦官的冲突，他一概采取听之任之的态度。为了体会战争的实况，正德皇帝不惜御驾亲征，每当皇帝自称得胜回朝，就命令宦官打开仓库，遍赏绸缎，要求百官一夜之间制成新的朝服接驾。文武官员戴着式样古怪的帽子，穿着混乱的朝服、举着破裂的布幔，滑稽地站在泥泞的道路两旁。那一天雨雪霏霏，直至夜晚才看见皇帝在无数火把簇拥下骑着栗色马儿悠然驾到。他接过大臣奉上的酒杯一饮而尽，一言未发直奔"豹房"，丢下百官狼狈地踯躅于泥泞的街头。

1518年秋天，正德皇帝再次要求大学士草拟敕旨，命令自己到北方边境巡视。这一荒唐行为，不能不让大臣们匍匐在地，泪流满面，说是宁可赐死，也不能做不忠不义之事。然而，与书呆子作对，正是正德皇帝引以自娱的得意之处。在征途中，他喜欢和臣下混在一起饮酒作乐，甚至宁愿扔下御用乘舆而去和别人挤在一部马车上。他看上一个女人，只要有情趣，不论她是娼妓、已经结婚或正在怀孕都毫不在乎。一路上他

不停地降下敕旨，封自己为镇国公，岁支俸米五千五。不久，他又再次加封自己为太师。我不知道，正德皇帝这种疯疯癫癫的行为，是否称得上是对帝国传统伦理纲常的另类反抗？

2013 年 09 月 21 日

五

张居正的悲剧，乃是文臣治国的悲剧。从熟读诗书的传统教育和"三纲五常"的科举制度浸泡出来的文臣，本质上是制度的产物。张居正主导的所谓"万历新政"，无非是一种局部的维新，却不可能是一种体质的变革。在名义上，张居正是皇帝的顾问，并无决策和任免的权利。为了贯彻自己的意图，他经常以私人函件的形式，授意他的亲信，让他们如此这般呈奏皇帝，然后他以内阁大学士的身份票拟批准他们的建议。这种做法实际上是以他自己为中心，另外形成一个特殊的行政机构，代替正常行政机构的运行。

张居正的错误在于他忽视了文官集团的双重性格，习惯于借助权势压制异己，强行推行自己的政策主张。但他既不能撇开文官集团而自起炉灶，却又无力通过体制的变革和制度的建设来实现他的目标。从某种角度说，他比谁都更需要依赖旧的国家机器。于是，趁皇帝的冲幼之龄，他选择了和宦官的合作。多年之后，万历皇帝回顾当时的情形，还清楚地记得他不过是把太监冯保的指示告诉元辅张居正，又把元辅张居正的票拟按照太监冯保的建议写成朱批。对于年幼的万历皇帝，元辅张居正和宦官冯保两人都不可或缺。

人们往往以为明代的宦官干预政治只是由于皇帝的昏庸造成的反常现象，实际上，明朝初期，就经常派遣宦官作为代表到外国诏谕国王，也常派他们到各地考察税收，永乐年间还派出"三宝太监"郑和七下西洋。中叶以后，宦官作为皇帝的私人秘书已经是不可避免的趋势。皇帝每天需要阅读几十件奏章，这些奏章文字冗长，夹杂许多专门术语，皇帝必须委派五六名司礼监中的太监作为"秉笔太监"。这些秉笔太监与文官永远隔绝，只对皇帝直接负责，其任免取决于皇帝一个人的意志。他们轮流值班，仔细研究各种题本奏本，以便第二天在御前对奏章的内容作出准确的解释。皇帝阅读过的奏章，通常都要送到文渊阁由内阁大学士票拟批答。这种秉笔太监的制度，如果执行得当，皇帝可以左提右挈、相互制约，平衡内廷和外廷的矛盾。然而，谁也没有想到，正是内阁大学士和司礼太监的这种密切合作，反而埋下了后来发生的清算悲剧！

2013 年 09 月 28 日

闲情偶寄

一

我们这代人的阅读史，几乎没有多少人会关注李渔这一款的文人，更不会有多少人喜欢《闲情偶寄》这样的情趣之书。因为这世上有情趣的人实在不多，尤其像李渔这样有情趣的文人。有人说，《闲情偶寄》奇就奇在它是"发他人所不顾之事，叙他人所不屑之状"。你以为他在写花花草草的世界，仔细读罢，才发觉它难道仅仅是写花写草吗，分明是在写人生。"草本的花，一经霜打就会死。它能看上去死了实际上并没有死，春天一到又重新开花，这是因为它的根还活着。常常听人说有能让花在花期前开放的方法，就是用开水浇它的根，或者用硫黄代替土栽花。这样花是开了，但是花一败落花树也就死了，因为它的根死了。这样说来，人的荣枯显晦、成败利钝，都不能成为依据，只有去问他的根基是否安然无恙。根基还在，那么虽处在厄运当中，也像经霜打后的花，重新开花的日子是可以期待的；如果根基不存在了，即使处于荣盛显赫的境地，像奇花绚烂夺目，总不是自然开出的花，要它重新开花，恐怕是等不到了。我一谈到草木，就用人来作比喻，难道是为了说废话吗？世间的万物，都是为人设置的，观看和感受是同一个道理，供人观看的，就能让人感受。天生出这些东西，难道仅仅是供人愉悦耳目、怡情悦兴的吗？"

再读读李渔写的《花非花，花即人生》："芍药可以与牡丹媲美，前人称牡丹为'花王'，称芍药为'花相'，太冤枉了！我要非常客观地评价它们。天上没有两个太阳，人们没有两个君王，牡丹在香花国中处于至尊的地位，芍药自然很难同它并驾齐驱。虽然有尊卑的区别，芍药也应当被列在五等诸侯之中。难道在君王之下、相国之上，就没有一个位置可以用来奖励有功之臣吗？我翻遍了有关种植的书，不是说'花像牡丹，但比牡丹狭窄'，就是说'籽像牡丹，但是比牡丹小'。这样看来，前人评价的方法，也许只是看表面现象。唉！人的贵贱善恶，可以用长短肥瘦来衡量吗？每当芍药花开准备祭酒的时候，我总要说些温暖的话安慰它：'你不是当相国的材料，前人没有见识才给你起了这个错误的名字。花神你如果有灵，不要去计较，不管称你是牛还是马，任凭它算了。'"

我从甘肃的巩昌带回来几十棵牡丹和芍药，牡丹活下来的很少，庆幸的是芍药安然无恙，没有辜负我搬运的劳累。难道人为知己者死，花反而为知己者生吗？

2013 年 10 月 12 日

二

有趣的书，有趣在可以跳跃式地读，以一副玩世不恭的样子乱翻乱读。不必一本正经地从头读起，更不必装模作样地做思考状。这也是我喜欢《闲情偶寄》的原因之一。

据说，当年李渔写完此书，一位友人借去看，翻了十来页都是些南腔北调的戏剧理论，便觉乏味，把书退回。李渔得知后写了一首诗回赠："读书不得法，开卷意先阑。此物同甘蔗，如何不倒餐？"或许，有闲情野趣的人，才可以写出这样的书，同样要有闲情野趣的人，才能读得有趣。在这个深秋的季节，读读李渔写的木槿花吧，你是否感受到秋天的寒意？

木槿花早上开晚上落，它这一生也太辛苦了。既然这么容易凋落，又何必开放呢？造物主把它创造出来，也可说是不怕麻烦了。有人说：不是这样。木槿花现身说法是为了警告那些愚蠢蒙昧的人。花开一天，就像人活一百年。人自己看这一百年，就会觉得很漫长，而看花的一天，就会说太短暂。不知道人看人，就像花看花。人认为一百年很漫长，难道花不是也把一天看得很漫长吗？可见没有一天不落的花，就没有百年不死的人！这是人与花一致的地方。花开花落的时间，虽然很短，但还是有一定不变的规律。早上开晚上凋落的花，不可能早上开中午凋落或者中午开晚上凋落。而人的生死，就没有一定不变的规律。有的人不到一百岁就死了，有的人不到五十岁，甚至才二三十岁就死了。这样看来，花的凋落是必然的，人的死却是偶然的。假使人也像木槿那样，直到晚年才会死去，那么生前死后的事情，都可以自己做好安排，无奈的是人无法做到这一点。这就是人不如花的地方。如果人能够这样看，那么木槿这种花，应当与萱草一起种。看到萱草就使人忘掉忧愁，看到木槿就使人懂得爱惜生命。

2013 年 10 月 13 日

三

明亡之时，家国破碎的文人或改弦易辙，卖身求荣；或舍生取义，壮怀激烈。舍此之外，就是循隐江湖，小隐隐于山，大隐隐于市。在寄情山水之际，许多知识分子绝望而又顽强地重构历史，铁笔如椽，汗青心祭，试图以此挽留破灭的王朝记忆。查继佐和他的《罪惟录》就是这样一种悲剧。

此书取孔子"罪我者其惟春秋"之义，以获罪惟录书。书成后复壁深藏，秘不示人，冀以免祸。据说，原稿曾涂抹殆遍，不可卒读。在清王朝极端险恶的铁血恐怖下，李渔选择的却是一条玩世不恭、似乎充满喜剧色彩的"人间大隐之道"。《闲情偶寄》的后六部主要谈娱乐养生休闲之道，全景式地提供了17世纪中国人日常生活和世俗风情的图像：从亭台楼阁、池沼门窗的布局，界壁的分隔，到花草虫鱼、鼎铛玉石的摆设；从妇女的妆阁、修容、首饰、脂粉点染到穷人与富人的颐养之方，声色犬马，事无巨细。这不也是一种另类的历史记录吗？

看看李渔自己的解读：

> 人们说禽兽有知觉，草木没有知觉。我说这话不对。禽兽和草木，都是有知觉的东西，只是禽兽的知觉比人稍差一些；草木的知觉又比禽兽差一些，只是一个比一个蠢笨、一个比一个愚昧罢了。我是怎么知道树木也有知觉的呢？是从紫薇树怕痒知道的。知道痒就知道痛，知道痛痒，就知道荣辱利害，这样就离禽兽不远了，就像禽兽离人不远一样。人们认为怕痒的树只有紫薇一种，其他的树就不是这样。我说："草木是同性的，只要看到这种树怕痒，就知道所有草木都知道痛痒，只是紫薇能动，其他的树不能动罢了。"别人又问："既然不动，又怎么知道它能感觉到痛痒呢？"我说："可以用人来作比喻，怕痒的人，一搔就动，也有不怕痒的人，任别人去搔去挠，他也不会动，难道人也不知道痛痒吗？"这样看来，草木被锄除，会像禽兽被宰杀一样，它所受的痛苦，都不能说出来。如果人们能够用对待紫薇的态度对待所有草木，用对待所有草木的态度对待禽兽和人，

那么就不会乱杀乱砍,而且能体会到病痛相关的意义了。

2013 年 10 月 16 日

四

李渔的"人间大隐之道",唱的是"戏说人生"的腔调。康熙年间,北京"养优班者极多,每班约二十人,曲多自谱,谱成则演之"。余秋雨的说法是,有一些江浙一带的知识分子不愿与清王朝合作,蔑弃科举,或以剧遣怀,或借剧泄愤。李渔就出现在这样的境域之中。

入清以后,这位药材商人的儿子家道衰败于战乱,著述和藏书被焚,使李渔不能不感慨于学术文化在离乱之世的空虚和软弱无力。于是,他从沉迷于文章意气,转而变得孜孜于应世干禄。

康熙五年(1666),56 岁的他由北京前往陕西、甘肃游历,先后在临汾、兰州得到颇具艺韵的乔、王二姬,再配以其他诸姬,居然就搭起了一个戏班子。他自任教习和导演,上演自己创作和改编的剧本,带领家班四出演剧。"全国九州,历其六七",李氏家班红遍了大江南北,经常奔走于达官贵人门下以博取馈赠。"更衣正待演无双,报道新曦映绿窗。佳兴未阑憎夜短,教人饮恨扑残缸。"这是一种热闹、繁忙而又不无辛酸的卖艺生活。然而,好景不长,乔、王二姬先后早逝,家班从此一蹶不振,渐次瓦解。李渔老泪纵横,写下断肠诗二十首哭亡姬乔氏:"自乔姬亡后,不忍听歌者半载。舟中无事,侍儿清理旧曲,颇有肖其声者,抚今追昔,不觉泫然,遂成四首。"又作《乔复生王再来二姬合传》等诗作哭悼乔、王二姬,倒也情深绵绵,催人泪下。

《笠翁十种曲》大多轻薄不德、趣味低下,钻在偷情纳妾之类的圈子里,梁启超斥之为"浅薄寡味"。可是,在那个王朝纷乱的年代,像李渔这样的遁隐文人,除了"负笈四方,托钵终年,往吸清风,归餐明月",又能有什么真正的人间大隐之道呢?

他曾这样自述:"予生忧患之中,处落魄之境,自幼至长,自长至老,总无一刻舒眉。惟于制曲填词之顷,非但郁藉以舒,愠为之解,且尝僭作两间最乐之人,觉富贵荣华,其受用不过如此。"

2013 年 10 月 17 日

五

尽管帮闲文人是明末清初知识界的一种风习,但作为一个自诩"人间大隐"的文艺奇葩,混迹于优伶行列,撕去高雅面纱,直入谋生营利的本相,"其行甚秽,真士林所不齿也",这如何是隐?李渔流落南京之际,一家连同奴仆少说也有几十口人,为了一家人的糊口,他不得不热衷于同官吏打交道,常常外出"打抽丰"。

据说,"打抽丰"是明清时代风行的一种社会现象,就是一些未曾做官的文人,凭着艺文之名,出入士大夫之门,以求得到保护和馈赠。而士大夫也喜欢借这班人来作作秀,点缀门面,粉饰美名。"我以这才换那财,两厢情愿无不该。"

李渔的"打抽丰"倒也多种经营，他先是组织家庭戏班子，走遍大江南北巡回演戏，自己当班主，自编自导，出没于达官贵人当中，觅些钱口。他赖以成名的戏曲一度成为主要的谋生手段。他到南京后，置得一屋，名曰"芥子园"，取"芥子虽小，能纳须弥"之意。园庭虽小，倒也别有情趣，有栖云谷、月榭、歌台、浮白轩等诸景，并题有楹联："雨观瀑布晴观月，朝听鸣琴夜听歌""有月即登台，无论春秋冬夏；是风皆入座，不分南北西东"，俨然一副"有品位、没骨气"的生活方式。

更让人大开眼界的是，李渔开设"芥子园"书铺，除了出版自己创作的畅销书，还编辑出版了《金瓶梅》等大量通俗文学作品，以及《古今史略》《尺牍初征》《资治新书》《千古奇闻》等商业性工具书。我小时候还读过《芥子园画传（谱）》，至今仍被视为中国画临摹范本。李渔既卖书，也卖诗文，常为达官贵人们赋诗撰联，谈文说艺，度曲唱戏，设计园亭，甚至把他们的书信、文案、讲话稿等选编出版。

时人常看不起李渔，讥其"有文无行"，"混迹公卿大夫之间，日食五侯之鲭，夜宴公卿之府"。对此，李渔一副无由辩白、不以为然的模样，"是非者，千古之定评，岂人之所能倒""生前荣辱谁争得，死后方明过与功"，他依然一如既往地"打抽丰"，偶尔也摆点谱，"欲见贫士，岂以能折节事贵人乎？有缘无缘，听之而已"。

2013 年 10 月 21 日

六

明亡于 1644 年，其时李渔 33 岁。他前半生属于明朝，后半生属于清朝。在兵荒马乱、文字狱盛行的年代，除了风花雪月，知识分子们又能写些什么呢？

看看他讲的一个故事：

康海建了一座园亭，坐落在北邙山山脚下，只能看见一些丘陵山陇。客人问他说："每天对着这样的风景，让人拿什么取乐呢？"康海说："每天对着这样的风景，让人不敢不快乐。"他的话是多么的豁达！

李渔常常把这话当作他的座右铭，在《闲情偶寄》中醉心谈各种行乐之法，从贵人、富人的"过犹不及"到贫贱之人的"退一步"自求其乐，从家庭行乐到旅途行乐，从春夏秋冬男女之欢，到随时即景就事行乐，听琴观棋、看花听鸟、浇灌竹木，甚至洗澡睡觉，事无巨细，津津乐道，"弄得口干舌燥，手腕也几乎脱臼"，末了还自嘲"别人行乐，与我何干"？

李渔的"四季人生、及时行乐"看似颓废得一塌糊涂，其实，我总觉得他更像是一位"明清版"的存在主义者。在这个放浪形骸、及时行乐的脸谱下，也曾充满了沧桑和庄子式的梦境。

　　追忆明朝政治混乱以后，大清革命之前，他断绝了博取虚名的念头，不求取任何俸禄，居住山里躲避战乱，反倒以无事作为荣幸。夏天不出去拜见客人，也没有客人到来。不仅不戴头巾，甚至连衣服鞋子也不穿。有时赤身裸体躲在乱荷之中，妻子儿女也找不着；有时仰卧在高高的松树之下，猿猴、白鹤擦身而过也不知晓。在飞泉之下洗砚台，用积雪煮水来品味香茶。想吃瓜而瓜就长在门外，想吃果而果就从树头掉落下来，真可说是享尽了人世间的清闲，拥有了有生以来最大的快乐。此后他迁居城市，每天应酬频繁，虽无利欲熏心，也觉得虚名累人。算起来他这一生享有神仙之福的生活，仅有那三年。现今想要继续过这样的生活，渴求有一个月也不可能了。人非铁石，哪里能忍受得了磨杵成针的磨难？生命怎能是泥沙，可以随便抛入尘土？

2013 年 10 月 24 日

七

　　李渔能编能写能演能混，他自己创作的剧本有 18 种。其中以《风筝误》《奈何天》《比目鱼》等 10 个剧本合称《笠翁十种曲》。这些剧本大都情节新奇、结构紧凑、排场热闹、曲文浅显，"其科白排场之工，为当世词人所共认，惟词曲则间有市井谑浪之习而已"。

史载"笠翁词曲,有盛名于清初,十曲初出,遍行坊间,纸贵一时"。他居然还是那个时代的畅销书作家,评话小说《十二楼》《无声戏》,长篇小说《回文传》《肉蒲团》据考证也是他的作品。其中,《肉蒲团》是李渔一直饱受非议、曾被数次封禁的"淫邪之作",有人索性骂他"性龌龊"。按鲁迅论秽亵小说著意所写,"专在性交,又越常情,如有狂疾"的标准,《肉蒲团》当在此列。无论如何,这本小说很难称为世情小说,但与诸如《浪史》《绣榻野史》不同,《肉蒲团》实际上是以性冒险为载体的寓言小说。它通过构建一个并不真实的情欲世界,有意夸大了性的放纵描写,展现出一幅《大春宫图》,试图借以说明一个道理,无论是儒家的关于欲望的教诲还是佛教关于色欲的戒律,只有在肉欲之上打坐,才可以真正参透真谛。然而,这类有气无力的劝惩色彩和劝惩的手段显然也只是说说而已。

现实生活中的李渔生活颇为放纵,他不加掩饰地说自己有"登徒子之好"。据说,李渔出身于中医世家,对医学典籍、中医理论甚为熟悉。他熟悉医典掌故,又通晓药用药性,常常用医学术语作诗,其虽未行医,但对中医却有许多大胆创新和设想。《肉蒲团》中对未央生的阳具改造手术的细致描写,以狗肾造阳具似乎无稽,却可以从他对医学技艺的精通上找到一点痕迹。人参附子也是对色欲的形象类比,只可当药,不可当饭。

李渔喜欢将小说和戏剧比作"方与药",倒也有些说法:"每患一病,辄自考其致此之由,得其所由,然后治之以方,疗之以药。"可是，在那个欲望横行的年代，李渔的"方与药"又救得了谁？

2013年10月25日

八

李渔有着一张富态的脸，他活着的时候曾颠沛流离，也曾穷困潦倒。然而，生活并不像他自己所说的："一切生路全绝，便专在戏剧上。"在那个混乱不堪的年代，李渔和成群的妻妾热爱这世界所有的生活细节。喝酒、唱戏、拈花惹草、四季行乐、候鸟般的旅行。就着一碗虾酱面，吹着西风吃蟹，对着一张图纸布置园林、假山和流水。

李渔50岁添第一子后，竟一发不可收拾。次年，又得一子。52岁时，正室再生一子，过了一个月，侧室也生一子。后来又陆续生出3个儿子，共七子，简直是个奇迹！康熙十六年（1677），66岁的李渔迁回杭州，开始营建"层园"。一次失足从楼梯上滚下，从此贫病交加。然而，李渔毕竟有着落魄文人厚颜无耻的一面，他四处乞讨，再怎么没骨气也得过上好日子。在京师朋友、当地官员的资助下，层园修成，缘山而筑，坐卧之间都可饱赏山水美景。"繁冗驱人，旧业尽抛尘市里；湖山招我，全家移入画图中。"李渔贫中寻乐，终于在一个大雪纷飞的清晨，死了。

读罢《闲情偶寄》，你一定会记得李渔津津乐道的这些生活感受：稻米煮饭的香气，真让人欢喜；木槿早上开花，晚上就凋谢了，生命如此短暂，也真够凄凉的了；相传一女子怀念心中人，泪水洒落一地，长出了"断肠花"秋海棠；一生钟爱的人，可以当药。李渔种的石榴花开遍了三亩芥子园，一生酷爱荷花，却得不到半亩方塘来养植它，仅仅凿了一个斗大的水池，种了几株来敷衍，水池又常常漏水，只能祈盼老天下雨来救它。这个风流的文人，为买水仙花典当了家中首饰。

世上最先开花的是梅花，李渔把梅当成伴侣相伴相守。在寒冷的冬季，带着帐篷、暖酒的炉炭到山上与梅花同床共眠。在花园里赏梅，则搭起纸屏风，上面盖上平顶，四面开窗，花在哪边，就把哪边的窗户撑开。再在纸屏风上挂一块小匾，上面写着"就花居"。李渔的《墨梅图》，一如他令人捉摸不透的人生，用笔寥寥，大片留白，却耐人寻味。

2013 年 10 月 27 日

九

对生死而言，人世间哪一件事不是闲事？同样是闲，唐明皇也曾醉心于宫廷戏班，孟浩然也曾骑着毛驴看尽山水，等闲视之。李渔这个闲人，既有趋炎附势的一面，又有违世逆俗的一面。李渔这等闲情，毕竟全景式地提供了17世纪中国百姓的日常生活和世俗风情的图像，不同的人有不同的理解。

同样提倡"闲学"的林语堂对李渔有着明显的偏爱，曾这样赞叹："他是一个心裁独出、思想卓越的人，所以他对每个论题，都贡献了一些新的观念。他所独创的东西有一部分已经成为今日中国人的传统了。他的《闲情偶寄》一书虽然知者不多，可是他的《芥子园画谱》及《十种曲》却是很有名的。他是一个戏曲家、音乐家、美食家、服装设计家、美容家和业余发明家。"

出版过《三闲集》的鲁迅，却指出李渔是一个有才能的"帮闲文人"。在《从帮忙到扯淡》中，他写道：

> 中国的开国的雄主，是把"帮忙"和"帮闲"分开来的，前者参与国家大事，作为重臣，后者却不过叫他献诗作赋，"徘优蓄之"，只在弄臣之例。但到文雅的庸主时，"帮忙"和"帮闲"的可就混起来了，所谓国家的柱石，也常是柔媚的词臣，我们在南朝的几个末代时，可以找出这实例。然而主虽然"庸"，却不"陋"，所以那些帮闲者，文采却究竟还有的，他们的作品，有些也至今不灭。谁说"帮闲文学"是一个恶毒的贬辞呢？就是权门的清客，他也得会下几盘棋，写一笔字，画画儿，识古董，懂得些猜拳行令，插科打诨，这才能不失其为清客。也就是说，清客，还要有清客的本领的，虽然是有骨气者所不屑为，却又非搭空架者所能企及。例如李渔的《一家言》、袁枚的《随园诗话》，就不是每个帮闲都做得出来的。必须有帮闲之志，又有帮闲之才，这才是真正的帮闲。如果有其志而无其才，乱点古书，重抄笑话，吹拍名士，拉扯趣闻，而居然不顾脸皮，大摆架子，反自以为得意，自然也还有人以为有趣，但按其实，却不过"扯淡"而已。帮闲的盛世是帮忙，到末代就只剩了这扯淡。

2013 年 10 月 28 日

一条奇特的大河

还能想起这部纪录片吗?"这的确是世界上很奇特的一条大河。它从巴颜喀拉山北麓的冰峰雪山中发源,向东流去时经过一座黄土高原以后,就变成了一条黄色的泥河。这条黄河偏偏又孕育了一个黄肤色的民族,这个民族恰恰又把他们最早的祖先叫作黄帝,而在今天的地球上,每五个人中间,就有一个黄帝的子孙。黄水,黄土,黄种人。这是一种多么神秘的自然联系?它仿佛让人相信,这个黄色人种的皮肤就是被黄河染成的。"

当年,一部《河殇》,在我们这代人的阅读记忆中,犹如"惊涛拍岸,卷起千堆雪"。有人说,《河殇》就是黄河之死的意思。"一个曾经使马可·波罗惊叹不已的东方大国,一个让欧洲君主惊恐地虚构出黄祸论的庞大民族,也曾经令盖世无双的拿破仑警告西方不要去惊醒的一头睡狮,为什么会在近代落到任人宰割的境地呢?为什么我们终于摆脱了亡国灭种的危机之后,忽然又觉得自己是非常强大的呢?在我们的民族感情上，总有这样一个误区：似乎近百年的耻辱，只是一种光荣历史的断裂。自从1840年以来，总有人用古代的荣耀和伟大，来掩饰近代的贫穷和落后。在近百年的现实痛苦中，好像总需要有一副古老而悠久的安魂剂聊以自慰。从每一次震惊世界的考古发现中，似乎总能获得一次安慰。然而，文明毕竟衰落了。"

无疑，这是一个典型的"大河民族"的梦。在这个梦想背后隐藏着的，是一个民族的心灵在痛苦。它的全部痛苦就在于：文明衰落了。

20世纪80年代，我们这代人原本弱不禁风的思想茅屋，仿佛遭遇一场几近崩溃的狂风。"黄河能给予我们的，早就给了我们的祖先。我们的祖先已经创造了文明，黄河无疑不能再孕育一次。我们需要创造的，是崭新的文明。它不可能再从黄河里流淌出来。旧文明的沉渣已经像淤积在黄河河糟里的泥沙一样，积淀在我们民族的血管里。它需要一场大洪峰的冲刷，而这场大洪峰已经来到。"今天，当我们谈论《大国崛起》时，仿佛又想起了黄河："它面对大海发出的那声长长的叹息，穿过一百多年的历史，一直回响到今天。"仿佛又想起了这部纪录片为我们留下的耐人寻味的诘问："这片土黄色的大地不能教给我们，什么是真正的科学精神。肆虐的黄河不能教给我们，什么是真正的民主意识。就像黄河大堤溃决了，人们又修复它，等着下一次溃决。我们为什么总是陷在这样一种周而复始的命运之中呢？"

2013年12月11日

江南味道

一

晚上回家，寂静的环岛路浓雾弥漫。除了路灯、车灯幽灵般时断时续地呼吸，一切都消失了。有多少旅人找不到回家的路？春天的阅读，犹如这烟这雾，轻盈而柔弱，散淡而随意。不经意间就想起了这本《江南味道》，淡然如水的文字，却令人有无限的遐想。在这个漫天雾霾、一言难尽的时代，谁能不格外想念那个传说中的江南？

然而，什么是江南，什么是江南的味道？却又真不知该从何说起。你说江南多的是小桥流水，但有小桥流水的地方，未必就是江南；江南多的是竹篱茅舍，又何处没有竹篱茅舍呢？古来常说"骏马秋风冀北，杏花春雨江南"，但有杏花春雨的地方，岂止江南？南方哪里没有杏花，哪里没有春雨呢？即使是"千里莺啼绿映红，水村山郭酒旗风"的风光，也并不是江南一带特有的景色。在我们的阅读记忆中，江南就躲藏在唐诗宋词里。李白的《金陵酒肆留别》："风吹柳花满店香，

吴姬压酒劝客尝。"在唐朝诗人眼中,柳花飘絮的季节,吴地多美女,款款地走上前来,轻轻地按一按手中的酒杯:"劝君更尽一杯酒,西出阳关无故人。"柳花其实是并无香味的,这香味来自江南的味道。"金陵子弟来相送,欲行不行各尽觞。请君试问东流水,别意与之谁短长。"这离情别意,这风物人情,你才能体会到一种真正的江南味道。

在江南这种美丽的地方,会有许多美丽的故事可听。"一夜越溪秋水满,荷花开过溪南岸。贪采嫩香星眼慢。疏回眄,郎船不觉来身畔。"欧阳修这首《渔家傲》讲述了一个美丽的江南故事。秋水涨发的时候,两岸荷花开成一片。江面上面对面两只小船,怀春的姑娘只顾贪采荷花,无意间一抬头,忽见情郎的船只已来到身边。"罢采金英收玉腕,回身急打船头转。荷叶又浓波又浅,无方便,教人只得抬娇面。"钱谷融先生在序文中无比动情地写道:"燕子来时,天天春光晴好,豆花开了,菜花开了,日长悠悠。"短短几行朴素平淡的文字"一下子把我引入了一个如梦如醉的境地,使我仿佛重又回到了已经像流水般逝去了的童年在家乡所度过的那些岁月之中。身旁燕语呢喃,花香醉人。我忽然若有所失,心头说不出是欢喜还是忧伤,是甜蜜还是悲凉"。这样的江南味道,绝非仅仅是一种阅读记忆中的怀念。

2014 年 02 月 26 日

二

在作家苏童的记忆中,江南是一个关于船的美丽谎言。记忆中的苏州内河水道是洁净而明亮的,到常熟去的客船每天早晨经过老家窗外的河道,苏童最喜欢这些蓝色的船体和白色的客舱泾渭分明的客轮。家乡的河水每天都在流动,流动的河水中经过了无数驶向常熟、太仓或昆山的船。最常见的是运货的驳船队,七八条驳船拴接在一起,被一条火轮牵引着,突突地向前行驶。在寂静的深夜或者清晨,有时候被橹声,有时候被船户大声的说话声惊醒。在我们的阅读记忆中,这样的情景总是一再地重复出现,张继的"姑苏城外寒山寺,夜半钟声到客船",皇甫松的"夜船吹笛雨潇潇,人语驿边桥"。

那时的江南,那时的江南的船,几乎是一种对航行和漂泊的想象和诱惑,又怎么会是王安石淡淡的一句"昨夜月明江上梦,逆随潮水到秦淮"所能释怀。在另一位作家叶兆言的笔下,流水是江南繁华的根本,看似无情,却似有情。是流水成全了江南,锦绣江南众多的河道,犹如庞大躯体上的毛细血管,有了流水,江南也就有了生命。对于儿时的苏童来说,怀着隐秘打量世界总是很痛苦的。这与母亲一句随意的玩笑有关。她说，你不是我生的，你是从船上抱来的。当你长大成人后你知道那是玩笑，母亲只是想在玩笑之后看看你的惊恐的表情。"我却因此记住了我的另一种来历。我也许是船上人家的孩子，我真正的家也许是在船上。"于是，"我伏在临河的窗前，目送一条条船从我眼前经过，我很注意看船户的脸，心里想，会不会是这家呢？会不会是那家呢"，从此以后，"让我关注的就是驳船上的那一个个家，一个个年龄与我相仿的孩子，这种处于漂浮和行进中的生活在我眼里是一种神秘的诱惑"。你是从船上抱来的，你的家在一条船上，生于斯、长于斯的多少代江南儿女，早已习惯了重复同样的谎言，"因为关于船的谎言也是美好的"。人艰不拆，在岁月的眼中，哪一种美丽不是谎言？又何况是江南，以及江南的船。

2014 年 02 月 27 日

三

关于江南，你可以有各种各样的阅读方式，各种各样的阅读记忆。然而，在我们这代人的阅读记忆中，江南是一条船，一条早已逝去的船，再也回不来的船。在一片朦胧的记忆中，如今只剩下这江南水乡的船，还隐隐约约，似有若无。各种各样的船在流淌的记忆中漂泊着来、漂泊着去。船舱乌篷顶上晾着线网，舱棚里挂着几扇丝网，那是网船。一条网船就是一个渔家，舱顶上栽一盆蒜，或一盆葱，有情致的还养几盆月季、山茶、仙人掌什么的，或养一条狗、一只猫。

"春潮带雨晚来急,野渡无人舟自横。"江南的渡船形状挺怪、宽、深,却短,有头无艄,仿佛是从某条船上锯下来,使人想起剁下来的鱼头。这种残缺感却不知怎么给人一种匆忙而勤勉的感受,一种身在旅途、背井离乡的愁绪。在河水缓缓的渡口,渡船可以不用艄公。船头一根长绳挂在彼岸,人在岸上把船拉到身边,再在船上拉动对岸的绳,就可以渡河了。人到彼岸,再回头看船,这船竟有了一种质朴的、亲近人的美意。被称为小划子的"淌淌船",舱里很浅很窄,舵、篙、平基、跳板都尽可能省略去了,只留下一叶小小的桨。淌淌船可以载着萝卜、水芹、红菱、白藕、西瓜、鲜鱼活虾,伶伶俐俐穿梭往来。一声吆卖,万种风情。临河的窗户探出三婆四婶,讲好价,吊下篮子,篮底压着钞票。秤尾一翘,说一声"先"(方言,足秤的意思),篮子被提上去。在这一递一送之间,散发出一种说不出来的滋味,一种水盈盈能滋养人心的恬适。或许,这正是江南的味道。每到逢年过节的时候,操办年货的、探亲访友的、寻欢作乐的,当然也有进城交租交谷子的、卖儿鬻女的、借贷还债的,不论是人间的欢乐还是哀愁都沉甸甸地满载在船上。

当你站在穹形的石桥顶上,看着这船,这流水,你能想象它们会有消失的一天吗?不幸的是,它真的消失了,消失在日渐污秽和干涸的河道上,消失在阅读的沙漠里。如今的江南还有船吗?或许还是有的,载满游客的船,打捞垃圾的船,点缀河面的船,但那已经不是记忆中江南的船。在作家李杭育的记忆中,无船的河,等于没有星月的夜空,没有秀发的女子。消逝的是船，湮灭的是历史。

2014 年 02 月 28 日

四

要有多少次的悲伤，才能留住一份江南的美好。小时候的阅读中，江南是鲁迅的江南，是阿 Q、孔乙己、豆腐西施的江南。这江南，昏暗而晦涩，落寞而孤独。哪怕是江南的雪，"血红的宝珠山茶，白中隐青的单瓣梅花，深黄的磬口的蜡梅花，雪下面还有冷绿的杂草"，还有孩子们的塑雪罗汉，"目光灼灼地嘴唇通红地坐在雪地里"，然而，我实在感受不到一点江南的诗意，因为还有那"朔方的雪花在纷飞之后，却永远如粉，如沙"。大学时代的阅读中，江南，是周作人的乌篷船，"你坐在船上，应该是游山的态度，看看四周物色，随处可见的山，岸旁的乌桕，河边的红蓼和白苹，渔舍，各式各样的桥，困倦的时候睡在舱中拿出随笔来看，或者冲一碗清茶喝喝"。江南，是朱自清"晃荡着蔷薇色的历史的秦淮河的滋味"。在桨声灯影里，秦淮河的水是碧阴阴的，或者是六朝金粉所凝么？秦淮河的歌声从沿河的妓楼飘来，那些歌声，"只是些因袭的言词，从生涩的歌喉里机械地发出来的"，混着微风和河水的密语。

在桨声灯影里，河两旁木壁的房子，多年烟熏的迹，遮没了当年的美丽。一眼望去，疏疏的林，淡淡的月，衬着蔚蓝的天，颇像荒江野渡光景；郁丛丛的，阴森森的，又似乎藏着无边的黑暗，令人几乎不信那是繁华的秦淮河了。在桨声灯影里，船头上坐着的妓女，白底小花的衫子，黑的下衣，手里拉

着胡琴，口里唱着青衫的调子。她唱得响亮而圆转。当她的船箭一般驶过去时，余音还袅袅的在我们耳际，使我们倾听而向往。

　　在朱自清的记忆中，"江南是最后的梦，可惜是最短的梦"，"我们的梦醒了，心里充满了幻灭的情思"。不知从什么时候，江南的阅读只剩下郑愁予这首悲伤的诗："我打江南走过／那等在季节里的容颜如莲花的开落／东风不来，三月的柳絮不飞／你底心如小小寂寞的城／恰若青石的街道向晚／足音不响，三月的春帷不揭／你底心是小小的窗扉紧掩／我达达的马蹄是美丽的错误／我不是归人，是个过客"。

2014 年 03 月 01 日

人生若只如初见

家里新种下的一排紫藤，趁着这晴好的天气，默默地开出花来。在这雾来雾去的春天，柔柔地缠绕着白色的栅栏，或者略带羞涩地依偎着石墙，吐露着一簇簇淡雅的紫色。"紫藤挂云木，花蔓宜阳春。密叶隐歌鸟，香风留美人"，我无法感受唐代诗人李白的曼妙诗情，也难以理解这位"百年三万六千日，一日须倾三百杯"的诗人是如何把紫藤花当作下酒菜，"但使主人能醉客，不知何处是他乡"。徘徊之间，想起的却是三百年前一位叫作"纳兰容若"的诗人。"人生若只如初见，何事秋风悲画扇"，这极尽婉转伤感的韵味，仿佛所有的惊鸿一瞥瞬间定格在一个偶遇的时刻。

说起来有些奇怪，我们的阅读是在梁羽生的武侠小说中第一次知道这位"饮水词人"。王国维说他不但是清代第一人，还是"北宋之后，唯此一人"。而在《七剑下天山》中，梁羽生演绎出的却是一段情发无端的惆怅故事。这位少年"他的父亲纳兰明珠，正当朝的宰相。康熙皇帝非常宠爱他，不论到什么地方巡游都带他随行。但说也奇怪，纳兰容若虽然出身贵族，却生性不喜拘束，在贵族的血管中流着叛逆的血液。他最讨厌宫中刻板生活，却又不能摆脱，因此郁郁寡欢"。后世研究《红楼梦》，有人说贾宝玉便是纳兰容若的影子，"德也狂生耳／偶然间、淄尘京国，乌衣门第／有酒惟浇赵州土，谁会成生此意／不信道、遂成知己／青眼高歌俱未老／向尊前、拭尽英雄泪／君不见，月如水／共君此夜须沉醉／且由他、娥眉谣诼，古今同忌／身世悠悠何足问，冷笑置之而已／寻思起、从头翻悔／一日心期千劫在／后身缘、恐结他生里／然诺重，君须记"，这是纳兰容若著名的《金缕曲》。

在那个满眼春风百事非的阅读年代，让我们最难忘的并非这位八旗子弟"生于温柔富贵，却满篇哀怨；身处花柳繁华，却心游离于喧闹之处；行走于仕途，却一生为情所累"的传奇人生，而是纳兰容若和冒浣莲那段"生命中不可捉摸的缘分的缺席"。在那个草原之夜，帐外朔风怒号，帐中温暖如春，"最伤心烽火烧边城，家国恨难平。听征人夜泣，胡笳悲奏，应厌言兵。一剑天山来去，风雨惯曾经。愿待沧桑换了，并辔数寒星。此恨谁能解，绝塞寄离情"。恍惚之中，纳兰容若飘逸如眼前这些淡淡的紫藤花，"非关癖爱轻模样，冷处偏佳。别有根芽，不是人间富贵花"。

2014 年 03 月 23 日

文学意味着"孤独"

在我们这代人并不漫长的阅读史中,文学意味着"孤独":从马尔克斯的《百年孤独》到里尔克的"谁这时孤独,就永远孤独。/ 就读着,或者写着来信,/ 在林荫道上徘徊,当着落叶纷飞"。

哲学意味着"荒诞":从加缪的《西西弗斯神话》到舍斯托夫的"唯其荒谬,所以才信;唯其不可能,所以才真"。历史则意味着"疯狂",从福柯《古典时代的疯狂史》到索尔仁尼琴"俄罗斯,你可听见,/ 我们的良心,洁白无瑕"。于是,我们这代人几近残破不堪、伤痕累累的阅读史只剩下金庸为我们编织的这个世界,一个关于正义和富贵幻想的童话之梦。

吴思的《血酬定律》中有一种说法:"武侠梦就是中国男人的改良皇帝梦。"在金庸的笔下,凡是有一统天下的野心的人,几乎都是大号的反面角色。而一统天下恰恰是追求社稷安全的合乎逻辑的行为。大侠凭着独步天下的武功不受任何威胁,皇上只有剪除异己才能不受任何威胁。从这个意义上说，追求绝顶武功的人，与追求天下一统的人，实属一丘之貉。

"皇帝梦中的许多东西，也是人类普遍的幻想和渴望。譬如公正，强大，受人尊敬，衣食不愁，美女如云，安全，有成就，匡扶正义，偷懒，不受管束和约束，不干没有意思的苦工，等等。这些幻想不仅简单幼稚，而且自相矛盾。但我们愿意梦想的恰恰是这种简单幼稚和自相矛盾的东西。"

早就有人说过，武侠小说是成年人的童话。为什么武侠幻想在中国格外流行？除了合乎大多数人的梦想之外，社会气候和土壤似乎也格外适宜。中国人从自己的悠久历史中发现了核心秘密：枪杆子里面出政权，出财富，出尊敬，出美女，出成就，出一切。对武侠的幻想，其实就是对枪杆子的幻想，对拥有强大的伤害能力的幻想。从孙悟空到梁山好汉，中国古典文学中从不缺少类似的案例。金庸色彩缤纷的武侠想象，其最核心的一点，就是拥有一种超常的能力，可以保护自己不受暴力的侵犯和伤害，自己却有能力随心所欲地伤害别人。然而，在现实生活中，能够凭着名头在江湖中无人不知、无人不敬；哪怕杀人如麻，也没有通缉逃亡之苦；既无须当牛做马为稻粱谋，也不必为柴米油盐琐事操心，这样的人似乎只有一个，那就是皇帝。皇帝的生活，乃是中国人所能想象的尘世间最幸福的生活。金庸无非为我们编织了一个比皇帝还幸福的角色，这就是侠客。

2014 年 04 月 20 日

儒与侠

顺手翻翻《中国武侠史》,却暗暗吃了一惊:一脸慈祥的孔夫子原本也是武士出身。《左传》就记载,孔子出生于一个武士家庭,其父叔梁纥以勇力著称,曾在战斗中双手托起城门,将关内的守军放出来。《史记》也说,孔子身长九尺六寸,"人皆谓之长人而异之"。据说,"孔子之劲,能拓国门之关,而不肯以力闻"。孔子自己也曾对门徒说:"吾何执?执御乎?执射乎?吾执御矣。"意思是我要驾车呢,还是要射箭?后面又说了一段话来解释:"君子不器也。御为天道。天下有道则行之。天下无道则藏之。此即知之为知之。不知为不知也。沽之哉。沽之哉。我待贾者也。"

孔子的门徒不乏武士的做派,子路"好长剑",最后杀身成仁。子由赴卫国时,孔子送给他一部车,而在几个月前他刚刚拒绝以这部车为颜回换取棺椁。孔子想的还是当官那些事。他说,我已经没有力气再坐车去朝廷了,所以,把它送给你吧。"谁谓河广?一苇杭之。谁谓宋远?企予望之。谁谓河广?曾不容刀。谁谓宋远?曾不崇朝。"这一年,孔子71岁。其他几个门徒,冉有"用矛于齐师",樊迟率师逾沟,也都曾是武士。在我们的阅读记忆中,一部《论语》,无非道德文章。"君子无所争,必也射乎。揖让而升,下而饮,其争也君子。"子路问过:"君子尚勇乎?"孔子的回答是:"君子义以为上。君子有勇而无义为乱,小人有勇而无义为盗。"仔细想想,孔子理想中的"志士仁人,无求生以害仁,有杀身以成仁"。这种"杀身成仁"的精神不正是侠客的灵魂吗?我们无从知道,孔子是如何从一个武士蜕变为文人,成为儒家的创始人。或许,这与春秋时期"士"的阶层开始出现分化有关。在此之前,"士"的阶层一直都是武士阶层,后来,儒从"士"的阶层分化出来,"士"阶层中的武士便逐渐转化为侠客。

英国学者威尔斯《人类的命运》中提出过这样一个耐人寻味的观点:"在大部分中国人的灵魂里,斗争着一个儒家,一个道家,一个土匪。"据闻一多的解释,"土匪"包含有侠客的意思。儒与侠当是中国传统文化精神一上一下的两个主要载体。

2014 年 04 月 22 日

无聊才读书

今天是世界读书日。记得鲁迅先生说过:"无聊才读书,一阔脸就变。"还有一位叫作"丹齐格"的法国人写过一本书《为什么读书》,其中有一些很有趣的说法:"读书如同走路,或许吧。而且我也会一边走路一边看书。"在他看来:"读书毫无用处,正因如此,它才是一件大事。我们阅读,因为它无用。"无论书的介质如何变化,阅读始终会是人们关心的话题,尽管这是一条无用却意义重大的不归路。

回到我们关于"侠客"的阅读,鲁迅在《三闲集》有一篇《流氓的变迁》,他说:"孔子之徒为儒,墨子之徒为侠。"墨家与侠的生长有非常关系。据说,"墨子服役者百八十人,皆可使赴火蹈刃,死不旋踵"。他们平时一律食"藜藿之羹",穿"短褐之衣",足登麻或木制的跂跻。《墨子》曰:"任,士损己而益所为也",也就是损己利人的精神;"任,为身之所恶以成人之所急",也就是扶危救困的行为准则。墨家还收留了一批迹近武侠的士。墨子的大弟子禽滑釐收索卢参为及门弟子。好勇的武士屈将子"带剑危冠"拜见墨子的另一名弟子胡非子,并为之心折,"乃解长剑,释危冠,而请为弟子学"。《吕氏

春秋》也记载过一个关于墨者钜子的故事，墨家弟子与钜子为朋友共同殉难达83人。难怪鲁迅会说，唯侠老实，所以墨者的末流，至于以"死"为终极的目的。到后来，真老实的逐渐死完，只留下取巧的侠。汉朝的侠客，就已和公侯权贵相馈赠，以备危急时来作护符之用了。

司马迁说："儒以文乱法，而侠以武犯禁。"而在鲁迅看来，"乱"之和"犯"，绝不是"叛"，不过闹点小乱子而已。所以，一部《水浒传》说得很分明，因为不反天子，所以大军一到，便受招安，打别的不"替天行道"的强盗去了，终归是奴才。于是，就有了流氓。"和尚喝酒他来打，男女通奸他来捉，私娼私贩他来凌辱，为的是维持风化；乡下人不懂租界章程他来欺侮，为的是看不起无知；剪发女人他来嘲骂，社会改革者他来憎恶，为的是宝爱秩序。但后面是传统的靠山，对手又都非浩荡的强敌，他就在其间横行过去。"这种由侠客而流氓的变迁，至今依然横行不断，绝非一支城管之类的队伍可以对付。

2014年04月23日

古代刺客的那些事

一

有一部法国电影叫《日出时让悲伤终结》,讲述的是两位维奥尔琴大师的故事。片名的这句话被《新京报》书评周刊用来介绍西班牙古乐大师约迪·萨瓦尔。

据说,乐器的灵魂不在于它的样式,而在它的年龄。维奥尔琴就像上了年份的好酒,随着时间的变迁变得松脆,散发着木质的芳香,音色变得异常敏锐。当维奥尔琴在耳畔奏响,仿佛时光穿梭到了古老的巴洛克时期。在演奏巴洛克时期的古乐作品时,维奥尔琴会以它特有的历史底蕴,诉说属于那一时代的华丽话语。

此刻,借用这句话,我想表达的却是一种截然不同的阅读记忆:古代刺客的那些事!春秋末期,一批生活在民间,身怀绝技却不图富贵、崇尚节义的武士。他们为报知遇之恩,出生入死,虽殒身而不恤。在我们的阅读记忆中,中华文明的正史自东汉以后就不再有关于武侠的正式记载,然而,恰恰

是这些刺客和他们几近疯狂且名载史册的行为，构成了一部武侠史中最激动人心的篇章。

太史公司马迁在《史记·刺客列传》中，为我们呈现了5个这样的刺客：曹沫、专诸、豫让、聂政，以及最具人气的荆轲。其中，最匪夷所思的是春秋末期晋国的豫让、吴国的专诸和要离。一部《赵氏孤儿》曾让我们见识了几千年前晋国的权臣相争，内乱不止。晋国权臣智襄子被赵襄子联合魏、韩两家所攻杀。赵襄子将其头颅漆为饮酒之器。另一说是制成夜壶，日夜把玩。这位叫做豫让的刺客，生前曾受智襄子赏识和器用，有"国士之恩"，遂发誓为智襄子复仇。豫让对此的理解是：我在别人手下时，他们视我为普通食客，泛泛而待，所以我也用平常人的态度对待他们。智襄子独具慧眼，以国士待我，我也当以国士之心相报。豫让的刺客之路相当具有戏剧性。他先是自残为阉人，改名换姓，混入赵襄子宫中当了厕所的守卫，身上时时刻刻都揣着一把尖锐无比、刀尖隐隐血红的匕首。

不过，豫让的第一次行刺并不成功。诡异的是，赵襄子居然把他放了，还平静地说了一个道理："彼义人也，吾谨避之耳。且智伯亡无后，而其臣欲为报仇，此天下之贤人也。"然而，故事并没有这样结束。豫让竟丢下了一句："不杀之恩，豫让在此谢过。未报之仇，亦当血债血偿！"

2014 年 04 月 24 日

二

中国人很早就发明了火药，结果只是做成鞭炮，用来驱邪避灾，欢庆节日。最终，没能抵挡蒙元的长刀和清军的铁骑，更在洋人的船坚炮利下揭开了耻辱的近代史。中国人很早就发明了罗盘和指南针，结果只是用来看看风水，短暂的航海历史最终只留下几缕破碎的海盗之梦。

中国人很早就有了铸剑的传说，侠与剑自诞生之日起便紧紧联系在一起。司马迁为游侠作传，以《韩非子》的《五蠹》作开篇，游侠与私剑并称，而"带剑者"的特征即是"聚徒属、立节操以显其名，而犯五官之禁"。远古社会到处弥漫着一股好剑之风，赵惠文王酷爱剑，在他的身边聚集着 3000 多名剑客，"日夜相击于前"。这些剑客"蓬头突鬓，垂冠，曼胡之缨，短后之衣，瞋目而语难"。就连赵惠文王这样的小国国君，好剑也到了疯狂的地步，"虐而好剑，苟铸剑，必试诸人"。

佩剑则成为贵族身份和地位的标志，"始封之日，衣翠玉、带玉佩剑，履缟，立于流水之上"。更有甚者，吴国贤公子季札挂剑于好友徐国国君的墓旁，以示"吾心已许之"。诗人屈原行吟泽畔："带长铗之陆离兮，冠切云之崔嵬"。剑的崇拜心理自然让铸剑渗透着一种难以理喻的神秘感。据说，干将与莫邪为吴王铸剑时，使童女童男三百人鼓橐装炭，还虔诚地将自己的头发、指甲剪下投入熔炉中以铄金。干将的师父铸剑时也是"夫妻俱入冶炉中，然后成物"。

吴国有一个工匠甚至"杀其二子，以血衅金"。司马迁《史记·刺客列传》记载过专诸和"鱼肠剑"的故事。专诸原本是个屠夫，性至孝。某次与一大汉厮打，众人力劝不止，其母一唤，便束手而回。伍子胥见之深为敬佩，便把他推荐给公子光。专诸很轻易地答应了为公子光争夺王位而刺杀吴王僚。为此，他特地去太湖向当地名师学习做鲤鱼的烹调手艺。这道手艺令人惊诧之处就在于可以将腌制、炸熟的鱼肉、鱼头和鱼尾拼成整条鱼，无骨无刺，外酥里嫩，鲜美无比。公子光专门请铸剑大师制作了一把锋利的匕首，名曰"鱼肠剑"，正好可以装入专诸精心烹制的鲤鱼里。这是一起极为出色的行刺，在一次"鸿门宴"中，专诸正是用这把"鱼肠剑"，刺穿了吴王僚的三层皮甲，自己也被砍为肉酱。

一把把悲伤的剑，在侠客演绎的惊天动地之举中，犹如那些古乐大师手中的维奥尔琴，琴声如诉，悲伤得留不住一滴眼泪。

2014 年 04 月 28 日

又见左岸

一

塞纳河静静地流过巴黎,在埃菲尔铁塔附近折向西南流出市区。法国人习惯上以塞纳河的流向为正面,把河左边的区,称为左岸,河右边的区称为右岸。在许多人眼里,左岸是一个艺术的巴黎,有拉丁区,大学、书店、出版社、画廊云集。右岸则是一个商业的巴黎,有香榭丽舍大道,证券交易所、银行、公司、写字楼簇拥。在我们的阅读记忆中,左岸是 20 世纪 80 年代所有文学青年的梦想和朝圣之地,人人都记得这句:"我不是在咖啡馆,就是在去咖啡馆的路上。"

20 世纪 30 年代中期,圣日耳曼大街和教堂广场周围布满书店、出版社、画廊和室外咖啡馆。花神咖啡馆和边上的德玛格餐厅是萨特和他的情人波伏娃消磨时光的地方。现在咖啡馆的菜单上还印着萨特的语录:"自由之神经由花神之路"。新一代作家和诗人占据了花神咖啡馆,附近的"里普啤酒馆"则是纪德和圣罗兰经常涉足的地方。那时,布勒东和他的超

现实主义开始喜欢上圣日耳曼教堂对面的双叟咖啡馆。也是在那时,蒙帕纳斯继蒙马特之后成为画家和诗人喜爱光临的地方,毕加索、阿波里奈尔等整整一代精英在那里寻找慰藉和欢乐。布雷克这样回忆说:"这些场所总能够在附近安置世界上的流浪者漂泊的心。"

又见左岸,忽然有一种恍若隔世的感觉。还是塞纳河边,还是巴黎的左岸,还是同样名字的咖啡馆,然而,没有了萨特、加缪,没有了海明威、毕加索,没有了那一批为自由思想孜孜以求的知识分子,如今的左岸不过是一个平常人窃窃私语的地方。或许,他们也会萦绕着一些名人的追忆,但仅仅只是一种伤感的凭吊,抑或是喝咖啡时的谈资。巴黎和岁月一起却已老去。

2014 年 07 月 04 日

二

圣日耳曼大街无疑是世界上最能让人多愁善感的地方,

也最能让人在失落的激情中体会到一种伤感和孤独。当你随便走进一家咖啡馆，一不留神就会坐在海明威坐过的椅子上，想起《太阳照样升起》中那段著名的话："不管你让出租车司机从右岸带你去蒙帕纳斯的哪家咖啡馆，他们都会把你拉到罗桐多去。十年后也许会是圆顶。"法国人的左岸上面还叠加了一个美国人的左岸，使用着同样的街道、咖啡馆和咖啡杯，只是时期和风格有些差异。这个左岸以著名的圆顶罗桐多——精英咖啡馆和蒙帕纳斯的圆顶十字路口为中心，向北延伸到圣日耳曼德普莱的双叟和花神咖啡馆。或许，隔壁另一家咖啡馆就是布勒东当年一直在路边作画的地方。这位年老的大师总是表情庄严地抽着烟，和每一位超现实主义崇拜者互相鞠躬致敬。

或许，在某个角落，你可以看见一个戴着教师眼镜的男人"迈着小步，头埋在脏乱的羊毛夹克里，口袋里塞满了书和报纸，胳膊下面夹着从公共图书馆借来的巴尔扎克的小说"，这就是那个叫作萨特的男人。他坐在角落桌子旁,"满有情绪地看看周围,然后取下围巾,喝几口白兰地暖和一下,性感的嘴唇上叼着小烟袋,燃着便宜的烟草,从文件夹里拿出一支廉价的钢笔,写出四十页的手稿"。然后,一小撮弟子"像沙丁鱼一样簇拥在左右",萨特动身去夜总会。在二战前的那些年里,法国是文学和艺术世界的中心,左岸则是这个中心的中心。

有人说,这条大街无异于一个共和国,这个文人的共和国整个被包含在巴黎的一些出版社、几家狭窄的杂志社,一些画室、咖啡馆、艺术家工作室和阁楼里。搞懂这个世界并非易事。真实的对话发生在十几位相互坦诚相待的作家之间。正是在这条大街上,"思想被改写和重塑"。

2014 年 07 月 08 日

三

在我们的阅读记忆中弥久飘香的左岸咖啡,除了加糖、加奶,还加上了文学、艺术和哲学,以及由此糅合起来的许多近乎神话的故事。那些年,在我们度过的大学时光里,一批喜欢长发及肩、愤世嫉俗的文学青年,总是有意或无意地装出一副读过很多存在主义作品的样子。其实,那时我们能够接触到的作品,除了加缪的《鼠疫》,只有《萨特研究》中收录的《间隔》《厌恶》《肮脏的手》以及一些支离破碎的访谈录,大部分文字不过是从一个概念跳跃到另一个概念,从一团迷惘转向另一团迷惘,一脸"我思故我在",总觉得"真理从天上翻身跳出"。

其实，我更多惦记的是萨特和波伏娃的那些事，或者叹为惊世骇俗，或者背负累累骂名，或者视为荒诞游戏的生活方式。直到今天，我们对这段传奇依然有种种不同的解读。萨特后来回忆起第一次见到波伏娃时的印象："我认为她很美，我一直认为她美貌迷人，因为她很美，因为她过去有，现在仍有——她在我面前显出的那种容貌。波伏娃身上不可思议的是，她既有男人的智力，又有女人的敏感。"那是复活节假期结束，巴黎高等师范学院的索邦校区开满了百合花、金莲花和红山茶，在一堆热闹、喧哗的返校同学中，萨特不时地向几位比他要高得多的、傻乎乎的女同学献殷勤，结果有些尴尬，"他坐下来，抱着脑袋一个人生闷气"。不远处，穿着黑衣，戴了一顶可笑绒帽的波伏娃目睹此情此景，不禁莞尔。

《少女的心》是波伏娃50岁时开始写的四部回忆录之一，本书引人注目之处，不仅记述了她与萨特，还用大量笔触描写了萨特和他的许多女友让人心生妒忌的情趣生活。以爱的名义，"自由是一个人对他的存在的选择"，或许，萨特的这句名言是我们对此所能找到的唯一解释。

2014 年 07 月 09 日

四

想起了萨特的《寄语海狸》。这本书收录了萨特近40年间写给昵称"海狸"的波伏娃及几位好友的信件，颇似鲁迅的《两地书》。二战时候的萨特和厦门时候的鲁迅，他们的

落寞处境和内心躁动竟然如此相近，几乎每天一封。虽然都是"直接的生活实录"，但萨特显然没有鲁迅的油嘴滑腔，也不像鲁迅习惯于居高临下的口吻。萨特将他的存在主义解释为"生活和行动的哲理"，按照"自我选择"的基本命题，人的命运取决于人们自己的选择。

萨特和波伏娃的爱情游戏和另类婚姻，显然比鲁迅的师生恋更让我们充满了想象的空间。那是一个夜幕降临的时分，萨特和波伏娃走出香榭丽舍大街散场后的电影院，步行到卡鲁赛尔公园，坐在一条石凳上，背后是卢浮宫的围墙。不远处一只猫在咪咪地叫着。就在这时，萨特说："让我们订个两年的契约吧。"按照这个契约婚姻，他们可以云游四海，随遇而安，没有固定的同居地点。双方保持自由自在，却又一切透明。他们约定要告诉对方"所有的事情"，包括最微小的细节。

正如萨特的生活中有许许多多的女性，波伏娃也不是萨特生活中唯一的异性。1997 年，波伏娃写给阿尔格雷的情书出版；2004年，她与博斯特的通信集出版，人们对这种开放式生活方式更加匪夷所思。对于我们这代人来说，20世纪80年代更需要的是认识他们蔑视传统的勇气和胆量。在另一本讲述"燃烧在存在主义大师与女权运动先驱之间不灭的爱情之火"的书中，罗利这样写道："他们努力实践一种自由和责任的生活哲理，而且为人们开启了很多扇门。很少有人比他们生活得更富有激情。"无论如何，这个契约居然让他们信守一生。

2014年07月10日

五

据说，"知识分子"这个词最早是从法语来的，而且和左岸有关。在政教合一的中世纪，两个来自左岸的读书人以他们的学识纠正了当局对一个宗教迫害案的错判。从此，人

们把用知识改变人类命运的这些读书人称作"知识分子"。知识分子与政治，历来都是纠缠在一起，从二战前到冷战时期，左岸汇集许多知识分子，从马尔罗到萨特，从莫里亚纳到毕加索，无论是早期的纪德，还是后来的加缪，无论诗人还是画家，左岸的历史不仅仅是萨特和波伏娃神一样的准风月谈，更不仅仅是一座杜拉斯式的"爱、谎言和写作"的象牙塔。

1917 年，十月革命使俄国成为社会主义的中心，左岸的知识分子纷纷前往他们的精神圣地朝圣。他们既为红色政权鼓吹，也为苏维埃的大清洗辩护。他们充满了憧憬，认为那是人类社会的希望，那里的一切都是充满正义且合乎逻辑的。可惜，他们带给世界的并非福音，而是灾难。当然，知识分子的良知也使纪德这样一些朝圣者变成反叛者。战后，斯大林主义的专制和迷信真相被揭露出来后，许多人挺身而出，左岸又一次产生论战，阵营分化。

《左岸：从人民阵线到冷战期间的作家、艺术家和政治》这本书记录了从 20 世纪 30 年代到 50 年代冷战开始，左岸知识分子"介入"与"抗争"的精神历程，让人重新反思这段历史。左岸产生的思想如此深刻地影响历史的进程，无论如何，今天我们仍然相信，左岸留给我们阅读记忆的不只是咖啡和书香，更是一种思想。正是这种自由思想，以及这种思想的表达，"不仅在面对专制的意识形态时需要有，在面对战争威胁和生存危机的时候需要有，而且在面对文化本身遭遇危机的时候更需要有"。

2014 年 07 月 12 日

大历史中的小故事

一

我喜欢这样的阅读，大历史中的小故事。在漫长的岁月中它们就像一幅幅拼图，一个个故事正好嵌入拼图之中。在我们的阅读记忆中，每个人都会有一幅凝聚自己对于往日情感解释的拼图，或许这些故事恰恰是你正在寻找的拼图中缺失的部分，它们慢慢地汇集在一起，组成了有些残缺的历史。

史景迁《胡若望的疑问》讲述的就是这样一个小故事：17世纪20年代，一个叫作胡若望的广州人随耶稣会神父傅圣泽来到法国，却被当成疯子关进邻近巴黎的沙朗通精神病院，待了两年半之久。"他穿着一件肮脏的中国式上衣和一条衬裤，脚上套着一双霉烂的中国袜，蹬着破损的拖鞋，肩上围着一件破旧的欧式短上衣。他的一头黑色长发披散在肩上。"故事就这样辛酸地开始。"他的脸看起来像是从坟里挖出来的尸体一样，"戈维尔神父这样回忆道，"由于他的体格和容貌也毫无特别之处，因此看起来比较像是个挨饿的流浪汉或乞

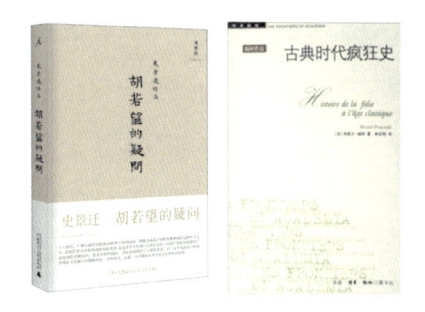

丐，而不像是个中国读书人。"当戈维尔喊出一句中文的问候语，胡若望的脸随即亮了起来，仿佛感受到了某种内在的满足。胡若望指向十字架，随即跪了下去，俯伏在地，前额贴在地板上，然后又跪起来，再趴伏下去，如此连续5次。他敬拜完毕之后，便站起身来，向在场的每个人一一打躬作揖。经过这番折腾，才在众人的敦促下坐了下来。在随后一个多小时的交谈中，胡若望口齿流利地一一回答了戈维尔的问题：为何衣衫褴褛？为何身无分文？为何没有履行与将他从中国带到欧洲的傅圣泽神父之间的工作约定？最后，当得知将被释放时，胡若望怯怯地问了一句："为什么把我关起来？"这是胡若望的疑问，也是历史的疑问。

2014 年 07 月 21 日

二

我喜欢这样的寓言，大命运中的小叹息。明清之际中西文化的最初交织,几乎可以概括为一声西风落叶般的叹息。胡若望的遭遇不过是这声叹息中极为微弱的一丝,如果不是史景迁像考古一样刨坟掘墓,从罗马的梵蒂冈图书馆、伦敦的大英图书馆和法国外交部的档案中把这段陈年往事挖掘出来,抖落灰尘,恐怕连这丝微弱的叹息也不会有人听见。300年前法国耶稣会神父傅圣泽与中国天主教徒之间的这段纠葛,更像是某种神秘的预言。

傅圣泽神父在返回法国的船上就开始后悔自己的选择。这个第一次出远门的中国人在旷日持久的海上航行中耗尽了他的梦想,开始作出种种反常举动:他举止粗鲁、没有礼貌,不懂得谦让,还和水手打架。一路的晕船,导致计划中的典籍抄写工作没有丝毫进展。在恍恍惚惚中来到法国后,傅圣泽更彻底失望。胡若望不仅难以胜任助手之职,一直拒绝工作,还不断生出许多古怪的念头。他宣称梦见神主降临,并要他说服康熙皇帝让传教得以在中国更自由。他还梦到自己的母亲去世,为此一连几天,彻夜恸哭。

胡若望还曾不止一次表示自己要靠乞讨游历法国和欧洲大陆,后来他差点做到了。他不允许房东的女儿和女仆进入他的房间,而且自制了一面小鼓和一面写着"男女授受不亲"的小旗,喊着谁也听不懂的汉语,在巴黎街头进行布道。为了避免引起麻烦,傅圣泽只好请房东把他的道具扔掉。不料,这竟然促使胡若望愤而出走,开始了一段乞讨生涯。

2014 年 07 月 23 日

三

历史时光的交错,总是让人恍若隔世。放眼今天的巴黎,满大街都是成群结队、高声喧哗的中国人。可是,有谁可以想象,300年前,胡若望是巴黎城里唯一的中国人。我们慢慢可以理解,这位堂吉诃德式的中国人在从路易港到巴黎的旅途上种种古怪、荒诞乃至疯狂的行为,与其说是水土不服,不如说是某种文化的错乱。傅圣泽说胡若望就像一匹脱缰的野马,在乡间到处乱跑。他只要看到自己没见过的东西,就一定要跳下车去看个究竟。看见风车,他甚至会爬上去研究其结构。他还偷过一匹马,在路易港陡峭曲折的街道窜来窜去,对此不但毫无悔意,反倒诘问:既然马匹闲着也是闲着,为什么不让别人用用。

在动身前往巴黎的路上,法国人只好用一条绳子把胡若望和马车系在一起跑。天气寒冷时,穿着长袜和两件内裤的胡若望就会坐到客栈的火炉前,掀起外衣和衬衫下摆以温暖臀部。傅圣泽一路上一直在后悔"当初实在不该带他过来",只想找机会赶快将他送回中国。不过,想摆脱胡若望并没有这么容易。因为除了傅圣泽,没有人能听懂广东话。更何况他曾口头承诺这个中国教徒,有机会带他谒见教皇。胡若望就这样不明不白地被带进了巴黎,塞纳河沿岸喧闹繁忙的码头、富丽堂皇的教堂、雄伟的卢浮宫,让胡若望一眼就喜欢上巴黎,"这里是人间天堂"。

从此,他在巴黎城里四处游荡,几度迷路,深更半夜坐在塞纳河南岸一处叫作"小屋"的医院大门外,而更常见的习惯则是带着一面小旗和小鼓到圣保罗教堂去。他更喜欢在街头摆出各种姿态,耍宝搞笑,并从人们的欢笑中得到鼓舞。

2014 年 07 月 24 日

四

没有人能够确切知道胡若望究竟神智正不正常,有些人说正常,有些人说不正常。迄今为止留下的史料让我们感到的更多是胡若望的无理和傅圣泽的无辜。对于这段经历,胡若望本人只写过两封简短的信件,其中有一封还遗失在寄送的途中。我们对胡若望的了解,基本上来自傅圣泽自称为"真实述"的记载。"胡若望最令人惊奇的一点,也许就在于我们竟然会知道有这么一个人。"

我们所不能理解的,并不是傅圣泽精心保存和整理的这些短笺、信件及相关资料,即便有些内容对他自己的形象不乏高大上的正面;我们所不能理解的是,作为一名中国的天主教徒,当罗马教皇要召见傅圣泽时,他本想将胡若望带去,但胡若望在出发的最后一刻拒绝前往。胡若望不知源于何故,幻想傅圣泽是个谋杀犯。"尽管他一再声称自己渴望亲眼见识著名的罗马城,而且当初也说他随我而来就是为了要到罗马去,但现在却不再愿意和我同行。他说他要循陆路返回中国,而且要靠着自己的双腿步行。"

胡若望不肯走,他除了一早外出买些面包外,整天都待在他的小房间里,开着窗户,躺在床上,只要傅圣泽或其他人来告诫，他就会拉起棉被把头盖起来。后来，三名孔武有力的佣人奉命把死命挣扎的胡若望扛下狭窄的楼梯，一路上不断又踢又叫的被扛往一家客栈。他被关在一家叫作圣凯萨琳的客栈里，有些时间还被绳子绑着。"这个可怜人如果不受到约束而送到收容他这类人的场所，无疑将会落入极为悲惨的境地，他将在巴黎四处乞讨，甚至在全国到处游荡"，于是，傅圣泽和罗马教廷的大使认定，如果胡若望坚持拒绝前往罗马，那么将他送往疯人院就是唯一的选择。

2014 年 07 月 26 日

五

福柯在《古典时代疯狂史》中说过，疯狂不是一个自然层面上的事实，而是一个文化层面上的事实。其实疯狂本身不变，变的是人对它的认识，这种意义下的疯狂史乃是一部现代真理刺穿古代迷雾的历史，也是最容易被接受的历史。

"一部《古典时代疯狂史》要写的，其实是一部疯狂如何遭到理性排除、压抑，以及这个事件本身又如何遭到遗忘，以及它某些闪电般的回潮。"福柯自始至终，也从未清楚地说明疯狂是什么，甚至它的结论倾向科学永远无法知道疯狂是什么。从这个意义上说，我们完全有理由相信，300 年前胡若望的疯狂之旅，乃是一种中西文化的时空错乱。故事的结局多少有些黑色幽默的味道。沙朗通医院共有 4 幢主要建筑设有收容精神病患的病房，它们排列成一个对称的十字架。一条雅致的步行小道穿过宽广的花园与家用农场，沿途种满了胡桃树，还有菜园与葡萄园，远处可以望见广阔的草地和城堡。胡若望就这样躺在他位于庭院的床垫上，医院给了他一件品质不错的暖被，以供他夜里保暖。不过，胡若望却把被子撕成了碎片。

此时，傅圣泽在罗马谒见了教皇，他们针对中国与各种礼仪谈了两个小时。很快，傅圣泽又找到了另一名中国人，一个受过良好教育且温和有礼的年轻人，他根本不需要胡若望了。忧心忡忡的耶稣会教士开始担心这位来自中国的"疯子"客死异乡，一位教廷大使把获释后的胡若望带往布鲁塞尔，让他从奥斯坦德搭上东印度公司的船只返回中国。在最后一刻，胡若望还想再次退缩而拒绝上船。几个人用力一推，胡若望终于一头栽了进去。不过，他在摔跌进去的同时不忘往后一踢，踢中教廷大使的胸部，让他倒退了好几步。

2014 年 07 月 28 日

六

当我们结束这个本该消失的故事时，禁不住缠绕住一个更长的疑问。不管胡若望后来到底是真的疯了还是假的疯了，他的故事无疑是落叶飘飘的中西文化交集中一个极具悲剧色彩的个案。或许，这个故事并不是想让历史听到疯人说话，而是对自身的"考古批判"。用福柯的话说："进行某一沉默的考古，不只是要为历史之中受到掩埋的遗忘请命，同时也要使得消失者再度闪现，召唤一块古老地方的亡魂。"

1726 年 10 月，胡若望回到了广州。我们只能从梵蒂冈图书馆幸存的一份档案中,知道胡若望在回国以后的一些零星踪影。他一下船立即前往教廷传教所,要求赔偿他 5 年的薪资,也就是出发时傅圣泽向他承诺却从未支付的每年 20 两。他相信自己在疯人院里的监禁生活差不多抵得上这些银两。为此,他不惜站在教堂外面朝着街道大喊大叫,对停下来的路人诉说自己的不幸之旅。一直到他领到了几乎是全数的款项,并从此从西方人的档案记录中消逝了。

  这以后,胡若望见到了他在海外曾不止一次梦见去世而彻夜痛哭的母亲。他的儿子这时也长大成人,在广州的教会当差。一家人穿着华丽的衣服回到了离广州不远的故乡。不久,胡若望的儿子受不了他的絮絮叨叨,出走到澳门和其他基督徒住在一起。下面的情景纯属史景迁的文学想象:胡若望坐在夕阳下,望着枝叶低垂的榕树。稻田已收割完毕,熟悉的溪流缓缓流动,远方隐隐可见山丘的轮廓线。孩子们高声叫着,眼里充满了期待:"跟我们说说西洋是什么模样?"胡若望沉吟许久,闭上了眼睛。"哎!"他说,"就是这样的。"准确地说,"It so that!",应该是,"就这么回事"!

2014 年 07 月 29 日

只为摆正你的倒影

一

"我颠倒了整个世界,只为摆正你的倒影。"历史的阅读,有多少是这样率性而为。在中西文化交集的漫漫岁月中,我们这代人教科书式教给我们的更多是祝勇称之为"历史纠缠"的一面,冷酷而悲伤。不经意间,有多少小人物被丢弃在西风落叶之中。在英王詹姆斯二世的卧室,悬挂着一个叫做沈福宗的中国人画像。这个历史小人物不是第一个登陆欧洲的中国人,在他之前,有确切史料记载的还有1645年到欧洲学习的"留学生"郑维信和1649年南明永历帝派往罗马教廷求援的"外交官"陈安德。

沈福宗是在1680年随柏应理神父前往欧洲,十年间周游欧洲列国。他向罗马教皇英诺森十一世进献的中文书籍,成为梵蒂冈图书馆最早的汉籍藏本。他给法国路易十四表演中国书法,演示如何使用筷子,并赠送《大学》《中庸》《论语》等儒家经典的拉丁文译本。他还是有史记载的首位会见英国国王的中国人，詹姆斯二世特意命宫廷画师尼勒尔给他画了像。沈福宗还被牛津大学邀请去图书馆协助整理图书。

1691 年，年仅 33 岁的麦考·沈在回国途中途经莫桑比克海岸时不幸逝世于船上，被葬于大海之中。他和牛津大学海德教授间的珍贵通信和他为海德教授所写的那些表意文字的符号，成为这个历史瞬间留给我们的阅读记忆。无独有偶，在明朝万历皇帝的宫廷中，也悬挂着一位叫作利玛窦的西方人的画像。这是当年利玛窦来到北京时，自认为天下之主、三十年不上朝的万历皇帝出于好奇，派宫廷画师为利玛窦画的像。

2014 年 08 月 01 日

二

西学东渐，我们不应该忘记利玛窦。在这位意大利人之前，西方传教士都未能进入中国大陆传教，最近处只能停留在澳门。那时，澳门不过是座荒凉的小岛。明朝的海禁政策，到了嘉靖三十六年（1557），才准许葡萄牙商人在澳门落脚，作为通商居留地。于是，这个地方也渐渐成为基督教在中国乃至东南亚最早的立足之地。

1577 年，年轻的利玛窦获准赴远东传教。早期的传教船都是木帆船，船舱只有一米高，长不过三米。从欧洲绕过好望角，途经莫桑比克，到达印度和澳门，这几乎称得上"一半是海水、一半是火焰"的生命之旅。只需看一下历年耶稣会的记录：1618 年，动身前往东方的 22 名传教士，抵达澳门时仅有 8 人活了下来；1672 年，13 人中竟死了 10 人。然而，万顷波涛并不是传教船唯一艰难之处，更为艰难的是传教士们踏上大陆之后的旅程。

利玛窦的第一站是肇庆，那时是广东的省会，两广总督驻跸城内。为了获准居留，传教士不惜向知府下跪、磕头，一再声称是来自印度的僧人。他们还送上了三棱镜、自鸣钟、纯丝衣料等当时在中国尚属罕见的礼物。起初的传教进行得十分低调，神父们不得不装扮成和尚的样子，穿着僧袍，头发、胡子剃得一干二净，一副六根清净的神态。这也使官府和百姓相信他们是远道而来的僧人，表面上称为"番僧"，背后却称作"番鬼"。利玛窦很快就发现，中国人祭祖、祭孔的祖先崇拜并不代表宗教上的献祭精神，而民间宗教、巫术也并非严格意义上的宗教，不能说是异教徒。于是，他找到了一条"用他们的语言写作，作为一种吸引和捕捉他们心灵的手段"的学术传教之路。

2014 年 08 月 02 日

三

中国人第一次看见"世界"的形象，不是林则徐主持编译的《四洲志》，也不是魏源的《海国图志》，而是这个叫作利玛窦的外国人，第一次把"世界"呈现在中国人面前。

万历十二年（1584），利玛窦在肇庆建成了一座欧式风格的"仙花寺"，在墙上挂着一幅带有椭圆框的世界地图。这一年，利玛窦绘制出用中文标注的世界地图，名为《山海舆地全图》，这是中国历史上第一幅世界地图，图中使用的北极、

第一辑 文史览趣

南极、亚细亚、地中海、尼罗河等许多词汇和地名，沿用至今，人们习惯于将17世纪至18世纪的地图称为"利玛窦系地图"。在此之前，中国人从未见过有关地球整个表面的地理说明。他们从未见过子午线、纬度和度数来划分的地球表面，也一点都不知道赤道、热带和两极。当然，他们也从来不屑于理会这些东西。

对于崇信"天人合一""天圆地方"的中国保守士人来说，最令他们痛不欲生的是，与他们以往见到的《华夷图》《天下总图》不同，利玛窦的地图竟然没有把中国放在世界的正中。"以其邪说惑众，直欺人以其目所不能见，足所不能至，无可按验耳。真所谓画工之画鬼魅也。"有人更惊呼："中国何止那么一点点？"最令人不可理喻的是王夫之，竟然说利玛窦必是来到中国后，看了张衡的"浑天说"才提出大地是圆形的理论，并由此得出结论：西方的学问都是从中国学去的。

历史的惊人巧合，也是在这一年，葡萄牙人巴布达为欧洲绘制了一幅地图，这也是欧洲第一幅正式出版的中国地图。西方列强带着这幅地图找到了昏昏欲睡的中国。而我们的泱泱帝国直到鸦片战争被暴打一顿后，它的皇帝还搞不清楚，那个英吉利王国到底在地球的哪个角落。

2014年08月04日

悲　秋

大学读的是中文系，可我始终就没读懂："悲秋"竟然成为中国文学挥之不去的千年情结。古人说"何处合成愁，离人心上秋"，汉字的"愁"字就来源于秋之哀景和悲情。一部中国文学史，要是将悲秋内容抽掉，无疑会变成死水一潭。

历朝历代著名的文学家、诗人，几乎都染上过"悲秋综合征"。中国文学中这样一个源远流长的主题"睹落叶而悲伤，感秋风而凄怆"，从《诗经》《楚辞》到"建安文学"，从唐诗宋词到元曲清调，弥漫着一种延续数千年的悲秋情怀；从最早的宋玉《九辩》："悲哉，秋之为气也，萧瑟兮草木摇落而变衰"，到杜甫《茅屋为秋风所破歌》："万里悲秋常作客，百年多病独登台"；从柳永《雨霖铃》："多情自古伤离别，更那堪冷落清秋节！今宵酒醒何处？杨柳岸，晓风残月"，到欧阳修《秋声赋》："其色惨淡，烟霏云敛；其容清明，天高日晶；其气栗冽，砭人肌骨；其意萧条，山川寂寥。故其为声也，凄凄切切，呼号愤发"，把秋天直写得让人窒息。中国人为什么爱悲秋？

钱钟书解释逢秋言悲乃风景因心境而改观,"物逐情移,境由心造,苟衷肠无闷,高秋爽气遽败兴丧气哉"?他还说"以人当秋,则感其事更深,亦人当其事而悲秋逾甚"。其实,真正的悲秋无关乎季节。

  悲秋并不在于冬天就要来临,而是看不到春天。《诗经·小雅》:"秋日凄凄,百卉具腓。乱离瘼矣,爰其适归",感叹秋日的悲凉,引出的却是时代的苦难;而宋玉的一句"坎廪兮,贫士失职而志不平",则点出了悲秋之由。只要苦难还在,悲秋的眼泪便不会枯竭。

2014 年 09 月 09 日

读读张岱

一

在这个悲秋的季节，读读张岱吧，读读《夜航船》《陶庵梦忆》以及《前朝梦忆》。毕竟，350年前的那段岁月，正是中国历史最为漫长的晚秋时光。冉云飞曾为《夜航船》写过一篇题为《挽救江湖》的序文，不无悲愤地写道："这是一个大厦将倾，梁木崩坏的时代，边患四起，民不聊生，而朝廷依旧腐败不堪，有识之士痛心疾首，五内沸然。万历三十八年，江苏学者顾宪成讲学于东林书院，看到当时庵党专政擅权的危局，有一天讲课之中，突然猛烈抨击时政，动情之处，几至老泪纵横，室内骚然，后来被忌恨者丑诋为东林党，终被当权者以谋乱悖礼之名血洗。当时，努尔哈赤尚在施行缓兵之计，与明朝假和好，真备战。此时书生兼玩家的张岱才14岁。"

更多的文艺青年则是从余秋雨的散文中见识张岱和他那些令人目不暇接的文字。按照余秋雨的说法，"这是一部许多学人查访终身而不得的书"。夜航船，历来是中国南方水乡苦途长旅的象征。在缓慢的航行进程中，细细品尝着已逝的历史陈迹，哪怕是一些琐碎的知识。中国文化的进程，正像这艘夜航船。作为从小就被夜航船的笃笃声惊醒的中国学者，我们完全可以理解余秋雨，理解他笔下的张岱和"耳边响起欸乃的橹声"。

然而，让我感到似惊似喜的是，史景迁的《前朝梦忆》，居然可以把张岱的浮华与苍凉写得如此意味深长。那是一段怎样繁华富足的时光？明朝士绅阶层到底失落的是什么？让他们的生活太值得去玩味，以至于他们宁可自杀，甚至是全家人寻死，也不愿受清朝统治？这正是中国文化的悲秋之处。

2014 年 09 月 11 日

二

在中晚明文人中，张岱的迷人之处在于他几乎兼具了王阳明亦剑亦箫的风范、李贽愤世嫉俗的风骨、李渔玩世不恭的风情。

甲申之际，年近半百的张岱曾向监国鲁王请缨"带兵三千"杀马士英未果。40 岁前，张岱的生活周旋于读书与享乐两端之间。然而，明朝的灭亡，让张岱丧失了家园与安逸的生活。在那个烽烟四起、兵祸不断的年代，张岱不得不辗转避居于南方山林和庙宇之间，过着一种浮萍飘零的日子。不过，他总是随身携带卷帙浩繁的明史手稿。明末有许多知识分子热衷于著史，这些沉重的文字既是为了阐释明王朝的败因，更是为了追忆凤昔，把已经沦丧的世界一点一滴从灭绝中挽救回来。

张岱的《自为墓志铭》堪称中国式的忏悔录："少为纨绔子弟，极爱繁华，好精舍，好美婢，好娈童，好鲜衣，好美食，好骏马，好结灯，好烟火，好梨园，好鼓吹，好古董，好花鸟，兼以茶淫橘虐，书蠹诗魔，劳碌半生，皆成梦幻。年至五十，国破家亡，避迹山居。所存者，破床碎几，折鼎病琴，与残书数帙，缺砚一方而已。布衣蔬食，常至断炊。回忆二十年前，真如隔世。"张岱在对自己一生的总结和回忆中流露出来的这种痛悔之意，与其说是对自己玩物丧志的自责，倒不如说是为国家悼亡而倾诉丧魂落魄之怀。对于张岱来说，明朝的灭亡是他永远无法愈合的伤痛，陪伴他度过了多梦而忧戚的余生。为此，哪怕是嬉笑为文，也是胸中猿咽、指下泉悲，伤怀而不能自禁。

2014 年 09 月 13 日

三

"崖山之后无中国，明亡以后无华夏"，这句话到底是谁说的并不重要，重要的是它至少看出这样一个历史现象。

有宋一朝，秉承文臣治国，朝廷对知识分子倒也客气。恰恰是这种温水煮青蛙的悲秋环境，使宋朝知识分子当此蒙元铁骑踏破中原之际，还一脸无辜地沉浸在"今宵酒醒何处，杨柳岸，晓风残月"的温柔乡中。在我们的阅读记忆中，几乎找不到宋亡之后知识分子对前朝的梦呓。

相反，有明一代，宦官猖獗，党争挞伐，文字狱和廷杖此起彼伏，朝廷对知识分子倍加羞辱和迫害。奇怪的是，明亡之际，却有许多明末遗民知识分子怀着对前朝的深深眷念，追忆夙昔，试图挽救江湖，重塑从前的世界。

于是，张岱和许多面临同样命运的前朝遗民知识分子，为我们呈现出一段极其悲叹的精神流亡史。明末遗民逃禅，是中国历史上的独特现象。"逃禅"，原为"逃出佛戒，免受束缚"之意。明末清初，许多江南知识分子不能作刀兵血刃的反抗，要么削发为僧，要么隐姓埋名，要么披发入山，作山中野民，更为决绝的就效仿伯夷、叔齐不食周粟，横尸山中。我们已然不能理解那个时代知识分子的内心世界，难免觉得他们的行为近乎迂腐和怪异。

张岱在《陶庵梦忆·自序》中这样自嘲："陶庵国破家亡，无所归止，披发入山，骇骇为野人。故旧见之，如毒药猛兽，愕室不敢与接。作《自挽诗》，每欲引决。因《石匮书》未成，尚视息人世。然瓶粟屡罄，不能举火，始知首阳二老，直头饿死，不食周粟，还是后人妆点语也。"看来，就算是当个流亡者也不是那么容易的。中国自古以来流传的隐士，宁可饿死山中，也不愿侍奉二主，显然与现实差距甚远。张岱不愿做满人打扮，薙头蓄发在山林古寺中追忆明朝的历史，也感叹自己的人生："鸡鸣枕上，夜气方回，因想余生平，繁华靡丽，过眼皆空，五十年来，总成一梦。"

2014 年 09 月 15 日

明末遗民

一

《甲行日注》是一部不应该被遗忘的流亡史。明末遗民逃禅，祝发为僧、颠沛流离，终至丧命或葬身于乱世的知识分子并不少见，然而，能将完整的逃难历程用文字逐日记录下来的却不多见。一向背负汉奸文人骂名的周作人曾写过一篇关于《甲行日注》的散文，收录在《知堂书话》，这才使我们怆然想起这本明末遗民知识分子的流亡日记。甲行，出自屈原《楚辞》："甲之朝吾以行"之句。日注，即每日的记录和注脚，也就是日记的意思。本书作者叶绍袁，天启年间进士，历任南京市武学教授、国子助教、北京工部虞衡司主事等官。后来因为不满宦官魏忠贤擅权专政，辞官赋闲。家里有5个儿子、3个女儿，还有一个长于文笔的妻子，一门之中，相互唱和，弥漫着一种令人陶醉的风雅气息，曾辑为《午梦堂集》十卷行世，一时传为佳话。

甲申之变，清兵南下，彻底改变了叶绍袁清贫而快乐的

生活。当时很多士大夫和知识分子的普遍心态,原本指望南明小朝廷能回师北伐,恢复中原。退而求其次,至少能据守长江天险,维持当年东晋、南宋的偏安局面,使江左之民免遭异族统治。可是,"镇帅交攻,苍灵涂炭,奸臣窃柄,权贿熏天"的弘光小朝廷却让他们看不到一点中兴的气象:"遗民泪尽胡尘里,南望王师又一年。"

正月朔旦,叶绍袁占了一卦,预感明朝大势已去。果然,不久清军占领南京,吴中抗清义军起事失败。在生命攸关之时,叶绍袁决然带着四个儿子走上祝发为僧、颠沛流离的流亡之路。这一天恰好是八月二十五日,甲辰日。出发那天,风雨如晦,鸡鸣不已,叶绍袁送别家人这样说道:"此行也,苦幸中兴有期,则归来相见亦有日。不然,从此永诀矣。"

2014 年 09 月 16 日

二

叶绍袁的这段流亡生涯,从 1645 年八月至 1648 年八月,历时3年。他的活动范围就在离家不远的太湖东北部一带。在出家后的第三年，也就是60岁那年，这位乱世逃禅者在空山荒刹中贫病交加死去。这3年间，他的小儿子和书童先后病死。和他一样剃度为僧、窜伏山林的文人学士，不乏殉难者。"既此后，或有黄冠故乡之思，但恐彭泽田园，门非五柳，辽东归鹤，华表无依耳。"

300年后的今天，我们重读这部"逃亡日记"，几乎很难理解一个远离朝廷的老头领着4个壮年的儿子，出门当和尚，宁愿什么事情也不做，靠别人的怜悯和周济来维持日子，忧伤而安静地等待生命走完这样的事情。毕竟，崖山之后，中国的人文精神和气概已经被蒙古人的屠刀杀光了。而明末遗民这种坚贞不屈、不合作的抗争精神，已然是一种了不起的高贵精神了。从这个意义上说，《甲行日注》更像是一部充满苦难的明末知识分子精神流亡史。"臣子分固当死；世受国家恩，当死；读圣贤书，又当死。"在君死臣辱的时候，这种黍离之悲、家国之痛的精神重负，确乎是难以排解。叶绍袁想到的当然不只是以死报君王，也想着自己怎么才能活下去，既不降清，又不剃发改服。"虽然，死亦难言之，姑从其易者，续骆丞楼观沧海句耳。"叶绍袁提到的骆丞楼，也就是初唐四杰之一、写过《讨武檄文》的骆宾王。当年随徐敬业起兵反武则天兵败失踪，据传出家为僧。

叶绍袁甚至还从明初建文帝那里找到了出家为僧的更好理由："御匣朝开，郊坛夜集，固我让皇帝君臣家法也。"让人浮想联翩的是，明朝似乎与僧家有着极为吊诡的不解之缘。从朱元璋年少先出家为僧，后从军还俗，到后来建文帝逊国，

85

带着僧服和度牒不知所踪,就连将崇祯皇帝和明王朝送上不归之路的李自成,据传也出家为僧,名为"奉天玉和尚"。这难道是一个王朝的流亡背影?

2014 年 09 月 17 日

三

陈寅恪在《明季滇黔佛教考》序中早已言及:"明社既屋,其地之学人端士,相率遁逃于禅,以全其志节,今日追述当时政治之变迁,以考其人之出处本末,虽曰宗教史,未尝不可作政治史读也。"在国破家亡之际,逃禅是一种愤世嫉俗的生存方式,也是一种悲剧性的宗教和道德选择。

这些昔日的缙绅士大夫,并不是因为信仰而出家,只是"儒心释像","亦僧服"而已,过的仍然是俗家的日子。他们每到一处寺庵,不礼佛、不诵经、不坐禅、不受戒,并不受僧人戒律的约束,每日里吃肉喝酒,吟诗作对,互相酬和,"悠然午磬谈经罢,无数檐花落定中",骨子里依然是一副儒家士大夫模样。他们唯一学会的一件事就是:"放生",这多少可以得到些许的慰藉与希望。在我们的阅读记忆中,另一个不争的历史事实是,作为关外的满族部落,之所以能迅速占领中原,是和明朝归顺者的协助密切相关的。一方面,清王朝在建国之初,即开"博学宏词"科,录用那些有真才实学的前朝士大夫。另一方面,多尔衮的一道谕令,江南"各处文武军民尽令剃发,倘有不从,以军法从事"如同一条底线,逼令江南士人必须作出选择:义还是利、生还是死、荣还是辱?

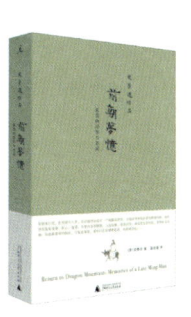

这些软硬兼施的政策，使很多人走上和新朝合作的道路。

城里的土豪富绅们"伶人乐伎，山珍海味"争相宴请清军，"歌舞戏剧、画船箫歌，日无虚夕"。市井男女竞相模仿满人的服饰打扮，穿小袖衣，浑身上下用兽皮装饰。令人痛心疾首的是，诸如此类的现象在以后的历史中一再出现。抗战伊始，北平市民不也摇着小旗夹道欢迎日本皇军？我们难道仅仅是为逝去的历史感到悲哀？"莫向家园追旧隐，同仇方在枕戈时。"康熙五年（1666），朝廷准许明宗室和似僧非僧的遗民返回家园。但是，还是有许多人选择留在寺庙里，直至最后终老林下。

2014 年 09 月 18 日

四

每个朝代都有一个难忘的江湖，每个江湖都有一段难以割舍的情怀。那个令张岱、叶绍袁这些前朝遗民念念不忘的，究竟是一个怎样的快意江湖？一段怎样的梦幻岁月？300多年后，史景迁《前朝梦忆》以一个外国人的眼光，细细拼贴出张岱《陶庵梦忆》中那个让人流连忘返的尘世。张岱出生于官宦之家，祖父辈都曾做过大官，按时下流行的说法，好歹也算是"官二代""富二代"之流。

年幼时的张岱，对故乡的河道和灯笼尤为神往。那时的南京城内，箫鼓之音悠扬，露台精雕细琢。但见妩媚歌伎，执团扇，着轻纨，鬓髻缓倾。灯笼初燃，蜿蜒蜷连于河道之上，朦胧如联珠，士女凭栏哄笑，声光凌乱，耳目不能自主。这样的景色一直要到夜深，火灭灯残，才星星自散。张岱年轻时的癖好常常变来变去，他曾取斑竹庵泉水，泡制出一种"兰雪茶"，如百茎素兰同雪涛并泻也，备受青睐。可惜好景不长，一些不肖商贾假冒伪劣产品很快充斥市场。更有甚者，地方贪官竟然一度封泉，将泉水据为己有。可怜斑竹庵的僧人，为了恢复往日的宁静，只好决庵内沟渠以毁泉水。张岱喟然长叹："福德与罪孽正等。"

兰雪茶喝不成了，张岱又迷上了抚琴，缔结丝社，终日抚琴，但和弦而已。很快，他又迷上了斗鸡，赌金不乏"古董、书画、文锦、川扇"。据说，斗鸡在中国至少盛行了两千年，张岱和他的斗鸡社还曾派人暗中寻访汉代斗鸡大师樊哙的后代。后来，张岱听说自己的命盘与唐玄宗相同，以其不祥为由结束斗鸡生涯，转而迷上蹴鞠和唱戏，精研唱腔、身段和扮相。张岱写到这些癖好时，如数家珍，仿佛以此为安身立命之托。但是，这并不是张岱试图挽救的那个江湖。

2014年09月21日

五

百无一用是书生。袁宏道在《与徐汉明书》中说："以为禅也，戒行不足；以为儒，口不能道尧、舜、周、孔之学，身不行羞恶辞让之事，于业不擅一能，于世不堪一务，最天下不紧要人。"当书生也是要有资格的，太有用的人显然不屑于当；没有闲，没有情，没有洞穿世事、看破名利的眼睛，也不可能成为一个最不要紧的人。既然自己是天下最不要紧的人，就不必去争名夺利，求快活成了人生的第一要务，享乐主义风气成为晚明士人的普遍心态。

在另外一篇《与龚惟长先生书》中，袁宏道细致地描写了他所认为的人生五大快活，即是要有珍奇宝玩，美女成群，她书盈室，远离尘嚣，尽情享乐，不知老之将至，最后把资财散尽，"然后一身狼狈，朝不谋夕，托钵歌妓之院，分餐孤老之盘，往来乡亲，恬不知耻"，"士有此一者，生可无愧，死可不朽矣"。或许，这也正是张岱内心孜孜以求的那个狂放不羁、肆无忌惮的江湖。崇祯二年（1629）中秋之夜，张岱入金山寺，此处正是南宋名将韩世忠抗金退敌之处。月光皎洁，照在露气凝漩的湖面上，周遭一片漆黑寂静。张岱让仆人把道具从船上搬下来，在大殿中高高挂上红灯笼，一时之间锣鼓喧闹。张岱旁若无人地唱起韩世忠退金人的戏来。戏唱毕，已是曙光初现，张岱收拾道具，登舟而去。一寺僧人全到江边，久久目送。"孤帆远影碧空尽，唯见长江天际流"，而躺卧在舟中的张岱想到僧人一定会纳闷"来者不知是人，是怪，

是鬼",不禁一脸坏笑。此时,又有谁能理解张岱内心深处的那个江湖呢?

2014 年 09 月 22 日

六

文人自有文人的江湖,何须梁山水泊、密林古寨。在张岱和晚明士人的眼里,烟花柳巷、勾栏画舫,无处不是江湖。从大运河畔的扬州往东南延伸,经南京、杭州到绍兴,这是明末中国经济富庶、人文荟萃之地,也是艺伎如织、蔚然成风之地。晚明士人断了追逐功名之心,便转而纵情红尘俗欲。

张岱常常会以精细的笔触去回味这个风花雪月的江湖。扬州城内巷道近百,周旋曲折,弥漫着夜半暗巷的侠情。这是一个张岱所熟悉的江湖,自古名妓辈出。王夫之《永历实录》曾专卷列出忠贞不渝的"美人谱":董小宛、柳如是、李香君、卞玉京、陈圆圆、顾横波、曼殊等,千古神伤,"百结回肠写泪痕,重来惟有旧珠门。夕阳一片桃花影,知是亭亭倩女魂"。据说,名妓通常低调,不喜在外抛头露面,不似扬州的"歪妓"。据张岱估计,扬州的歪妓有五六百人。每日傍晚,她们膏沐熏烧,在茶馆酒肆前倚徙盘礴。夜色幽微,粉妆可以遮丑,但若是灯火通明,月光皎洁,反倒叫歪妓失了颜色。一些上了年纪的只好以帘遮面,长了一双天足的村妇则躲在门后,以求遮掩。张岱《扬州瘦马》写的就是这个充满感伤的情色江湖。然而,正是这座看似颓废的城市,留给我们的,却是一段不忍卒读的历史。

明末,史可法督率扬州军民殊死抗御清军入侵,兵败之后,清军对扬州展开了惨烈屠杀,十日始封刀,"道路积尸既经积雨暴涨,而青皮如蒙鼓,血肉内溃。秽臭逼人,复经日炙,其气愈甚。前后左右,处处焚灼。室中氤氲,结成如雾,腥闻百里",仅被收殓的尸体就超八十万具,其落井投河,闭户自焚,及深入自缢者不与焉。几世繁华的扬州城"堆尸贮积,手足相枕,血入水碧赫,化为五色,塘为之平"。有关扬州屠城的记载随着清军入主中原之后被刻意掩盖,直到辛亥革命前王秀楚《扬州十日记》的重现,才渐渐为世人所知。

2014 年 09 月 23 日

七

张岱和晚明遗民知识分子的作品,总是交织着一种难以名状的伤感和复杂的心情,因为他们清楚地知道,那个岁月悠悠、让他们活得多姿多彩的江湖早已土崩瓦解,而且注定一去不复返了。这江湖,终归只是一个梦。

300多年后,我们不难理解张岱的《陶庵梦忆》和《西湖梦寻》,何以用"梦"作书名:"呓者醉梦之余,凡有深恩宿怨,哽闷在胸,咄咄嚅唶,乃以魇呓出之,是名曰呓。"这书名显然不仅仅是张岱对自己曾经繁华如梦的时代和缠绵悱恻的个体生活的一种怀念,如同他记忆中那个美丽不再的西湖。"余生不辰,阔别西湖二十八载,然西湖无日不入吾梦中,而梦中之西湖,实未尝一日别余也。"张岱年轻时曾夸言西湖教人乐而忘忧,心镜一片澄明,"余之梦西湖也,如家园眷属,梦所故有,其梦也真"。然而,当他晚年颠沛流离、重访凤昔胜景时,却百感交集,不堪回首。"余梦中所有者,反为西湖所无。及至断桥一望,凡昔日之弱柳夭桃,歌楼舞榭,如洪水淹没,百不存一矣。"张岱和晚明遗民的痛苦就在于"惟恐其非梦,又惟恐其是梦"。对于张岱来说,这个江湖之梦,是个永远难解的谜。"凤昔未除,故态难脱,而今而后,余但向蝶庵岑寂,蘧榻于徐,惟吾旧梦是保,一派西湖景色,犹端然未动也。儿曹诘问,偶为言之,总是梦中说梦,非魇即呓也。"一篇《湖心亭看雪》却让我们领略了张岱的寻梦情怀。

大雪三日,湖中人鸟声俱绝。张岱拿一小舟,拥毳衣炉火,独往湖心亭看雪。湖心亭一点,与舟一介,舟中人两三粒而已。到亭上,却看见有两人铺毡对坐,一童子烧酒,炉正沸。"湖中焉得更有此人?"于是,张岱同饮三大白而别。舟子喃喃曰:"莫说相公痴,更有痴似相公者!"

2014年09月24日

八

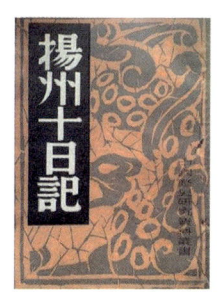

陶渊明的一篇《桃花源记》为我们留下了一个无限惆怅的梦。从此以后，历朝历代多少文人士子醉死在这片"土地平旷，屋舍俨然，有良田美池桑竹之属。阡陌交通，鸡犬相闻。其中往来种作，男女衣着，悉如外人。黄发垂髫，并怡然自乐"的梦乡。

1200年后，张岱也做了一个梦，不过，他的梦却显得痛楚和凝重。在张岱的笔下，迷途之人不是渔夫，而是一个书生。他发现的也不是"芳草鲜美，落英缤纷"让人想入非非的世外桃源，而是一位在石上打盹、愤世嫉俗的隐士。书生饱读诗书，除晚近20年的书，无一不曾阅览。隐士微笑无语，打开石壁下的暗门，带着书生走进一间又一间的密室，里面尽是天下各国与历代著作。最后，他们来到一扇更厚重的门，门旁有两只大犬看守，上书"琅嬛福地"，内藏之书"皆秦汉以前及海外诸国事，多所未闻"。隐士端出鲜洁的酒菜尽地主之谊。临踏出石门，书生言明："异日裹粮再访，纵观全书。"对此，隐士淡淡一笑，石门随即砰然合上。书生回头再仔细寻找入口处，"但见杂草藤萝，绕石而生"。

在颠沛流离的流亡岁月里，张岱对陶渊明的迷恋让我们更多地感到一种绝望："有寒暑而无冬夏，有稼穑而无春秋；以无历，故无岁时伏腊之扰，无王税催科之苦。"这种绝望，乃是源于前朝江湖正在凄然远逝的忧伤，源于想归隐家园而不得的失落。张岱知道，他已无家可归。在我们的阅读记忆中，又何止张岱一人，"不复得路"。一声"崖山之后无中国，明亡以后无华夏"，叹息的正是前朝江湖这种无家可归的命运和真实感受。

2014 年 09 月 25 日

回忆录与历史

一

厚厚的一套《顾维钧回忆录》，一共 13 册，让我们在这个寒冷的冬季，想起了那段更加寒冷的历史。我记住顾维钧这个名字，完全是因为《民国的忧伤》讲述的那段"民国初年的宪政传奇"，还有《大清留美幼童记》提到的那段神话般的历史。

在风云变幻、令人不堪回首的中国近代史，顾维钧绝对是一个不该被遗忘的名字。作为中国最早的职业外交官，在近半个世纪风雨交加、悲欣交集的外交生涯中，顾维钧先后担任过北京政府、南京政府的外交部长，也担任过中国驻美国、英国、法国使节，驻国际联盟和联合国代表，出席过巴黎和会，是一系列重大外交事件的直接参与者和见证人。就是这样一位人物，一生热爱祖国却两度成为战犯。

1928 年，北伐军攻占北京，南京政府发布通缉令，一批北洋政府的军政要员被通缉，顾维钧名列其中。其原因是顾

维钧在北洋政府后期多次在内阁中出任要职，尤其在1927年，北伐军打败吴佩孚进入长江中下游地区，他还担任总理出面组阁。1948年，国共内战期间，毛泽东在西柏坡发表电文，宣布43人为国民党战犯。在这份战犯名单中，顾维钧是唯一的驻外大使，名列第22位，排在宋美龄、阎锡山等人之前。这套《顾维钧回忆录》，从1960年开始，应母校哥伦比亚大学东亚研究所之请，用了17年的时间，先后有5位学者根据他的口述，并利用他保存下来的日记、信函和档案，完成了1万多页的口述回忆录。这部长篇回忆录既是顾维钧外交生涯的记忆，又是一部从民国初年以来50年间的历史实录。

我喜欢这样的阅读，因为"今天的历史来源于昨天"，它不仅能为我们"提供一面反映过去的镜子，还能帮助我们更好地理解当今世界上发生的巨大变化"。

2014年12月19日

二

我更喜欢把这本回忆录当作一段家族的历史来读。岁月飘零,繁华落尽,又能唤起多少"曾经沧海难为水"的忧伤记忆?《没有不散的筵席》是顾维钧夫人的回忆录,准确地说,这是顾维钧的第三任夫人黄蕙兰晚年的自述。顾维钧一生有过四次婚姻,每一次婚姻都充满了桃红柳绿、悲欢离合的戏剧性色彩。

顾维钧晚年曾谈起自己一生的婚事四重奏:第一婚姻主命,算是旧式家庭的旧式婚姻,虽属无奈,却使他得以完成赴美留学的梦想;第二次婚姻主贵,作为民国总理的乘龙快婿,使他借以走上一帆风顺的政治仕途;第三次婚姻主富,与糖王之女联姻,顾维钧付出一镑算命钱,却收进了500万镑嫁妆钱,从此多财善舞;第四次婚姻主爱,与小他20岁的严幼韵结合,相亲相爱,过着"不忮不求,不怨不尤,和颜悦色,心满意足"的生活。顾维钧历时17年,一直到96岁高龄时,完成一万一千页的口述回忆录,离不开严幼韵的精心照护、关爱有加。凡是能从婚姻中得到的,他都得到了。

我们所看到的这本书作者黄蕙兰,和顾维钧一起生活了36年,其数恰与当年陪嫁的36套镶金餐具等同。黄蕙兰的家族历史本身就颇富传奇色彩。她出生于荷兰殖民统治下的印度尼西亚爪哇,其祖父因反清遭缉拿,从厦门偷渡出逃,在海上漂流数月到爪哇。他先在海港做苦力,后成为走街串巷的小货郎,居然靠勤劳、智慧和节俭致富。黄蕙兰的父亲黄仲涵,也就是鼓浪屿人熟知的黄奕柱,靠经营糖业,成为爪哇华侨首富。据说，黄仲涵自己承认的姨太太有18位，42个孩子，实际上远不止这个数。黄氏家族血统有小拇指弯曲的遗传，凡是小拇指不弯者，糖王概不承认。匪夷所思的是，糖王最心爱的女儿黄蕙兰的小拇指却是不弯的，而糖王坚信是自己亲生的，因为大太太是绝对不会红杏出墙的。这是个庞大且混乱不堪的大家族。

那一年，黄蕙兰与顾维钧结婚后由伦敦回北京，途中在槟城下船。忽然有两位不认识的小姐拍她的肩膀，微笑地对她说："我们是你的妹妹。"仔细看看，模样相像，小拇指果然是弯曲的。

2015年01月01日

三

还记得这张令人感慨万千的照片吗？100多年前，30名穿戴着瓜皮帽、蓝缎褂、崭新的厚底黑布鞋的中国幼童，脑袋后面拖着一条乌黑油亮的小辫子，每人拎着一只相同的箱子，排着整齐的队伍，从上海黄浦码头登上轮船，漂洋过海，踏上了美国的土地。这就是近代中国历史上的第一批官派留学生。

自从第一次看见这张留美幼童的照片，我对照片中这些一脸稚嫩、满眼青涩的幼童的命运一直充满了好奇，念念不忘。翻读《顾维钧回忆录》，又怎能不再次想起这段往事？因为，就在这批留美幼童中，有一位叫作"唐绍仪"的学生。那一年他只有12岁。这些寄宿在美国家庭的幼童因为长衫马褂有碍观瞻，改穿西服。唐绍仪和其他一些幼童还剪掉了辫子，在应付朝廷官员检查时则束上一条假辫。

1881年，清政府担心这些学生长期受美国文化浸润，"将不复为卑恭之大清之顺民"，下令撤回全部留美幼童。唐绍仪当时正在哥伦比亚大学就读，尚未完成学业，便被迫奉召回国。当他首次跪谒李鸿章时，假辫不慎滑落，当场惊出一身冷汗。从留美幼童到中华民国第一任内阁总理，在中国近代史上，唐绍仪绝对是一位让历史捉摸不透而又反复被误读的人物。这位清代侍郎、尚书、巡抚，回国后不久被派往朝鲜，接替袁世凯任驻朝鲜总领事，从此走向令人眼花缭乱的旅途。

清末南北议和时，唐绍仪作为清政府全权代表与南方总代表伍廷芳议和。民国初年，由黄兴、蔡元培介绍，并由孙中山监誓，加入了同盟会。1912年，袁世凯就任临时大总统后，唐绍仪出任中华民国第一位责任内阁总理，仅仅干了3个月就愤而挂职而去。1916年，段祺瑞组阁时，唐绍仪被任命为外交总长，但因为遭到督军团的通电反对而辞职。1917年，孙中山主政护法军政府时，唐绍仪又被任命为财政部长。1919年，唐绍仪作为南方总代表与北洋军阀议和。

唐绍仪的结局让人备感辛酸，他回到家乡当起了中山模范县县长。日本侵占上海、南京后，策动其出任伪政权首脑，未成事实，却因此被国民政府特务刺杀身亡。多年以来，这段历史却一直被尘封。

2015年01月11日

念念此去

一只狗，在野夫的笔下都能写得一脸沧桑。"好久以来，和它相对枯坐在苍山下的茶隐村舍时，看着它那双忧郁的眼睛，我都不免要想——也许今生，该要我为你树碑立传，而不是你为我去守坟了。"野夫笔下的这条狗，叫作球球。它的生母大抵原是丽江的一只流浪狗。丽江一带的许多落魄书生音乐人，偶尔邂逅它，都会认得它。

球球的主人原本是一位流落到边地古城、衣衫落拓的诗人，也许是同病相怜，一见钟情地收留了这只相貌平平且血缘混杂的小母狗。在一条游踪罕至的深巷尽头，一个唤作三十八号院的纳西木楼。当年，这个小院久无人居，燕泥蛛丝覆满空梁，窗外就是荒草颓墙别家的废墟，常有鼠蛇游离，仿佛是《聊斋志异》中某个鬼狐出没的背景。球球的主人在门口扯了几条风马旗，挂了几条哈达，居然开成了一间酒吧，只卖啤酒、青梅酒和烈性的青稞酒。这位埋名江湖的诗人吹得一管双节棍似的好箫，每每在夜里长箫当哭，洞穿无数偶

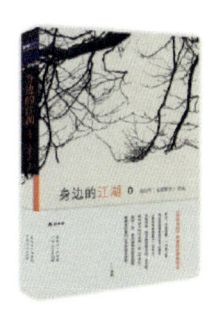

然过往的畸零者的心灵，以至于许多人去过还转顾，坐下即沉醉。这"几乎已经成为一道江湖背包客的人文景观。谁要在滇西北一带厮混，肯定都曾去朝拜过这个码头"。忽然有一天，这位诗人厌倦了酒业终老，决定回耕砚田，遂背着球球向苍山洱海唇齿相依地飘来。

2006 年的那个夏天，野夫一路漫游来到大理，遇见了球球和它的主人。此时的球球，已不是当年在酒吧混乱日子的模样，俨然有几分儒者气。尽管也会常常一溜烟跑出去寻欢作乐，每次弄得满身煤灰，尽兴而归，还故意装出一脸无辜。在一次狗瘟之后，球球被寄养到野夫柴门深锁的院子里。它是戴着项链来的。我们完全可以想象，在萧索村居的日子里，一只狗给野夫的孤独写作生活带来了怎样的乐趣，以至于他会这样感叹："痴于情，而终老于山林，球球也许和这一代人真有默契。"野夫很快为球球找来了一位绝佳的教父。这位叫作余世存的教父，小两口在院子里的薄土上开荒种菜，真正过起耕读生活来。

　　球球在院子出入自由,活得像一个散仙,"这小畜生似有灵感,看见前仆后继的父亲接踵而来,心下窃喜。初见世存便屁颠屁颠地巴结不已,仿佛它从此也有了社保一样"。野夫写狗,其实写的是人。"一只狗来到人间,遭遇了三个并不足以带给它娇生惯养生活的父亲,悲剧似乎就是命定的。"终于,在一个残忍的年份,球球走失了,"幻影一般迷失在逃向自由的路上"。

　　多年以后,一个寒冬将尽的黎明前夕,诗人野夫想起那些和球球守护和偎依的日子。"念念此去,或者入的竟是锦衣玉食的门户,而无须追陪几个潦倒江湖的书生,再过这种朝秦暮楚的无根生涯了。"野夫的喃喃自语,说的是一只小狗的际遇,也是一个时代的际遇。

2015 年 02 月 11 日

梦中的精神家园

一

"没有故乡的人寻找天堂,有故乡的人回到故乡。"窗外大雨瓢泼,手边的书是熊培云的这本《一个村庄里的中国》。在中国最偏僻的一个叫小堡村的地方,作者回想起他的故乡:"因为曾经在故乡的青山上终日游荡或在田间烈日里辛劳,切身体会了这片土地上的平凡生活,而且至今仍和那里的人们保持着千丝万缕的联系,所以愿意把它当作我观察时代兴衰与人生沉浮的窗口,并相信透过它悄然的消长以及时而浮起的喧哗,我更有机会理解这个时代以及深藏其中的土生土长的力量。"

我们更多的体会却是"每个人的家乡都在沦陷"。在诗人海子的眼中,故乡的麦浪有如"天堂的桌子／摆在田野上／一块麦地。／看麦子时我睡在地里／月亮照我如照一口井"。然而,1989年,当他回到老家时,却感到了一种巨大的荒凉:"有些你熟悉的东西再也找不到了。你在家乡完全成了一个陌生人。"于是，我们不难理解，诗人为什么会这样写道："村庄，在五谷丰盛的村庄，我安顿下来／我顺手摸到的东西越少越好！／珍惜黄昏的村庄，珍惜雨水的村庄／万里无云如同我永恒的悲伤"。另一位诗人野夫返乡时，看到的是这样子的情景："路畔是向西流的河道，却已枯瘦如泪痕；河对岸便是一排老式的土家吊脚木屋，大约也就只剩百米长度了。看得出来，几乎每一家都是颓壁残垣，全无人间烟火象。不到半个世纪，一个曾经喧哗的古镇，就这样悄然地土崩瓦解了。"野夫说他两岁多就被父亲用箩筐挑出了那里，因而"似乎连梦境中都未浮现过这个陌生的荒村，幻想过多年的小桥流水人家，突然直面的却是这样的一片荒凉，心底竟有几分不敢相认的漠然"。

同样的感受出现在本书作者的身上，当熊培云怀着乡愁游学归来，发现梦中的精神家园近乎无存。老房子因移民建镇被拆得一干二净，连山川也变了颜色，河流和道路一样被荒草淹没，村里的山地被村干部以极其低廉的价格莫名其妙地卖掉70年，连村口的百年老树也被贩卖到城里美化环境去了。曾经时常庆幸自己生长在杏花春雨的江南乡下的他，如今却"甚至厌恶回到这个村庄"！

2015 年 02 月 15 日

二

"任何人都可以思考中国的前途，但没有人能代替我回到这个毫不起眼的小村庄。在某种意义上说，这个村庄是为我而存在的。"《一个村庄里的中国》试图和我们一起见证

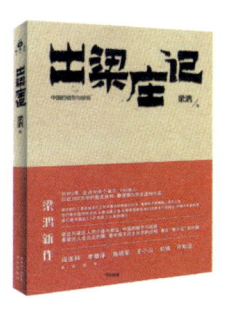

近百余年、60 年、30 年来生活在这片土地上的中国乡民，各自通过怎样的方式一次次离开他们爱恨交织的土地，留下如今一个个偶尔喧哗却常年空空荡荡的村庄。熊培云写故乡的树，晒场边、旧祠堂后以及村后坟山上的树，犹如故乡的方尖碑，"我曾经在这些大树旁，边收割水稻，边听崔健的《一无所有》"。这些大树"支撑起了这个村庄的公共空间"。可如今，却在光天化日之下被连根刨出，贩卖到城里。

"每当我在城里看到哪个地方突然多了一棵古树，我首先想到的便是这是谁的故乡被拐卖到了这个角落？"在他的眼中，移栽古木与森林，实际上是在将他人的故乡下葬，这无异于当年的贩奴船，"许多善良的城里人在一棵棵移栽的古树上看到了风景；而我，只看到了偷窃、抢劫以及杀戮与残酷"。熊培云写"为什么不是农民拥有土地？为什么是土地拥有农民"，他说，农民已经成为帝国土地上的附属之物，即"帝国稻草人"与"帝国不动产"。从战争年代的土地革命到人民公社，康生曾建议将"中华人民共和国"更名为"中华人民公社"。

据说，到 1959 年底全国农村已办公共食堂 400 万个，有 4 亿人在食堂吃饭，翻身得解放。从乡村建设的失败还是中断，计划经济下的"盲流"到"幸福的自留地"，直到 20 世纪 80 年代的"逃亡满天下"，摸着石头进城，这一部令人充满忧伤的乡村史，唤起了我们关于故乡的阅读记忆。这记忆或许原本就缺失，或许已变得如此陌生。当年，夏多布里昂回到湿漉漉的布列塔尼故乡时，曾经感叹："我刚刚离开我的摇篮，世界已面目全非。"熊培云对于夏多布里昂"望不见故乡，望不见童年"的伤感一点也不会感到陌生，他说，在我的疼痛里不仅有失去故土的惆怅，更有失去故土的羞耻。一切都是那么猝不及防地发生了，而且是在一个风平浪静的年代里。"暮春三月，江南草长，杂花生树，群莺乱飞"这让熊培云爱到绝望的 16 个字，实际上也浓缩了许多人对故乡的所有美好记忆。我们有怎样的未来，在很大程度上取决于我们对过往文明的态度，无论是一个村庄，还是一座城市。"有故乡的人心存敬畏"，我想，这句话正是我们阅读的意义所在。

2015 年 02 月 16 日

三

手边的书，关于村庄和故乡的阅读记忆，值得一读的还有《中国在梁庄》。

梁鸿笔下的梁庄位于河南省西南部南襄盆地中央偏西地区的穰县。境内有 29 条大大小小的河流，汇集流入汉水。沿河而行，河鸟在天空中盘旋，有时路边还有长长的沟渠，沟渠上下铺满青翠的小草和各色的小野花，随着沟渠的形状，高高低低，一直延伸到蓝天深处，清新柔美。村庄掩映在路边的树木里，安静朴素，仿佛永恒。从村庄后面长长的河坡走下去，是大片大片浓密的树林。林子里有养鹿场，有小湖洼，有成双成对的野鸭。一下雨，整个河坡青翠、深绿。一片片紫色的紫丁花，细细柔软的蚂蚁草一到秋天就变成金黄色。但是，梁鸿知道，"这只是我的回忆而已"。永恒的村庄一旦被还原到现实中，就变得千疮百孔。不知从什么时候起，这一切突然消逝了。那林中的小鹿、湖洼、野鸭、芦苇荡，都消失了。绿色的河坡成为空旷的荒野，河水黑亮，像汽油，像常年擦拭却从来没洗过的抹布的颜色。整条河道上散发着一种可怕的臭味，带着血腥的味道。河面上漂浮着各种白色、黑色、杂色的泡沫。

实际上，从来就没有田园牧歌的乡村。梁庄一直是人多地少，人均八分地。在20世纪80年代之前，几乎家家挣扎于贫困线上，一到春天就断粮。如今，缺吃少穿的已经非常少见。村庄里的新房越来越多，然而，一把把锁却无一例外地生着锈。晃动在小路、田头、屋檐下的只是一些衰弱的老人。整个村庄被房前屋后的荒草、废墟所笼罩，显示着它内在的荒凉、颓败与疲惫。"村庄的溃散使乡村人成为没有故乡的人，没有根，没有回忆，没有精神的指引和归宿地。它意味着，孩童失去了最初的文化启蒙，失去了被言传身教的机会和体会温暖健康人生的机会；它意味着，那些已经成为民族性格的独特个性与独特品质正在消失，因为它们失去了最基本的存在地。"梁鸿记忆中无限美好的梁庄小学已经关闭快十年了，院子里的空旷处早已被开垦成一片茂盛的菜地。校舍被村民承包后，养了一茬猪。教室变成了猪圈。校门口的标语"梁庄小学，教书育人"一不小心改成"梁庄猪场，教书育人"。随着小学的消失，一种颓废、失落与涣散也弥漫在人们心中。让一所学校消失很容易，而让一种已经涣散的村庄精神再凝聚起来，重新找回那激动人心的对教育、文化的崇敬与信仰，却很难！

梁庄的故事并不独特，梁庄的支离破碎也不只是生活本身的表现形态。在当代中国的乡村，有无数个梁庄和梁庄的故事。

2015 年 02 月 19 日

四

同样，你可以读读梁鸿的另外一本书《出梁庄记》。"雾气笼罩着村庄。深秋的早晨阴冷、潮湿，树干和枝条变得黑枯，夜晚的落叶被清晨的露珠一遍遍浸压，又经过人的踩踏，显得卑微、破碎，有些难以承受。无论是红砖白墙的高墙、青瓦泥墙的矮房，门口堆积的泥沙，踩得发白的小路，还是那缓慢行走的、无意盯视的人，都被这灰色的雾气所统摄。仿佛一切都还是原始的，未经文明触摸过的未经修改过的世界的一部分。"

梁鸿一次次回到故乡，最后却发现，自己从来没有真正进入过梁庄，反而是"在不断逃离梁庄中试图建构梁庄"。在我们的阅读记忆中，鲁迅曾经看见，"在苍黄的天底下，远近横着几个萧索的村庄"。今天，梁鸿看见的却是这样一个更加令人忧伤的情景：尘土飞扬，农民大规模地迁徙、流转、离散，哪怕"死在半路上"，也要去寻找那"奶与蜜的流淌之地"，确实有《出埃及记》的意思。只不过，"出梁庄"却成为一种反讽的存在。他们没有找到"奶与蜜"，却在大地的边缘和阴影处挣扎、流浪，被歧视、被遗忘、被驱赶，身陷困顿。对于他们而言，律法时代还远未来临。他们仍是被遗弃的子民。梁庄的死亡究竟意味着什么？

村庄，在某种意义上，是一个民族的子宫。它决定着一个孩子的将来。20世纪中国的命运，在很大程度上是由乡村决定的。每个人都有自己的梁庄，每个村庄都发生了前所未有的变化，但在根本上并没有改变农村日益凋敝的现实。作为一个非虚构性文本，梁庄只是最近30年中国农村正在消逝的40万个村庄的缩影。它们的丧失，意味着最彻底的失去。"如果不曾离开，我不会如此震惊地看到梁庄的变化。我不会看到村庄的连绵废墟，不会看到坑塘的消失和死亡的气息，也不会看到梁庄小学的消失给梁庄带来的精神上的涣散，当然，更不会看到如怪物般盘踞在湍水之中的挖沙机。因为，对于梁庄人而言，那是日复一日、年复一年的悄然溃败。"

梁鸿书写的不只是自己的家乡，也是我们每个人的故乡在这个时代的沦陷模样，而这正是当下中国村庄的普遍性命运。"我终将离梁庄而去，也最终将无家可归。"这是梁鸿的"归乡"情结，也是我们这个时代一种精神的困顿与痛苦。我们又如何回望故乡，重归于村庄？

2015 年 02 月 19 日

南渡北归

一

想去看看大理,想去看看蒙自,想去看看那个叫作李庄的地方。彩云之南的这些地方,有如中国的"耶路撒冷"。真相通常远不如神话重要,《耶路撒冷三千年》序言中这样写道,"在耶路撒冷,不要问我真相的历史"。一位巴勒斯坦的历史学家曾说过,"若拿走虚构的故事,耶路撒冷就一无所有了"。所以,历史常常既是真相的历史,也是传说的历史。手边这几本书,《南渡北归》《战争与革命中的西南联大》《西南联大行思录》《西南联大的爱情往事》《大师之大——西南联大与士人精神》,记录了西南联大那段"南渡北归"的历史。这是一段真相难以抹去的历史,一段苦难不能忘却的记忆。

1937年七七卢沟桥事变,北平、天津沦陷,抗日战争全面爆发。北大、清华、南开三所大学"将近300名学生和十几位教师,历经68天,徒步穿越中国最荒蛮险恶、最贫穷落后的省份。他们经过匪患频仍的贵州,那里地势崎岖不平,人们吸食鸦片成瘾，还保留着巫术的传统。最后，他们来到位居西南边陲的山城——昆明。8年间，他们在泥墙教室里保持知识之灯长明。西南联大8年前后招生8000多人，毕业却只有2000多人，很多人因为贫穷和战争而辍学。当年，陈寅恪怀着丧父失家的哀痛，在边城小镇蒙自写下了"南渡自应思往事，北归端可待来生"。北大、清华、南开的迁移并不是当时特有的现象。随着战争迅速蔓延，一所又一所大学迁往内地。到1941年初，战前114所大专院校有77所迁往内陆，我的母校厦门大学也是其中之一。

《战争与革命中的西南联大》一书的作者易社强这样评述道："在一个饿殍横行、贫病交加、充满社会不公和暴政的世界，即使是正常的年代，批判性思维、多元主义、宽容和思想自由的原则到底有多重要？虽然联大经验无法提供完满的答案，但它至少可以启发人们去探寻这些难题中某些隐秘的面向。"从这个意义上说，西南联大真正的历史，是无法用文字书写的。

2015 年 05 月 04 日

二

历史有许多令人不可思议的地方。在中华民族遭受武力灭绝的危难时刻，为什么偏偏选择这样一个崇山遮蔽、川流湍急的边陲角落，一次次承担起苦难的折磨？

黄仁宇在《中国大历史》中曾提出某种历史的定型："在统一的过程中，其决定性的力量由北至南，由西至东，亦即是从内陆经济较落后的地区吞并接近水道交通、内中人文较为复杂的地区。"冯友兰为西南联大撰写的碑文中，追述了这种历史地理的独特性："我国家以世界之古国，居东亚之天府，本应绍汉、唐之遗烈，作并世之先进。"随后，他提出了"三次南渡"，即晋人南渡、宋人南渡和明人南渡："稽之往史，我民族若不能立足于中原，偏安江表，称曰南渡。南渡之人，未有能北返者。晋人南渡其例一也，宋人南渡其例二也，明人南渡其例三也。风景不殊，晋人之深悲；还我河山，宋人之虚愿。吾人为第四次之南渡。"对此，后来的学者认为，抗日战争与所谓的"三次南渡"完全不是一回事。尽管统治者可以换不同的民族，包括汉族和非汉族，但华夏文明在黄河、长江流域的大片土地上从未中断，汉文字仍在，宗祠与律制依旧，《二十四史》照样延续。

"对于中华民族而言，在《二十四史》之内是谈不上千秋耻的，真正的耻辱和危机来自鸦片战争。"尽管如此，今天当我们重读这篇碑文时，依然一片怆然而凛冽。"中华民国三十四年九月九日，我国家受日本之降于南京。上距二十六年七月七日卢沟桥之变，为时八年；再上距二十年九月十八日沈阳之变，为时十四年；再上距清甲午之役，为时五十一年。举凡五十年间，日本所鲸吞蚕食于我国家者，至是悉备图籍献还。全胜之局，秦汉以来所未有也。"这碑文，既是学校史，也是民族史。

2015 年 05 月 05 日

三

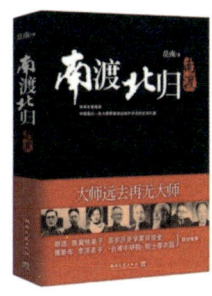

1937年7月，《南渡北归》的历史就从这个酷热的夏季开始。每到这个烟雨缥缈、蛙语蝉鸣的时节，北平城里城外总有一些老汉提了鸟笼，托一把无边无沿无嘴的茶壶，三三两两地聚集到胡同口或马路边的槐树下，谈论着多少年前的宫廷旧事。与往昔不同的是，今年夏天，这座看上去平静的古城，飘荡着一股沉闷、压抑、神秘并夹杂着腐霉的气息，一种不祥的预兆，随着行色匆匆的人流和不时从墙上飞蹿而过的狸猫幽灵般的身影，在伴有火药味的空气中游荡。驻扎在北平郊外西南部丰台、长辛店一带的日军，不时对着天空和宛平城厚实的城墙胡乱放几声冷枪。

卢沟桥事变前，作为冀察两省与平津两市政、军首脑的宋哲元正猫在山东老家为死去的父亲挖坑修墓。《战争与革命中的西南联大》则是这样描述战争前夜的校园：子夜时分，秀美的清华园和风拂面，郁振镛和几个同学正在欣赏荷塘月色。这时，从西边传来阵阵枪炮声，他们还以为这是宋哲元的部队在郊外进行作战演习。北大物理学教授吴大猷不曾注意到稀稀疏疏的机关枪声，翌日清晨仍准备和三位年轻教授一起去西山野炊。他们带着西瓜消暑，愉快地开始一天的远足。

这个夏天，北平学术界并不是所有人都在白天野炊，晚上荷塘赏月。大约两百名清华刚毕业的学生，有的正在规划职业生涯，有的为应考庚款留学而忙碌着。就在战火日益紧张期间，北大、清华联合招生考试委员会还油印了12000份试卷，以便招收约600个当年秋天升学的名额。当天下午，二十九军副军长兼北平市长秦德纯，邀请北平教育文化界名流胡适、梅贻琦、傅斯年等20余人，在市政厅出席会议，报告平津局势，坦言华北局势如同一个巨大的火药筒点燃了引线，天崩地裂的时刻就要到来。不幸的是，会议才散罢不到两个钟头，这个火药筒真的就轰然炸响了。

多年后，金岳霖这样回忆道："明天会怎样？人们疑虑重重，如坐针毡，不知如何是好。战争终于爆发时，这才松了一口气。"

2015 年 05 月 06 日

四

北平失守的这天，清华一位教员正在城中举行婚礼，特邀冯友兰主婚。没想到当晚城门关闭，这对新婚夫妇无法回到郊外清华园内预备好的洞房，只有坐看北平沦陷。历史的碎片将如此凄楚的画面深深地埋入我们的阅读记忆。随着日本士兵齐步穿过清华园，没收包括猎枪在内的所有枪支，在校门口设置岗哨搜查行人，运走大批珍贵的图书、仪器设备，最后索性将留守的"校产保管委员会"驱逐出校，"清华园内，遂不复有我人之足迹矣"。在一个静得怕人的夜晚，一轮明月当空，冯友兰想起了黄仲则的诗："如此星辰非昨夜，为谁风露立中霄。"

建校历史最为悠久的北大则是另外一种情形。大批日军进驻北大，当时北大的实际领导者郑天挺是最后一批离开北平的教授。然而，却有不少文人、学者与日寇狼狈为奸，企图阻止师生南下，最后勉强凑足人数，办起了一所傀儡大学。18 年前，恰恰就是在这座校园，年轻的爱国学生举起了反日运动的第一面旗帜。最为不幸的是南开大学，日军的炮火和飞机弹如雨下，炸毁了南开图书馆、女生宿舍和其他建筑，以及相邻的南开中学、女中和小学。轰炸过后，又派出骑兵和满载煤油的汽车闯入校园，四处抛弹纵火，这所当时中国最杰出的私立大学，在战火中化为一片废墟。南开大学的创办人张伯苓校长闻讯老泪纵横，悲怆不能自制。蒋介石约见他时，断然留下了一句："南开为中国而牺牲，有中国即有南开。"

1937 年 9 月，国民政府教育部正式宣布在长沙和西安两地设立两所临时大学。由北大、清华、南开组成长沙临时大学，另外几所大学组成西北（西安）临时大学。由原各校校长组成筹备委员会，迅速赴当地选址，组织师生撤至新校舍开课。一场中国现代史上最为悲壮的知识分子大撤退开始了，这也

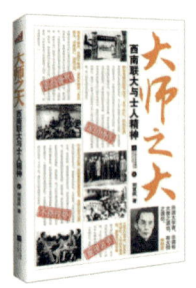

是一次毫无组织秩序可言的慌乱大逃亡。《西南联大行思录》这样写道："这些人不仅仅是在逃，他们带走了大量的设施、书籍以及一切为民族复兴所必需的物资与人才。他们是怀着在另一条战线上献身的斗争意志离去的。他们并没有放弃这个民族生存的信念和力量。"

中国知识分子在后来的年代里又几经流离和磨难，却再也没有出现过这样悲壮的"南迁"大潮。我不知道，这是幸运，还是悲剧？

2015 年 05 月 07 日

五

从北平到长沙，自由的生命线从通往天津的 137 公里的铁路开始。"南迁的人和留守的人，都痛哭而别。"作为一个特殊的逃难群体，北大、清华、南开的师生们心里很清楚，这无疑是一次生命的冒险。他们不得不装扮成农民、商人，一路上遭到频繁的搜身检查,反复被盘问去处。只要稍有疑窦,就会立刻被逮捕,生死难料。

诗人穆旦在一首诗中这样写道:"在秋天,我们走出家乡,/像纷纷的落叶到处去飘荡,/我们,我们是群无家的孩子,/等待由秋天走进严冬和死亡。"另一位诗人臧克家在车上遇见了闻一多,他问:"你也决定走啦,你那些书怎么办?"闻一多说:"大片大片国土都丢掉了,几本书算什么?"闻一多几乎是抛家而去,带着他的孩子和两本书,一本是《诗经》,另一本是古文字方面的书。这位写过《七子之歌》《死水》的诗人,没有死于日寇的轰炸,却死于国民党特务的暗杀。他在最后一次演讲中说过:"我们不怕死,我们有牺牲的精神!我们随时像李先生一样,前脚跨出大门,后脚就不准备再跨进大门!"

《冯友兰自述》回忆道,他和吴有训一起南下,到达郑州时,遇到了清华的熊佛西。冯友兰提议上馆子吃一顿黄河鲤鱼,因为这一别,不知道何时才能回来。席间,喜欢养狗的熊佛西忽然面带忧戚地说:"北平有许多人都离开了,狗没法带,只好抛弃了。那些狗,虽然被抛弃了,可是仍守在门口,不肯他去。"冯友兰听罢,满目凄然地说道:"这就是所谓丧家之狗。我们都是丧家之狗呵!"他们各奔前程。这一年,最终到达长沙临时大学的师生共有1400多人,清华占了将近一半。冬天的长沙寒冷而刺骨,1937年11月1日,寒冷阴晦的一天,临时大学在长沙圣经学院开学,没有举行任何仪式。在学院前面草坪上,铺上了一面巨幅的英国国旗,以避免日机滥炸。然而，这并不仅仅只是象征性的保护伞。

2015 年 05 月 08 日

六

人有的时候离历史非常近。1938 年 1 月，在日机持续不断的轰炸下，长沙动荡不安。根据国民政府的指令，长沙临时大学决定迁往昆明，另行组建国立西南联合大学。林徽因在写给好友的一封信中不无悲伤地写道："我们的国家还没有组织到可使我们对战争能够有所效力的程度，以致至今我们还只是战争累赘而已。既然如此，何不腾出地方，到更远的角落去呢？有朝一日连那地方也会被轰炸的，但眼下也没有更好的地方可去了。除了那些已经在这儿的人以外，每一个我们认识的人和他们的家人，各自星散，不知流落何方。"

在一个星光惨淡的黎明，梁思成、林徽因一家五口挤上了一辆超载的大巴，奔向苍茫的西南边陲。长沙临时大学的师生们分成三路，第一批走水路，经粤汉铁路至广州，取道香港，坐海船到安南，由滇越铁路到蒙自、昆明。第二批乘汽车，经桂林、柳州、南宁，取道镇南关进入河内，转乘滇越铁路。第三批经湘西穿越贵州。这个由 290 名学生和 11 名教师组成的"湘黔滇旅行团"，每人身穿土黄色崭新制服、外加里棉大衣，裹着绑腿，背着水壶、干粮袋和雨伞。他们翻山越岭，晓行夜宿，跋涉 1600 多公里，日夜兼程 68 天。那时，湘黔一带土匪横行。临出发前，湖南省主席张治中专门派人给黑道中的"湘西王"打招呼，告知有一批穷学生将借道前往云南读书，传令沿途各匪以民族大义为重，不要对其进行骚扰。乱世之中，盗亦有道。

在这个旅行团的教师中，就有著名的闻一多。据说，之所以选择这条艰苦的步行线路，是因为整个大学都从境外绕道撤退，也要有一些人从国内撤退，以保持中国大学的尊严！国破山河在，城春草木深，这是怎样一种知识分子的担当！数千名师生历尽艰险，终于汇集昆明，正式组建了西南联合大学，蒋梦麟、梅贻琦、张伯苓共同主持联大校务。"万里长征，辞却了，五朝宫阙。暂驻足，衡山湘水，又成离别。绝徼移栽桢干质，九州遍洒黎元血。尽笳吹，弦诵在山城，情弥切。"一曲《满江红》，成为20世纪中国大学校歌的绝唱。

2015年05月13日

七

西南联大的这段历史，留给我们的阅读意义，不仅仅在于它苦难的历程，更重要的是它曾经塑造出"教授治校、学术自由、科学民主、着重实干"的联大学风，在宽厚容忍、和衷共济的精神下坚持了8年之久。三所大学组成的西南联大，有人说，"北大开放、清华严谨、南开活泼，而联大是三者的融合"。前身为京师大学堂的北大从创办伊始，其课程设置就是中西并重。在蔡元培校长"兼收并蓄"的理念下，既延揽了陈独秀、李大钊、胡适这样的新文化运动的主将，也保留了留着长辫、推崇儒家君权思想、赞成缠足和纳妾的辜鸿铭。北大的校园斑驳而散漫，杂乱无章。

当年的北大几乎不举行仪式性的活动，不搞开学典礼，也没有毕业庆典，更没有每日例行的升旗和早操。北大学生天马行空，特立独行。而地处皇家园林、景色宜人的清华则迥然不同。学生们过着秩序井然、按部就班的集体生活。教授上课一般都会点名，不时进行大考小考。他们热爱传统的蓝布长衫胜过西服，在课外几乎不说英语。无论什么季节，男女学生都要到室外上体育课，穿短裤做健身操。

跟清华一样，同样校园风景优美的南开大学，具有明显的布尔乔亚的商业气氛。海军学校毕业的校长张伯苓是位虔诚的基督徒，十分重视信仰教育和修身教育，他说过："国家积弱至此，苟不自强，奚以图存，而自强之道，端在教育。"共同的战争经历促成了集体意识。抗战期间，联大拥有3000名学生，5个学院，26个系。梅贻琦的理念是以美国的通才教育为楷模，"通才为大，而专家次之"。

多年以后，任继愈在回忆起西南联大的这段历史时，说过一段不无伤感的话："抗战胜利后，日本投降，西南联大解散，三校各回原址办学，生活条件、教学条件都有了显著改善。三校分开后，各立门户，日子过得还不错，总感到似乎还缺少点什么。西南联大的形象长期留在人们记忆里，历久弥新。"这伤感，至今仍萦绕于我们记忆，令人难以释怀。

2015 年 05 月 16 日

手　帖

一

2016年的阅读记忆，散淡而无邪。还能想起来蒋勋的这本《手帖：南朝岁月》。在中国漫长的历史中，南朝是个奇葩的年代，交织着光明与黑暗、疯狂与杀戮。从泰始元年（265）十二月晋武帝司马炎代魏起，到隋朝灭陈，统一南北，300多年间，诸侯割据，军阀混战，兵荒马乱，哀鸿遍野，数百万人颠沛流离。这一时期，却又是文化的融合与创造，哲学、文学、艺术、自然科学美不胜收。

易中天说："如果要用一句话来概括南北朝的历史意义，我认为那就是：原来有的没了，原来没的有了。"还有多少人会想起那个残酷到无法想象的年代呢？那个让人嚎啕大哭的年代呢？

1700多年后的一个夏天，蒋勋每天翻看着南朝的《手帖》，从残破漫漶的手帖纸帛上一点点搜寻着若有若无的记忆。他想起了一个叫作张翰的魏晋人士。史书上记载：张翰，

宇季鹰，西晋吴郡人，富才情，为人舒放不羁，旷达纵酒，时人以魏晋"竹林七贤"中的阮籍喻之。《世说新语》说到张翰的故事："因见秋风起，乃思吴中菰菜鲈鱼，遂命驾而归。"张翰当时在北方齐王司马冏的幕府里做官，因为秋天到了，想念南方故乡的鲈鱼菰菜羹，感叹"人生贵得适意尔，何能羁官数千里以外要名爵"，索性辞官回乡。因为这一段令人向往的故事，"鲈鱼菰菜"成为后世文人跌宕自负的一种文化符号。

文人做官，一不开心就赋诗高唱"休说鲈鱼堪脍，尽西风，季鹰归未"。有意思的是，《世说新语》把这段故事放在《识鉴》篇章之中，因为司马冏不久就兵败被杀，早已回家吃鲈鱼菰菜的张翰逃过了篡逆同党之劫。

2017 年 01 月 01 日

二

南朝的手帖，大都是些文人间的往来书信，短，而且没有大事。在一个乱象环生、人命如草的动荡时代，有意无意之间，却造就了一种特别云淡风轻的文体与风格。这些书信便条，因为书法之美，流传下来，成为后世临摹的字帖。

蒋勋说，后代的人一次次临摹王羲之的南朝手帖，其实不完全是为了书法，而是纪念着南方岁月，纪念着一个时代曾经活出自我的人物，怀念着他们在秋风里想起的故乡小吃吧。这些乱世里小小的记忆，这些绢帛残纸上斑斑墨迹，《丧乱帖》痛战乱流离，《姨母帖》伤亲人遽逝，《快雪时晴帖》看大雪纷飞的初晴，《奉橘帖》则是送橘子给朋友时附带的一张便条，在这些没有修饰过的生活细节之间，隐藏着一个时代的记忆。

每一则帖的背后都有一个令人伤感的故事。读《平复帖》，你会想起《世说新语》里有关陆机、陆云兄弟的故事。陆机遇害时只有43岁。临刑前，他叹了口气说："华亭鹤唳，岂可复闻乎？"这位南朝文人，最后想念的还是南方故乡羽鹤高亢鸣叫的声音。蒋勋说："陆机的哀伤故事使人在看《平复帖》时平添了许多感伤，仿佛字迹婉转凄厉，都是鹤的哭声。"

手帖背后的故事，大多留在晋人的《世说新语》中。蒋勋讲手帖，讲一些遥远的南朝故事，他说："我总觉得是在讲自己的时代，讲我身体里忘不掉的记忆。"

2017 年 01 月 03 日

一段南方文化记忆

一

如果说,蒋勋眼中的南朝文人"在烂漫的风景里嬉谑笑闹,仿佛拿血泪斑斑的历史事件当下酒的菜。他们的谑或者可笑佯狂,却也充满不可知的悲愤辛酸惨楚",那么,赵柏田的《南华录》,则为我们讲述了另一段闲云野鹤般的南方文化记忆。

这记忆,从明朝嘉靖、万历年间一直到明朝灭亡之际,那是一个"半为践踏、半为灰烬"的时代。赵柏田记忆中的南方是个不同寻常的地理方位,这里是陈洪绶的诸暨,往西是李渔的兰溪,往东是张岱的山阴,往北隔着钱塘江。赵柏田描绘的是已经消逝了的南方的故事:梦境、戏曲、园林、文士、才女、奇人,无论是《古物的精灵》写收藏家项元汴和天籁阁,还是《与古为徒》写魔鬼附体的画商吴其贞,或者是《终为水云心》写情幻世界的戏曲家汤显祖,赵柏田信手写来,行云流水,花团锦簇,从一个个人物、器物和故事的铺陈中

呈现出一幅南方最繁华时代的物质和精神文化图景。

在赵柏田看来,"花是精华,人亦是精华,最为精华的还是这个时代成熟到了糜烂的物质和精神生活的种种"。而赵柏田眼中的精华,就是被时代的激流推到了一边的一些闲闲散散的人,一些坛坛罐罐、花花草草的事。

2017 年 01 月 06 日

二

收藏品、收藏家和收藏的传奇故事,在漫长而离乱的中国艺术史上,常常是被忘却的阅读记忆。人们会记住赵孟頫的《江山萧寺》、顾恺之的《女史箴图卷》、韩幹的《牧马图轴》,记住怀素的《自叙帖》、李白的《上阳台帖》、米芾的《米南宫三帖》,可是又有谁会记住项元汴,记住这个明朝嘉靖和万历年间的收藏家?

有谁又会记住,故宫博物院的 4600 余件书画,项元汴以一已之力，收藏达 2000 多件，名扬江南的天籁阁支撑起半部中国艺术史。项氏家族靠经营典当业起家，有钱后到处置地买屋，项元汴从父亲那里继承了丰厚的遗产。赵柏田说，项元汴一般被认为是个极端无趣的人，他把一生中所有的时间都耗在了收藏古书古画上，几乎再没有别的事能逗引起他的兴趣。在天籁阁，项元汴把自己所有的藏品都看一遍，要花上两个月的时间。就这样周而复始，"就像山洞里的一只穿山甲，守着他的宝物"。

清人沈德符在《万历野获编》一书中，曾描绘过一幅脉络清晰的江南收藏史简图。在这幅横跨半个多世纪的风尘画卷里，除了与项元汴的天籁阁直接有关的鉴赏玩家外，最引人注目的是嘉靖一朝的严嵩和万历一朝的张居正。严嵩被抄家时，一生费尽心力敛聚的名画字帖不胜其数，费时整整 3 个月才登记造册完成。万历初年，边务吃紧，军饷开支严重不足，这些字画竟然被充作武官的岁禄分发。武人不识风雅，有一位叫作朱希忠的成国公趁机低价抄底。朱希忠死后，他的儿子把这批字画拿去行贿张居正，买了个定襄王的官位。张居正成为这批字画的新主人。可惜好景不长，四朝元老的首辅张居正最后也落得个死后掘棺鞭尸，这批字画又被籍没回到了朝廷内宫。《南华录》由此长叹道："物比人更长久，因为时间已让它们成为精灵。"

2017 年 01 月 09 日

空谷幽兰

一

"没有森林,就没有枯枝;没有枯枝,就没有木柴;没有木柴,就没有茶;没有茶,就没有禅;没有禅,就没有隐士。"读完《空谷幽兰》,就想着去终南山,在下雪或不下雪的时候。这本书或许是丁酉年阅读的一份意外惊喜。

一个美国人,不远万里来到中国,为了"寻访中国当代隐士"。1972 年,比尔·波特在台湾一座寺庙里生活了 3 年,一个房间,一张床,一顶蚊帐。他每天天亮前起来诵经,夜晚听钟声,一日三餐素食。3 年后,他离开寺庙,隐居在一个名叫竹子湖的山村,在那里着手翻译寒山、拾得和菩提达摩等中国古代隐士的著作。1989 年春天,比尔·波特来到大陆,从五台山、恒山到太姥山,经历了一次次了无踪影的失望,最终走进了终南山。据说,终南山一直延伸到印度。

最初印度僧人来中国时他们就定居在终南山。后来,有许多禅宗大师都曾经在终南山修行,但那是过去的事了。现在还有许多出家人仍然来终南山，是因为这里还很容易找到一个隐居的地方。这一带仍然有很多出家人，愿意供养来修行的人。

2018 年 02 月 21 日

二

比尔·波特走过函谷关，这是当年老子写出《道德经》的地方。还有一个说法是，老子写完《道德经》就消失在终南山谷。经过丰都和镐的遗址，来到祖庵村，这里是全真教重阳宫的所在地。再往南，就是楼观台。

雨季时节，比尔·波特盘桓于华山奇峰深谷之间，找到了玉泉院。这座建于 11 世纪中期的道观是为了纪念陈抟而修建。陈抟曾经在此隐居，《无极图》的灵感来源于此。在中国出现的八大佛教宗派中，有 7 个宗派是在终南山及其附近开出它们的第一片花瓣。

在香积寺，一位叫作续洞的净土宗住持告诉他："我们不停地问，谁在念佛。我们所想的一切就是，佛号是从哪里升起来的。我们不停地问，直到我们发现自己出生以前的本来面目。这就是禅。我们一心一意地坐着、直到最后心变得安静下来；直到无禅可参，无问可问；直到我们到了这种境界，不问而问，问而无问。我们不停地问，直到我们最终找到一个答案；直到妄想消尽；直到我们能够吞下这个世界，它所有的山河大地；直到我们能够骑虎，而虎不能骑我们；直到我们发现了我们到底是谁。这就是禅。"

沿着滈河和潏河汇流而成的交河，比尔·波特来到草堂寺，想象着当年鸠摩罗什在此翻译佛经的情景。经过南五台一座又一座废墟，在蓝田辋山别墅访王维不遇。"不知香积寺，数里入云峰。古木无人径，深山何处钟。"据说比尔·波特每到一位他所钦佩的中国古代诗人的墓地，总是往坟头放一杯酒："古代诗人特别爱喝酒，我想，他们会喜欢我的威士忌。"

2018 年 02 月 21 日

岁月的画布

一

记住"遗爱亭"这个名字,是因为苏东坡的一篇《遗爱亭记》。"何武所至,无赫赫名,去而人思之,此之谓遗爱。"这段话的意思是,西汉有个大臣叫何武,他在很多地方都当过官,但只要是这个人所到的地方,虽然没有赫赫的名气,却能够在他走了之后而常常被人们所思念,这样的人和事,就叫作"遗爱"。现在才想起来,"遗爱亭"就在湖北黄冈。宋朝时候,这地方叫作"黄州"。北宋元丰三年,也就是1080年,苏轼因"乌台诗案"被贬为黄州团练副使。团练使这种官职,自有唐一代始,类似于民间的自卫队队长,负责管理团练事务。到了宋代,置诸州团练使,变成了一个非领导职务的虚职。

苏轼谪居黄州,举目无亲,缺衣少食。他曾自叙:"黄州僻陋多雨,气象昏昏也。鱼稻薪炭颇贱,甚与穷者相宜……见寓僧舍,布衣蔬食,随僧一餐,差为简便……穷达得丧,粗了其理。但禄廪相绝,恐年载间,遂有饥寒之忧,不能不少念。"

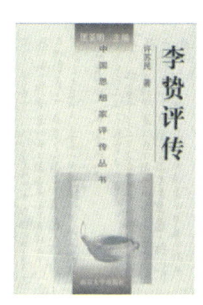

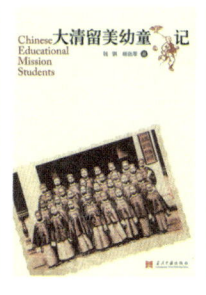

幸好，当时黄州太守叫作徐君猷，福建建瓯人，对苏东坡照顾有加，不时送些酒肴和薪火，还常常一起同游，"始谪黄州，举目无亲，君猷一见，相待如骨肉"。落魄潦倒的苏轼居然当起农民来。"余至黄二年，日以困匮，故人马正卿哀余乏食，为于郡中请故营地数十亩，使得躬耕其中。地既久荒，为茨棘瓦砾之场，而岁又大旱，垦辟之劳，筋力殆尽。"黄州城南有安国寺，茂林修竹之中有座小亭，苏轼和徐君猷闲暇之时，就在小亭里诗酒相酬，说古论今。不久，徐君猷离开黄州调任，安国寺僧请苏轼为他们常聚坐的亭子取个名字，苏轼欣然取名为"遗爱亭"，并代写了《遗爱亭记》："东海徐公君猷，以朝散郎为黄州，未尝怒也，而民不犯；未尝察也，而吏不欺；终日无事，啸咏而已。"寥寥数语，把徐太守夸成一个不折腾、不扰民、为官清静、无为而治的好官员。

在黄州期间，苏轼写了 200 多首诗词，他特别喜欢用"遗爱"这个词来表达他对于一些比较贤明清廉的官员的称赞。

金人灭宋以后,"遗爱亭"屡遭兵火,无复遗迹。据说,现在的"遗爱亭"是建在远离安国寺的遗爱湖公园里。沧桑岁月,今非昔比。我不知道,这个春天,风吹雨打中的"遗爱亭",你还好吗?

2020 年 02 月 02 日

二

一部容闳的传记,几乎就是一部西学东渐的中国近代史。1854 年 11 月,一位中国青年抱着"汲西方文明之学术以改良东方之文化"的思想,经过 3 个月的海上颠簸,从大洋彼岸回到祖国,带回了一个影响深远的梦想。这位 26 岁的青年就是后来被誉为"近代中国留美第一人"的容闳。18 年后,也就是 1872 年,这一年 8 月 11 日,上海黄浦码头上,一群戴着瓜皮帽、穿着蓝缎褂和崭新的厚底黑布鞋的中国幼童,每人拎着一只相同的箱子,排着整齐队伍登上了前往美国的轮船。在一身中式打扮中,特别引人注目的是每人脑袋后面拖着一条乌黑油亮、显示着大清威仪的小辫子。这就是近代中国历史上的第一批官派留学生。从 1872 年到 1875 年,先后有 4 批、120 名幼童抵达美国。他们当中,年龄最大的 16 岁,最小的仅有 10 岁。

今天,我们实在不忍重温这段留美幼童的忧伤历史。是什么原因让一场遣返的悲剧骤然降临?经历了十年艰难岁月,留美幼童并没有受到祖国的欢迎,相反地,当他们回到他们出发时的码头,立刻被送往上海市内一所学堂里,像犯人一样被隔离起来不许外出。《中国留美幼童书信集》中,有一封信这样写道:"上岸前,我们幻想有热烈的欢迎在等待我们,也会有熟悉的人潮,还有祖国伸出温暖的手臂来拥抱我们。可是天啊!全成泡影。没有微笑来迎接我们这失望的一群。为防我们脱逃,一队中国水兵,押送我们去上海道台衙门后面的求知书院。这所书院关闭已经十年,当你踏进门槛,立刻霉气扑鼻。夜间,潮气由地上砖缝中冉冉升起,使我们衣衫尽湿。"晚清诗人黄遵宪曾为此写下了一首长诗,其中说:"郎当一百人,一一悉遣归,竟如瓜蔓抄,牵累何累累。"

当初,留美幼童们不顾风险横渡太平洋,穿越三千里美洲大陆,远赴异国学习现代化科学技术,给当时贫弱交困的中国带来了一丝希望。然而,这样一个昙花一现的强国梦,其结果竟然以一声凄然的叹息而告终。

2020 年 02 月 03 日

三

詹天佑的传记,是中国近代铁路的辛酸写照。1881年11月,毕业于耶鲁大学铁路工程专业的詹天佑被分派到福州水师学堂学习航海驾驶。马江海战失败后,詹天佑北上天津,来到正在兴建的津沽铁路。

"中国人自建的第一条铁路"并不是京张铁路。早在1865年,英商就在北京宣武门外铺设了一条一里多长的铁轨,这让皇城里的百姓"诧为妖物"。直到清廷衙门勒令拆除后才"群疑始息"。1876年,英国怡和洋行修建的淞沪铁路应该是中国最早出现的营运铁路。可笑的是,守旧势力害怕铁路破坏风水,影响沿途客栈、骡马的生意,激起民变,仅过

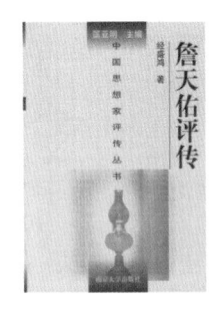

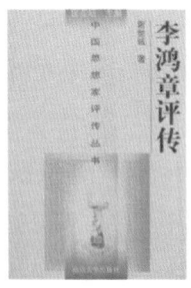

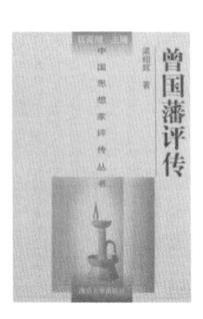

了一年，清政府出资将它赎回并拆除，运往台湾。

1881年，也就是留美幼童回国这一年，第一条中国人自己修建的铁路、长约11公里的运煤铁路从唐山至胥各庄，一台由英国工程师设计制造的蒸汽机车，悄悄行驶了几个星期。很快，朝廷却以机车震动皇陵，"雷轰电骇，震厉殊常，于地脉不无伤损"，勒令停工。无奈之下，李鸿章只好奏准以骡马牵引，成为世界上绝无仅有的"马车铁路"。沉重的中国火车，驴马拉过，太监也拉过。1889年，李鸿章借为慈禧生日祝寿，从法国定制了6节精美的火车车厢，在西苑这片宫闱禁地，铺设出一条三华里的小铁路。没有机车，牵引豪华车厢的竟然是举着黄幡的太监。

由中国工程师主持建造的第一条铁路，则要到了1903年3月西陵铁路的建成，虽然这只是一条长约43公里的短程单线铁路。具有讽刺意味的是，这条铁路竟然是为了慈禧太后谒陵所用。

2020年02月04日

载僧渡江

一

1928年11月,一个寒冷的冬日,弘一法师登上了从上海开往厦门的轮船。这一年,他49岁,离他在杭州虎跑寺落发披剃刚好10年光阴。弘一法师原本是要到暹罗去的。那时,从上海到暹罗,乘船得经过厦门。或许这就是因缘吧?到了厦门,弘一法师感冒、咳嗽,在陈敬贤居士和性愿法师、芝峰法师的一再挽留下,就滞留在厦门,在闽南佛学院的小楼上住了三个月。

在弘一法师眼中,闽南这个地方几不知人间尚有风雪严冬之苦。桂花的香气飘荡在不经意的街巷里,平常人家的小院中灿烂的菊花和山茶花,寺庙僧房里的水仙花含苞怒放。一次阴差阳错的邂逅,成全了弘一法师和闽南的缘分。弘一法师生命的最后时光是在闽南度过的,他先后在南普陀寺、日光岩、万石岩寺、妙释寺,以及厦门周边的承天寺、开元寺、草庵寺、小雪峰寺、灵应寺、净峰寺、南山寺、普济寺等地挂锡和讲

经弘法，竹杖芒鞋遍布闽南各地，行迹不定，居无定所。

多年以后，弘一法师还清楚地记得，他第一次去南普陀的情景。那时没有路，"我是坐着轿子到寺里来的"。每到残冬，南普陀寺的大殿、观音殿上都摆放着令他念念不忘的一品红。在净峰寺，他留下了一首诗："我到为植种，我行花未开；岂无佳色在？留待后来人！"在草庵寺，他留下了一副对联："草积不除，时觉眼前生意满；庵门常掩，勿忘世上苦人多。"在温陵养老院晚晴室，他留下了绝笔："悲欣交集"。

在承天寺，人们说，弘一法师留下 1800 粒七彩舍利子，白色的、黄色的、浅红的、淡绿的，而这些，与他无关了。弘一法师在《南闽十年之梦影》说道："回想我在这十年之中，在闽南所做的事情，成功的却是很少很少，残缺破碎的居其大半。我十年来在闽南所做的事，虽然不完满，我也不怎样去求它完满了。"他引用古人的两句诗："一事无成人渐老"，"一钱不值何消说"，自诩为"二一老人"。

记得弘一法师将要出家的时候，有人劝他，说他不要做人，要做僧去。出家人何以不是人？弘一法师在解释出家原因时说道："我想更多的是为了追求一种更高、更理想的方式，以教化自己和世人！"而这一切，干脆不说，说了他人也不会理解，慢慢他人就会淡忘的。今天，在我们的阅读记忆中，当年他如船工，载人渡河；如今他仍是船工，载僧渡江。

2020 年 02 月 07 日

二

有一次到上海，想去看看城南草堂。可是，没有找到，也没有人知道它。或许，我们再也找不到它了。然而，在我们的阅读记忆中，"长亭外，古道边，芳草碧连天"从不曾远去。书上说，城南草堂位于大南门附近，堂前春草绵延而去。草堂边有

一小溪缓缓流过,溪上那座桥叫金洞桥。草堂之北是青龙桥,岸边垂柳翠绿,随风起舞。东面就是黄浦江,江上帆樯来来往往。当年,草堂的主人许幻园,称得上一个近代诗人。作为城南文社的盟主,也算是沪上新诗派人物之一。许家家境殷实,夫妇俩喜欢舞文弄墨,夫唱妇随,一起续写《红楼梦》,铺衍出红楼一梦的八种结局,草堂故而又有"八红梦"别称。

1899年,李叔同搬进了大观园一样的城南草堂。在这里,意气风发的李叔同与许幻园、张小楼、蔡小香、袁希濂,五人义结金兰,号称"天涯五友"。李叔同曾对弟子丰子恺说:"我从20岁到26岁的五六年,是平生最幸福的时候,此后就是不断的悲哀与忧愁,一直到出家。"1914年冬天,一个大雪纷飞的夜晚,李叔同听见许幻园站在门外雪地喊说:"叔同兄,我家破产了,咱们后会有期吧。"说完就消失在一片苍茫里。李叔同转身回屋,写出了《送别》:"天之涯,地之角,知交半零落。一壶浊酒尽馀欢,今宵别梦寒。"多年以后,李叔同出家为僧,法号"弘一"。

许幻园出走北京,家道中落,穷困潦倒,终日伏处陋室,以替人抄书为业。"天涯五友"除辞世最早的蔡小香,其余四人最终都皈依了佛教。城南文社的资料只留下了盟主许幻园一部《城南草堂笔记》,藏在国家图书馆,归在普通古籍类,寻常读者难以得见。1926年夏天,李叔同故地重游,此时的城堂草堂已变成念佛的"超尘精舍"。而他再次见到许幻园,是在一条昏暗破败的胡同里,幻园头已白,耳已聋,形容枯槁,一脸憔悴。

黄河青山

一

黄仁宇用了三年的时间写完《黄河青山》，然后就把这本自传束之高阁，言明在他死后才能出版。在我们的阅读记忆中，人们更熟悉的是他的《万历十五年》。一时间，人们对 1587 年这个了无新意的年份、衰败的王朝以及那个 20 年不上朝的古怪皇帝突然兴奋起来，喧嚣不已，却很少有人注意到黄仁宇及其一生的颠沛风尘。

《黄河青山》并没有如一般的自传那样，从他的童年、出生的小村庄或若荣若枯的家族说起，而是一开始就把历史的时空定格在人生第一个最关键的时刻。1937 年抗战战事爆发，这一年他 19 岁。终止学业从军还是继续学业？青年黄仁宇曾梦想成为拿破仑。数年后他发现自己在国民党的军队中担任下级军官。他的士兵每月薪饷 12 元，但如果携带一挺轻机关枪投奔附近山头的土匪，每人却能领到 7000 元。从军校毕业后，黄仁宇所在部队奉命驻守云南，紧邻日军占领的越南。

1943年2月，黄仁宇和一群军官飞过"驼峰"到印度蓝伽。多年以后，他依然记得白雪覆盖的山头，大河漫延无边，直通天际，其间有无数的水道、小岛和沙洲。到了夜晚，繁星密布，整个苍穹显得更深邃，让人不得不相信神奇牧羊女和转世马车夫的传说。"即使到了现在，我仍然觉得，这样的景色只适宜出现在《国家地理杂志》闪亮耀眼的彩色画页中。"

2020 年 02 月 13 日

二

1906年，一位叫作厄普顿·辛克莱的美国作家混进芝加哥肉联厂，7个星期后，他开始写《屠场》："工厂把发霉的火腿切碎填入香肠，工人们在内脏上走来走去并随地吐痰，毒死的老鼠被掺进绞肉机，洗过手的水被配制成调料。"这本扒粪小说甫一问世，立即引发了一场轩然大波。美国国内肉类食品的销售量急剧下降，整个畜牧业陷入一片恐慌，欧洲削减一半从美国进口的肉制品。

罗斯福专门约见了作者,并责令美国农业部调查肉联厂的情况,调查的结论是"食品加工的状况令人作呕"。美国国会当年即通过了食品和药品法案以及肉类检查法案,建立了食品药品监督管理局。后来,辛克莱不无揶揄地说:"我想打动公众的心,不料却击中了他们的胃。"1976 年夏季,黄仁宇写完《万历十五年》,"这本书始于谣传皇帝要举行午朝大典最后却查无此事,而以一位不随流俗的文人在狱中自杀作结"。1587 年,表面上似乎四海升平,无事可记,可实际上我们的大明帝国已经走到了它发展的尽头。"万历丁亥年的年鉴,是为历史上一部失败的总记录。"

黄仁宇本来是为了研究明代的漕运,以及 16 世纪明代的财政与税收而写作,没有想到这本《万历十五年》,竟然会在 1984 年那个春寒料峭的季节,打动了许多中国人躁动不安的心。或许,"当代中国的背景必须回溯自帝制时期的过去"。

2020 年 02 月 16 日

有趣的宋朝

一

宋朝其实是一个很有趣的朝代。"西风残照，汉家陵阙，"蒋勋说，"大唐的确是繁华的过去，宋朝则是一个有机会去回忆繁华的时代。"那时候，做官很有趣。宋朝有所谓的"太祖誓碑"，其中一条就明确规定"不得杀士大夫及上书言事人"。皇帝再怎么生气，可以把大臣降职、流放，但不能杀他。

蒋勋说他最喜欢北宋的知识分子。"因为我觉得北宋的知识分子最像人。"历史上，知识分子很难做自己，往往被官场扭曲以后就再也回不来了。可是，宋朝的知识分子不做官了，照样可以回来做自己，甚至于率性为之。

宋仁宗时，宰相富弼母丧丁忧，仁宗连连下诏催他复工。富弼却借口"夺情"，连续5次上书，拒绝了仁宗"起复"的要求，仁宗也只好虚位以待。

二

那时候,做百姓很有趣。宋朝那时有"登闻鼓",黎民百姓可以击鼓鸣冤。宋太祖年间,开封有人跑到宣德门前猛敲大鼓,惊动了圣上。原来,这人家里走失了一头猪,请皇上帮助寻找。宋太祖闻讯居然甚感宽慰,批示给宰相赵普:"今日有人登闻来问朕觅亡猪,朕又何尝见他猪耶?然与卿共喜者,知天下无冤民。"不知道宋太祖是装疯卖傻,还是真的"何不食肉糜"?到了宋景德年间,有百余名落榜的士子一齐击鼓,要求皇上给他们安排差事,找点活干。"素习武艺,愿备军前役使。"宋真宗还当真亲自面试,结果"能挽弓者才三,各赐缗钱,令赴天雄指使"。缗钱,就是用绳穿连成串的钱,一缗钱就是一贯钱,大致相当于 770 文铜钱。

2020 年 02 月 21 日

三

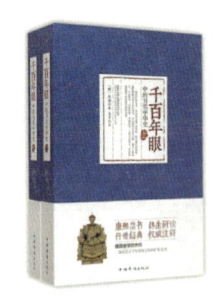

那时候，做诗人很有趣。北宋有一位叫柳永的书生，落榜后写了一首诗："青春都一饷。忍把浮名，换了浅斟低唱！"这诗居然传到仁宗皇帝那里去了，等到柳永再次参加科举并考取时，仁宗说："此人不是喜欢浅斟低唱吗？何必要浮名？且去填词。"然后一笔把他的名字勾掉了。柳永从此混迹于烟花柳巷，勾栏瓦舍，自称"奉旨填词"。

柳永晚年穷愁潦倒，死时一贫如洗，无亲人祭奠，还是一些歌妓凑钱替其安葬。每年清明节，她们又相约赴其坟地祭扫，并相沿成习，称之"吊柳七"。然而，恰恰是这位"才子佳人，自是白衣卿相"的诗人，为我们留下了"衣带渐宽终不悔，为伊消得人憔悴""今宵酒醒何处？杨柳岸，晓风残月"等许多美好的诗句。

张端义在《贵耳集》讲过另外一则诗人周邦彦的轶事。说是有一次周邦彦到京城名妓李师师家厮混，正巧碰上宋徽宗来了，他只好躲到床底下，偷听皇上和他的情妇卿卿我我。后来，他还把这事写成了一首诗："并刀如水，吴盐胜雪，纤手破新橙。锦幄初温，兽香不断，相对坐调笙。低声问：向谁行宿？城上已三更。马滑霜浓，不如休去，直是少人行。"不知道是不是喝多了，周邦彦居然把这事发了朋友圈。宋徽宗看到后，也只能生生闷气，找个借口，把他赶出京城了事。"五月渔郎相忆否？小楫轻舟，梦入芙蓉浦。"据说，李师师还前去送他出城，面有哀色。

2020 年 02 月 21 日

四

那时候，做皇帝很有趣。从真宗到徽宗，谁见过哪个朝代有这么多皇帝都写得一手好字，作得一手好诗，画得一手好画？宋朝的素质教育，从皇帝抓起。宋徽宗放着皇帝不当，兢兢业业地当起了"翰林画院"院长，亲自编教材，亲自授课，亲自出考题，亲自主考，亲自批卷，样样活不落下，水平还真不差。他选中画师根据韦应物"野渡无人舟自横"所作的画，一个船工蹲坐船尾吹笛，说是"野渡无人"并非船上没有人，只是没有渡河的人，突出荒野渡口的清幽寂静和船工无事可做的寂寥。他以"深山藏古寺"为考题，最后选中的画，画面上既无深山寺庙，也无禅房花木，只画了一个老和尚在山脚小溪边挑水，溪水迂回在密林长藤间，一条石径蜿蜒向上、时隐时现。画面上看不到古寺，却深知古寺一定在山之深处，不然那和尚挑水干什么？

有一次，一群孔雀在宣和殿前的荔枝树下啄食，徽宗让画师们每人画一幅荔枝孔雀图。他看完画后不满地说："你们都画错了，孔雀上土堆，往往是先举左脚，而你们却画成了先抬右脚。"还有一次，他召米芾写字。米芾看上了宫廷内的一块珍贵砚台，骗徽宗赏给他，就说："这块砚台被臣濡染过，已经不堪再让皇上用了。"还没等皇帝反应过来，他抱起砚台，满身墨汁就跑了。

宋徽宗独创的瘦金体书法，挺拔秀丽、飘逸犀利，至今无人能够超越。从《芙蓉锦鸡图》《翠竹双雀图》到《雪江归棹图》，谁见过哪个皇帝有这么多原创作品被收藏在世界各地的著名博物馆里？蒋勋说，那一年，宋徽宗的画像被借到法国展览，整条香榭丽舍大街两侧挂满了穿着红衣服坐在位子上的宋徽宗画像，把巴黎的贵妇们都迷死了，还以为中国的皇帝都长这样帅气。

《听琴图》是宋徽宗的自画像，画面上的弹琴者是皇帝本人，身穿红色衣袍的听琴者则是他的宰相、《水浒传》中那位声名狼藉的蔡京，一对绝配的亡国君臣。不知道他弹的曲子是不是"一江春水向东流"？

2020 年 02 月 24 日

五

那时候，做厨子很有趣。《都城纪胜》记载，宋室南渡之后，官府贵家置四司六局，连插花挂画、打料批切"各有所掌，故筵席排当，凡事整齐"。《鹤林玉露》说有个士大夫在京城买了一名侍妾，自诩是宰相府中包子厨的厨娘。让她做包子，这位厨娘却推说"妾乃包子厨中缕葱丝者也"，原来她只会切葱丝，根本不会做包子。

《事林广记》说，宋岭南地区，其家无问贵贱，都不会教自己的女儿缝针纺纱，只是要她勤习庖膳，苦练刀技。一些有关宋代厨娘的轶事散见于古代笔记。据说，开封厨娘乃是大宋厨艺界一姐。

《旸谷漫录》说有个清贫的知府，家有喜事，托朋友预定了一位开封厨娘来置办酒席。一旬之后，厨娘应邀而至，但她并没有直接到知府官邸，而是先在城郊住下，亲手修书一封，历叙贺词，信末祈请知府派四角暖轿来接。轿子到了，但见一袭红裙翠裳，容止娴雅。这位容貌娇好的厨娘不仅带了一名贴身丫鬟，还带了整套银质器皿。她先向知府出示了一份菜单，说她只做五盏五分，都是大菜。知府只好硬着头皮点了一份"羊头签"。厨娘又开了一份配料单："羊头签五分,合用羊头十个、葱韲五碟、葱五斤。"开席之日,只见厨娘踞坐胡床之上,取抹批窝,把羊头剔下脸肉,剩余统统扔掉,说是"贵人都不吃这碎料"。看到众人收捡用剩的羊头,还禁不住冷笑:"你们真是捡吃的狗子!"散席后,宾客一片叫好,厨娘却幽幽地说:"今日只是试厨。"然后,从怀中取出"支赐判单",也就是付酬金。知府一看,脸色骤变:"每展会,支赐绢帛或至百匹,钱或至百千。"知府心底下追悔莫及,赶紧找了个借口把这厨娘打发回京去了。古人云:"君子远庖厨",可是宋代的文人并不理会古训,他们常常亲自上厨,还把好吃好喝的都写进诗词歌赋:"雪沫乳花浮午盏,蓼茸蒿笋试春盘。人间有味是清欢。"

苏东坡就是一位颇有姿色的厨子,他写过一篇《猪肉赋》,详细描述了东坡肉的做法:"净洗铛,少着水,柴头灶烟焰不起。待他自熟莫催他,火候足时他自美。黄州好猪肉,价贱如泥土。贵者不肯食,贫者不解煮。早晨起来打两碗,饱得自家君莫管",真够通俗易懂的。宋代的文人活得从容、淡定、随遇而安。苏东坡落魄的时候,也能把厨子当得有滋有味,他用"崧,若蔓菁、若芦菔、若荠",其实也就是白菜、大头菜、萝卜,煮成羹汤,在羹上蒸饭,做出来的菜羹"不用鱼肉五味,有自然之甘"。

从《猪肉赋》《菜羹赋》到《老饕赋》,苏东坡把菜谱和厨艺写成了诗。"㶏山道人独何事,半夜不眠听粥鼓。"700多年后,我们还能从这些平淡纯真、率性而为的文字和味道里,想起那个叫作苏东坡的诗人兼厨子。

2020 年 02 月 25 日

第二辑

经典雅读

城市记忆

帕慕克的作品，我反复翻阅的就是这本《伊斯坦布尔》。伊斯坦布尔是一座让人欲说还休的城市。波涛般弥漫全城的弥撒之声，满街栗子掉落如同琴键的清脆。

我曾在一个夏日的夜晚，在当地一家叫 Sultan Pub 的露台酒吧，远眺神奇的蓝色清真寺和索菲亚大教堂。不远处，从博斯普鲁斯海峡吹来凉爽而略带忧伤的海风。

那时，我突然想着，我的城市又会留给我们什么样的历史记忆呢？没有！或许，我们没有帕慕克的感觉？那就读读《伊斯坦布尔》。

2012 年 12 月 08 日

假如玛雅预言真的发生

一

假如玛雅预言真的发生,人,是否还有希望"诗意地安居"?海德格尔艰深晦涩的哲学思考,深埋在荷尔德林这句少女般清纯的诗句,至少让我们还有勇气来谈论末日的预言。

在海氏哲学中,人在本质上是一个筑居者,但筑居必须根植于栖居。由于我们所处的时代是一个技术统治的时代,一个诗意贫乏的时代,人已陷入无家可归的状态。人们拼命把手伸向宇宙空间,试图征服世界,实际上不过是在逃避无家可归的困难。另一方面,由于我们所处的时代又是一个形而上学统治的时代,世界观苍白的时代,诸神从人身上转身徜徉远去。诸神的逃离,意味着黑暗的降临,世界之夜已达夜半!

"高山是有的,但它不存在。树木是有的,但它不存在。马是有的,但它不存在。天使是有的,但它不存在。上帝是有的,但它不存在。"海德格尔说。

2012 年 12 月 19 日

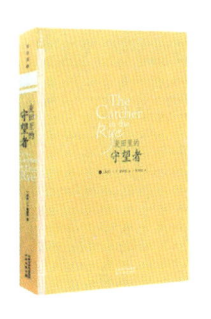

二

假如玛雅预言真的发生,谁将成为"麦田里的守望者"?塞林格的这个故事,曾经让我们这一代人如此纠结、如此心碎。

我们从前那残缺不全、转瞬即逝的童年回忆,就像校园食堂的甜包,咬一口吃不到馅,再咬一口,馅就不见了。

"不管怎么样,我老是想象一大群小孩儿在一大块麦田里玩一种游戏。有几千个,旁边没人——我是说没有岁数大一点儿的——我是说只有我。我会站在一道破悬崖边上,我要做的就是抓住每个跑向悬崖的孩子——我整天就干那种事,就当个麦田里的守望者得了。"今天,当你一脸坏笑地重读此书,或许,你依然梦想成为守望者。

可是,在你的眼前,在你的梦中,那片金色的麦田,早已消失了。

2012 年 12 月 20 日

安　宁

这是中国人在今天最该静心读的书——《瓦尔登湖》,再没有比这里更接近上帝和天堂。梭罗就独自住在湖边森林里亲手建造的小木屋里,方圆一英里没有人,依靠自己的双手生活了两年零两个月。"时间只不过是我垂钓的溪流"。

在这里,你可以聆听令人神往的声音,从森林尽头,遥远的地平线上传来牛的叫声,甜美而悠扬。夏日傍晚,夜鹰站在家门口吟唱晚祷曲。夜深时分,湖岸上响起蛙鸣之声。冬日早晨,在群鸟栖息的林中漫步,倾听野公鸡清脆响亮的歌声,回荡在数里之外的大地上空。最神奇的,自然是湖泊。"温暖的傍晚时分,我经常坐在船上,吹着长笛,看着鲈鱼在四周来回游动。""月光在波光起伏的湖底,我能够清楚地看到散落在湖底零星的林木碎片。"

冬季,湖面静谧而宁静。春季来临,温暖的春光和西风携带着一股暖流,轻抚着那没有播种而诞生的花朵。在瓦尔登湖,在梭罗的心灵深处,"对我们而言,使我们看不见光

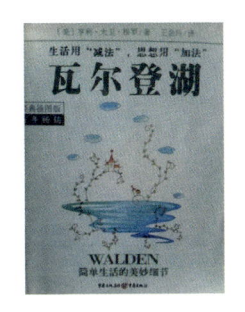

明的便是黑暗。当我们睁开眼睛清醒过来的那天，黎明才会出现。太阳只不过是一颗破晓的声音"。

　　静静地阅读梭罗，阅读瓦尔登湖，阅读一种能让你感到幸福的生活方式，深深地体会尼采这句话的寓意："幸福所需的东西多么少，也许仅只一支风笛的声音！"

2012 年 12 月 31 日

一个登山者的梦想

"他们坐在山顶,凝视着纹丝不动的云彩。"这不仅仅是一个登山者的梦想,也是一个全天下男人都会渴望拥有的梦想。

"你为什么要登山?因为山就在那里。"《光荣道路》这本书根据世界第一登山家乔治·雷·马洛里的真实经历创作。他徒手登上过威尼斯圣马可大教堂、巴黎埃菲尔铁塔,先后登上英国和欧洲最高山峰。最后的脚印踩在了世界巅峰。但他最终是否成功登上珠穆朗玛峰,至今仍是一个谜案。乔治·雷·马洛里一生挚爱一个女人,在每座营地,他总是在烛光下给妻子写信。"亲爱的:我在离家乡5000英里之外、海拔27300英尺的小帐篷里,寻找着光荣道路。就算找到光荣道路,不能与你分享胜利的时刻,一切对我来说都毫无意义。"

1999年5月1日,登山者在26760英尺的地方发现了这位登山者的遗体。到今天,他是否是征服珠穆朗玛峰的第一人仍存在争议,但几乎没有人怀疑他做不到。在他的最后一

封信中，他对妻子说："原谅我花了这么长时间才发现，你比我的生命还重要。"

他的妻子露丝·马洛里余生的每一天都坐在窗边的靠背椅上，一遍又一遍地读着丈夫的信。临终之时，她告诉孩子们，只要她没看到乔治·雷·马洛里，一个登山者，穿过那些门口，沿着小径向她走来，时间对她来说永远是静止的。

2013 年 01 月 03 日

一片纯静的天空

一

"无事此静坐,春来草自青。"奥修的书,常常令人不可思议。他这样解读禅,dhyana 意味着极其孤单,极其沉浸于你自身的存在,以至于连一点简单的思想都不存在,只有一片没有云彩的意识,一片纯静的天空。他这样解读中国:"金色的中庸是那儿的道路,既不对这个世界想得太多,也不对那个世界想得太多。所以中国没有孕育出自己的宗教,只孕育出伦理道德。"

他这样解读"睦州公案"。有人问睦州禅师:我们每天穿衣、吃饭,怎样才能从这一切中解脱出来?睦州答:"我们穿衣,我们吃饭。如果你不明白,那么就穿你的衣,吃你的饭。"在奥修看来,佛陀会说一切皆如梦。而睦州则说你是一个梦,不要把自己带进去,尽管吃饭睡觉好了。是谁在要求从中解脱出来?丢掉这个自我,它是不存在的。并不是穿衣、吃饭是一个梦,恰恰是穿衣吃饭的人是一个梦。

睦州生活在当下，而不把其他时刻拿来与它相比。没有一个背负过去的人，也没有一个思考着未来的人，只有一个生命的过程，不停地从这一片刻流向下一片刻，人只是轻轻滑过。

在奥修眼中，睦州的意思是：最好不要创造问题，因为我们从来不知道有谁可以解决问题。问题一旦被创造出来，就不能解决。不要创造它们，这是解决它们的唯一办法。生活原本是怎么样的，就怎么样接受它。禅是一种非凡的成长。保持在山谷里，你就会成为山峰。如果你走向山峰，山谷就丢失了；如果你留在山谷，山峰就丢失了。只有成为山谷山峰合二为一，保持在山谷却成为山峰，你就能够理解——禅是什么！

2013 年 01 月 12 日

二

还是奥修的书《当鞋合脚时》，看看他是怎样解读庄子的。"顺其自然，你将开花。"我不知道庄子什么时候说过这话，不过，在奥修看来，庄子是一朵珍贵的花。在进入他的世界前，首先要明白，就是自然。做一朵在天空飘浮的白云，没有目标，不去哪里，只是飘浮，这种飘浮便是终极的花朵。蜈蚣是用成百条细足蠕动而行。青蛙很纳闷，问："为什么我们两条腿走路都很困难，可你居然有几百条腿，每次走路得先迈哪一条呢？"蜈蚣说："我一直走呀走的，可谁想过呢？我试着想想吧。"这一想可想出麻烦来了。蜈蚣站立了几分钟，动弹不得,蹒跚几步,终于趴下了。"这本来不是问题,这下子成百条腿要动,我该怎么办?"生活中,有那么多告诫要遵从,那么多原则要照办,那么多道德要信守,那么多东西左右你以致你的内心生活丧失了自发性。于是,你开始误入歧途……终于有一天,你将成为猴山上的那只荡来荡去、卖弄技巧的猴子,死于吴王的乱箭之中。

奥修问:"你整个一生在做什么?你是做一个人还是一只猴子?"猴子是十足的模仿者!你身上藏着一只猴子,这整个世界就是一座猴山,周围全是猴子!于是,你的生活就是一种模仿,你从不看看你的需要是什么,可如果你模仿,成千上万的人,成千上万没有必要的需求聚集在周围,你开始过每个人的生活,过他人的生活。"除非你停止做一只猴子,否则你就不能成为一个人!"看看我们是怎样教育孩子的吧:每个孩子都由道而生,随后我们用社会、文明、道德、宗教,从各方面去把他弄成残废,于是尽管他在这个世界上,但他没有活着。

在庄子的世界里,人必须让自己融入自然的存在,重返童年,就像初临人世的孩子。没有驱使,没有强制,没有需求,没有诱惑,这时候你做什么事都是自在的,你是个自由的人。有为当然能做成事,但无为能做成的事更多。也只有通过无为得到的才永远不会成为你的负担,才能永远与你在一起。不是吗?当鞋合脚时,脚就被忘却了……

2013 年 01 月 13 日

难忘萨特

一

在这个满天雾霾、一地鸡毛的春天，突然想念起萨特，想念起大学年代阅读萨特时的苍凉和迷惘。那时候天总是很蓝，黄色夹竹桃铺满两旁的小径，一直通向海边。那时候沙滩上还到处散落着美丽的贝壳，潮水令人放心地涨起涨落。每年夏季，凤凰花一如既往地绽放，灿烂得让新生们心神不定。

当年，我们这拨同学入校的原因，一半是为了大海，另一半是为了鲁迅。迄今，还有一位诗人同学死活不肯修掉八字胡，几位已成为教授、博导的同学习惯于在生长着龙舌兰的坟前照相。除了鲁迅和他同时代的几个文学人物，我们的阅读史显得如此的遥远，极具珍贵的考古价值。

我第一次知道萨特和他的著作，竟然出自这样一本书：《存在主义哲学》，商务印书馆，1963年"内部读物"，定价：2.10元。读读这本书的《前言》吧，你一定会感同身受——存在主义是现代资产阶级最反动的唯心主义哲学流派之一。

这本资料选集是为了帮助了解它和批判它而编译的。这一派反动哲学，从 20 世纪 30 年代起，是首先由海德格尔和雅斯柏斯在德国开始传播的。他们当年充当过希特勒的法西斯理论帮凶，现在又是西德复仇主义和美帝国主义原子讹诈政策的热烈附和者。

第二次世界大战以后，萨特和梅格·庞蒂承袭他们的衣钵，在法国推销存在主义哲学，并且剽窃辩证法的词句，肆意诋毁马克思主义，气焰十分嚣张。我们这代人就这样闭着眼睛走进萨特和他的"黑暗世界"。

2013 年 02 月 03 日

二

难忘萨特。"他人即地狱"这句出自《间隔》剧中的经典台词，曾经像一块乱石，扔进 20 世纪 80 年代的一潭思想死水中，至今还涟漪未尽。在萨特的戏剧《间隔》中，地狱无非就是一个个房间，乍一看还有些像法国第二帝国时期雍容尔雅的风格。客厅里有三张沙发，壁炉架上有一尊铜像。这里没有"外面"的世界，只有没有黑夜的永恒黑夜，没有白天的永恒白天。

剧中的三个人物，一个临阵脱逃的胆小鬼，一个占有欲极强的女同性恋者，一个肤浅放荡、犯有杀婴罪的色情狂。三个人构成了一个彼此需求又彼此伤害的世界。他们不断地彼此折磨，互相刺探底细，揭丑别人以伪装自己。每个人都是他人的刽子手，谁也得不到片刻安宁，可是又注定要一起睁着眼睛永远这样待下去。上帝死了，人无能为力，只能这样永远生活在地狱中。

"原来这就是地狱。我万万没有想到……你们的印象中，地狱里该有硫黄，有熊熊的火堆，有用来烙人的铁条……啊！真是天大的笑话！用不着铁条，地狱，就是别人！"从此以后，"他人即地狱"成为20世纪人类心灵世界的真实写照。

2013 年 02 月 04 日

三

20世纪60年代承载着法国整整一代人的激情和梦想。而萨特和他的存在主义思想，无疑是这个激情和梦想的焦点。《萨特，穿越1960》在一种类似于小说的叙事中追溯何谓存在主义，何谓按照存在主义原则生存。我们看到了一位处于时代、生活和爱情中的萨特。

这就是萨特：为了支持阿尔及利亚的民族解放运动，萨特组织和参加游行，多次受到警方的威胁和警告，遭到右翼分子的恐吓。他的寓所两次被炸，但萨特无所畏惧，始终没有放弃自己的立场，为反对殖民战争而四处奔走，直到1962年阿尔及利亚独立。

这就是萨特：1964年，当诺贝尔委员会决定授予其文学奖时，他致信瑞典皇家学院，希望能够撤销这一决定，"我不想出现在可能的桂冠作家们的行列中"。他解释说自己"一向谢绝来自官方的荣誉""不愿意使自己隶属于某一意识形态集团，不愿跟着他们去从事分裂欧洲的活动"。许多人对

此表示不可理解，天主教存在主义哲学家马塞尔就称萨特是"惯常的毁谤家和有意的辱骂者"。尤其使萨特感到痛心的是那数不清的来自穷人的信件："他们写来折磨人的信，异口同声地要求：把你拒绝的钱给我吧。"

这就是萨特，从波拿巴特广场到左岸的咖啡馆，从索邦大学、巴黎师范大学的校园到赫伊利兵营，从波伏娃的单身公寓到巴黎的街道，从罗马、莫斯科到哈瓦那。我们一起穿越20世纪60年代，穿越萨特和存在主义。或许，你不会成为追随者，但是，正如本书后记所言"各人心中各有自己的萨特"，难道不是吗？

2013 年 02 月 07 日

四

每个人的命运在童年时代就已经决定或被决定了。《词语》可以说是萨特的童年自传。从写作到出版历时十载。这是我最喜欢的几本自传之一。正如荣格自传将自己的一生概括为一连串的梦境，萨特将他的成长史归结为"词语"。

要了解萨特，只有通过词语，舍此别无他途。"因为他拥有一座用词语砌成的宫殿，然而同时他又是一位无产者，因为他除了词语便一无所有。"在萨特的一生中，他曾经将"词语"奉为"上帝"："靠着词语，一个孤独的人忘却了他的孤独，一个无票的旅客获得了在此世界上的居住权……"他也曾经怀疑自己选择词语是否是一个根本的错误，感叹："我竟为一个非我同类的女人糟蹋了我的一生！"然而，最终他还是发现"天才并非赠品，而是人们在绝望的环境中创造出来的一条脱身之路"。这种矛盾重重的"文学神经症"造就了现在我们所熟悉的萨特。

尽管你不一定喜欢，但正如萨特在自传中所剖析的，"动物园里的猴子就不是完美的猴子，卢森堡公园里的人也不是完美的人"。无论你是否认同，词语的世界才是真正的存在，而现实世界只是词语世界的"摹本"。读读这本书吧，毕竟，词语是永恒的，而人生只是短暂的瞬间而已！

2013 年 02 月 08 日

文明的死亡

一

凌晨二时许,航班一再延误后终于返厦,就这样结束柬埔寨之行。看来,下次最好乘热气球到吴哥,万一跳伞也别跳到机场或航空公司的陷阱里,干脆直接跳进丛林,无论遇上野兽还是仙女。恍惚之中,不知是从猿到人,还是从人到猿。

于是,回家后赶紧找出汤因比的《历史研究》,20年前读过的,试图找到一点有关"吴哥文明"的答案。但很快就有些失望。"吴哥文明"并没有能够列入汤氏庞大的文明体系之中,那26个,除了一个西方文明现在也许还活着,其余的则不是全死就是半死,反正是早就该死的文明。

而在汤因比看来,柬埔寨、缅甸、锡兰、暹罗的小乘佛教徒以及西藏和蒙古的大乘喇嘛佛教徒,所有这些都是古代印度文明的化石残片,这些"化石化了的残缺不全的本来应该绝迹了的文明",由于缺少一连串文明的挑战和应战,只能是一种毫无意义的存在。"事实上,它之所以还能活着只

是因为它已经僵化了"。从"人的城走向神的城",这乃是人类与文明最后的终点。

  令人百思不解的是,吴哥窟、巴戎寺、巴肯山和女王宫,以及吴哥遗址的每一处断壁残垣,其所呈现的神话、宗教和艺术,绝不逊于秦始皇统一中国后的长城、兵马俑以及被项羽一把火烧掉的阿房宫,更不逊于罗浮宫或大英博物馆里那些冷冰冰、缺胳膊断头少腿的石膏。蒙娜丽莎的一脸暧昧的坏笑,怎比得上那一尊吴哥的微笑?然而,"文明的死亡原因永远是自杀,而不是谋杀",汤因比的答案,难道会是唯一的答案?

2013 年 02 月 21 日

二

有许多文明,一夜之间骤然消逝,在丛林和乱石之中留下令人惴惴不安的记忆。读读这本《神秘北纬30°》,惊悚之下,这绝不是一条普通意义上的纬度!这是它的神奇:地球的最高峰珠穆朗玛峰,海底的最深处马里亚纳海沟,尼罗河、幼发拉底河、长江、密西西比河在此入海。这是它的神话:金字塔、死海、古巴比伦"空中花园"、大西洲沉没处、百慕大、玛雅文明遗址。这是它的神秘:如果将北纬30°线上下移动,变成了一条恐怖的地震死亡线。仅日本本岛、葡萄牙里斯本、土耳其埃尔津詹、美国旧金山、意大利拉坦察、中国汶川先后发生的灾难性地震就达几十次。这是它的神圣:伊斯兰教、佛教、印度教、基督教的圣地,汇聚于此。有人说,这是一条完整的地球历史的脐带;还有人说,这是一条人类文明碎片的断裂带。"人类自打确信了地球是圆形以后,从来就没停止探索的脚步",作者几近疯狂地展示了许多稀奇古怪的想象力:苏美尔人使用楔形文字却有令人难以置信的天文学,足以证明远古时代真有太空来客。玛雅人创造了神奇的文明,为何突然消失在密林之中?亚特兰特提斯岛悲惨一夜淹没海底,使我们确信海底深处另有文明的存在,出入口就在布满旋涡的百慕大!金字塔内,菜籽不但可以发芽,还比外面的

苗长四倍，由此可以推断，保存在密室中的尸体可在千年之后复活。金字塔和巨石文明的产生是由侏儒建造的，神迹处处的远古时代确有超文明的存在。

几乎每一个民族都是从洪水中死过去又走出来，人类不过是一伙"海猿试验品"。我们只不过是一些奇形怪状、颜色杂乱、类似于"蝙蝠人"的遗民。据作者自己说，这些只是小心翼翼的猜想，而人类已经迫不及待，毛毛糙糙准备逃离地球，奔向太空。"文明只有在毁灭中才能留下真正的遗物"，于是，我们只能"小心地收起各种好奇的隐秘思想，在一个个神秘的远古文明遗址前固执地徘徊不去"。

2013 年 02 月 21 日

中国人的景观大道

中国人向来喜欢模仿和凑热闹，东拉西扯，居然也整出了一条中国式的"北纬30°"，《中国国家地理》杂志还将它命名为"中国人的景观大道"。无聊的话，不妨读读。

沿着318国道，从上海到达西藏樟木，长达5000多公里，这条线和神秘的北纬30°基本吻合。有人说，这是中国的山水长卷：喜马拉雅山、雅鲁藏布大峡谷、张家界、庐山、黄山。有人说，这是中国文明的风骨脊梁：武当山的道教，峨眉山、普陀山和乐山的佛教。有人说，这是中国历史的神秘之路：令人费解的三星堆遗址、奇异的神农架野人传说、钱塘江的潮难、鄱阳湖的沉船、汶川的地震。还有人说，这是中国的杜鹃花之路。峰回路转，盘旋之中，杜鹃啼血，花开花落，如此盛开得让人莫名其妙。据说，全唐诗中吟咏花花草草54种，竟无一是杜鹃。这条中国人的景观大道，怎么看都好像游离于中国文明的起源、成长和兴衰之外。

同样令人惊诧的是，北纬30°线，有12000公里在太平

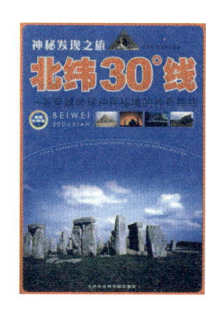

洋上，8000公里在大西洋上，5000公里在撒哈拉沙漠和阿拉伯半岛的沙漠中。也就是说，该死的文明都已沉入海底，半死的文明都躺在沙漠，活着的似乎都在中国。可是，没有洪水再生的传说，没有莫名遗弃的古城，没有难以寓意的巨石，也没有悄然消失的众神，你又能捡起多少文明的碎片呢？

2013年02月22日

卡夫卡的世界

卡夫卡绝对是我阅读过的作家中骨灰级的天才。假如没有卡夫卡，我们打量和思考这个古怪的世界将会缺少许多的灵感和乐趣，缺少另一种眼光。读读《变形记》，设想一下，假如你突然变成了一只猿或其他什么动物，结局又会怎样呢？

"一天清晨，当格里高尔·萨姆沙从烦躁不安的睡梦中醒来，发现自己在床上变成了一只大得吓人的甲壳虫。"故事就这样以一种绝望的笔调开始。格里高尔是个小人物，父亲破产，母亲生病，妹妹上学。沉重的家庭负担和父亲的债务，压得格里高尔喘不过气来。他拼命干活，目的是还清父债，改善家庭生活。他受老板的气，指望还清父债后辞职。当格里高尔发现自己变成"巨大的甲虫"，惊慌而又忧郁。父亲却大怒把他赶回自己的卧室。从此后，格里高尔养成了甲虫的生活习性，但保留了人的意识。他拥有甲虫的外壳，却还有一颗人类的心。他无法忍受别人把他当作恶心的爬虫，渴望自己像原来一样！

然而，父亲、母亲、妹妹终于忍受不了格里高尔这个累赘，

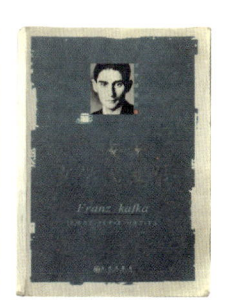

他最喜爱的妹妹提出把他弄走。格里高尔又饿又病，陷入绝望，"他怀着深情和爱意想他的一家人""然后他的头就不由自主地垂倒在地板上，鼻孔呼出了最后一丝气息"，死了。家里人对他的死无动于衷，忙着准备去郊游。生活又回到了原来的模样。

在卡夫卡的作品中，我们随处可以看到一个又一个荒谬的梦魇。《城堡》中的土地测量员K，长途跋涉，从家乡赶来城堡，但城堡就在眼前，却永远进不去。《诉讼》中的银行高级职员K，在他30岁生日的早晨，突然被逮捕，不需要任何罪行和罪名。他越是到处奔忙洗刷自己的罪嫌，犯罪感却越是严重，最后"像一条狗"似的心甘情愿被人用刀戮死。

卡夫卡就这样强迫我们以一种另类的眼光，体验这个荒诞的世界。可是，你别无选择！因为"我们称作路的东西，不过是彷徨而已"。

2013年03月03日

英雄挽歌

傍晚时分,从阳光海岸的阳台上放眼望去,居然看见了一片晴朗的天空,散淡的白云间,挤出几缕阳光,洒向湛蓝的大海。这个春天,蜇居于网猿世界的我,似乎已经习惯于弥漫的浓雾,时断时续的阴雨,懒得抬头看天。那就读读塞菲里斯和埃利蒂斯的《英雄挽歌》吧。

这本诗集是两位先后获诺贝尔文学奖的希腊诗人的合集。"这海港老了,我再也不能等候／那位动身到松树岛去了的朋友,／或者那位到悬铃岛去了的朋友,／或者那位到海上去了的朋友。／我敲敲那些锈了的大炮,我敲敲那些桨,／这样我便可以重新振作并下定决心。／那些船帆散发的咸味／只说明下一次风暴快要来临。"这是塞菲里斯笔下的大海,有点陌生。"我们在这儿泊船,接合我们的断桨,／饮水和睡眠。／那叫我们痛苦的大海是深沉莫测的,／还打开了无限的宁静一片。"《圣经·启示录》说:"海也不再有了。"这却成了诗人的耐人寻味的记忆。"于是我手中只剩下一只芦笛。／夜是荒凉的,

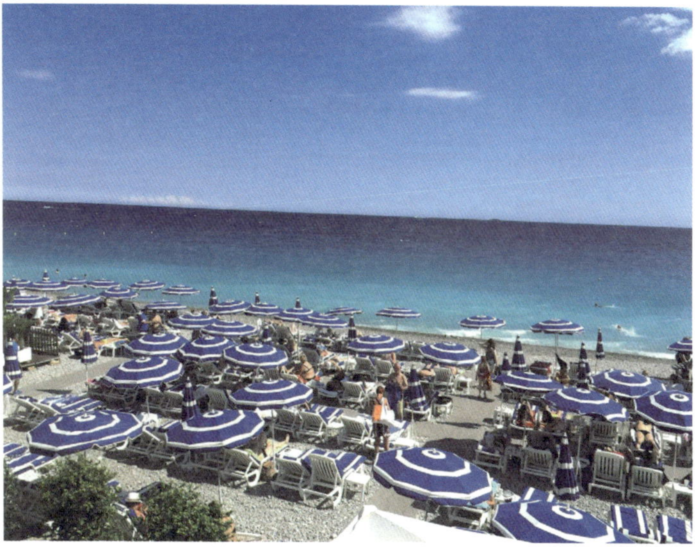

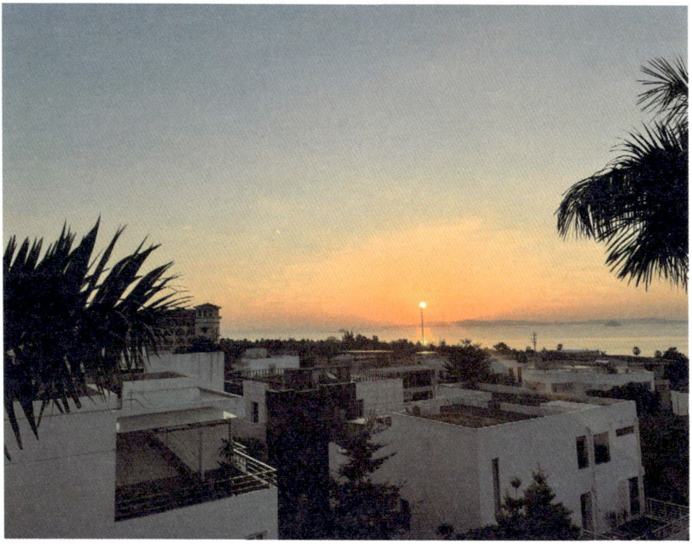

月儿残缺，/ 土地散发着雨后的气息。/ 我低声说：记忆，你碰到哪里都是痛的，/ 只是一片小小的天空，已不再有海了，/ 凡是他们白天杀掉的，他们都用卡车运走，倾斜在山脊背后。"这是关于神话、历史和战争。我曾到过那片神奇的地方，当你凝望过爱琴海，你的记忆深处从此会有一片挥之不去的湛蓝。

另一位同样有些让人陌生的诗人埃利蒂斯，他的《天蓝色记忆的时代》，是我在大学时代就很喜欢的一首诗："岁月像树叶和石子一样经过 / 我记着那些年轻人，那些水手 / 他们出发时在自己心灵的映象上 / 绘着彩帆，歌唱着天涯海角 / 他们胸脯上刺着北风的利爪 / 我在寻觅什么呀，那时你向我走来 / 头戴朝霞，眼含古老的海水 / 浑身是太阳的热力……那时我在寻觅什么 / 在辽阔梦乡中那深邃的海底 / 一阵无名的忧郁之风吹皱了感情 / 在我心灵上镌刻着海洋的标记。""如今我要在身边留一罐永生的水 / 作为模型，象征着自然的风暴 / 以及你的那双使爱情受苦的手 / 以及你的那个与爱琴海相呼应的贝壳。"

此生，你一定要去看看爱琴海，你才会"开始懂得海的喃喃自语""放开手脚畅游出去，为了尽情地哭"；你才会明白："所有的海洋都铺满鲜花，可以行走""每个时代都有自己的海伦"；你才会相信："我在天堂里划出了一个岛屿 / 你们全在上面 / 又在海上划出一幢房子"；你才会梦想："只要我们能够倒立着生活，/ 我们就会发现一切都是正面朝上吗"。

2013 年 03 月 05 日

细说福柯

一

如果我们要为网猿寻找思想的源泉,从海德格尔《林中路》到莫里斯《人类动物园》,从荒诞派戏剧到先锋主义音乐,涓涓细流,我却一眼就看中这两朵奇葩。一个是尼采,因为他说:"上帝死了!"另一个就是这米歇尔·福柯!因为他说:"人死了!"福柯或许可以说是"天下最闻名的知识分子"。多少年来,"他那漂亮的光头一直就是政治勇气的标志"。诺贝尔奖竟然没有设哲学奖,萨特居然是以文学家身份获奖,难怪他会断然拒绝。没有了思想,其他奖还有什么意义呢?

你一定要读读《疯癫与文明》,这是我见过的最痛快淋漓,集哲学和历史精华却又令人悲欣交织的思想作品。试想,有谁敢这样断言,人们对于精神错乱的看法在 1500 年以后发生了令人瞩目的变化:在中世纪,疯子可以自由自在地逛来逛去并且受到尊重,可是到了我们这个时代,他们却被当作病人关进了疯人院,一种"被误导的慈善"大行其道。这表面上好像是对科学知识的一种开明的、人道的运用，实际上却是社会管制的一种阴险狡诈的新形式。

在书的前言，福柯一开始就引用帕斯卡和陀思妥耶夫斯基的话写道："人类必然会疯癫到这种地步，即不疯癫也只是另一种形式的疯癫。""人们不能用禁闭自己的邻人来确认自己神志健全。"于是，福柯"不得不撰写一部另一种形式的疯癫的历史"。在他看来，理性—疯癫关系构成了西方文化的一个独特向度，而疯癫与理性之间的交流以一种激进的方式改变了时代的语言。在我们这个时代，疯癫体验在一种冷静的知识中保持了沉默。这无疑使历史陷入既得以成立又受谴责的悲剧。

2013 年 03 月 06 日

二

从博斯的绘画和其他关于《愚人船》的作品和传说中，福柯似乎发现了人类疯癫的秘密。他写道，这种奇异的"醉汉之舟"沿着平静的莱茵河和佛兰芒运河巡游。这种船载着那些神经错乱的乘客从一个城镇航行到另一个城镇，疯人因此而过着一种轻松自在的流浪生活。病人乘上"愚人船"是为了到另一个世界去。当他下船时，他是另一个世界来的人。他被置于里外之间，对于外边是里面，对于里面是外边。这具有强烈象征意义的地位。

如果我们承认昔日维护秩序的有形堡垒现已变成我们良心的城堡，那么，病人的地位无疑至今仍是如此。病人被囚

在船上，无处逃遁。他被送到千枝百枫的江河上或茫茫无际的大海上，也就被送交给脱离尘世的、不可捉摸的命运；他成了最自由、最开放的地方的囚徒：被牢牢束缚在有无数去向的路口。他是最典型的人生旅客，是旅行的囚徒。他将去的地方是未知的，正如他一旦下了船，人们不知他来自何方。只有在两个都不属于他的世界当中的不毛之地里，才有他的真理和他的故乡。

《疯癫与文明》给我们留下了一幅巴洛克时期疯人院和疯人被禁闭的图画。"现代历史迫使癫狂缄口，却让性开口说话？"多年以后，福柯在访谈录中是这样回答这个问题的："我想重构癫狂的话语，但这是办不到的。当癫狂在至少一个世纪以内是否定性操作的对象的时候，性却在同时成为肯定性的领域。但是，到了19世纪，权力的两大技术，其一对性进行生产，其二把癫狂隔离开来相互错综交织起来。"在福柯看来，疯癫在人世间是一个令人啼笑皆非的符号，它是现实和幻想之间的标志错位，使巨大的悲剧性威胁仅成为记忆。

2013 年 03 月 07 日

三

据说，精神病医生读过福柯的书后，都不敢面对病人。"到底是你有病还是我有病？"作为精神心理学博士出身的医生，福柯是这样给人类看病的。《疯癫与文明》先是详尽考察了中世纪到十字军东征结束时期，欧洲各地的麻风病收容机构和病人数量，随后笔锋一转，把起脉来，极其博学地诊断文艺复兴时期的疯癫主题。

塞万提斯笔下的堂吉诃德一生疯癫，并因疯癫而流芳百世。莎士比亚的作品中，疯癫总是与死亡和谋杀为伍。麦克纳马拉白夫人的呓语却能吐露出"已经知道了不该知道的事情"。正是人类的精神错乱导致了世界的末日，正如德尚所预言的："我环视左右，皆是愚人。末日即将来临，一切皆显病态。"人的疯癫是一种神奇的景观。福柯不无创意地提出了4种疯癫的形态：浪漫化的疯癫、狂妄自大的疯癫、正义惩罚的疯癫、绝望情欲的疯癫，其诊断结论令人大开眼界而又胆战心惊。其一，疯癫之所以有魅力，其原因在于它就是知识，"这是一个荒诞而又无比珍贵的灯笼"。其二，疯癫是对某种杂乱无用的科学的惩罚，正是由于虚假的学问太多，才变成了疯癫。其三，实际上并不存在疯癫，而只存在着每个人身上都有的那种东西。因为正是人对自身的依恋中，通过自己的错觉而造成疯癫。其四，疯癫不再是人们所熟知的这个世界的异相，它完全是一个普通景观。它不再是一个宇宙的形象，而是一个时代的特征。其五，疯癫用粗野不羁的言辞宣告了自身的意义：它通过自己的幻想说出自身的隐秘真理。它的呼喊表达了它的良心。其六，每一种疯癫都可以找到自己适当的位置、特殊的标记和自己的保护神。它既遮遮掩掩又锋芒毕露，既说真话又讲谎言，既是光明又是阴影。不幸的是，疯人船的时代刚刚过去一个世纪，"疯人院"的题材便出现了。"禁闭"取代了"航行"。

疯癫不再凭借奇异的航行从此岸世界的某一点驶向彼岸世界的另一点，它现在停泊下来，牢牢地停在人世间。它留驻了。没有船了，有的是医院。

2013 年 03 月 08 日

想起加缪

一

有人说,《鼠疫》是一篇寓言。而我始终认为,这本书只是一份证词,是在为一种罪行作证。加缪说过:"任何苦难都无法,而且永远无法让我对我所认识的生活作伪证。瘟疫就像一间实验室,可以研究人类面临灾难时的态度。在灾难面前,混乱、恐惧、绝望,人性的复杂与多元,信仰的正面与反面,灵魂的红与黑,皆敞露无遗。"

高尚是高尚者的墓志铭,卑鄙是卑鄙者的通行证。鼠疫摧毁的不仅是人的肉体,更可怕的是人的精神。在《鼠疫》中,长夜笼罩了人们的心灵,人们失去了对过去的回忆,对未来的希望,进入了"鼠疫"的境界。个人命运已不存在了,有的只是集体的遭遇。幸好,"要是说在这世上有一样东西可以让人永远向往并且有时还可以让人们得到的话,那么这就是人间的柔情"。幸好,加缪还为我们保留了一些希望:人的身上,值得赞赏的东西总是多于应该蔑视的东西。幸好,我们还看到了这样一些勇敢的"反叛者"。里厄医生始终相信天地间唯一可能的救赎就是自救！在他的周围，一群具有良知、责任、理性和尊严意识的医生、职员、记者，这些名不见经传的"小人物"，而不是什么市长、议员、警察等国家机器，以自己的信念筑就了希望。

如果说，里厄医生是一个富有牺牲精神的英雄，而作为外乡人的新闻记者朗贝尔，他选择留下来做个人主义的抗争。"使我感兴趣的是为所爱之物而生为所爱之物而死"。塔鲁则是一个一直生活在思想痛苦中的精神圣徒。人们每天都在谋杀，以他们所认定的罪行判处另一些人的死刑。他选择了自我流放，在自己满心以为是在理直气壮地与鼠疫作斗争的岁月里，自己却一直是个鼠疫患者，一个谋杀的同盟者。

格朗是个让人感动的小人物，在加缪看来，像这样的无辜者必须活下来，他在某种程度上代表着希望："在五月的一个美丽的清晨，一位苗条的女骑士跨着一匹华丽的枣骝马在花丛中穿过树林小径。"鼠疫终于结束了，人们很快就忘记了一切，只有里厄医生还在思考，因为只有他明白，鼠疫把所有人玩弄了一番又突然离去。也许有朝一日，它将再次选择某一座幸福的城市作为它们的葬身之地。

2013 年 04 月 21 日

二

还是在大学时代，第一次读《局外人》，不知怎么，就忘不了那个对一切事物似乎都无动于衷的莫尔索。

小说的第一句话就耐人寻味："母亲今天死了,也许是昨天死的,我不清楚。"莫尔索向老板请假时说:"这可不是我故意的。"在为母亲送葬的路上,莫尔索没有一点儿悲伤的表情,只在乎沿途那一片被太阳晒得发亮的田野。对此,加缪自己曾这样解读:"在当今社会,在自己母亲下葬时不落泪的人可能会被判处死刑。"对于莫尔索来说,一切似乎都无所谓,生活是无法改变的,到处都是一样。就是在这一片阳光的驱使下,莫尔索莫名其妙地扣动了扳机。此刻,"我体会到我打破了这一天的平衡,打破了海边上惊人的寂静,而这个海边曾经是我感到过幸福的海边"。当莫尔索说是因为太阳的原因而杀人时,法庭上大家都笑起来。这个难以让人理解的人就这样被宣判死刑。实际上,就连他本人都没搞明白为什么要杀人。执行死刑前,莫尔索拒绝见神父,拒绝神父为他祷告。在他看来,上帝,或者神父,或者审判他的人。"他们连活着不活着都不知道,因为他活着,等于一个死人。我呢,虽然看起来两手空空,但是我知道我是怎么回事,我知道一切都是怎么回事,比他们知道得清楚,知道我还活着,肯定我即将死去。是的,这一点是绝对有把握的。"我读加缪,但我无论如何也读不懂加缪。我不知道,莫尔索对我们这代人来说,究竟意味着什么?"假若要死,怎么死,什么时候死,这都无关紧要。"

或许有一天,你会突然明白莫尔索那种冷漠得让你震惊的人生感受,"反正总是我去死,现在也好,20年以后也好"。其实,在加缪看来,所有的人都面临着同莫尔索一样的尴尬

处境,"进退两难,出路是没有的"。或许,这就是加缪对"荒谬"哲学思考的出发点。

2013 年 04 月 22 日

三

对于许许多多的普通人来说,每天不过如此。

起床,电车,四小时办公室或工厂里的工作,吃饭,电车,四小时的工作,吃饭,睡觉,星期一二三四五六,总是一个节奏,大部分时间里都轻易地循着这条路走下去。如果有一天,当你突然间想到"为什么"的疑问,荒诞就产生了。人生也不过如此,我们是靠未来生活的,"明天""以后""等你混出来的时候""长大了你会明白的",如此等等,荒诞感可以在随便哪条街的拐弯处打在随便哪个人的脸上。这就是加缪在《西西弗斯的神话》中为我们呈现的世界:"一个能用理性方法加以解释的世界,不论有多少毛病,总归是个熟悉的世界。可是，一旦宇宙中间的幻觉和照明都消失了，人便自己觉得是个局外人，他成了一个无法召回的流放者，因为他被剥夺了关于失去的家乡的回忆，而同时也缺乏对未来世界的希望。这种人与他自己的生活分离，演员和舞台分离的状况，真正构成了荒诞感。"

作为荒诞哲学的代表性人物，加缪对荒诞的追问，逼得你无地藏身。而问题是，荒诞既不在于人，也不在于世界。人们希望人生有意义，希望世界合乎理性，但在实际生活中，人们却常常感到世界是不合理的，人生是无意义的。在每个人面前，死亡无时无刻不在等待着他们，根本就不存在所谓充满希望的明天。

荒诞的根源就在于人类的呼喊和世界的无理沉默之间的冲突和矛盾。于是，在加缪看来，"只有一个哲学问题是真正严肃的，那就是自杀。判断人生是否值得活下去，就等于答复了哲学的根本问题"。其余的一切，不过是游戏罢了。

2013 年 04 月 23 日

四

我原以为，加缪的世界犹如一片冰天雪地，格外刺骨而冰冷，真想转身离去。但是，始终有一种苦涩的感觉缠绕着你，让你挥之不去。直到多年以后，当我读完他的这本散文随笔《置身于阳光与苦难之间》，我才发现了加缪的另一个世界。作为"地中海之子"，加缪有着地中海式的思想和感情，这就是："明知世界冰冷却要尽力地燃烧。"他指出了生命的另一面：

"若没有对生之绝望，就不会有对生之爱"。

记得加缪在评论萨特的小说《厌恶》时，曾经说过"看到生命的荒诞不能成为目的，而仅仅是开始"。在这荒谬的世界上生活，这本身就意味着反叛。问题在于如何走出去，走出荒诞。于是，在《鼠疫》中，在《反叛者》中，在《正义者》中，在加缪的一切文学作品中，加缪尽其所能为我们塑造了一个个反抗者的形象。在加缪看来，反抗者就是既说"是"又说"不"的人。对生活说"是"，对未来说"不"。他敢于拒绝，但他并不弃绝。人不为虚渺的未来或目的而生活，而是要尽可能地穷尽今天。对于反抗者来说，"世界始终是我们最初和最后的爱"。

面对加缪，我们是否应该相信："原先的问题是去发现生命是否有一个可以让人生存下去的意义，现在相反地它变成如果生命没有意义的话，它会让人生活得更好。"面对加缪，我们是否还有这样的勇气和爱？此生，你一定要去一趟地中海旅行。加缪就出生在法属阿尔及利亚地中海边的一座植物园。当你置身于那片湛蓝得令人心碎的波光粼粼之中，体验一种在火焰之下的苦味。那些开满鲜花的岛屿和翡翠般的浪花，伸手可触及。多想跨出去啊，一步即是天堂。也许只有此时，你才会读懂加缪，读懂加缪那充满阳光和苦难的世界。

2013 年 04 月 25 日

生命之书

从北京带回来几本书。王强的这本《读书毁了我》，着实让人眼睛一亮。"生命何以会从书中或者书何以会从生命中获得真正的意义和力量？"从这个思考出发，王强发现，力量才是文字的意义，有力量的文字旨在"型塑"而不是"告知"。面对人类越积越多的文字垃圾，"有力量的文字"竟显得那样"珍稀"。唯其珍稀，它们才是唯一值得你用全部生命去拥抱的，因为它们毫不留情毁了你的同时，还给你的必是崭新的生命。

《我们》的作者扎米亚京说过："有些书具有炸药一样的化学构造。唯一不同的是，一块炸药只爆炸一次，而一本书则爆炸上千次。"为了认识自己，每个人都带着他自己的"生命之书"，书里填满了生命的足迹。没有这部"生命之书"，一个人便只是一张快照，一个二维的图像，一个鬼影。随着时间的推移，这"生命之书"变得越来越厚，直到人再也无法卒读。从这个意义上说，王强是幸福的。在书中，他带我们去巴格达旅行，"每一年春天，谁都该去去巴格达"。因为"你得像

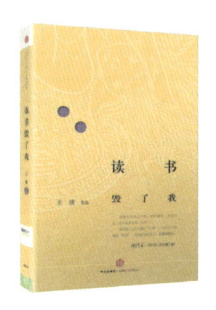

嗅到咸味的水手一样去急切地回答海的召唤"。他带我们去纽约西十四大街和曼哈顿麦迪逊大道逛书店。"一个书店生命的个性就在一本书里，一本每一个字中都点燃着烛芯的书里。"于是，我们有了"书之爱"，翻开一部部韵味深长的"书话"，就像是翻开了书籍生命史中一本本缠绵动人的"情书"，那些个独特、奇异、坦率、真挚、神秘的爱的自白。于是，我们有了"书之怨"，人性自私的黑暗首先为书籍揭露了出来。"凡追问的人必得回答，凡寻觅的人必有所获，凡大胆叩门的人，门必迅捷为其敞开"，于是，我们不能不相信，"没有任何生命可以同书籍的生命相比"。"只要书在流传，它的著者、它的人物将不朽而永生！"在我们这一代人不无苍凉的阅读史中，我们越来越需要这样的谈书的书。

2013 年 05 月 03 日

书的民族

读书毁了我？说出这句话的王强却反过来告诉我们这样一个"书的民族"。一部犹太民族的历史就是一部"书与剑"的恩仇史。《塔木德经》说道："书与剑自天国而降。全能者说，恪守书之律法者将从剑下得救。"正如中国经历过无数次文字狱一样，犹太民族也经历了罗马教廷和历史上最大的纳粹浩劫。然而，古代殉道的犹太教徒却可以身缚"律法之卷"被投入烈焰之中。

《虔敬者之书》这样写道："这人当先散尽他的金子、珠宝以及房产，最后只有万不得已，才当尽其书藏。"黑暗年代，在犹太人隔离区，几乎每一个犹太人家，无论境况如何，都拥有自己或多或少的藏书。劫难一次又一次磨砺着"书的民族"对书的虔敬赤诚。

这是一个无论走到哪里，凭借着书籍而生活，始终忘不了珍惜自己生命之根的旅人。海涅说过，犹太人的文献就是他们袖珍的祖国。在我们这代人残缺不堪的阅读史中，闪烁

着许许多多犹太人的光辉身影，从斯宾诺莎、柏格森、弗洛伊德、卡西尔、胡塞尔、维特根斯坦、弗洛姆、波普尔、柯恩，到海涅、普鲁斯特、里尔克、茨威格、卡夫卡、帕斯捷尔纳克、爱伦堡、雷马克、辛格、贝克特、马拉默德、贝娄、阿瑟·米勒、塞林格、诺曼·梅勒、约瑟夫·海勒，从马克思到毕加索等等，无数令人终生难忘的作家、艺术家和哲学家，尽管他们散居世界各个角落，生活朝代不同，却在异质文化的夹缝中顽强生存，并为人类点燃了一盏盏希望与拯救的灯火。

  再多说一句，当世界还是文盲当道的年代，犹太民族就已经建立起了一个普遍的教育体系，而现代教育的曙光还要等待几个世纪才出现。不知为什么，这句话让我久久难以掩卷："千万支蜡烛燃尽了，而我还在读着。"

2013 年 05 月 04 日

阅读好时光

一

20世纪80年代,那可是我们这代人真正的阅读好时光。许多人深爱这套"二十世纪外国文学丛书",马尔克斯《百年孤独》,福克纳《喧哗与骚动》《我弥留之际》,川端康成《雪国》、海明威《永别了,武器》《丧钟为谁而鸣》,纪德《伪币制造者》,黑塞《在轮下》,乔伊斯《一个青年艺术家的画像》,布托尔《变》,伯尔《莱尼和他们》,格拉斯《铁皮鼓》,吴尔芙《达洛卫夫人,到灯塔去》,戈尔丁《蝇王》,毛姆《刀锋》,托马斯曼《魔山》,还有《康拉德小说选》《菲茨杰拉德小说选》等等,还有什么阅读比这些文学作品更让人激动不已,更让人回味无穷呢?

在我们的心目中,这些作品有如一座座年代久远的城堡,在每一座城堡里都驻守着一个美丽动人的童话故事。"他没有梦见狮子,却梦见了一大群海豚,伸展八到十英里长,这时正是它们交配的季节,它们会高高地跳到半空中,然后掉回到它们跳跃时在水里形成的水涡里。接着他梦见他在村子里，他梦见那道长长的黄色海滩，看见第一头狮子在傍晚时分来到海滩上，接着其他狮子也来了。于是他把下巴搁在船头的木板上，船抛下了锚停泊在那里，晚风吹向海面。他等着看有没有更多的狮子来，感到很快乐。月亮升起有好久了，可他只顾睡着，鱼平稳地向前拖着，船驶进云彩的峡谷里。"这是海明威《老人与海》的梦，也是我们这代人阅读好时光留下的长长的梦，至今仍不忍惊醒。"他不久就睡熟了，梦见小时候见到的非洲，长长的金色海滩和白色海滩，白得耀眼，还有高耸的海岬和褐色的大山。他如今每天夜里都回到那道海岸边，在梦中听见拍岸海浪的隆隆声，看见土人驾船穿浪而行。他在梦中知道时间尚早，就继续把梦做下去，看见群岛的白色顶峰从海面上升起，随后梦见了加那利群岛的各个港湾和锚泊地。他不再梦见风暴，不再梦见妇女们，不再梦见伟大的事件，不再梦见大鱼，不再梦见打架，不再梦见角力，不再梦见他的妻子。他如今只梦见一些地方和海滩上的狮子。它们在暮色中像小猫一般嬉耍着。他爱它们，如同爱这孩子一样。"海明威留给了我们一个"独自在湾流里的一只小船上打鱼的老头儿"的梦。不幸的是，我们的文学阅读，真的和这位加勒比海的老人的命运结局一样，驾着船去出海，带回来的却是一副不可思议的鱼骨。

2013 年 11 月 04 日

二

远离战争的年代，从非阅读的角度说，这是不幸中的万

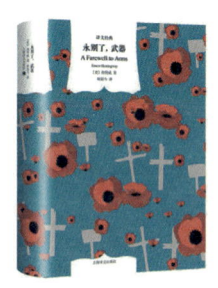

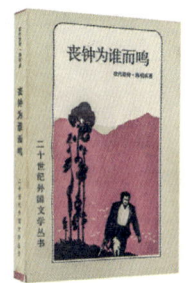

幸；从阅读的角度说，却是万幸中的不幸。20世纪80年代，好几本战争题材的文学作品，在我们的阅读记忆中留下了难以抹掉的印迹。海明威《永别了，武器》《丧钟为谁而鸣》，雷马克《西线无战事》《里斯本之夜》，西蒙《弗兰德公路》，梅勒《裸者与死者》，海勒《第二十二条军规》。

我至今还记得，我们大学时代的同学，一脸无辜地沿着海边沙土飞扬的前线公路，逐着海浪奔跑，一边数着铁丝网外的碉堡。我是在文科阅览室读完《永别了，武器》。窗外棕榈树悠长的树影，在凄冷的月光下投射在冰凉的石板路上。

那年晚夏，我们住在乡村一幢房子里，望得见隔着河流和平原的那些高山。河床里有鹅卵石和大圆石头，在阳光下又干又白，河水清澈，河流湍急，深处蔚蓝。部队打从房子边走上大路，激起尘土，洒落在树叶上，连树干上也积满了尘埃。那年树叶早落，我们看着部队在路上开着走，尘土飞扬，树叶给微风吹得往下纷纷掉坠，士兵们开过之后，路上白晃晃，空空荡荡，只剩下一片落叶。山峰间正在打仗，夜里我们看得见战炮的闪光。在黑暗中，这情况真像夏天的闪电，只是夜里阴凉，可没有夏天风雨欲来前的那种闷热。有时在黑暗中，我们听得见部队从窗下走过的声响，还有摩托牵引车拖着大炮经过的响声。夜里交通频繁，路上有许多驮着弹药箱的驴子，运送士兵的灰色卡车，白天也有用牵引车拖着走的重炮，长炮管用青翠的树枝遮住，牵引车本身也盖上青翠多叶的树枝和葡萄藤。朝北我们望得见山谷后边有一座栗树树林，林子后边，在河的这一边，另有一道高山。那座山峰也有争夺战，不过不顺手，而当秋天一到，秋雨连绵，栗树上的叶子都掉了下来，就只剩下赤裸裸的树枝和被雨打成黑黝黝的树干。葡萄园中的枝叶也很稀疏光秃；乡间样样东西都是湿漉漉的，都是褐色的，触目秋意萧索。河上罩雾，山间盘云，卡车在路上溅泥浆，士兵披肩淋湿，身上尽是烂泥；他们的来福枪也是湿的，每人身前的皮带上挂有两个灰皮子弹盒，里面满装着一排排又长又窄的6.5毫米口径的子弹，在披肩下高高突出。当他们在路上走过时，乍一看，好像是些怀孕六月的妇人。冬季一开始，雨便下个不停，而霍乱也跟着雨来了。

海明威笔下那些"狗娘养的战争"，让我们的人生阅读想入非非，内心深处竟然渴望着有一场战争。

2013 年 11 月 06 日

爱情和战争的烽火

在英语中，arms 既是武器，又有手臂的意思，arm-in-arm，手臂挽着手臂。我不知道，A-farewell-to-arms，为什么有的书名会翻译成《战地春梦》，就像纳博科夫的《洛丽塔》，非得翻译成《一树梨花压海棠》，难免有些卖弄粉墨、搔首弄姿，让人大倒胃口。

实际上，这部自传色彩很浓的小说最打动人心的地方，就是亨利跳进河流，得以逃脱被处决的命运的那一瞬间，"愤怒在河里被洗掉了，任何义务责任也一同洗掉了"。他终于意识到，自己作为一名士兵的义务已经连同河水一起被冲走了。此时的他，只有一个目的，那就是找到恋人凯瑟琳，一起逃离战争的苦海。亨利顺着河水漂流，终于爬到岸边，平躺在河岸上，听着流水声和雨声。然后，徒步穿越威尼斯平原，跳上一列火车，旁边是大炮，上边是帆布。这是一列从战争开往爱情的火车，可怜的亨利内心寂寞，孑然一身。我更喜欢小说最后几章，亨利辗转找到凯瑟琳，为了躲避意大利警察的追捕，不得不划船逃往瑞士。

我在黑暗中划船，使风一直刮着我的脸，以免划错方向。雨已停止了，只是偶尔一阵阵地洒下来。天很黑，风又冷。我看得见坐在船尾的凯瑟琳，但是看不见桨身入水的地方。我们在黑暗中摸索了许久，既不见灯光又不见岸，只好在黑暗中顺风破浪，不断划桨。我整夜划船。到后来我的手疼极了，几乎在桨柄上合不拢来。我们好几次差一点在岸边把船撞破。我让船相当挨近岸走，因为害怕在湖中迷失方向，耽误时间。有时我们那么挨近岸，竟看得见一溜树木、湖滨的公路和后边的高山。雨停了，风赶开云儿，月亮溜了出来；我回头一望，望得见那黑黑的长岬卡斯达诺拉、那白浪翻腾的湖面和湖后边雪峰上的月色。后来云又把月亮遮住，山峰和湖又消失了。

爱情和战争的烽火一起静静地流淌在我们的阅读里，小说主角亨利中尉，更像是一位战争的旁观者："我知道我是不会死的。不会死于这次战争中。因为它与我根本就没有关系。"

2013 年 11 月 07 日

最值得期待的书

一

加缪和德里达的名字一同出现在《2014 年最值得期待的书》，不禁让我们的阅读仿佛又回到了 20 世纪 80 年代那场始乱终弃、不欢而散的思想盛宴。在我们这代人的阅读史中，加缪和萨特，曾经共同构筑了一道存在主义的思想风景。

我还记得洛特曼这本厚重的《加缪传》中引述的这些文字："我在海上长大，贫穷对我是一种财富，后来我失去了大海，于是一切奢华在我看来都黯然失色，都是难以容忍的凄惨。从此，我等待，我等待着返航的船，海上的家，明朗的日子。"这是加缪《最近的海》的开头。而我更喜欢的是《反面与正面》中的这段文字，迄今深深地留在脑海里："为了改变天生的无动于衷的立场，我曾置身于苦难与阳光之间。苦难使我不相信阳光之下一切都是美好的，而在历史中，阳光则告诉我，历史并非一切。"期待中的这本《孤独与团结：阿尔贝·加缪影像集》，收录的是卡特琳娜·加缪珍藏的家庭照片、报纸影像、手稿等资料，记录了这个阿尔及利亚出生

的法国犹太少年，一步一步走上诺贝尔奖台，并最终以荒诞的方式告别人世的传奇一生。2014 年，同样是出生于阿尔及利亚的另一位法国犹太人——解构主义大师雅克·德里达逝世 10 周年。《德里达传》第一部全面讲述了德里达的传奇一生。他从 12 岁便被逐出学校，直到生命最后仍自认为是不受法国大学青睐的人。"解构"对我们这代人的阅读曾经产生了极其奇妙的影响，据说，它远远超出了哲学界，对文学研究、建筑、法律、神学、女性主义、酷儿研究和后殖民研究产生影响。

　　我个人更偏爱德里达的这本访谈录《一种疯狂守护着思想》，看看他对所谓"真实"出生的解读，即"从私人或公众的事件中演化而来的出生，它使你成为真正意义上的你自己"。按照德里达的说法，每个人应该由自己来确定你自己的出生。"是谁曾经说过人只降生一次"？人不仅仅是"生理意义上的出生"，而是主体的出生。"我尚未落地"则是因为决定我那说得出名的身份的时刻从我身上拿走了。一切都是被安排的、各居其所，这就是被称为文化的东西。出生的同时被给予、被传递、被提供、被背叛，这一真相同时涉及恋爱事件、警察公务、快感体验和法律程序。不幸的是，人就这样经过多次的中转而失窃了，人们只能试图去夺回失窃物。

无论是加缪还是德里达，似乎从那时起就被引向了一条背井离乡之路，迄今不知道是否能够找到回家的路。

2014 年 01 月 22 日

二

20 世纪 80 年代的文学阅读充满了太多令人意想不到的记忆，这些记忆有如陀螺不停地旋转，让人难以走出岁月的轮回，以至于到今天，博尔赫斯、普拉斯依然出现在《2014 年最值得期待的书》。难道阅读也是一种轮回？

当年，拉丁美洲的一批匪夷所思的作家、诗人，为我们的阅读带来了一个胜似神秘玛雅的文学世界：聂鲁达骑马穿越马楚·比楚高峰的吟唱，马尔克斯百年孤独的马贡多小镇和略萨丛林中的绿房子，而最令人费解的却是博尔赫斯。威廉森的这本传记《博尔赫斯大传》，演绎出这位阿根廷作家令人心碎的一生和全部作品，揭开了博尔赫斯身上的诸多谜团。"一位作家的传记有时会像一场主宾也许会缺席的盛宴"，阅读者往往会为作家的主要东西都在传记中可以读到，不必再读他的作品。

不过，博尔赫斯也许是一个例外。你就是 100 遍读完他的作品，也难以找到一条穿梭往来于"人生就像迷宫"的通道。我第一次读《小径分岔的花园》，一眼就认定博尔赫斯要么是玛雅时代的复活者,要么就是个潜伏在尘世中的外星人。他带给我们一个神秘的、梦幻般的、繁殖和虚构的世界,在真实和虚幻之间,带领我们不断地往返,并获得神奇的阅读感受。这部看起来像是侦探小说,据说却是一个关于时间的迷宫故事。"交叉小径的花园是一个庞大的谜语,或者是寓言故事,谜底是时间;在大部分时间里,我们并不存在;在某些时间,有你而没有我;在另一些时间,有我而没有你;再有一些时间,你我都存在。目前这个时刻,偶然的机会使你光临舍间;在另一个时刻,你穿过花园,发现我已死去;再在另一个时刻,我说着目前所说的话,不过我是个错误,是个幽灵。"

让我们惊讶的是,《小径分岔的花园》居然具有浓郁的中国味道:主人公为德国服务的间谍是个中国人;迷宫也是中国迷宫;交叉小径的花园也是在中国,"几卷用黄绢装订的手抄本,那是从未付印的明朝第三个皇帝下诏编纂的《永乐大典》的遗卷",还有中国音乐,红瓷花瓶和一只早几百年的蓝瓷,甚至还有道士。博尔赫斯从未到过中国,这样一位双目失明的作家、诗人,阿根廷让他担任拥有55万本藏书的国家图书馆的馆长,却同时给予他拥有一个黑暗世界的眼睛。所以我们的阅读只能相信,"诗人,和盲人一样,能暗中洞悉一切"。记住他的诗句吧:"眼望岁月与流水汇成的长河/回想时间是另一条河/要知道我们就像河流一去不返/一张张脸孔水一样掠过/要觉察到清醒是另一场睡梦/梦见自己并未做梦而死亡/使我们的肉体充满恐惧不过是那/夜夜归来的死亡又称为睡梦"。

2014 年 01 月 23 日

蓝　调

亚历克斯·吉布尼，《蓝调百年之旅》制作人之一，曾经说过一个令人尴尬、却又十分经典的比喻："要解释、描述或书写蓝调，很难。但就好像在汽车旅馆里，隔着薄薄的一堵墙听到隔壁的人做爱的声音；你一听到它就知道是蓝调，即使你得把耳朵紧贴在墙上，才能知道隔壁到底在干什么。你只知道那声音拨动你的心弦，让你无法成眠。"

尽管这个汽车旅馆房间的比喻有点不雅，不过，吉布尼一点也不在乎地说："我们都曾孤独地待在那有一堵薄墙的汽车旅馆房间里。听着隔壁欢愉的呻吟是种折磨，有人这么的开心，叫人如何能成眠？然而那些声音也带来想象的欢愉。"谁都无法断定蓝调的历史诞生于何时何地。

100 年前，一个叫汉迪的流行乐团团长，在木造月台上等待开往北方的火车。他看到了一个衣衫褴褛、鞋子破烂不堪、弹着吉他的黑人。他不是用手指来按弦，而是用一把小刀靠着，在弦上上下滑动，发出一种鬼魅的声响。后来有人断定，这是美国音乐史上重要的一刻。蓝调出现了，美国音乐自此改头换面。"当月亮攀过山巅的时候／我就要出发／我要踏上这条旧时的公路，直到／黎明"。

20世纪60年代，我们这代人出生的那个年代，正是蓝调音乐的巅峰。不过，我们对此一无所知。对蓝调的认识，更多地来自于一本叫作《伊甸园之门》的书，还有一支叫作"滚石"的乐队。那几个丑得可爱的瘦皮猴，下巴松松垮垮还留着女生发型、穿着浪漫雅痞服装的傻小子，仿佛"一只轻快、至美的鹌鹑盘踞在一盘面里"，就是这种感觉。蓝调之所以很快打动20世纪80年代的这批年轻人，或许因为它来自渴望改变生活的忧伤。你不明白自己真正需要改变什么，不过总有一抹希望的微光。"蓝调的美就在于，它有一种精神，宣示着：我不是独自一个人面对。这个世界现在需要的，是某种奇迹，某种讯号，能为我们带路。"

音乐在我们的成长岁月中扮演了这样一个重要的角色，我们需要任何一种我们可能属于其中的旋律。这就是为什么我们对这种来自遥远非洲和美洲的音乐如此陌生，却又渴望理解和接受的原因。"蓝调之所以到今天还存在，因为它是关于现实的音乐。生活就是蓝调。生命会终结。悲伤是必然的，痛苦无可避免。蓝调展现了一切。不过当你在唱、在听蓝调音乐的时候，你就已经在改变了。在那些诉说着有史以来最悲伤的故事的歌曲之中，你觉得生命无比的真实，这就是蓝调的力量。"

2014年01月26日

怀 念

2014年3月6日,加西亚·马尔克斯在87岁生日时最后一次出现在公众面前,胸前仍然别着一只黄色玫瑰花。今晚,我只能静静地从书橱的各个角落找出6本马尔克斯的作品。看着它们,我不知道该说些什么。一个阅读的时代难道就这样随风而逝?多年以后,看着每本书的扉页上潦草的时间备注,我们这代人一定会回想起第一次遇见马尔克斯的情景。

我的第一本马尔克斯作品《百年孤独》落款时间是1984年12月,那年我刚刚大学毕业。《族长的没落》落款时间是1986年12月,《霍乱时期的爱情》落款时间是1988年8月,《将军和他的情妇》落款时间是1991年7月,《枯枝败叶》落款时间是2013年2月,《我不是来演讲的》的落款则是在马尔克斯去世的前两天。整整一代人的阅读史,除了孤独,没有什么是永恒的。想起了另一位拉丁美洲的诗人聂鲁达的这首诗《我喜欢你是寂静的》,或许这是此刻最好的怀念。

我喜欢你是寂静的,仿佛你不在这山河岁月里你在远方听到我,我的声音却无法抵达你。
仿佛你双眼已振翅飞远,
仿佛一个吻封缄了你唇。

好似我心纳万境,
你在这万境里浮现,溢满我心。
你似我心灵里,一只梦的蝴蝶,
你似一个词叫作忧郁。

我喜欢你是寂静的,仿佛你已渺千山远去。
你的声音像在悲叹,是一只蝴蝶如鸽悲鸣。
你在远方听到我,我的声音却无法抵达你:
让我在你的静默中寂静。

让我与你的静默絮语
你的静默如灯火闪亮如指环简单
你如黑夜,拥有寂静与繁星。
你的静默就是星星的静默,遥远明亮。

我喜欢你是寂静的:仿佛你不在这山河岁月里。
远隔万里满怀哀恸,仿佛你已死去。
彼时,一个字,一个微笑,已然足够。
而我会幸福,幸福却不真实。

2014 年 04 月 19 日

在路上

据说，20 世纪 60 年代出生的人，"他们身上都有一种幻想的气质，漫游甚至梦游的气质。因为他们的童年在漫游，他们的少年也在漫游，那漫游让他们只有一个世界。他们就一直在一个封闭的、诗意的、远离现实、充满玩味的世界游荡和嬉戏着。不知怎么，生活一下子到了眼前，社会一下子到了眼前，漫游断裂了。于是他们最美的记忆，便永远留在了那最初的日子，童年和少年，田园和校园，儿时玩伴和大学女生"。我们不难理解，在我们这代人的阅读记忆中，为什么对凯鲁亚克和他的《在路上》如此神往，第一次读完《在路上》那种漫无目的游荡的神奇感觉至今让我们记忆犹新。

这本书要么是疯子写给想疯的人读的，要么就是已经疯了的写给快要疯了的人读的。其实，凯鲁亚克在 1951 年春天写出这部作品时，我们这代人都还未出生。成千上万的美国青年涌上了这条漫长而又迷惘的旅途，开始了一种纵横交错、飘忽不定的生存状态，他们中的大多数人命中注定将死于吸

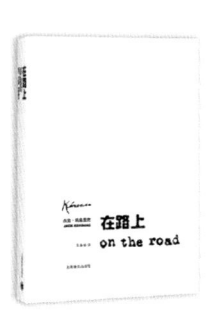

毒和酗酒。

"今晚，星星将被隐去，你不知道上帝就在大熊星座上吗？"他们被看作"垮掉的一代"。而我更认同的是，凯鲁亚克是一个"拼命要从黑暗中赎回人生做个伟大的回忆者"。哪怕这样做的结局是走向疯狂。在他后来出版的另一本书《荒凉天使》中，凯鲁亚克独自在荒凉峰顶上63天孤绝红尘，试图参悟生命的玄机，找寻出存在的意义，在虚空中来去自如。结果可想而知，走下荒凉峰顶，凯鲁亚克没有成为自己的天使，他只能选择再次踏上漫长而迷惘的旅途。

我们不难理解，这种"在路上"的忧伤和焦虑，始终成为20世纪60年代出生的这代人挥之不去的集体无意识。多年以后，他们一直沉迷于《午夜狂奔》《末路狂花》这类的公路、荒野和沙漠流亡的影片，以至于《后会无期》这样的影片都会让他们隐隐作痛，难以置之一笑。

2014年10月08日

中西文明的冲突与挑战

在我读过的几本史景迁作品中,除了《前朝梦忆》外,其他几本包括《太平天国》《胡若望的疑问》《利玛窦的记忆宫殿》《改变中国:在中国的西方顾问》和《追寻现代中国》,几乎都蕴含着一个共同的主题,那就是7世纪以来中西文明的冲突与挑战。

从1275年威尼斯商人马可·波罗,到1582年意大利天主教耶稣会传教士利玛窦,西方人很早就充满了对古老中国的叙事冲动。有人说,"中国文明与地中海文明在各自孤立的前提下发生和发展,仿佛两棵相距遥远的树,他们看不到两棵树的根系在地下的隐秘连接,看不到汁液在根系内部的暗流涌动"。从汤因比到亨廷顿,在"文明冲突论"看来,未来世界的冲突主要表现为文明的冲突。祝勇《纸天堂》也说过,中国文明与地中海文明的发展史,同时也是两种文明互证的历史。唯其如此,中西各自历史才能环环相扣地延续到今天而没有同归于尽,让我们在面对明天的时候感到的不是绝望而

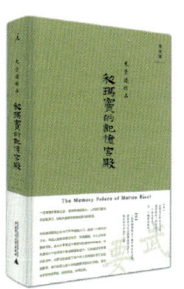

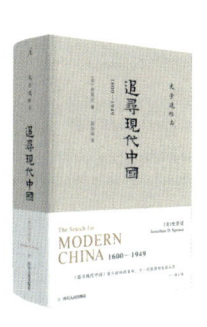

是希望。

在我们的阅读记忆中，谈论中国话题的小说，最具美学成就的三部作品，都完成于 20 世纪，分别为卡夫卡的《中国长城》、博尔赫斯的《小径分岔的花园》和卡尔维诺的《看不见的城市》。三部作品彼此间隔大约 25 年。卡夫卡出生于捷克的犹太家庭，以德文写作；博尔赫斯出生于阿根廷，以西班牙文写作；卡尔维诺出生于古巴，后来迁至意大利。很有意思的是，这三位背景复杂、不逊于任何一位诺贝尔文学奖获得者的作家都没到过中国。卡夫卡讨论权威问题，博尔赫斯讨论根源问题，卡尔维诺讨论观察问题，尽管他们选择的主题不尽相同，却创造了纯属虚构而又几可乱真的作品。

我们的阅读主题还是从史景迁的《大汗之国》开始，看看从蒙元时期的鲁不鲁乞修士和马可·波罗开始，西方人是如何想象中国的历史进程。这其中，有些比小说虚构还要离奇。

2014 年 10 月 21 日

马可·波罗到过中国吗

在我的记忆中,西方第一部关于中国的书叫作《马可·波罗游记》。在史景迁和许多持怀疑论的学者看来,这本书不仅模糊,而且问题百出。"书中掺杂了待证实的事实,信手得来的资料,夸大的说法,虚伪的言词,口耳相传的故事以及不少全然的虚构。同样情形其实发生在本书之前与之后许多作品里,但马可·波罗的书却与众不同,因为他是第一个宣称深入中国的西方人。"

据说,马可·波罗的父亲是一位意大利威尼斯的富商,在他出生不久,父亲和叔父曾到过蒙古帝国的钦察汗国经商,在回国途中偶遇伊利汗国的旭烈兀派回元朝的使臣,阴差阳错地跟着使臣到了元大都,见到了忽必烈。忽必烈希望他们从罗马带回100个精通各门学问的传教士。15岁那年,也就是1271年,马可·波罗随父亲和叔叔,带着罗马教廷给忽必烈的复信,踏上了重访契丹之路。历经千险万苦后,终于在1275年到达中国并住了下来,一住就是17年。按照马可·波罗自己的说法，元世祖很喜欢他，邀他一起狩猎，一起品酒，还派他做元朝的外交使臣，担任过地方官员。当然，这一切在中国古代浩如烟海的古籍中，无数学者皓首穷经，查阅数十年，却始终没有找到一份可供考证的关于记载马可·波罗来过中国的史料记载。

有位英国学者经过多年研究，把所有的疑问写成了一本书《马可·波罗到过中国吗？》。1999年，美国组成一个科学考察队，重走马可·波罗之路，全程网上直播。考察的结论却是，马可·波罗通过这条路来中国"简直难以想象"。一万名对马可·波罗深信不疑的网民看过直播后举行投票，65%认为他根本没有到过中国。

《马可·波罗游记》之所以流传下来，以超过80种不同手稿散见于各种图书收藏之中，完全是一个传奇。1296年，回到意大利的马可·波罗在威尼斯和热亚那的海战中被俘。这本游记就是在狱中，由马可·波罗向与他同监的一位叫作鲁思梯切诺的小说家口述完成。有一点无可置疑，《马可·波罗游记》是中世纪西方对中国认识的顶峰，更多的西方人翻过这座山峰是在400年后。

2014年10月22日

以西方语言叙述中国

700年来一直备受争议的《马可·波罗游记》是否是一部"伪作"并不重要,倒是国人对它的态度颇为耐人寻味。钱穆说他对马可·波罗怀有一种"温情的敬意",因而"宁愿相信马可·波罗真的到过中国"。其实,这部游记并不是第一部关于中国的西方文献,历史上,有文字记载第一个以西方语言叙述中国的西方人应该是威廉·鲁不鲁乞,一位法国圣方济修会的传教士。

1253年春,受法国国王路易九世派遣,鲁不鲁乞以传教为名出使位于中国西北边界的蒙古都城哈拉和林,企图游说蒙古汗参与基督教反对伊斯兰的大业。鲁不鲁乞显然没有进入中原,他在蒙古见到的"契丹人",就是西方人所说的赛里斯人或"丝人",因为在他们眼中,世界上最好的丝都出自那儿。鲁不鲁乞提到契丹有一座城,以"银子做城墙,金子做城垛"。他对中国文化的印象包括中医:"他们的医师善用草药,并能根据脉搏精密诊断。"书法:"他们以类似

于画笔的刷子写字，把几个字母写成一个字形，构成一个完整的词。"

让人印象最深的是，鲁不鲁乞提到了中国的货币："契丹人的货币是纸钱，长宽有如手掌，上面以印子打了线条。"中国人使用纸币，由来已久，汉有白鹿皮币，唐有飞钱，宋、金有交子。元代的纸币，只是袭用了宋、金之制。《元史》记载："世祖中统元年始造交钞，以丝为本。每银 50 两，易丝钞 1000 两，诸物之直，并从丝例。"多年以后，马可·波罗才把他对纸币的惊奇写进自己的游记，把这视为一种神奇的点金术。然而，他始终无法理解，一张轻薄如纱的纸，何以盖上某种特别的印章就立刻变成金银？令人遗憾的是，鲁不鲁乞的文字仅仅成为法国路易王室的私人读物，而马可波罗的游记却为西方人找到了一条发现中国之路。

2014 年 10 月 24 日

一个关键时刻

1275年,一个不经意的年份,现在回想起来,却是中国和西方历史风云际会的一个关键时刻。这一年秋天,一个叫作马可·波罗的年轻人被带到了刚刚建成的元大都。然而,我们却在有意或无意间忘记了,也是在这一年,一个名叫列班·扫马的蒙古人,从距北京西南50公里的房山"十字寺"启程,沿着马可·波罗的来路相向而行,踏上前往耶路撒冷朝圣的茫茫旅途。这条路从河西走廊与塔克拉玛干沙漠南路,一路向西,也就是传说中丝绸之路的南路。

列班·扫马西去朝圣的时候,还不知道此行的终点不是耶路撒冷,而是更加遥远的巴黎。它的意义也将远远超出个体的朝圣。当马可·波罗流连于蒙元帝国江南江北之际,列班·扫马正穿过巴黎狭窄、肮脏的街道。在他看来,当时巴黎所谓的街道,只不过是石头房子中间的窄缝,回环曲折,去向不明。走在其中,就像走进某个晦暗不明的诡计之中。街道两旁简陋的石头房屋,仿佛石头缝中卑琐的寄生虫,一张张卑微的

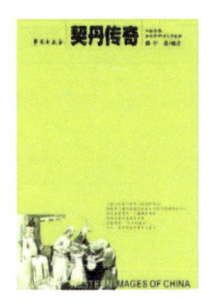

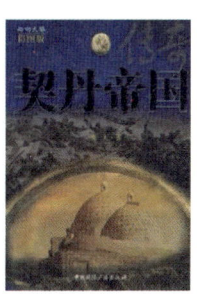

面孔从窗子后面浮现出来。只有教堂是高耸的,街市上来自东方的昂贵物品,与当地粗糙的面包、腌肉形成了鲜明的反差。

列班·扫马眼中的这一切,与马可·波罗眼中的蒙元帝国,有着天堂与地狱之别。"城中并见有美丽邸舍,有商贾甚众,颇富足,贸易之巨,无人能言其数。"在马可·波罗眼里,这些穿丝绸的面孔,举止娴雅,就连妓女都衣饰艳丽,"空气中飘散着他们的体香"。

一位威尼斯商人与一位中国的景教徒同时开始了改变世界格局的旅程。不幸的是,后来的历史结局完全不同。列班·扫马被遗忘了600年,直到1887年,一份记录了他生平与旅行的叙利亚文手稿被发现,人们才知道他的存在。周宁说,这样的遗忘"实质上有必然的理由,它是社会文化无意识遗忘的方式"。因为西方人需要马可·波罗,而中国不需要列班·扫马,他们有忽必烈就够了。

2014 年 10 月 25 日

一次伟大的旅行

我从未读过列班·扫马用波斯文写的旅行记,据说原稿已失。幸好,周宁为我们整理出了一份阅读文本《发现列班·扫马:被遗忘的人、世界与历史》。尽管文本缺少细节,没有人知道为什么列班·扫马很少提到旅行中的经历与见闻,然而,毕竟蒙古世纪有许多西方旅行家从欧洲到中国,而已知的东方旅行家从中国到欧洲,却只有列班·扫马一位。

从 1887 年发现的叙利亚文《教长马儿·雅八·阿罗诃和巡视总监列班·扫马传》中,我们才知道,列班·扫马是蒙古突厥人,出生在北京,父亲是景教教堂的按察员。景教是唐朝时期传入中国的聂斯脱里派,起源于今日叙利亚的亚述帝国,也称为亚述东方教会,被视为最早进入中国的基督教派。

1275 年,列班·扫马 52 岁,是一位颇有声望的景教僧侣,出家修行已经 27 年了。这是一次伟大的旅行,列班·扫马和另一位叫作马忽思的年轻人从大都出发,抵达今天的伊朗阿塞拜疆,谒见了聂斯托里派教长马儿·腆合,随后历访波斯西部、亚美尼亚、格鲁吉亚等地。他们原本去耶路撒冷朝圣的计划却因叙利亚北部战乱未能实现，便寓居在今天的伊拉克摩苏尔附近教堂。故事的情节颇有些戏剧性，两人居然被招至报达，也就是今天的伊拉克巴格达，马忽思被任命为大都和汪古部主教，扫马为教会巡视总监。马儿·腆合死后，马忽思被选为新教长，称雅八·阿罗诃三世。不久，伊利汗阿鲁浑欲联合基督教国家攻取耶路撒冷和叙利亚，遣列班·扫马出使罗马教廷和英、法等国，先后到过君士坦丁堡、罗马、巴黎和波尔多，谒见了法国和英国国王，向罗马教皇呈交国书。

列班·扫马差点在一个历史的关键时刻扮演关键的角色，如果教皇响应阿鲁浑汗的倡议而法王、英王又不食言，西亚伊斯兰世界、基督教的十字军东征的历史都可能重写。这段神话故事的结局是，当年的两位朝圣者，谁也没有再回到他们的故乡。1294 年，列班·扫马在波斯去世。不久，继承者开始屠杀景教徒与犹太人，摧毁景教教堂，一场劫难开始了。

2014 年 10 月 26 日

我的新书单

一

多年以来,《瓦尔登湖》《沙郡年记》和《一个人在阿拉斯加荒野的 25 年》这三本自然随笔,给我们留下了无限美好的遐想。"再没有比这里更接近上帝和天堂。我是他的石岸,是他掠过湖心的一阵清风,在我的手心里,是他的碧水,是他的白沙,而他最深隐的泉眼,高悬在我的哲思之上。"和这三位抒情诗人的荒野生存笔记不同,特丽·威廉斯的这本《心灵的慰藉》,试图将自然的悲剧与人类的悲剧糅合在一起,呈现"一部非同寻常的地域和家族史"。

威廉斯生长于美国犹他州盐湖湖畔。大盐湖仿佛沙漠中一池无法饮用的碧水,它与全美最大的水禽保护区之熊河候鸟保护区紧密相连。绿宝石般环绕着大盐湖的湿地为北美的水禽和沙禽提供了至关重要的自然繁殖地,这里有 100 多种鸟类,是春秋之季鸟类迁徙的栖息之地。正是这些鸟类与作者共同拥有着一部多灾多难的自然史。威廉斯家族已经在盐

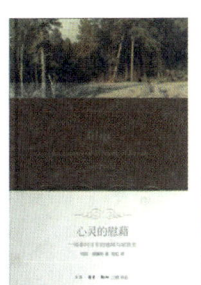

湖湖畔繁衍了六代。但是，由于位于美国核试验基地的下风口，家族的女性多半都患有乳腺癌，其中有多人最终死于癌症。作者称自己的家族为"单乳女性家族"。

　　作为摩门教徒，特丽·威廉斯以优美、柔软的笔触记录了自己陪同母亲在大盐湖湖畔走过的最后一段感伤的人生历程。"我讲述这个故事，是为了医治自己，是为了面对我尚无法理解的事物，是为了给自己铺一条回家的路。因为我认为，记忆是唯一的回归家园之路。我一直在避难，这个故事是我的归程。"大盐湖的水位在不断地上涨，使得熊河候鸟保护区的鸟类受到威胁，一些鸟类从此消失了。本书的每一章都以特定的鸟类命名，标题下则是盐湖水位涨落的记录，鸟、湖和亲人就这样共同编织出一部大地的故事。当绚丽多彩的光投向一座座小山丘时，你便在这片乡土上有了水的感觉。12只白头海雕直立于大盐湖封冻的湖面上，像是戴着白头罩的修士。苍天之上皆是飞舞着的翅膀，它们的踪迹是飞舞的草书，它们的叫声仍是荒漠中唯一的语言。

透过这些诗一般的画面和意境,"那些我们熟悉并时常回顾的风景成为抚慰我们心灵的地方。那些地方之所以令我们心驰神往,是因为它们所讲述的故事,它们所拥有的记忆或仅仅是由于风景的美丽,而不停地召唤我们频频回返"。

2014 年 12 月 09 日

二

除了特丽·威廉斯《心灵的慰藉》外,这套美国自然文学经典译丛还包括约翰·巴勒斯《醒来的森林》,一本以美国东部卡茨基尔山及哈德逊河畔的生活经历为背景的散文集;奥尔森《低吟的荒野》,描述了美国北部与加拿大接壤的那片覆盖着茂密的原始森林、璀璨的湖泊和古老的岩石,被称作"奎蒂科／苏必利尔"的荒原。还有就是我手上这本亨利·贝斯顿《遥远的房屋》,副标题是"在科德角海滩一年的生活经历"。

科德角海滩位于北美海岸线东部的前沿。在浩瀚的大西洋中曾经有一片古老的、已经消失的土地。如今,这里屹立着那片土地的最后一抹残迹。这最后一片由泥土和黏土混合而成的土地,构成了被海水逐渐侵蚀的大片峭壁,向大海延伸了 20 英里,直面海上的汹涌波涛。"傍晚,它的边缘向着辉煌的西方,岩壁成为一团阴影,渐渐跌入永不平息的大海。黎明,海上初升的红日给它抹上一缕宁静的光泽,这光时弱时强，渐渐地迷失于白昼。"1925 年，人到中年的贝斯顿在靠近科德角的那片辽阔孤寂的海滩买下了一块地，在临海的沙丘上建起了一所简陋却不失浪漫的小屋。这间遥远的小屋恰似漂在海上的一叶小舟，它的壁板及窗框被漆成淡淡的黄褐色，那种典型的水手舱的颜色。留给我们更多遐想的是这间小屋的 7 个窗户，在海上的阳光下，你可以想象出流光四射的情景，阳光涌进他的屋内，大海涌向他的房门。贝斯顿靠在枕头上便可以看到大海，眺望海上升起的繁星，诺塞特灯塔和停泊渔舟摇曳的灯光，听着悠长的浪涛声在宁静的沙丘间回荡。贝斯顿心存敬意地看着白天鹅在十月的蓝天下翩然飞过，雁群在 3 月的黄昏沿着天际闪着金色的一道裂缝飞翔，在 4 月宁静的月光下，听着"一条生命之河流过了天空"，那是大批的雁群北飞的声音。

　　我很惊讶，他居然能详细描述出鲜为人知的鱼类的迁徙，以及各种千奇百怪而又百听不厌的海滩上的涛声。他写落日黄昏："夕阳像一团火渐渐落下，潮水涌上了海滩，翻卷着深红色的泡沫"；他写寂寥的深秋："陆地的鸟儿都离去了。还有几只雀鸟留在湿地。李树的叶子都掉光了。漫步于海滩，我从变幻莫测的云朵中解读出冬季的来临"。在贝斯顿看来，无论你对人类的生存状况持何种态度，都要懂得唯有对大自然的亲近才是立身之本。因为，支撑人类生活的那些诸如尊严、美丽和诗意的古老价值观就是出自大自然的灵感。

2014 年 12 月 10 日

一支风笛的声音

尼采说过这样一句话："幸福所需的东西多么少，也许仅只一支风笛的声音！"科德角就是这样一支风笛的声音。这片由冰川形成的巨大的峭壁，从浩瀚的大西洋中升起的海岸，无疑是美国自然文学形成的沃土。布雷德福在《普利茅斯开拓史》中最早描述了当年那些历经艰险，穿越大西洋来到美洲大陆，在此登陆的英国清教徒移民，唤起了人们对这片充满"荒凉野蛮的色调"的海滩最初的记忆。

几个世纪以来，无数的散文家、诗人深爱着它那意味深远的风景。梭罗生前曾几度来到这里，并写下了《科德角》一书。自从《瓦尔登湖》问世之后，人们越来越对这种恍若与世隔绝，在荒野里孤独的生存状态充满了好奇和憧憬。梭罗走向康科德的林子"是为了从容地生活"，而贝斯顿则是为了"了解这片海岸并分享它那神秘而自然的生活"。他这样解释道："如今的世界由于缺乏原始自然而显得苍白无力。手边没有燃烧着的火，脚下没有可爱的土，没有刚从地下汲起的水，没有新鲜的空气。"其实，梭罗住的地方，他的那间小木屋

并不在湖边,这个地方离城并不远,城里的礼炮、军乐可以传到森林里来,还有铁路经过。贝斯顿的"遥远的房屋"也早已不复存在,在1978年2月一场冬季风暴中被卷入大海。然而,这种对远古自然、对简朴却又充满诗意的生活的渴望,有如一支风笛的声音,永远留在了我们的记忆之中。

今天,当我们面对这个满天雾霾的世界,我的问题是:我们的瓦尔登湖在哪里?我们的科德角又在哪里?千年之前我们也曾有过寒山隐居的寒崖:"寒山有一宅,宅中无阑隔。六门左右通,堂中见天碧。"更早之前,我们还有过陶弘景和他的句容茅山:"山中何所有?岭上多白云。只可自怡悦,不堪持赠君。"还有过陶渊明和他的桃花源:"舟遥遥以轻飏,风飘飘而吹衣。云无心以出岫,鸟倦飞而知还。景翳翳以将入,抚孤松而盘桓。富贵非吾愿,帝乡不可期。怀良辰以孤往,或植杖而耘耔。登东皋以舒啸,临清流而赋诗。"我不知道,什么时候我们才可以再次听见这一支支风笛的声音?

2014年12月11日

阅读地中海

我特别喜欢地中海的阅读,这片永恒而高贵的海,以她蓝色的美丽和哀愁,锁住了人类几千年的目光。你尽可以抛弃一切阅读记忆的忧伤,漫无目的,随心所欲地从一本书,或者一首诗开始,然后,忘记它。

我不知道,这种从容而散淡的感觉究竟是来自埃里蒂斯的诗篇——"我在天堂里划出了一个岛屿 / 你们全在上面 / 又在海上划出一幢房子 / 因为你才会梦想";"如今我要在身边留一罐永生的水 / 作为模型,象征着自然的风暴 / 以及你的那双使爱情受苦的手 / 以及你的那个与爱琴海相呼应的贝壳"。还是帕慕克的回忆录——他将数百多年来始终弥漫在伊斯坦布尔的忧伤,用土耳其语称为"呼愁"。"我喜欢那排山倒海的忧伤,当我看着旧公寓楼房的墙壁以及斑驳失修的木宅废墟黑暗的外表,看着黑白人群匆匆走在渐暗的冬日街道时,我内心深处便有一种甘苦与共之感,仿佛夜将我们的生活、我们的街道,属于我们的每一件东西罩在一大片黑暗中,仿佛我们一旦平平安安回到家，待在卧室里，躺在床上，便能回去做我们失落的繁华梦，我们昔日的传奇梦。"

或许，这种感觉来自于那年秋天的伊斯坦布尔之旅？波涛般弥漫全城的弥撒之声，碎石铺就的街道栗子掉落如同琴键的声音。从博斯普鲁斯海峡吹来一阵阵凉爽而略带忧伤的海风，掠过神奇的蓝色清真寺和索菲亚大教堂。

博斯普鲁斯绝对是一片容易让人迷失的海，置身又深又黑的海水之间，仿佛可以从大海深处触摸到伊斯坦布尔横跨欧亚文明刀口的忧伤。罗杰·克劳利的《海洋帝国》与《1453》《财富之城》组成了一个松散的三部曲，讲述的就是围绕着这片海洋的神秘历史。从1200年到1600年，信仰基督教的拜占庭帝国、致力于复兴伊斯兰"圣战"精神的奥斯曼帝国，以及信仰天主教的西班牙哈布斯堡王朝，居住在地中海周围的各族群为争夺欧洲灵魂和世界中心的主宰权展开了一场又一场史诗般的厮杀。

在整部欧洲史中，没有任何故事比这场较量更令人热血沸腾。从血腥的桨帆船海战、攻城战，残酷的人口劫掠，十字军东征和伊斯兰圣战，这场较量一直延续到"9·11"事件之后的世界。本书的引人入胜之处在于："这片大海耐心地为我们重演过去的景象，将其放置在蓝天之下、厚土之上。我们能亲眼看见这天与地，它们如同很久以前一样，只消集中注意力思考片刻或者瞬间的白日梦，这个过去就栩栩如生地回来了。"作为异邦人，这样的阅读记忆让你终生难忘！

2014年12月15日

半部阅读史

一

感冒之余,原想调整一下阅读的心态和姿势,于是就翻出了木心的《1989-1994 文学回忆录》。记得这本书是两个月前在一家位于深街陌巷的小书店里偶然看到的。

很多人认识木心,都是从这首诗开始:"从前的日色变得慢／车,马,邮件都慢／一生只够爱一个人。"木心,本名孙璞,1927 年出生于浙江乌镇,早年学习油画,"文革"期间被捕入狱,三根手指在狱中惨遭折断,所有作品都被烧毁。在狱中,木心完成了 65 万言的《狱中笔记》。"文革"结束后,木心重新参与到各种艺术创作和设计活动中。20 世纪 70 年代末期,木心再次遭遇软禁。短短的 20 年间,木心三次被限制人身自由,并受尽折磨。1982 年,木心逃往纽约,用他自己的话说:"我散步散得远了,就到了纽约。"1989 年至 1994 年,整整 5 年,木心在纽约为一群中国艺术家讲述"世界文学史",这本书就是陈丹青根据 5 本听课笔记整理而成。

如果不是因为陈丹青，或许我们将错失木心，错失一位"可能是唯一的一位衔接古典汉语的传统和五四文化传统的作家"。木心那一代人，很多人放弃了，很多人毁了，可是木心不愿意被毁掉，任凭时代更迭、苦难受尽，木心依然遵循着"呈现艺术，退隐艺术家"。

　　这本书是一份极其特殊的阅读史。一部《1989–1994 文学回忆录》，几乎就是我们这代人的半部阅读史。

2015 年 06 月 07 日

二

　　多年前，去过几次乌镇，如今却怎么也想不起来那个江南小镇的模样，因为它似乎不是我们阅读记忆中的家乡。那时，还不知道"木心"这个名字，还不知道木心属于乌镇。

　　1927 年 2 月，木心就出生于浙江乌镇东栅。木心记忆中的家乡："儿时，我站在河埠头，呆看淡绿的河水慢慢流过，一圆片一圆片地拍着岸滩,微有声音,不起水花——现在我又看到了,与儿时所见完全一样,我愕然心喜,这岂非类似我惯用的文体吗?况且我还将这样微有声息不起水花地一圆片一圆片地写下去。"出生在乌镇的木心自幼迷恋绘画与写作,其家族与茅盾、鲁迅、钱钟书等或为姻亲,或为亲朋。

1994年,木心悄然回到故乡乌镇,曾临水自语:"这是我的文风。"然而,昔日的祖屋早已不复当年模样,后花园上建起了一家翻砂轴承厂,工匠们伴着炉火劳作。"东栅北栅、运河两岸大抵是明清遗迹,房屋倾颓零落,形同墓道废墟,可是都还住着人,门窗桌椅,动用什物,一概陈旧不堪,这些东西已不足出卖,也没人窃取,它们要怎样才会消失呢?"在失望和伤感之余,木心写下了《乌镇》一文:"在习惯的概念中,故乡,就是最熟识的地方,而目前我只知地名,对的,方言,没变,此外,一无是处。永别了,我不会再来。"

木心一生,堪称传奇,从乌镇到上海,从上海到纽约,再从纽约重回故乡。84年,始终孑然一身,唯有文学与艺术相伴。木心的散文《乌镇》读来令人别有一场悲伤。"半夜为寒气逼醒,再也不能入睡,梦,没有。窗帘的缝间,透露楼下的小运河,石砌帮岸,每置桥埠,岸上人家的灯火映落在黝黑的河水里,可见河是在流的,波光微微闪动,周围是浓重的压抑的夜色,雪已经停了。/我谅解着:五十年无祭奠无飨供,祖先们再有英灵也难以继存,魂魄的绝灭,才是最后的死。我,是这个古老大家族的末代苗裔,我之后,根就断了,傲固不足资傲、谦亦何以为谦。人的营生,犹蜘蛛之结网,凌空起张,但必得有三个着点,才能交织成一张网。三个着点分别是家族、婚姻、世交。到了近代现代,普遍是从市场买得轻金属三脚架,匆匆结起生活之网,一旦架子倒,网即破散。而对于我,三个古典的着点早已随时代的狂风而去,摩登的轻金属架那是我所不屑不敢的,我的生活之网尽在空中飘,可不是吗,一无着点——肩背小包,手提相机,单身走在故乡的陌生的街上。"

有人说,木心是现代版的风清扬。乌镇就是木心的思过崖,他在这个宁静的古镇度过了淡泊的晚年。

2015 年 06 月 16 日

三

一个精致的纸盒,里面装着《木心作品》,第一辑包括《哥伦比亚的倒影》《琼美卡随想录》《温莎墓园日记》《即兴判断》《西班牙三棵树》《素履之往》《我纷纷的情欲》和《鱼丽之宴》。

木心的文字自然、洒脱、纯粹。"上帝造人是一个一个造的,手工技术水平极不稳定,正品少之又少,次品大堆大摊。"木心写道,"来到人间已过了半个多世纪,才明白老上帝把我制作得这样薄这样软这样韧这样统体微孔,为的是要来世上承受名叫痛苦的诸般感觉。"中国古代人,能见于史册的,木心说他注目于庄周、屈原、嵇康、陶潜、司马迁、李商隐、曹雪芹。不过,他钦羡的另一类人是季札、乐毅、孙武、范蠡、谢安、张良、田兴,因为"他们的知人之明,极妙;自知之明,妙极"。孙膑没有及早看透庞涓,是笨了三分。田兴则聪明绝顶,朱元璋哄不了他,请不动他,只好激之以"再不过江,不是脚色"。

田兴只好来了,朱元璋赠他金银,田兴概受不辞。出得宫来,悉数散予平民百姓,飘然而去。木心感叹:"美哉田兴!"

阅读木心的文字,犹如在一个散淡的秋日,"窗外的天空蓝得使人觉得没有信仰真可怜",随手翻看《景德传灯录》,或者随便一卷古老的禅书,读到深处,便觉一顿"棒喝"。禅宗的"喝"有四种,有时一喝如金刚王宝剑,有时一喝如踞地金毛狮子,有时一喝如探竿影草,有时一喝不作一喝用。禅宗史上流传"临济入门便喝,德山入门便打"的说法,传说当初百丈怀海被马祖道一禅师一喝,"直得三日耳聋眼黑"。

有人问:"生命是什么?"木心脱口答道:"生命是时时刻刻不知如何是好。"这回答让人想起《景德传灯录》记载唐代石头希迁禅师的一个公案。僧问:"如何是解脱?"禅师曰:"谁缚汝?"僧又问:"如何是净土?"禅师曰:"谁垢汝?"僧问:"如何是涅槃?"禅师曰:"谁将生死与汝?"

2015 年 06 月 17 日

心头意味别样

一

"世事白云苍狗,心头意味别样。"沈迦的书,读来另有一种心情。

1882年9月13日,一位年轻的传教士登上大英轮船公司的"厄扎姆"号邮轮离开英国。"家父及舍弟一直送我到船上,直到最后一遍铃声响起才依依惜别。轮船沿着宽阔的泰晤士河直下,他们一直伫立岸边目送。那一刻,可爱的家、亲人、朋友都离我远去,摆在我前方、即将踏足的是一万一千英里外的一片陌生大陆。"

在重新发现的苏慧廉日记和信件中,这位年轻的传教士写道:"抵达直布罗陀正是午夜时分,如许景色令我难忘:粗犷的山峦高耸入云,灯火点点,漫至半山腰。天空蔚蓝,虽然没有月亮,但星星闪耀。平静的海面,仅见一对硕大的海豚如箭般飞驰而去,弄皱海面,并余下一串粼粼波光。我们的船就这样驶入这片静谧的空间。恰在此时,午夜的整点钟声从镇上传来,钟声甜美,使人陶醉。"

这是一条开往中国的船。从 19 世纪到 20 世纪,有超过 20 万名来自英语国家的青年,带着《圣经》和上帝的使命,前往世界各地传播福音。"他们充满理想,如他的同伴,亦如他的祖国。"21 岁的苏慧廉便是其中之一。在船上,苏慧廉认识了 3 位美国传教士:蓝华德、柏乐文和孙乐文。

在中国近代史上,这些名字令人肃然起敬。来自田纳西州的蓝华德和柏乐文,在苏州创办了博习医院,成为第一家开设于中国内地的西医医院。来自佐治亚小镇的孙乐文,创办了"东吴大学堂",就是后来的东吴大学。抗战胜利后的东京大审判,中国赴远东军事法庭的法官、检察官几乎全部来自该校。谁也没有想到,这 4 个年轻人的这一趟行程对于中国未来的价值与意义。从大西洋到印度洋,从比斯开湾到亚丁湾,这条开往中国的船,历时 50 天,不远万里,为中国运来了一所大学、一座医院,还有后来被称为"中国耶路撒冷"的温州 100 年的现代化进程。

苏露熙在《中国纪行》中写道:"一天夜阑人静的时候,他合上书本,为了消遣,他翻了翻手头边的一本杂志。这本杂志上说正在招募一个年轻人去温州接替另一个年轻人。苏慧廉突然感到:自己就是那一个人。"苏慧廉相信这是上帝在召唤他,与差会无关。他被派往温州接替刚去世的另一位著名传教士李华庆。然而,130 多年前的中国,并没有人期待他的到来。

二

因为陈寅恪和牛津的一段陈年往事，我最初知道的苏慧廉，是牛津大学汉学讲座教授，他是牛津自 1876 年设此教职后的第三任人选。和所有英制大学一样，牛津早期的教授多是终身制，每个学科只有一名教授。苏慧廉担任这个教职直到 1935 年 5 月去世。为了填补他的空缺，牛津大学找了 3 年，到了 1938 年才找到了一个叫陈寅恪的中国人。据说，这事还与胡适有关，他在给校方的推荐信中说："在我这一辈人当中，他是最有学问、最科学的历史学家之一。"这一年，牛津大学正式聘请陈寅恪。

然而，命运如此多舛。1939 年夏天，当陈寅恪带着全家抵达香港，准备转乘轮船赴英时，二战爆发了！陈寅恪只好滞留香港，在香港大学当客座教授。直到二战结束，此时的陈寅恪却因生活困难，营养很差，左眼视网膜剥离加重，终致失明，不得不放弃牛津的教职。第四任汉学教授就这样在陈寅恪的身上空转了 8 年。在一个苦难的年代，每个人无可避免地成为苦难的一部分。如果不是战争，或许，就不会有《陈寅恪的最后 20 年》那段悲情岁月，我们也看不到一个双目失明却始终追寻光明的学者。"凡一种文化值衰落之时，为此文化所化之人，必感苦痛。"人代冥灭而清音独远。

我们记住了陈寅恪，却忘记了苏慧廉。100 多年后，一位叫作沈迦的温州人才想起了这位羁旅华夏 30 年、始于温州里巷、止于牛津汉学研究的欧洲人，《寻找·苏慧廉》开启了这段尘封的历史。

2009 年春天，一个静谧的午后，在牛津城玫瑰山墓园，沈迦找到了一块没有墓碑、编号 Bl-147 的墓地。墓地简陋得与它的主人在汉学界的地位完全不相称，连草都不多长。从几已沉埋于土中的墓沿界石上，用铁制花架当铲子，终于刮出了两块界石，一块是苏慧廉夫人露熙，另一块刻着如下铭文："威廉-爱德华-苏西尔，硕士、传教士、牛津大学汉学教授，1861 年生，1935 年卒"。多少年了，这名字连同那段历史已埋入尘土。

2016 年 09 月 06 日

三

与苏慧廉同龄的印度诗人泰戈尔写过一首诗："我今晨坐在窗前，世界如一个路人似的，停留了一会，向我点点头又走过去了。"尽管苏慧廉仅是晚清数以千计的西方来华传教士

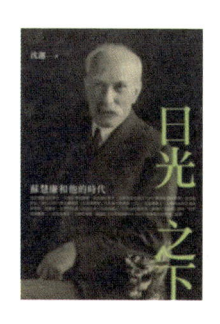

中的一个。

与苏慧廉同时代，在中国最广为人知的传教士应该是李提摩太。他曾说过，为什么要选择到中国传教，因为中国是非基督教国家中最文明的一个地方。即便对温州而言，苏慧廉也不是西来的第一人。在苏慧廉到温州之前，内地会新教传教士曹雅直已在这座城市里艰难地生活了 15 年。曹雅直是个瘸子，这让当时的温州人误以为英国人都只有一条腿。当有人问曹雅直："为什么是你，一个只有一只脚的人想去中国？"他的回答是："因为我没有看到两只脚的人去，所以我必须去。"

沈迦寻找苏慧廉，并不仅仅因为这位传教士在自己的故乡度过了青春时光，更重要的是，他试着"借苏慧廉的酒杯，倒下中国一个世纪的歌哭，并期待苏慧廉及他的时代成为我们今人回首百年时一个可资分析和咏叹的角度"。1898 年，苏慧廉去北方度假，不经意间亲历了标志着改良结束的"百日维新"。他离开北京的那个早晨，火车莫名延误，后来才知道是满城搜捕康有为。

苏慧廉在中国生活了30年，直到辛亥革命前离开。这段时期，正是晚清所谓的"同治中兴"，那时中国的GDP已跃居亚洲第一位。那时的中国人很骄傲，自称天朝，是世界的中心。那时的洋人是不准购买中国书籍和学习中国语言文字的。据说，乾隆二十四年（1759），有一位叫刘亚匾的中国人就因为教外国商人学习汉语而被斩首。第一位来华的传教士马礼逊出了高价才聘请到一位"不怕死"的中文教师。他每次去授课时，随身都要携带一双鞋子和一瓶毒药。鞋子表示他是去买鞋子，而不是去教书的，毒药则是预备万一官府查到，用来自尽。

梁启超曾经感叹，在甲午战争前后，堂堂的北京书铺竟找不到一张世界地图。经济与集权政治交织往返，"历史只能以一种混沌的姿态向前寸进"。《寻找·苏慧廉》在台湾出版时，书名改成《日光之下》，取自《圣经·传道书》中的这句话："已有的事后必再有；已行的事后必再行。日光之下并无新事。"

2016 年 09 月 07 日

阅读记忆中的重要

一

夏风暗地里又凉了,夏虫躲起日光了,又是初利瑟瑟的日子。这让我相信,上帝一定会给我带来的糖就放在这我们的世界中,我们只是需要找到和读这个秘密的人。

我曾无数次激动着重数那些日子里《我的周末》中又要变成其中之一吗?

我用力说:"这辈子忘来和有过——些陪你家的日子,却只剩下了的《什样录》,则情况不好的《我的苦难也》和序昌长。"像《什样录》一样,传译古代。"与北州美的闺蜜,陪了重多的代表作《时间周典》,还有它的好姐妹《南洞知醒儿寺男》《崇吞中的寺男》。

在我的阅读记忆中,还有几本,每本,美国水珠和数据水分类的《重化》《美国游者先满《重专的寺男》,以及重本分知冬运述的各意的《大设计》。有意思的是,重要在作中说他一次讲起一一本关于宇宙起及泡作,那少目的是

为女儿攒一点学费。

2018 年 03 月 14 日

二

我更喜欢《霍金的宇宙》，至少它在一定程度上将霍金天马行空般的宇宙思辨转化为简明的电视语言。本书作者费尔津毕业于剑桥大学，他第一次认识霍金是在学校的一次划船比赛。那时，霍金还是物理系二年级学生，担任一支八人赛艇队的舵手，时常戴一副深色的牛角框眼镜和一顶麦秸编的草帽，看起来有点像个花花公子，聪明绝顶。

阔别 30 年后，费尔津再次见到霍金，当年的那位舵手，只能在轮椅上生活，借助固定在轮椅上的计算机和一部语音合成器，依靠手指在一个压力垫上的轻微运动，移动鼠标，从一个专门的数据库来选择单个词汇或段落。如果需要的话，他也能拼写出一个个单词，甚至写出整本的讲义。如果他想说话，他就启动语音合成器来宣布他都写了些什么。就是在这样的情况下，费尔津为英国广播公司写出了6集电视片的脚本。出版者说："阅读《霍金的宇宙》，相当于经历了一次发现一系列足以使人们震撼的科学结论的旅程。"不过，我的感想却并不是这样。霍金在本书的前言中说："自从人类放弃游牧狩猎而定居下来从事农耕，至今不过区区几千年。在这之后，人类才有了文字这种书面语言，也才有了对人类生活于其中的这个宇宙认识的记录，并将其一代又一代地传下去。"

古巴比伦人认为，宇宙就像在海面上耸起的高山，而天空就像在头顶上的一个大圆盖。太阳每天从一个门口进来，然后从另一个门口出去。古希腊天文学家曾经发现，有一些星星并不像大多数星星一样看起来总是停留在规则的位置上。这些"漫游的星星"会沿着一个方向运动然后消失，而后还会再度归来。航海家于是学会了利用恒星的位置来为他们的船只导航，他们坚信，不管诸神创造的惊涛骇浪和暴风骤雨有多么可怕，宇宙总是以一种有规律和可以预见的方式运行。

一位叫作埃拉托西尼的古希腊数学家最先指出，一支在阳光下的立杆在一天中的不同时刻其影子的长度是不同的。这实际上是欧几里得几何学的简单应用。埃拉托西尼进而推理出，大地的形状很可能是弯曲的。希腊人很熟悉在大海中航行的船，在远处的船看起来总是在地平线上从船的最上部开始出现，如果大地的形状不是弯曲的，不可能出现这种情况。

从亚里士多德到毕达哥拉斯和柏拉图，古希腊人对周围世界的一切都寄予深深的思索，正如他们对宇宙本质的冥思苦想一样。费尔津显然忘记了，当希腊人发现伽利略卫星时，有一位叫作甘德的中国人早在公元前500年就已发现了这些卫星。

2018年03月14日

三

霍金在《时间简史》中引述了这样一种看法，地球像是一个平台，它被一只乌龟的背支撑着，而这只乌龟则位于一座由无数只乌龟组成的高塔的塔尖上。可是，有谁能走到这个平台的边缘地带，又有谁能看到在平台下面由无数只乌龟组成的塔的塔尖上趴着的乌龟呢？

在我看来，这似乎更像是一个神学问题：没错，我不能证明上帝存在，可你也不能证明上帝不存在。因为上帝就是上帝，上帝根本无须人的证明；人就是人，人不能证明上帝存在，只能信或者不信。这就是"惟信乃真"的现代神学理论。在我们的阅读记忆中，霍金的宇宙模型理论出现之前，托勒密、喜帕恰斯和埃拉托西尼建立起来的宇宙模型是占据统治地位时间最长的模型。托勒密认为，行星具有本轮运动，但地球并不是严格地位于行星椭圆轨道的中心点上。水、金、火、土、木五大行星和太阳、月亮一起围绕着地球运动。这些天体轨道的外面还有一个像蛋壳似的大球，在这只大球上面有着位置固定不变的恒星。地球"外面"环绕运行的这7个天体有着各不相同的轨道直径；每个天体又都有自己的本轮。这就是托勒密勾画的"在轨道中嵌套着轨道"的宇宙模型。

这个理论被主张"神创造了世界"的基督教所接受,尽管它可能不是第一个关于宇宙的科学模型,但它至少是后来人类认识宇宙的一个重要基础。科学研究与宗教布道往往相伴而行,在托勒密的宇宙中上帝创造万物,两者俨然合二为一了。然而,当科学难以为忠实的信仰找到一个该有的位置时,历史就变得令人忧伤。波兰教士哥白尼最先提出,太阳才是宇宙的中心,其他天体都是围绕太阳运行的。500年前提出这样的观点确实需要一种非凡的勇气,因为上帝是在位于宇宙中心的地球上创造了人类。最早注意到哥白尼学说的是来自德国的天文学家开普勒,他想到了天体可能有圆形以外其他形态的轨道。如果行星以椭圆形轨道围绕太阳运动,那么每个行星就会沿着单一的方向运动,这些运动可以用简单而优雅的线性轨道来描述。

此时,一位叫作第谷的丹麦科学家关于火星的观测数据显示出火星的轨道必定是椭圆形的。最终引发教会与科学之间严重冲突的却是意大利的伽利略。著名的比萨斜塔实验证明当一只球从高处下落时,不管球的大小如何,其加速度总是不变的,这使得人类对重力和运动定律的认识迈出了极其重要的一步。不过,如果伽利略不是出版了具有轰动效应的《星星信使》,他还不至于彻底地激怒教会。伽利略指出了《圣经》与普遍的理念和科学意识相冲突,无异于说教皇和教会是一群白痴。

2018年03月15日

四

霍金想拨开人类迷惘的眼睛，不小心却拨动了人类更为迷惘的心灵。

《时间简史》原本是想"解释我们已经在何等程度上理解了宇宙：我们一直在寻找能描述宇宙和其中万物的一个完备理论，现在离这个目标是多么接近了"。在霍金的自传《我的简史》和另一本霍金的讲演录《黑洞、婴儿宇宙及其他》中，霍金这样谈到了关于这本神奇的书。他说："我发现大多数评论，尽管都是好意的，却没有多少启发性。它们倾向于遵循一个套路：斯蒂芬·霍金患了卢伽雷病或者运动神经元症；他被禁锢在轮椅上，不能讲话，而只能动一至三根手指，但他写下了这部所有一切中最大问题的书：我们从何而来，我们往何处去？霍金揭示的答案是宇宙既不创生亦不毁灭，它只是存在。为了阐述这个思想，霍金引进了虚时间概念。如果霍金是对的，而我们真的找到了完备的统一理论，我们也就真正理解了上帝的精神。"

我们从何而来？我们往何处去？在人类这个最根本的问题上，现代物理学和现代神学似乎殊途同归。在我们的阅读记忆中，古典物理学就是17世纪牛顿的物理学，它奠定了研究自然的科学方法的基础。直到20世纪才被两次物理学革命所撼动。第一次革命是由爱因斯坦的广义相对论发动，第二次则是由量子理论所引起。前者是目前为止最好的重力理论；后者能够解释物理世界中重力以外的所有现象。这两个理论

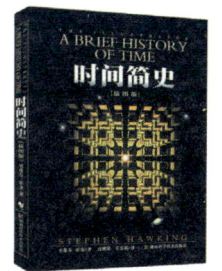

组成了近代科学的一对支柱。如今许多物理学家所追寻的近代物理学圣杯，就是能够将这两者放在单一数学结构的理论。霍金正是把广义相对论与量子力学成功地结合在一起。然而，霍金让我们看见了宇宙的前世今生，却没有让我们看见上帝。爱因斯坦说"上帝不玩弄骰子"，他最后还是相信上帝。霍金却说："所有证据表明，上帝是一位老赌徒，他在每一种可能的场合掷骰子。"

  霍金的每一句话，都是万分艰难地用轮椅上的电脑拼出来的，操作的方式是靠单手两根手指的细微运动，这两根手指几乎就是他全身残存的自由肢体。当有人问他是否相信有一个创造并主宰宇宙的上帝，他微笑片刻，随后，机器语言传出了一个简洁的声音："不！"从这一句冰冷的回答中，我们似乎又看见了现代神学中那种令人胆寒的孤独："希望永远失去了，而生命却孤单地留下来，而且，在前面尚有漫长的生命之路要走。你不能死，即使你不喜欢生。"

面对人类在宇宙中的这种尴尬处境,霍金只能说:"我正是继承那些巫师或预言者的良好传统,两方下赌注,以保万无一失。"

2018 年 03 月 16 日

五

在霍金的生命中,物理学尽管美妙,却是冷冰冰的。物理和音乐的结合,这是他平生两大快乐,"如果我在沙漠孤岛中兼而有之,根本不想被拯救"。这个坐在轮椅上的病人,每天驱动轮椅从他在剑桥西路五号的家,经过美丽的剑河、古老的国王学院驶到银街的应用数学和理论物理系的办公室。学校专门为他修建了一段斜坡。

我们很难想象,除了游遍天下和讲学外,霍金曾亲自乘热气球和零重力飞行器飞到天上,乘潜水艇下到海底,甚至还预订了"维珍银河",准备做太空旅行。霍金喜欢歌剧,喜欢瓦格纳。

1963 年,当他得知自己得了危及生命的运动神经元症之后,曾在自己的研究生宿舍里大放瓦格纳的乐曲。1995 年,霍金出现在阿斯本音乐节有着巨大白色天篷的舞台上时,他报幕的第一个节目就是他喜爱的瓦格纳的作品《齐格菲田园乐曲》。这首曲子是瓦格纳在 1870 年写的,专为在圣诞节之晨在他的新婚妻子卧室演奏的。就在这天,霍金宣布将与看护他的护士伊莲结婚,同时也宣告他与前妻珍的长达四分之一世纪的婚姻结束了。霍金结了两次婚,尽管人们告诉他说永远不会生育，可这家伙却当了父亲，并育有三个漂亮并卓有建树的孩子。不过，我更感兴趣的问题是，霍金为什么偏爱莫扎特的《安魂曲》？《安魂曲》原本是罗马天主教用于超度亡灵的特殊弥撒，其唱词与普通弥撒基本相同。莫扎特的这首曲子是他的临终绝笔，这也是他最后一部未完成的作品。有人说，这是莫扎特为自己写的安魂曲，在行将来临的那个时刻用来安抚自己的亡灵。有关这首《安魂曲》的传说充满了戏剧性，一部电影《莫扎特》把这个故事演绎得如此凄美而又扑朔迷离。

1791 年，莫扎特动身前往布拉格参加自己的歌剧《狄托的仁慈》的演出。临行之夜，一位戴一件黑色斗篷的黑衣人突然造访，约莫扎特为匿名的委托人创作一部《安魂曲》，并且警告他不要乱打听这位委托人是谁。莫扎特有一种不祥的预感，不知为何，他相信这神秘的使者来自冥冥之中。黑暗笼罩了整部《安魂曲》，沉重的弦乐伴奏与暗淡的情绪象征了永恒的安息，从阴郁的 D 小调直到最具悲剧性的《落泪之日》，我们可以感受到生命的骚动和不安。或许，霍金用他的科学理论不能证明的心灵归属，莫扎特却用他的《安魂曲》完成了末日审判。而谁又是宇宙的黑衣人呢？

2018 年 03 月 17 日

一个生命的残片

看完《海上钢琴师》,不知道为什么,就想起了克尔凯郭尔和他的自传《非此即彼》。现在还有谁会读他的书呢?这本书的副标题是"一个生命的残片"。

克尔凯郭尔的哲学思想有如电影中那片忧郁的海水。"我从哪里来?我要到哪里去?我是谁?"或许,问题本身就是答案。我从我要去的地方来,我要到我来的地方去。"没有人从死者们那里返回,没有人不是哭着进入世界的;在你想要进入的时候,没有人问你,在你想要出去的时候,没有人问你。"那么,就只剩下一个问题,我是谁?或许,应该问:谁是我?

剧中人1900说:"城市那么大,看不到尽头。在哪里?我能看到吗?就连街道都已经数不清了,找一个女人,盖一间房子,买一块地,开辟一道风景,然后一起走向死路。太多的选择,太复杂的判断了,难道你不怕精神崩溃吗?陆地,太大了,他像一艘大船,一个女人,一条长长的航线,我宁

可舍弃自己的生命，也不愿意在一个找不到尽头的世界生活，反正，这个世界现在也没有人知道我。我之所以走到一半停下来，不是因为我所能见，而是我所不能见。"

看完电影，你最好读读克尔凯郭尔，然后，查查"莫特街 27 号"到底在哪里。

2019 年 11 月 28 日

神秘非洲

顺手翻完了这本老掉牙的书《走出非洲》:"我在非洲有个农场,在贡嘎山下,种咖啡豆,给黑人小孩治病。我在非洲遇见了为自由奋不顾身的情人,热爱动物胜于人,折桂而来,情迷而往。我总是两手空空,因为我触摸过所有;我总是一再启程,因为任何地方都陋于非洲。"记得很多年前看过同名的电影。

据说,人类与阿拉比卡咖啡都发源于埃塞俄比亚,《圣经》所说的伊甸园就在那里。当初,亚当、夏娃偷尝的禁果,并非苹果,而是咖啡的红果子。关于非洲,还能想起来海明威《乞力马扎罗的雪》,那座常年积雪的非洲第一高山顶上,有一具已经风干的豹子的尸体。豹子到这样高的地方来寻找什么,没有人作过解释。这个问题居然让大学时代的我们争论了很久,最后的结论是:豹子到那里去自然不是为了找死。

同样的阅读还有康拉德《黑暗的心》,比地狱可怕万分的是康拉德笔下那条非洲的河流,也就是马洛船长所追寻的非洲之河。有评论家把《黑暗的心》同班扬的《天路历程》

相比较，马洛更像是一名在寻找圣杯的骑士，实际上在寻找对自己的认识。然而，结局却是一个可怕的启示："生命是个滑稽可笑的东西——无情的逻辑，为了一个毫无意义的、神秘的安排。你所希望从它那得到的，最多不过是一些对你自己的认识而已。"一个世纪后，这个故事被改编成电影，场景却从非洲搬到了越南战场，导演科波拉改写了库尔茨的死法，"这就是这该死世界结束的方式，并非轰然落幕而是一阵呜咽"。

相比之下，奈保尔《非洲的假面剧》则让人轻松多了，可以当作一系列"苍老而温柔"的游记来读。奈保尔说他想写的是非洲的信仰，但至少主题不再那么沉重，也不再虚构故事。我们应该记住他说的这句话："在非洲，白人为他们自身的文明建造了一个月球基地，当其土崩瓦解之后，黑人白人皆一无所得。"

2019年12月11日

最残忍的月份

4月的最后一天,属于T.S.艾略特和他的《荒原》:"四月是最残忍的月份,哺育着/丁香,在死去的土地里,混合着/记忆和欲望,拨动着/沉闷的根芽,/在一阵阵春雨里。"

仿佛有一些诗,早就被写好了,一百年来静静地等待时间和我们的到来。《荒原》发表于1922年10月。这样的情景我们似曾相识:"飘渺的城,/在冬天早晨的棕色雾下/一群人流过伦敦桥,这么多人,/我没想到死亡毁了这么多人。"诗人描写了孤苦无援的个人面临无边的黑暗战栗不止,而与飘渺的城中堕落的场景相对比的则是转瞬即逝的容颜:"风吹得很轻快,/吹送我回家去,/爱尔兰的小孩,/你在哪里逗留?/一年前你先给我的是风信子;他们叫我做风信子的女郎,/可是等我们回来,晚了,从风信子的园里来,/你的臂膊抱满,你的头发湿漉,我说不出/话,眼睛看不见,我既不是/活的,也未曾死,我什么都不知道,望着光亮的中心看时,是一片寂静。/荒凉而空虚是那大海。"

在艾略特看来，一战之后的世界有如一片混乱不堪、支离破碎而又毫无意义的荒原。人如何直面"茫茫的空虚"？既然知道我们必须死，那人生是否还值得活下去？诗人问道："就这样了吗，这个残缺不全的人生？"

在《荒原》中，从四季循环的古老神话，到鱼王和寻找圣杯的传说，我们看见了一堆破碎的偶像。诗人写道："我要在一把尘土里让你看到恐惧。"原本应该是春天般美丽的 4 月，反而显得更为残酷和可怕，一切生活都是荒凉的废墟，人们又上哪里去寻找那些美丽的神话呢？"我坐在岸上／钓鱼，背后一片荒芜的平原。"

如果说，"每首诗都是一则墓志铭"，那么，《荒原》几乎就是一个时代的墓志铭。1948 年，艾略特获诺贝尔文学奖，1965 年去世。他的骨灰安葬在祖先的故土东科克尔圣麦可教堂，墓碑上刻着他的两句诗："在我的开始是我的结束"；"在我的结束是我的开始"。作为艾略特的传记之一，林德尔·戈登在《不完美的一生》一书中，试图通过"灵魂自传"这一在 20 世纪已经失传的文体，探索这位离群索居、讳莫如深的隐士对神迹和救赎不悔的追寻，也可以说，这是诗人一生一世的《出埃及记》。

2020 年 04 月 30 日

有趣的自传

生日这天，想着找一本自传来读。有趣的自传，常常可以从阅读中看见自己倒立的身影。看了一眼书架，在一堆新买的书中，有《罗兰－巴特传》、马克－布洛赫的传记《为历史而生》、亚隆的回忆录《成为我自己》，还有就是这本《德里达传》。

从前读过德里达《文学行动》和他的访谈录《一种疯狂守护着思想》，还记得他关于"出生"，有一套古里古怪的说法，比如："人们永远不知道它是否存在""所谓真实的出生，是指从私人的或公众的事件中演化而来的出生，它使你成为真正意义上的你自己"。在德里达看来，一切都是被安排的，"我尚未落地"是因为决定我那说得出名的身份的时刻被从我身上拿走了。

人们只能试图夺回这种失窃物。而出生的同时也是被给予、被传递、被提供、被背叛。这一真相同时涉及恋爱事件、警察公务、快感体验和法律程序。这个事件既重大又渺小，它是有关"被制造"这一真相的一个完整谜语。有人说,德里达是萨特、福柯、罗兰·巴特这派极富文学色彩的法国哲学家的最后一人。德里达的文字就像一阵知识狂潮,虽然很少有人从头到尾读过诸如《论文字学》《播撒》《丧钟》这类皇皇巨著,但似乎每个人都受到了它们的影响。正如存在主义对于我们这代人的影响,可又有几个人真正读过萨特的《存在与虚无》、海德格尔的《存在与时间》呢?在我的书橱里,它们永远就在那个角落,静静地看着你。

20 世纪 60 年代,也就是我出生的那个年代,法国思想界悄然崛起一股离经叛道的"解构主义"思潮,很快在美国和欧洲激起了反响。何为解构?"解构不是从一个概念跳到另一个概念,而是颠倒和置换一个概念序次。"作为一种阅读和批评的模式,解构首先是反传统和反权威的。按照德里达自己的说法,解构不是一种批评活动,批评恰是它的对象。解构乃是对于批评教条的解构。它总是从某个无以命名和描述的外在角度,确定什么被遮蔽或排斥了,从而为自身构筑出作为历史的存在。德里达在《马克思的幽灵》一书中开篇就说:"现在维护马克思的幽灵。"他以"幽灵"命名这部直到苏联分崩离析之后才问世的马克思主义专论。

多年以后,德里达这样解释他的"幽灵"情结。他说他之所以关注幽灵的问题,不仅仅是因为马克思说过共产主义是一个在欧洲游荡的幽灵,而是因为"幽灵"问题也是"幽灵性"的问题。幽灵非生非死、非真非假、非在场非缺场。2000 年德里达访问中国之际,称他不知道中文如何翻译这些

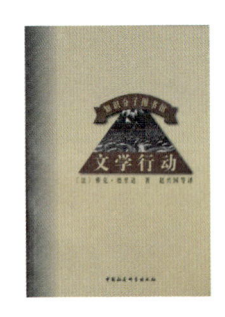

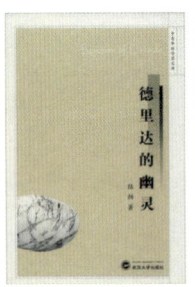

同幽灵有关的概念。或许,这只能说是德里达的幽灵。

1930年,德里达出生于阿尔及尔一个叫作埃尔·比亚的郊区。《德里达传》叙述了那个12岁便被逐出学校的犹太孩子的故事。不过,对于德里达来说,传记是哲学之外的东西。他曾提到海德格尔关于亚里士多德所说的话:"亚里士多德的一生是怎样的?"答案就在一句话里:"他出生,思想,死亡。"其余的一切纯属轶事。不过,德里达说他的一生"从未丢掉或毁弃任何东西",哪怕是人家贴在家门口的小纸条,"我保存着一切最重要的似乎最无足轻重的东西"。

在德里达眼中,人的一生就是这样:"最美妙的幻想,就是所有这些纸张、书籍、文章或软盘早已超越我的生命而存在。它们早已是见证。我不断地想到这些,想着谁会在我死后前来,看看譬如这本我在1953年读过的书并发出疑问。"

2020年06月20日

第三辑

行在路上

一个王朝的背影

一

走进柬埔寨,你不得不相信,在每一片丛林的深处,都有可能隐藏着人类文明的秘密,一段古老而又令人伤感的历史。"吴哥"在梵语里是"城市"的意思,"窟"则是寺庙的统称。

从 6 世纪到 9 世纪,在湄公河流域,人们以水稻生产而栖息。那时,村寨林立,诸侯割据。僧侣用棕叶和兽皮记录稻田和果园、珠宝和奴隶的数量,然后保存在寺庙的藏经阁中。800 年至 1400 年间,在这段被称为"吴哥时代"的鼎盛时期,几代帝国统治者建筑了被大卫·钱德勒称为"世界上最大的宗教建筑群",留下了令人惊叹的"吴哥城"。

如今,当我们沿着早已废弃的城墙穿行在这座丛林里的众神之城,当年曾经如此恢宏的庙宇和宫殿,风吹雨打,只留下断壁残垣。一段段斑驳的历史记忆,让人唏嘘不已。在塔普伦寺，乱石和树根盘缠交错，狠狠伸入幽深的庙宇墙垣，锁住岁月的目光。

在巴肯山，你会惊奇它的古朴外表中隐藏的许多数字与天文现象和历法有着惊人的巧合。在这里看日落，可以远眺沐浴在金黄色夕阳余晖里的吴哥窟，回想往昔的辉煌。

在吴哥大城南门，护城河石桥两侧各 27 尊手握长蛇、搅动乳海的天神石像。在四周生长着红树林的涅槃宫，传说此地神奇的圣水能治百病。

在斗象台，这是帝国皇帝举行祭祀和庆典的场所，十二生肖塔则是古时审判犯人的地方。在变身塔，或许你还可以感受古老的人、鬼、神世界的神秘传说……

2013 年 02 月 16 日

二

没有"吴哥的微笑"，天地间哪一个笑不是傻笑！穿过巴戎寺的回廊，面对着四面佛的微笑，我却始终没明白：这沉睡千年的微笑到底意味着什么？

须弥山是印度教、佛教的圣山。佛教中说，世界有九山八海围绕着，中间最高的就是须弥山。太阳、月亮、四方大洲都围绕在它的旁边，它是宇宙的中心，也是精神皈依的归宿。于是，就有了阇耶跋摩七世建造的巴戎寺。这个时期是吴哥帝国最辉煌的时期。据说，巴戎寺共有 49 座宝塔，加上 5 座城门各 4 面佛像石雕，共计 54 座，216 面佛像。

四方观照的佛像，神奇的是，他们看起来既似佛陀，又似观音菩萨和阇耶跋摩七世的容貌。尽管他们神态各异，或闭目冥想，或略带伤感，或慈悲静观，但始终面露微笑。这微笑，如人饮水，冷暖自知，足以令人回味终生！人世间的悲欢离合，如此难解，只有微微一笑；天地中的盛衰兴亡，这般难料，也只有微微一笑。

巴戎寺幽怨深长的回廊浮雕上，雕刻着吴哥的历史时光，其精细、生动和想象力，让后人确信"吴哥文明"的存在和它的生生不息。或许，这个丛林中的神秘世界，天地混沌、众神合一、万物宁静的美好时代，其文字记录已消殆于千年之前，如今，只能依靠这些断壁残垣，这些冰冷的石头，讲述吴哥的神话。

此刻，在你我的心中，只有"吴哥的微笑"依然绽放。假如没有"吴哥的微笑"，天地间哪一个笑不是傻笑！

2013 年 02 月 17 日

三

柬埔寨没有高速公路，从吴哥到金边，340 多公里，沿着著名的六号公路，竟然车行 7 个多小时。这是个万里无云的播种季节，道路两旁，一片片翠绿的稻田，腰果树开始长出红色的果实，椰子树挺而不拔，鸡蛋树开满鲜艳的花朵。由竹子、茅草搭建的"吊脚屋"倒也错落有致，偶尔可见红色屋顶的瓦房，点缀在田园乡间。路边小摊摆卖芒果、菠萝、椰子、香蕉、山竹，油炸蜘蛛、蟋蟀和水蟑螂。

柬埔寨基本上还是个农耕社会。人们仍旧徒手耕作，到处洋溢着一种"回收文化"。满街尽是二手车，摩托车改造而成的"嘟嘟车"。各种报废车辆的传动装置，生活材料和废品，

人们试图以有限的资源艰难地改变着贫乏的生活。每年 5 月，西南季风带来湿润的雨季，在季风季节，几乎每天傍晚都骤降阵雨。这个时节，天气晴朗，略嫌闷热。

柬埔寨旅游业方兴未艾，酒店设施倒也一应齐全。酒吧、赌场、SPA，通讯时好时坏，酒店有 WiFi，景区却连信号都没有。历史常常就是这样一种轮回，如果你的心灵还涉世未深，那就到吴哥来吧！在这个季节里，宁愿尘土飞扬，也不要泥泞不堪。

当你看尽千年繁华，面对一个残缺的世界，你是否还能如吴哥纯真般地微笑？

2013 年 02 月 18 日

四

告别吴哥，无论是混迹于香港街头熙来攘往的人群，还是枯坐于机场等候遥遥无期的延误航班，脑海里总是缠绕着那堆修行千年的乱石。如此辉煌的文明，为何会沉睡千年？吴哥窟与埃及金字塔、中国长城和印尼婆罗浮屠佛塔并列"东方四大奇迹"。当年，法国人穆奥拨开层层丛林乱草，发现："这建筑物以它宏伟的轮廓，对应着天空的蓝天，与背后浓密的森林，呈现出优雅庄严的气息，乍看之下，觉得那线条勾勒出来的，是一个已逝去的民族的巨大坟墓。"

理解吴哥，你必须理解吴哥窟建筑和历史的"真"，巴扬寺宗教和自然的"善"，"女王宫"艺术和神话的"美"。当我站在毗湿奴神像前，穿过长达500米的中央步道，寻找阿普莎拉仙女（3000多尊仙女，哪一位是露出牙齿的仙女？），登上莲花瓣式的主塔，俯瞰披着金衣的吴哥窟，莲花池内掩映着5座尖塔的倒影。最令人驻足难忘的，则是这条全长800米的回廊浮雕，它如此生动地记录了帝国的光荣与梦想、天堂与地狱、历史与神话。

一年前，我也曾漫步于古希腊雅典娜圣城遗址，感叹于古希腊文明的喷薄日出。此刻，在乱草残石之间，我难以相信，这个丛林中曾经真实地存在的帝国，这个眼前呈现给我们的一切绝不亚于古希腊的成就，为何却不曾孕育出地中海一样的灿烂文明？我只能说，丛林自有丛林的生存法则，这种生存法则，所产生的只能是"血酬文明"，其兴也勃然，其亡也剧然。告别吴哥，我默默祈祷，阳光会再次穿越丛林，唤醒沉睡的众神，绽放神奇的笑容……

2013年02月19日

清迈时光

一

清迈是一个让时光不知所措的地方。你可以漫不经心地来，又漫不经心地回去。沿着老城的护城河和断壁残垣的城墙，完整地勾勒出这座古城的轮廓，历史遗迹和寺庙多半散落在河畔周边。

据说，清迈原来有两道城墙，一道是土墙，另一道是砖墙。现今的城墙是清迈最后一任统治者在 18 世纪末从缅甸人手里夺回后重修的，只留下了内城四角的砖墙和五座城门。东边的塔佩门是"竹筏码头"的意识，每年泰历十二月举行的水灯节就是以塔佩门为起点。西边的松达门从前通往皇室花园。北门为清迈城的城首，为王室专用。南门两个门则是通商要道。清迈城墙的四个角也分别代表了不同的意义，东北角代表"大地之光"，东南角代表"捕鱼的陷阱"，西南角代表镇邪，西北角代表水源。

你完全不必要了解这些古里古怪的宗教、历史和文化，傍晚时分，你尽可以漫步这里，随处可见悠闲自在的外国人和本地人在城墙下弹着吉他，下国际象棋，骑独轮车，杂耍和摆地摊。有许多外国人宁愿选择在这里留下来，卖油纸伞、木雕和其他工艺品，感受清迈的时光。

在这个季节，清迈的雨时断时续，不过你不必太在意，清迈的雨只会让你的时光更加漫不经心。小城满街有许多五颜六色、图案精美的手绘油纸伞。如果你是个稚气未脱的文学青年，那正好可以想想戴望舒的《雨巷》："撑着油纸伞，／独自彷徨在悠长、／悠长又寂寥的雨巷，／我希望逢着／一个丁

香一样的/结着愁怨的姑娘。"可惜，清迈的姑娘并没有丁香一样的颜色、丁香一样的芬芳，自然也不会有丁香一样的忧愁。

在清迈，你需要等待的只是一段消磨自己的时光。

2013 年 10 月 04 日

二

自从今年春天去吴哥窟，我对东南亚这片丛林产生了近乎无端的遐想：丛林深处是否另有一种文明起源的密码？中华文明是否一半来自草原，另一半来自丛林？

想象中，清迈应该属于丛林中的神秘世界，山居岁月的时光，又见炊烟升起，暮色笼罩着群山环抱的小村庄，还应该有一位叫"小芳"的姑娘。于是，就这样来到了清迈。出人意料的是，站在面前的竟然是一位出落得眉清目秀、青衫飘飘的少年！相视一笑，传说中的"泰北玫瑰"就在你的眼前，无忧无虑地舒展它的容颜。

清迈独特的贵族气质，或许来源于 700 多年前曾经的兰纳王国，静静地坐落在群山和丛林环绕的古城中，仿佛一座经过细致打理的泰北村落，舒适自在。

在这座古城里，最让人流连忘返的是遍布街巷的旅馆、餐厅、酒吧、各种生鲜果汁的小店和咖啡屋。从塔佩门沿着护城河一直走到清迈夜市，在滨河的另一端，聚集了许多河滨餐厅。塔佩路算是清迈古城民宿的聚集区，只要钻进马路后边的小巷，左弯右拐就能找到不同情调、外观漂亮的旅馆，它们隐藏在巷弄里，缀饰不多，却以泰北织品、原木窗棂等构筑出现代兰纳的风格。随处可见的英式庭院咖啡馆，布置得很像私人宅院，到处绿意盎然。店里的提拉米苏、水果塔等甜品，再加上一杯好茶或咖啡，让你可以细细品味清迈的时光。

2013 年 10 月 06 日

三

清迈，泰语是"良田千亩"的意思。早在 13 世纪，孟莱王就定都于此。老城在曼格莱王时期建成，传说他在一次打猎时发现这里出没着被视为吉祥象征的白色水鹿，因此决定在此建城。诸如此类神话般的历史显然不足以解释清迈的前世今生。

我更惊奇的是，900 年前或更久远的年代，在这片失落的文明中，从一座丛林到另一座丛林，曾经隐藏着一条神秘的古丝绸之路，这条由大象、牛车、小船以及纵横交错的水路构成的贸易通道，将从中国和缅甸贩来的货物运往暹罗海湾。早时候的贸易大都经过水路进行，滨河就从清迈城市中心穿过。历史上兰纳王朝鼎盛时期，清迈一度成为政治和经济中心。

近代外国人的大量涌入，则是因为清迈是泰国手工艺品中心的缘故。沿着滨河往古城走，绵延 700 米长的夜市，遍布街道两侧的摊贩，随处可见当地著名的手工艺品。泰北以木雕闻名，市内有不少木雕店，大大小小的装饰木雕琳琅满目。木制首饰也很别致，彩色木手环上串珠和彩色棉线用作装饰，项链上也有缠上棉线的造型木坠。泰北竹制漆器、编织鞋，还有蔺草编织的手提袋、相框。泰北织品往往有很多让人刮目相看的原创风格。手绘创意 T 恤衫很常见，僧侣包、泰北织品背包、手工棉布包等，设计很别致，用色大胆鲜艳，加上蜡染的蓝色图案，散发着绚丽的色彩。香茅、柠檬叶、山竹、椰子等材料制成的香料用品据说也值得玩味。除了斑驳的城墙、古老的街巷、静静流淌的护城河，清迈的时光雕刻更多停留在这条打银街。

相传在清迈建都时，从外地请来的银匠和打造佛像的师傅都聚集在这里，整条街都是银器店。街道中央的水泥牛塑像，就是当年驮运商品的牛的标志。如今，只剩下不到 10 间店铺，生意清淡，往昔的风华年代早已烟消云散。

2013 年 10 月 07 日

四

美萍酒店位于清迈古城区闹中取静的地方，如今，在清迈众多酒店中，显得毫不起眼。当年，它曾是清迈市区最高建筑，在顶层可以俯瞰这座小城。但因为邓丽君，人们记住了它。

据说，清迈是邓丽君最喜欢的地方，在她去世的那年，她三次到了清迈。邓丽君生前最后三个月一直住在这间酒店的 1502 号皇家公主套房，并在此香消玉殒，年仅 42 岁。这个房间从 1995 年至今除了电视和墙纸换过外，其他每件东西都没有变过。走进美萍酒店，并不宽敞的大堂，映入眼帘的是悬挂在顶上那些色彩斑斓的油纸伞，幽幽中浸透着典雅，平添了些传奇与诗意。墙壁上的投影，不间断地播放着那些熟悉的歌曲。"小城故事多，充满喜和乐。若是你到小城来，收获特别多。看似一幅画，听像一首歌，人生境界真善美，这里已包括。"到了清迈后，我才明白清迈就是邓丽君生前最钟爱的一座小城。

酒店的最高层就是15楼，一出电梯迎面落地的玻璃窗外是阳光下宁静的古城。还是当年那张梳妆台，"我有一个姐姐她很像你，早晨从不梳头"。还是当年那张贵妃椅，邓丽君最爱坐在窗前的阳光下看书。多年后，阳光依旧，清迈依旧，佳人不知何处去？对于我们这一代人来说，邓丽君的歌声成为那个时代的象征。"隔山隔海飘过来的丝丝小雨，淋湿了许多小小的伤心，那时我正要启程"，我至今依然记得我的大学同学留下的诗句。在我们的大学时代，在海边，伴随着海浪的声音，总是断断续续地传来这样一种甜美的歌声。这歌声给了我们多少共同的思念，在她身后10年依旧不衰，依旧流行在大街小巷，依旧荡漾在人们的心里。"如果说对于全球所有的华人来说，有一个声音能让所有的人安静下来，那这个人的声音就可能是邓丽君的声音。"

当我离开这个房间时，突然想起了白岩松说过的这段话："她的歌声陪着我们从精神的荒芜中慢慢走出。邓丽君的歌声一响起，我就能记起旧的大墙刚刚倒下的岁月里，偷听邓丽君的有趣故事。当然也马上能想起身边手提录音机、穿喇叭裤、戴麦克镜的年轻人。任时光匆匆，在异国他乡，她依然跨越岁月在那里忧郁地微笑。似乎每天都会有男男女女将她的歌声再度领回家中，去重温多年前的一段旋律，重温自

己成长中一段业已凝固的时光记忆。"

2013 年 10 月 09 日

五

　　清迈寺院众多，没有人可以数清这座小城的寺院。在清迈老城区内，逛寺院就如同逛商店和咖啡店一样，不经意间，就会路过街边一个又一个不知名的寺院。古色古香的外墙和玉树亭亭的院落，随便可以进去看看，忽然撞着来时路，始觉从前被眼瞒，或许这才是清迈真正动人的地方。无论是在喧闹的街道，还是幽静的深巷，你都会从心灵的深处感受到悠长的禅意，满城风絮，刹那花开。

清迈古城门附近散落众多旧佛寺和碑塔，而最值得参观的寺院应该是位于素贴山山顶的双龙寺，建于1383年，又称"舍利子佛寺"。其被称为双龙寺是因为寺门外石阶两侧各雕有一条长达500米的巨龙，寺内有一座建于16世纪的金塔，据说塔内藏有佛祖释迦牟尼的舍利子，故被视为圣地。登临山顶，山坡上开满五色玫瑰。山顶上白云缭绕，清迈景色尽收眼底。布帕壤寺是另一座值得一提的寺院，建于1497年，正值兰纳王朝兴盛、也是佛教最兴盛的时期。这从混合着缅甸和兰纳两种风格的寺庙建筑就可以看得出来。

寺中最引人注目的是年代久远的小木造僧院，有超过300年的历史。屋宇还保存原样，风檐上及廊柱上的细致灰泥装饰依旧叫人心动。有点倾斜的前门，有种年华老去的无奈。

紧邻小木造僧院的是一座较大的僧院,也有200年的历史。走在两座寺院间的小道上,万般禅思油然而生。"如今无处觅深山,但得心闲即闭关。"

在清迈,你还可以处处感受到中国文化的影响。清迈平河的支流上都建有小桥,桥上分别有十二生肖的动物雕塑。这十二生肖中,通常会出现一只大象。当地多民族的信仰和习俗,呈现出一种融合多元的文化特色。

2013年10月09日

六

如果有轮回,在地老天荒的年代,你是否相信自己曾经是一位手持弓箭的少年,骑着大象向丛林深处走来?如今,那片丛林中的世界已荡然无存,只剩下这所建立在森林中的大象学校。

近百头大象经过训练,显得非常聪明,当它们表演节目时,对游人赏给吃食还会表示谢意。这些大象会踢足球,还有守门员。最绝的是有些象还会画画,有的画不比出名的画家差,装饰起来俨然是一幅极有现代感的作品。然而,无论是骑大象,还是坐牛车,或者丛林中的漂流,都难于唤起我对这片早已逝去的丛林的怀想。据说,在乌孟寺还保存着一些前人冥想用的洞穴,洞穴中曾经留有14至15世纪的壁画,如今也已经消失不见了。

清迈的园艺让人赏心悦目,多少还可以触摸到一些丛林的感觉。然而,无论是玫瑰争奇斗艳的泰王夏日避暑行宫,还是东南亚规模最大、也是世界最高级别的园艺博览园，花团锦簇、万般风景也无非这样。其实，清迈真正的园艺艺术就在街头巷尾，鲜花和绿草不经意地散落和聚合，一如禅诗所言，风花雪月，哪一样不美？无非只此一味。占地辽阔、独具一格的清迈东方文华，仿佛13世纪的兰纳建筑的再现。你尽可以坐在亭子里，一边品尝让人表情极为复杂，不知道说什么好的泰餐，一边眺望农夫耕种的情景。

四季饭店也是富有浓郁的兰纳艺术风格，向天空垂直伸展的檐角，线条流畅的佛像画轴，色彩华丽的门楣雕饰，面向花园和稻田的窗户，还有角落里随处可见的石雕佛像，水盆里花瓣微卷的莲花，犹如修行者手中一卷随风而起的经书。在清迈，最自由自在的莫过于坐上一辆嘟嘟车，随意环绕古城，沿着护城河、四大城门、角落城堡、水果市场、滨河大桥、百年老街一路闲逛。

夜幕降临时，在湄滨河畔吃顿薄荷一样的泰式晚餐，还可以放水灯祈福。离开清迈时，我突然发觉，这一切似乎并不属于真正意义的清迈时光。或许有一天，应该溯河而上，往丛林的更深处，去找寻那座纯象牙白色的佛塔，去看看美丽的罂粟花。

2013 年 10 月 10 日

凯鲁亚克小巷

在我们这代人的阅读史上,"垮掉的一代"几乎是一段难以抹去的记忆。在旧金山,这记忆犹如一张残缺不全的蜘蛛网,穿过陡峭、起伏不定的街道,带我们来到 Grant 大街,来到凯鲁亚克小巷。《在路上》的作者曾经到过的小巷,如今到处写满了他的诗句。

小巷的尽头是"城市之光"书店。这家以"垮掉的一代"诗歌及言论自由而举世闻名的书店,证明了它绝不是一般的纸浆商。门口有一句它的创办者之一 Ferlinghetti 所写下的名言:"抛弃所有绝望吧,当你走进这里。"不过,我的第一感觉略微有些失望,总共三层的店面朴实得近乎简陋,并不整齐划一的书籍摆设显得零乱和拥挤。第一层"丑闻部",包括一些极具煽动性书名的政治类读物。沿着狭窄的楼梯往下一层"迷失大陆路",包括各种志趣不同的书籍。对我来说最有兴趣的是三层"诗歌部",贴墙三个书架摆满了"垮掉的一代"的作品和回忆录,仅仅凯鲁亚克《在路上》、金斯伯格《嚎叫及其他》就各有十几种版本。

1957 年，正是因为印刷这本《嚎叫及其他》，Ferlinghetti 先生和书店经理以"有意和猥亵"而被起诉。但是，最后他们赢得了划时代的判决，理由是这些书籍具有重要的社会意义，不能禁止！这以后，凯鲁亚克、金斯伯格、费林格蒂让

旧金山北部海滩成为20世纪50年代自由精神和言论自由的试验场。

可惜，我错过了位于540 Broadway大街的"垮掉的一代博物馆"。据说，在那个布局凌乱、藏有文学珍品和古老影像资料的博物馆，更能体会到这种随心所欲的自由。

旧金山人不仅喜欢书店，而且是严肃图书爱好者。他们平均每人购买的书籍多于美国任何一个城市，收藏的文学书籍则是全国的3倍。

走出书店，对面一步之遥就是Vesuvio Cafe，这家酒吧和城市之光一样有名。当年，这里是"垮掉的一代"活动的风暴中心。也正是在这家咖啡厅的西西里壁画下面，科波拉创作出了《教父》这样传奇的电影脚本。

2014年02月05日

文学爱好者的酒吧清单

在我们的文学中，总有那么一些地方真实地存在着，任凭岁月的流逝，却依然保留着美好的时光。看看这份开给全球文学爱好者的酒吧清单，或许，在某次旅行中你会不经意地与它相遇，留下一份意外的惊喜。

巴黎 Les Deux Magots，双叟咖啡馆和莎士比亚书店一样，已然成为一代又一代文学青年朝圣的地方。有谁愿意忘记萨特、加缪、波伏娃？有谁愿意错过在巴黎左岸的这家酒吧？它的咖啡和马天尼都不错。不过，我只喝过咖啡，迄今没有喝出一点文学的味道。旧金山 Vesuvio Cafe，凯鲁亚克、金斯堡等"垮掉的一代"的风暴中心，旁边就是著名的"城市之光"书店。

我更喜欢旧金山这样的城市，你会偶然走过某个角落发现一段街巷壁画，或是一处维多利亚时代令人忧伤的屋顶轮廓，或是一棵经海风吹拂而成长的大树，城市的感觉时刻鲜活而不停地转变。尽管有人说："这是一个不知道什么是害

羞的地方",无论是全裸的环城跑还是同性恋大游行,或是在星期天炎热的贝壳海滩上,脱掉衣服已经成为当地人的习惯。除了迷幻药、同性恋、言论自由,更令人回味无穷的则是"垮掉的一代"留下的文学记忆。

纽约 White Horse Tavern,20 世纪 50 年代,迪伦、梅勒经常光顾的一家酒馆。1953 年 11 月,迪伦在这里喝下 18 份威士忌后倒下,再也没有起来。哈瓦那 ElFloridita,海明威在古巴生活的 20 年里最喜欢的一间酒吧,这家酒馆和它的招牌鸡尾酒都因此而闻名。马德里 Cerveceria Alemana 则是另一家海明威喜欢去的酒吧。巴黎 La Rotonde,这家咖啡馆因为《太阳照常升起》的这段话注定无法被人遗忘:"从塞纳河右岸坐出租车到蒙巴纳斯,无论你如何吩咐司机要去哪儿,司机都会一概把你拉到 La Rotonde!"经常光顾这家酒吧的还有斯坦因、艾略特、菲茨杰拉德。新奥尔良 Carousel Bar,这里招待了太多南方最有影响力的作家,如威廉斯、福克纳、卡波提。

还有一些更遥远年代的记忆,牛津 The Eagle and Child,

这家俱乐部的历史可以追溯到 17 世纪那么久。托尔金、刘易斯常在这里聚会。今天的酒吧里还摆放着许多和他们有关的纪念品。爱尔兰 Kennedy's，当它还是杂货店时，少年王尔德曾在此打工。这家酒吧如今已经变成大学俱乐部。在这里出现的有乔伊斯、贝克特这些在我们文学阅读中十分眼熟的作家。罗马 Antico Caffe Greco，这是罗马乃至意大利历史最久的酒吧，大名鼎鼎的雪莱、济慈、狄更斯、拜伦都爱在这里喝卡布奇诺。

2014 年 02 月 17 日

普林斯顿校园

还记得这部电影《美丽心灵》吗？当我漫步在白雪堆积的普林斯顿校园里，最先想到的就是这部奥斯卡最佳影片。20世纪70年代到80年代，在普林斯顿大学校园里总能看见一个消瘦而沉默的男人在徘徊。他穿着紫色的拖鞋，偶尔在黑板上写下数字命理学的论题。有人说，他是"普林斯顿幽灵"。然而，正是这个"幽灵"，你这辈子都不可能成为像他那样杰出的数学家！

电影根据真人真事改编自同名传记，讲述患有精神分裂症的诺贝尔经济学奖获得者、数学家纳什的传奇故事。在我们的阅读记忆中，让我难以理解的并不是纳什的这些离奇妄想：他梦想成立一个世界政府，为此给联合国写信，跑到华盛顿给每个国家的大使馆投递信件，要求各国使馆支持他成立世界政府的想法。他认为《纽约时报》上每一个字母都隐含着神秘的意义，而只有他才能读懂其中的寓意。他认为世界上的一切都可以用一个数学公式表达，语言与数学有神秘的关联。

他的世界里满是魔鬼、武士、纳粹和先知，幻想自己生活在拿破仑、撒旦的威胁下，担心自己随时会被杀害，因为自己是"通晓天机的人"。他对世界的毁灭和自己的死亡有深深的恐惧，目光空洞地四处游荡，认为只有自己才真正明白世界的真相，而其他人都生活在幻象之中。

让我难以理解的是，这部影片上演后，居然遭到同性恋群体的抗议，原因是影片在讲述主人公纳什的生活经历时，完全省略了他的同性恋情结。原来，1954年，警察在一次搜捕同性恋的行动中发现并逮捕了纳什，那时纳什与几位"特殊朋友"保持着联系。但纳什并不只是同性恋，而是双性恋者。

据说，影片制作人原定想要提到纳什的同性恋，但是他们担心影片会把同性恋和精神分裂症联系起来。读读影片中纳什的这段独白吧："我一直以来都坚信数字，不管是方程还是逻辑都引导我们去思考。但是在如此追求了一生后，我问自己：逻辑到底是什么？谁决定缘由？我的探索让我从形而下到形而上，最后到了妄想症，就这样来回走了一趟。在事业上我有了重大突破，在生命中我也找到了最重要的人：只有在神秘的爱的等式里，才能发现任何逻辑上的原因。"

2014年02月22日

纽约大都会艺术博物馆

一

坐在纽约大都会艺术博物馆咖啡厅里，宽敞、明亮的落地窗外，中央公园残雪如织，天空若有若无地飘着雪花，仿佛静谧的鸽群闲庭信步。纽约大都会艺术博物馆堪称百科全书式的博物馆。

中国馆藏中的精粹包括佛教造像、古代玉器和青铜器、陶器、漆器、织物等装饰艺术品，值得一提的还有由中国一批传统工匠以17世纪苏州庭院为原型而建的阿斯特庭院。

我并没有多少时间、历史知识和艺术眼光仔细浏览琳琅满目的馆藏，幸好，带回来这本《大都会艺术博物馆指南》，多少可以留下一些阅读的记忆。印象中，大都会艺术博物馆收藏的许多水墨手卷，构成了一条中国水墨书写艺术的河流，令人流连忘返。中国传统的书画艺术在许多外国人眼中是一个魅力无穷而又难以破译的"谜"。这个"谜"的谜面和谜底，其实都和水墨的书写有关。据传为唐朝韩干的《照夜白图》。

记得杜甫的诗："弟子韩干早入室，亦能画马穷殊相。干惟画肉不画骨，忍使骅骝气凋丧。"他笔下的骏马神态逼真，跃然纸上。照夜白是唐玄宗宠爱的一匹战马，也就是传说中的"汗血宝马"。这幅画或许是最为人知的骏马图。

和这位"春宵苦短日高起，从此君王不早朝"的皇帝有关的还有一幅《玄宗避蜀图》。安史之乱，玄宗从长安逃往蜀地。"六军不发无奈何，宛转蛾眉马前死。花钿委地无人收，翠翘金雀玉搔头。君王掩面救不得，回看血泪相和流。"尽管画中人物均为唐朝装扮，但背景风格中以错综复杂的手法刻画的立体形态和云雾笼罩的意境，似乎表明作品成于12世纪中期。

有意思的是，另外两幅画则和宋徽宗有关。《翠竹双雀图》，为宋徽宗亲笔作品。史上皇族中艺术造诣最高的应该算是这一位了，皇帝当到这份上也真不容易。这幅画是典型的宫廷画院写实风格花鸟画法，重意境而轻刻板诠释。双雀纤毫毕现，栩栩如生，雀鸟眼中的点漆可谓画龙点睛。宋朝屈鼎《夏山图》，图上有宋徽宗的收藏用印。另一幅宋朝郭熙的《树色平远图》，可以看出画家致力于表现诗意的画面和情感，尤其钟爱季节和时间变化的微妙之处。这幅画是经典的"平远"画法之变体。前景常有大树，背景则是宽阔的河谷。在手卷的末端，秃枝和浓雾使画面笼罩在凄凉的秋色中。两位老者向凉亭走去，或许是送别远去的朋友。

徜徉在大都会艺术博物馆，历史有如风干的记忆碎片，我们已然无法回到从前已成逝水落花的某一个黄昏，或者夜晚。

2014 年 02 月 24 日

二

纽约大都会艺术博物馆收藏有不少现当代美术大师的标志性作品。《荷兰室内之三》是我最喜欢的画家米罗的作品。米罗以他特有的超现实主义的生物形态风格，运用了荷兰风俗画和静物画的元素。我喜欢米罗，因为他的艺术总是试图穿越功利的世界，找回孩提时代的天真；抛弃文明的一本正经，找回归于自然而然的原始生命。有人说，米罗创造的世界比我们周遭的世界更幸福、更神秘、更多无忧无虑的欢乐。

在《荷兰室内》三幅系列画中，你可以仔细品味米罗怎样处理现实世界和幻想世界的关系。在米罗笔下，具体实在的生活场景，变成了有机符号之间的抽象形状和轻松色彩的融合，形成了象形文字一般的图像书写出来的诗的呓语。据说，"这种立象尽意、诗画交融的创作倾向来自东方的艺术精神"。对此，米罗自己的解释是："我看不出诗歌与绘画有何区别。有时我为画题诗，有时为诗配画，中国的文人学士不也是这样做的吗？"

毕加索的《在狡兔酒吧》也是纽约大都会艺术博物馆值得一看的作品。这幅描绘巴黎波希米亚式生活的作品可以说是同一题材中最具有标志性的。在画中,毕加索将自己描绘成一名丑角,或许这是他第一次隐藏在另一个自我形象之下,他将在此后一生中保持这个形象。更有意思的是,这个形象是以一种近似海报的绘画出现。据说,它也是唯一一幅从 1905 年至 1912 年一直连续在巴黎向公众展示的毕加索作品。

另一幅作品《格特鲁德·斯泰因》,毕加索大胆地将具有立体派雏形的面具般的脸嫁接到斯泰因那玫瑰时期风格的身体上,创作出一幅令人难忘的独特肖像。

纽约大都会艺术博物馆还有一些我们十分熟悉的画家,康定斯基的《即兴第二十七号》,这是 36 幅名为《即兴》的系列作品之一。一如作者频繁使用《圣经》作为隐喻图像的灵感来源,康定斯基在这幅画中揭示了伊甸园的故事。一片质朴宜人的景色围绕着一个巨大的黄色太阳构图,画面四处黑色形状,隐隐约约呈现着各种不祥的元素,仿佛预示着亚当和夏娃将被逐出乐园。马蒂斯的《早金莲与画作＜舞＞》、莱热的《女人与猫》、巴尔蒂斯的《大山》、莫迪里阿尼的《躺卧的裸体》、博纳尔《弗农纳的阳台》,这些作品让我们暂时忘却了窗外的白色世界和即将来临的暴雪。

2014 年 02 月 25 日

小村纪行

一

雨中的顶村,给这个若即若离的春天带来一份小小的惊喜。我没有想到,就在这座日渐喧闹的城市家门口不远,隐藏着一个由茭田和桃树编织而成的村庄。"人间四月芳菲尽,山寺桃花始盛开。长恨春归无觅处,不知转入此中来。"

从同安往安溪的公路,在汀溪一处不经意的叉道口,折入一条寂寞的小道,一片片梯田扑面而来,满眼郁郁葱葱、令人心旷神怡的茭白。我是第一次见到如此碧绿的茭田。据说,世界上把茭白作为蔬菜栽培的,只有中国和越南。查过资料,才知道茭白是我国的特产蔬菜,"江南三大名菜"之一。古人称茭白为"菰"。《西京杂记》说:"菰之有米者,长安人谓之雕胡。"宋玉《风赋》云:"主人之女,为臣炊雕胡之饭,烹露葵之羹。"在唐代以前,茭白被当作粮食作物栽培,它的种子叫菰米或雕胡,是稻、黍、稷、粱、麦、菰"六谷"之一。唐以后开始广泛种植,李白有"脆进雕胡饭,月光明素盘",

杜甫有"滑忆雕胡饭，香闻锦带羹"，王维有"郧国稻苗秀，楚人菰米肥"的诗句。看来，茭白伴饭在唐朝算得上是招待客人的上品，难怪这么多诗人吃完之后还不忘吟唱几句。

转过 15 公里的盘山公路，远远看见一处亭子，就到了这个叫作"汀溪镇顶村村云顶洋自然村"的地方。"江上人家桃树枝，春寒细雨出疏篱"，正是桃子熟了的时节，成串的桃子略带羞涩地挂满枝头，触手可及。

透过满眼桃树，暮色中又见炊烟生起，散落在不远处那个古老的村庄，一派"绿树村边合，青山郭外斜。开轩面场圃，把酒话桑麻"的田园风光。

2014 年 05 月 11 日

二

我出生和成长的这座城市，并没有多少关于村庄的怀想，更多的是一座城堡的伤心往事。明洪武二十年（1387），江夏侯周德兴置永宁卫，厦门为中左所。一部《厦门志》留下的大多是关于"前明屡被兵燹，为倭奴、伪郑所觊觎"的记载。

明末清初,"武则命水师提督帅五营弁兵守之;文则移兴泉永道、泉防同知驻焉。商贾辐辏",帆樯云集。四方之民,杂处其间。士蒸蒸而蔚起,民蚩蚩以谋生"。

当人们忙于寻找古城墙、古炮台和古沉船的历史,却遗忘了岛外还有顶村这样积满历史尘埃的村庄。其实,历史上的厦门不过"同安县十一里之一里耳,广袤不及七十里,田亩不及百十顷。区区一坞,孤悬海中"。白云深处的顶村有着比厦门更早的记忆。"清江一曲抱村流,长夏江村事事幽。自去自来堂上燕,相亲相近水中鸥"。

在蒙蒙细雨中走进顶村,一眼望去,一座座依山而建的青石小屋倒也错落有致。按照闽南传统风格建造的四合院,青石砌筑的门槛虽然破败却保留完好,遥想当年也曾是红砖青瓦、雕梁画栋。斑驳的外墙爬满枯藤,院子里的桃花不知是否还记得树下吹箫的少年?池塘边杂草丛生,让人唏嘘往日燕燕于飞的风华。散落在村庄四周的80多株参天古木,掩映着难以诉说的孤寂。村庄背后的山叫作乌石岩山,据说,

在山顶上留存着"九十九间"椭圆形石制的房基，那是先民山寨遗址，出土过宋代青花瓷碗、瓮瓷和大缸碎片。

雨中的顶庄，犹如一幅被吹落一地的拼图。然而，我们已无从拼接起它的前世今生，只有茭田依旧，桃花依旧。

2014 年 05 月 13 日

三

有多少村庄从我们的眼中消逝，就有多少记忆凝固成悲伤。顶村只是我们这座城市正在逝去的一缕烟尘。一条蜿蜒的公路绕村而过，我无从知道，这条路是否就是曾经的古驿道。自从有了高速公路，顶村又悄然回到寂静的田野之中。"百年世事空华里，一片身心水月间。独许万山深密处，昼长趺坐掩松关。"

和许许多多正在消逝的村庄一样，如今的顶村，年轻人都到城里去了，只留下一些不愿离弃故乡的老人，安静地守候着慢慢老去的岁月。村子被一分为二，一半是苍凉空寂的

古居村落,山上的村庄叫作"顶上",山下的村庄叫作"顶下"。另一半变成了旅游景区。

　　早晨,从村口不远处传来的阵阵梵音,给田野平添了些许的惆怅。傍晚时分,在我下榻的院子里,有一处小小的燕巢,几只燕子发出温存的叫声。夜晚,林子里到处有轻舞飞扬的萤火虫。孩子们无忧无虑地在池畔垂钓,在林中捉鸡,绕着露天营地的山坡骑车,学做手工竹编。顶村试图以这种方式留住乡村的怀念。"如今无处觅深山,但得心闲即闭关。"

　　或许,我们记忆深处的乡村早已不复存在,但我依然相信,每个人的心灵深处都隐藏着一个美丽的村庄。"我就要动身走了,去茵纳斯弗利岛,／搭起一个小屋子,筑起泥笆房；／支起九行云豆架,一排蜜蜂巢,／独个儿坐着,树荫下蜂群嗡嗡唱。我就会得到宁静,它徐徐下降,／从早晨的面纱落到蟋蟀歌唱的地方；／午夜是一片闪亮,正午是一片紫光,／傍晚到处飞舞着红雀的翅膀。"离开顶村时,想起了叶芝的这首诗。

2014 年 05 月 15 日

巴　黎

法兰西在我们这代人的印象中，就像是一座爬满青藤的古堡，每打开一扇门，都是一段漫长的岁月。我不记得是第几次到欧洲，只记得每次都会路经巴黎，从凯旋门、香榭丽舍大街到巴黎圣母院，这些场景一次次重现，仿佛似曾相识。

我不得不承认，是阿波里奈尔的诗让我们记住了塞纳河，记住了法兰西爱情故事的一代绝唱："塞纳河在密腊波桥下扬波／我们的爱情／应当追忆么／在痛苦的后面往往来了欢乐／让黑夜降临让钟声吟诵／时光消逝了我没有移动。"

我不得不承认，是雨果神话般的故事让我们记住了巴黎圣母院，记住了街头流浪汉和钟楼上的敲钟人：爱斯梅拉达被吊上绞架，卡西莫多抱着她的尸体遁入了墓地。巴黎圣母院前一如既往地排起了长队，广场上那群充满神秘光辉的鸽子到哪里去了？还记得第一次到此时，曾一遍遍为它们计数，那时我还年轻。

我不得不承认，是萨特、波伏娃和加缪让我们记住了左岸，记住了圣日耳曼大街上的花神咖啡馆和双叟咖啡馆。那

是一个足以让后世粉丝不断前来朝圣的地方，用维拉尔的话说："它是理想国，也是精神家园，人们在那里吃喝过，争辩过，爱过，睡过。"

我不得不承认，是杜拉斯让我们记住了这座叫巴黎的城市："有一个男人向我走来。他对我说，我认识你，永远记得你。那时候，你还很年轻，人人都说你美。现在，我是特意来告诉你，对我来说，我觉得现在你比年轻的时候更美。与你那时的面貌相比，我更爱你现在备受摧残的面容。"

就这样，我在一个阳光明媚的午后，在巴黎街头百无聊赖地晃悠，等待着傍晚时分开往拉罗谢尔的火车。

2014 年 06 月 28 日

奥帕尔海岸

从巴黎乘火车到拉罗谢尔大约3个小时的车程。在此之前,我从未听说过这个像明信片一样迷人的港口城市。从大西洋到地中海,壮观的奥帕尔海岸有长达40公里的悬崖、沙丘和海风吹拂的沙滩。

大西洋海岸是法兰西最返璞归真的地方,这里有着和地中海一样明媚的阳光,安静的乡村小路蜿蜒穿过一座座长满葡萄树的小山,海滨沙滩散布在雾霭缭绕的岛屿间。南特海边那些历史悠久的香蕉仓库,拉罗谢尔的岛屿和石灰岩拱廊的建筑,艳阳高照下的阿卡雄海湾,雷岛上那些饱经风霜的牡蛎木屋,盛产葡萄酒的波尔多,圣·埃米利永遍布中世纪风格的村庄。

诗人瓦雷里的《海滨墓园》曾让我们无限遐想法兰西的海岸情景:"这片平静的房顶上有白鸽荡漾。/它透过松林和坟丛,悸动而闪亮。/公正的中午在那里用火焰织成/大海,大海啊永远在重新开始!"在诗人眼中,海面上的白帆有如鸽子在平静的屋顶上漫步,这是一片心灵的恬静和澄明,"多好的

天下有道

酬劳啊，经过了一番深思，／终得以放眼远眺神明的宁静"！

我到拉罗谢尔是去参加阳光纪录片节（Sunny-Side-of-the-Doc）。每年这个时候，来自世界各地的纪录片工作者都会聚集到这个小城，致力于纪实类节目的交流与沟通。今年恰逢阳光纪录片节成立 25 周年，共有 60 多个国家、900 多家机构、2000 位嘉宾参加。

傍晚时分，当我们抵达拉罗谢尔小城别致的火车站时，映入眼帘的是天边绚丽的晚霞，还有暮色笼罩下拉罗谢尔港那一片令人目不暇接的桅杆。

2014 年 06 月 29 日

波尔多

一

16世纪作家很少有人像蒙田这样,依然可以为人们所崇敬和接受,也很少有人像他那样直接与我们对话。"我是人,我认为人类的一切都与我血肉相关",这是这位法国思想家和散文家最喜欢的一句古罗马箴言,也可以说是他的《随笔录》留给后人的启示。

蒙田出生于波尔多附近的一个小贵族家庭。在那个年代,以从戎为天职的贵族并不看重学问,因此,蒙田常常说他不是学者,而更喜欢给人造成这样一种印象:他只不过是"漫无计划、不讲方法"地偶尔翻翻书。他写的东西也不润色,无非是把脑袋里一时触发的想法记下来而已,纯属"闲话家常,抒写情怀",是为了写给自家人、写给朋友看的,并不是为了公之于众。或许,这正是我喜欢蒙田的原因之一。

从拉罗谢尔向南穿过盛产葡萄酒的梅多克乡村,两个小时车程就可以到达波尔多。在许多人的印象中,波尔多不过是法国西南部一个葡萄酒产区,有人称之为:大西洋边上帝最宠

爱的葡萄园。世界上的葡萄园基本散落于南北纬 30°～50°，在这条著名的葡萄酒纬度线上，同样有着许多的葡萄酒产区，波尔多并不是法国最早生产葡萄酒的地方。

公元前 300 年，凯尔特人建立了这座城市，称为"Burdigala"。"Burd"的意思是"荫庇、居住"，"Gala"指的是"洼地、沼泽"，Burdigala 的意思就是"居住在低洼的地方"。公元前 60 年，波尔多被罗马人统治，当时已经是一个繁华的港口。雨果曾经说过："这是一所奇特的城市，原始的，也许还是独特的，把凡尔赛和安特卫普两个城市融合在一起，您就得到了波尔多。"

2014 年 07 月 01 日

二

如果不是波尔多的阳光，我们难以理解"介于阴影和灵魂之间"的蒙田。"若是右边的风景不美，我就走左边。"37

岁那年，蒙田把法院顾问的职位卖掉，回到他父亲死后留给他的乡下领地隐居，一头扎进那座圆形塔楼，潜心读书治学。"我们已经为别人活够了，让我们为自己活着吧，世界上最重大的事莫过于知道怎样将自己给自己。"蒙田把自己的退隐看作是暮年的开始，是从所谓"死得其所之艺术"的哲理中得到的启示，"我很明白我逃避什么，但不知道我想找些什么"。

令人不解的是，国王亨利三世的一封亲笔信，让蒙田成为波尔多市长。而就在他第二个市长任期即将结束时，波尔多爆发了鼠疫，在不到半年的时间内，波尔多死去了一半的居民。蒙田把他的城市丢下不管，带着家人自顾狼狈出逃。这让市民感到愤慨，他们要求蒙田回来。但蒙田直到鼠疫已被消灭之后，才重回自己的古堡。我们今天已很难想象鼠疫在那个年代意味着什么。

在加缪《鼠疫》、托马斯·曼《死于威尼斯》和笛福《瘟疫年纪事》中，瘟疫被赋予各自不同的寓意。《鼠疫》是政治寓言，《死于威尼斯》则更像是病态又唯美的童话，《瘟疫年纪事》则是真实历史与无限想象力的结合。"人类是狂妄的，制造不出一条小虫，却创造出满天神佛。"

蒙田是只有一本书的作家，然而，这是一部包含无限思想的书，造就了一个无限的蒙田。而这部书在世人眼里却有多种面貌。它像一面镜子，将所有人的影像映入。"我们唯一知道的东西，是什么也不知道。"在波尔多的阳光里，我们依稀可以看见，一位身材矮小的秃顶老头坐在古堡的塔楼上，周围一片空空荡荡。

2014 年 07 月 03 日

三

在漫长的岁月中，一颗葡萄的梦想能够走出多远？或许，在爱萨克酒庄你就可以找到自己的答案。作为世界上最大的美酒之乡，波尔多几乎是世界葡萄酒的坐标，年产 7 亿瓶葡萄酒。纪龙德河、加龙河和多尔多涅河将波尔多分成了左岸、右岸和两海间。

左岸主要由梅多克与格拉夫两大产区构成，右岸主要有波美侯和圣埃米利永。左岸最主要的红葡萄品种为赤霞珠，而右岸最主要的红葡萄品种为美乐和品丽珠。温带海洋性气候让这片土地上的气候总是那般温暖和平顺，适合每一颗葡萄的生长，在常年阳光的眷顾下，形成了大片的葡萄庄园。

庄园里有葡萄园和酒窖。我们很难想象,波尔多有1万座酒庄和酒窖,每一个都有着不同的故事,爱萨克酒庄就是其中一道独特的风景。

作为梅多克地区最古老的酒庄之一,爱萨克酒庄始于12世纪。到了16世纪,蒙田家族继承了这块领地,并在此种植下美乐和赤霞珠这两种葡萄品种。然而,爱萨克酒庄之所以让人流连忘返，并不仅仅在于它拥有 900 年的精彩历史，更在于它是一座"雕塑者的花园"，它近乎完美地呈现了蒙田的诗意和梦想。

当 Philippe-Raoux 在 1986 年收购这座废弃的庄园时，他以"天地人"合一的理念重塑所有的建筑，每年都引入一些当代行为艺术作品。这座"测量云的男子"雕像，它的灵感是否来自古希腊哲学家普罗泰戈拉的名言："人是万物的尺度。"湖边的这片绿荫，分明是莫奈的"睡莲"。而这座亭子间的天平，是东方神秘思想的启示还是代表蒙田的怀疑主义思想？"我知道什么？我把这句话作为箴言，写在一把天平上。"

2014 年 07 月 03 日

阅读台湾

一

记忆中的台南是一座寂静的小城，一条运河缓缓地穿行于小城，两旁的大叶榄果子掉落一地，青石铺就的安平古街，从街头吃到巷尾的各种"古早味"，积满历史尘埃的"热兰遮城"（今天的安平古堡），以及"普罗民遮城"（今天的赤崁城）显得有些落寞。在喧闹的人群中，那座充满历史记忆的小城到哪里去了呢？

入夜的台南依然灯火阑珊，颇具日式建筑风格的原林百货大楼周遭的街道，传说中的"麒麟阁"在灯火中摇曳，远近可以听见鞭炮声、锣鼓声、唢呐声持续不断、响彻云霄。据说，今天是大天后宫的庙日，城隍爷按例夜行巡安辖境，探访民情。或许只有在这一时刻，我们才可以发现薪火相传的历史脉络。

吴正龙的这本《郑成功与清政府间的谈判》为我们揭示了一段有意或无意被淡化的历史。从南明永历七年（1653）至永历十三年（1659），郑成功与清政府往来交涉文件有20余

件之多，正式或非正式谈判6次。特别是1659年南京战败之后，郑成功眼见大势已去，抗清无望，乃派蔡政赴北京议和。有人说，这是郑成功的缓兵之计，同时也是因为其父郑芝龙的安危。

然而，事实上，郑清之间的谈判并非完全出自清廷之手，郑成功也曾多次主动向清廷传达议和之意，而且提出了明确的谈判筹码，也就是以朝鲜、交趾为例，不落发，要求割三省之地。可见，郑成功并非完全无投降清朝之意，他曾一再表明可以奉清正朔。先是清政府许以赐海澄公封爵和泉州一府，后又增加至四府封地，加授靖海将军。郑成功接下了清廷的诏书，有意降清。然而，当郑成功提出要求清廷授予他三省之地，比照朝鲜不剃发例，清廷数度想中断谈判之时，他却又放低姿态，不仅亲自列阵接下清廷敕印，且派使者进入清营，馈以礼物，释出愿意再行协商的意愿。

由于郑成功对谈判颇有兴趣,因而不愿出师援助和呼应西南的抗清军事行动,无视南明皇帝的存在,一再拖延和贻误战略时机。他在得知永历政权即将溃亡时,更无意于回师大陆。

这段匪夷所思的历史,不管结局如何,却让我们留下了一个悠长的惆怅,在今夜的台南,当年的安平古堡和赤崁城。

2014 年 12 月 22 日

二

每一座城市的记忆往往埋藏于不同的阅读之中,它们属于某一位诗人,某一道令人难以忘怀的阅读风景,在不经意间唤起你的阅读记忆。

在台北,你会想起周梦蝶,想起他的这首诗:"那时将有一片杜鹃燃起自你眸中／那时宿草已五十度无聊地青而复枯／

枯而复青。那时我将寻访你／断翅而怯生的一羽蝴蝶／在红白掩映的泪香里／以熟悉的触抚将隔世诉说／曾经漂洗过岁月无数的夜空底脸／我底脸。蓝泪垂垂照着／回答在你风圆的海心激响着／梅雪都回到冬天去了／千山外，一轮斜月孤明／谁是相识而犹未诞生的那再来的人呢？"

台北永远属于这位一袭蓝衫马褂、终日默坐繁华街头礼佛习禅的诗人，属于武昌街明星咖啡厅门口那个专卖诗集的书摊。从台南到垦丁、高雄，南台湾的阅读记忆属于郑愁予，属于这位"寂寞的人坐着看花"的诗人。这是垦丁的记忆："每

夜，星子们都来我的屋瓦上汲水／我在井底仰卧看，好深的井啊。／星子们都美丽，分占了循环着的七个夜，／而那南方的蓝色的小星呢？／源自春泉的水已在四壁闲荡着／那叮叮有声的陶瓶还未垂下来。／啊，星子们都美丽／而在梦中也响着的，只有一个名字／那名字，自在得如流水。"这是台南的记忆："在一青石的小城，住着我的情妇／而我什么也不留给她／只有一畦金线菊，和一个高高的窗口／或许，透一点长空的寂寥进来／或许，而金线菊是善等待的／我想，寂寥与等待，对妇人是好的／所以，我去，总穿一袭蓝衫子／我要她感觉，那是季节，／或候鸟的来临／因我不是常常回家的那种人。"这是恒春的记忆："我从海上来，带回航海的二十二颗星／你问我航海的事儿，我仰天笑了／如雾起时，／敲叮叮的耳环在浓密的发丛找航路；／用最细最细的嘘息，吹开睫毛引灯塔的光。"

台湾南部仿佛是诸神流浪的地方，我从佛光山带回星云大师的《献给旅行者365日》，或许，多年以后这将成为另一种追寻台湾的阅读记忆。

2014 年 12 月 25 日

巴厘岛

一

从厦门直飞巴厘岛，5个小时的航程，傍晚时分就到了传说中的这个"天堂之岛"。早就听说过这句话："天堂很远，巴厘岛很近。"其实，我并不相信，在东南亚这些岛屿上会有天堂的存在。天堂之岛只存在于爱琴海的喃喃自语，存在于希腊诗人的歌吟中："我在天堂里划出了一个岛屿／你们全在上面／又在海上划出一幢房子／因为你才会梦想"。

我原本只是想去爪哇，去看看婆罗浮屠，那座被火山灰淹没了千年的"山丘上的佛寺"。刚好春节期间可以从巴厘岛转机到爪哇，于是，我从李昱宏《岛屿的旅行》中找到一条去巴厘岛的理由："巴厘岛的天空始终有风筝飞着，不管从哪个角度望去，一只只的纸鸢迎风摇着。那种随风飘荡的闲散似乎就是巴厘岛的最佳诠释。"从海神庙、乌布到金兰湾，走过荒废于荒烟蔓草之间的神庙废墟，穿行于巴厘岛拥挤和喧闹的街巷，一整天我都没有看见一只风筝，看不到"乡间的天空始终飞着几只风筝，巴厘岛的微风始终吹着，风筝就一

直飘到了堕落之前的那一刻"。更看不到"乡间的水稻田仿佛沉睡着,微风轻吹,它们偶尔才会醒来。日光下一圈圈的光线投在水稻细长的叶脉上。不远处,田埂上遍插着巴厘岛的彩色旗幡。蓝天的底蕴里停着几只风筝,一如往常"。

在我的眼里,巴厘岛仿佛是一个芳华已尽、浅笑依然的风尘女子。其实,它是一个不需要任何理由就可以飘然而来、挥手而去的地方。

2015 年 02 月 21 日

二

有人说,巴厘岛是诸神流浪的地方,神迹无处不在,岛上的人们时时刻刻活在神明的脚下。无论是喧闹还是寂静的街巷,"那些招幡无时无刻不在微风里飘着,那些优美的神塔每日映着夕阳,那里地面上的一草一花一露,似乎都是为了彰显造物主而生"。

巴厘岛人相信善恶相对。随处可见的庙宇通常有左右对称的石门,仿佛刀劈一样。门口两侧矗立着守护神,左右分别代表着善与恶,又被称为善恶门。每座庙宇的庭院都有几座小亭子,四根柱子上搭个茅草屋顶,构造十分简单。亭子里摆放乐器,这种亭子一般是乐团演奏音乐的地方。

在我看来,今天的巴厘岛,诸神已转身离去,婆罗浮屠才是神明栖息的故乡。这座神奇的"山丘上的佛寺",位于爪哇岛中部日惹西北默拉皮火山的一个山丘上,周围有四座火山。据说,婆罗浮屠修建于8至9世纪的夏连特拉王朝时期。15世纪后,随着伊斯兰教的兴起,佛教衰微,婆罗浮屠被废弃,1006年,默拉皮火山喷发和地震,婆罗浮屠被火山灰淹没,在丛林中沉睡千年,直到1814年,才从一片碎石和杂草中被重新唤醒。

婆罗浮屠是根据印度窣堵波而建,看起来有如一个立体的曼荼罗图案。寺庙由三层组合台构成,底层是五个同心正方形台叠加而成的锥体底座;中间是三个圆台组成的圆锥体;顶部是佛塔群。起意源于佛教密宗的坛城,分别代表着欲界、色界和无色界。台壁和回廊有大量的佛教浮雕,描绘了释迦牟尼下凡到成道的过程,以及《华严经》善财童子历参图、普贤菩萨行愿赞等。

作为世界文化遗产,婆罗浮屠一直被人们称为南半球最

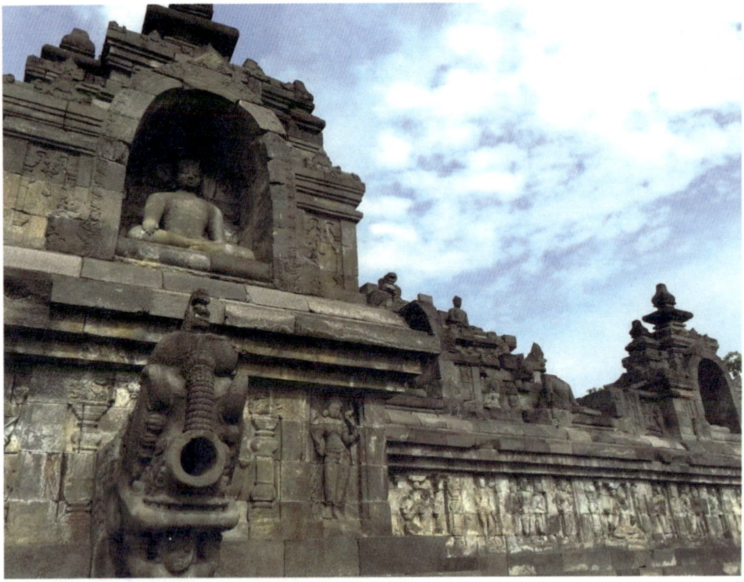

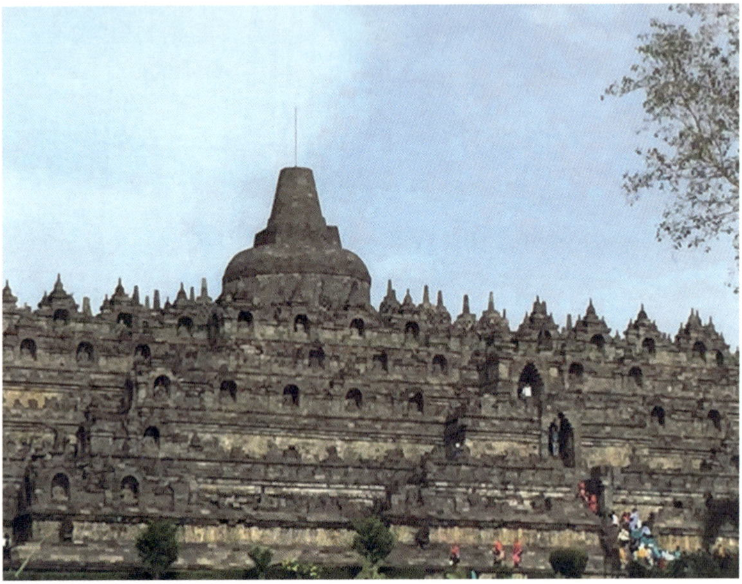

大、最古老和最壮观的古迹，与长城、金字塔和吴哥一起被誉为古代东方四大奇迹。从巴厘岛转机到爪哇，一个小时的航程。我们住的旅馆就在婆罗浮屠脚下。黎明时分，我们乘着夜色，踏过 262 级台阶登上塔顶，静静地等待东方日出，等待一座金色的婆罗浮屠。

2015 年 02 月 23 日

日惹的美

一

日惹的美，一半是壮丽，一半是凄凉，有如帕慕克笔下那种"废墟之美"，尘埃落尽而沧桑依然。是谁说过，"美景之美，在其忧伤"？这忧伤，来自普兰班南的落日。

当你漫步于乱草残石之间的普兰班南神庙，不能不感叹于它的纤美优雅，在一抹残阳落日下，拨开世间的浮尘，弥漫着一种岁月的忧伤。普兰班南神庙的建造时间比婆罗浮屠晚一个世纪，大约与吴哥属同一时代。

最初的普兰班南寺庙群由140座庙宇组成，模仿神话中众神居住的马哈穆罗山。精美的浮雕描绘印度两大史诗《罗摩衍那》和《摩诃婆罗多》的众神传奇。残存的三座塔形石砌陵庙，供奉着印度教湿婆、梵天和毗湿奴三大神。那些取材于黑色火山岩石的断壁残垣，依然雕刻着万物宁静的美好时光。同样的忧伤，来自婆罗浮屠拂晓时分的日出，闲云野鹤般在丘陵间飘来荡去。72尊佛陀一坐千年，双手结印、安然无语，置身于冷漠和遗忘之外。你可以追怀很久以前曾经的风华和孤独。然而，从来没有文字记录谁是婆罗浮屠的建造者,也没有人知道它究竟为何而建。婆罗浮屠既不像塔,也不像庙,既无圣迹供人瞻仰,也没有梵音吟唱、香火缭绕,更没有洒扫庭院的僧侣。

婆罗浮屠并非因为火山爆发被掩埋于火山灰、岩浆和野草莽林之中,与世隔绝。我更愿意相信,婆罗浮屠被遗弃,是因为伊斯兰教传入爪哇后,取代了佛教,夏连特拉王朝急剧衰亡,政治文化中心迁移至东爪哇。这是文明的忧伤。拂晓的阳光一次次穿越丛林,却难以唤醒沉睡的众神。

另一种忧伤,来自莫拉比火山的苦难记忆。莫拉比火山在南爪哇的火山中属于最年轻的一座,它是世界上最活跃的活火山之一,每两年都有一次小喷发,每十年有一次大喷发。

据载,1006年的火山喷发覆盖了整个中爪哇,导致信仰印

度教的马塔拉姆王国的毁灭。有人认为正是这一事件带来了神明的启示，为伊斯兰教登陆爪哇扫清了道路。离开婆罗浮屠，我们在营地换乘两部破旧的越野吉普车，在一片乱石瓦砾的废墟中颠簸着向山脚走去。午后的阵雨来得有些突然，天边不时传来几声令人惊悸的响雷。在山脚深坑处，留有当年的避难洞，许多人躲在洞里依然逃不出火焰的肆虐，被活活烧成一堆枯骨。由几件遗物简单搭起的火山纪念馆，你很难想起，1930年的火山喷发中，有13个村庄被毁灭，1000多人死亡。儿子不解地问我，为什么这些人不肯离开这个地方？

或许，每座火山顶上都有一个神明，为了它，这些村庄宁愿与哭喊的乱石野火为伍。"如果你不能种下一棵树，那就放上一朵花吧；如果你不能落下一块石，那就撒上一把海沙吧"，这应该就是一种神明的忧伤吧？

2015年02月25日

二

日惹是一座拥有数百年历史的古城，市内的苏丹皇宫仍住着苏丹王及其家属。日惹机场是爪哇三大机场之一，准确地说它更像是一个城乡接合部的长途汽车站，狭窄的过道，混乱的秩序，拥挤而嘈杂的人群。

从巴厘岛到日惹的往返航班总是延误，据报道，当地接连发生了多起狮子航空因延误被打砸的事件。不过你别无选择，马航不敢坐，亚航不能坐，只剩下狮子航空你不得不坐。除了航班时间错乱，舱内座椅破败、按键不灵，全程不供应任何饮料和食物，狮子航空至少能保证从一个地方飞到另一个地方。除了日惹的婆罗浮屠、普兰班南和莫拉比火山，爪哇这地方在我们的阅读记忆中，散落着许多历史的碎片，我们不应该感到陌生。

据载，爪哇之开始有华侨定居，可以追溯到两千年前的汉代。9世纪下半叶，也就是唐末黄巢起事时期，开始有成批的中国移民在印尼诸岛定居。宋代至元末明初，逐渐形成了相当繁荣的华侨社会。这些记忆显然过于遥远，我更感兴趣的还是郑和下西洋和建文皇帝流亡的故事，这个历史之谜居然和爪哇有着惊人的联系。其实，这也正是我到日惹的缘由之一。当年，郑和船队多次到过爪哇岛，登陆处就是现在的三宝垄市，它是爪哇岛的重要港口，因郑和最初在此登陆而得名。至今狮头山上仍留有三保洞、三保庙等遗迹，庙中香火不绝。

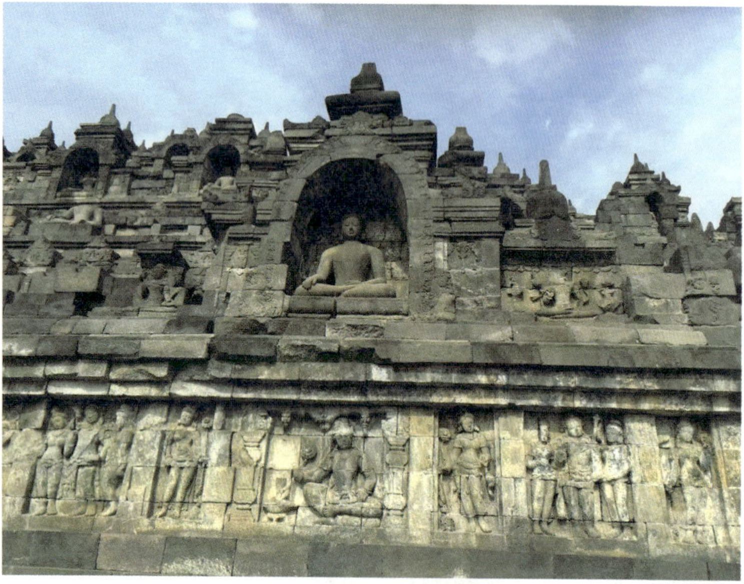

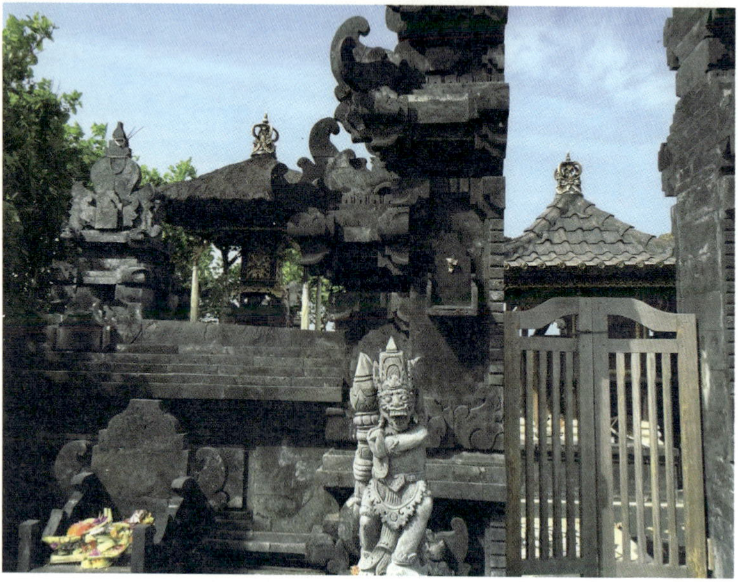

1430 年，郑和第七次，也是最后一次下西洋，历忽鲁谟斯等 17 国而还。在启程返航至古里时，63 岁的郑和去世。他的遗体原本准备运回国安葬，无奈气候酷热，船至爪哇时，只好将已经腐烂的遗体安葬在当地。还有一种说法，是郑和的副手王景弘，曾在此养病，晚年辞官南渡爪哇，埋骨处就在三保洞旁。这些传说并不见诸史料记载。我们只知道，郑和船队回到中国后，航海日志被销毁，宝船被拆解，朝贡体制也迅速崩塌，中国再也没有能力使西洋诸国向自己臣服了。有谁还记得，郑和向明宣宗上言时说过的这句话："财富取之于海，危险亦来自于海上。欲国家富强，不可置海洋于不顾。"

　　与此相关联的另一则历史秘案：建文帝于永乐元年流亡到泉州，在开元寺当和尚，不久搭乘阿拉伯航线的商船漂洋过海往印尼。后来船在广东搁浅，漂到海南岛。在崖州，曾有人看见过一艘破损的阿拉伯船，还有一位年轻人，相貌极

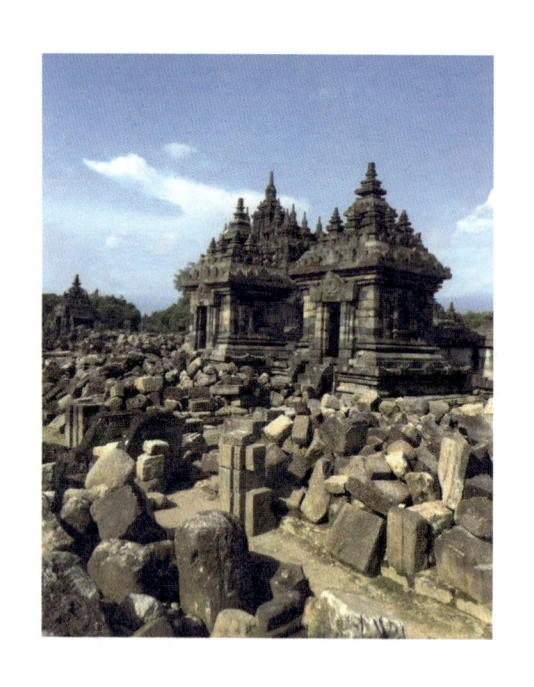

似建文帝。在苏门答腊东海岸，现在还有一个名叫巴眼亚比的华人小村。村民都姓洪，或与洪武年号有关。全村人只懂华语，不懂印尼语，一直着内地汉人衣冠，以捕鱼造船为业，所造之船皆保持中国形制。由此推断，那里可能是建文帝及其随从流亡之地。至今，在这个村子，每年农历五月十六，都要隆重祭祀皇爷，而这一天正是建文当年登基的日子。

2015 年 02 月 27 日

伊夫岛

伊夫岛，这座距马赛港只有两海里的地中海小岛，在我们这代人的阅读史中却有着不同寻常的记忆，因为这就是大仲马《基督山恩仇记》中，爱德蒙·邓蒂斯和法利亚神甫被囚禁的地方。

《基督山恩仇记》是我读过的第一部文学作品。还记得20世纪80年代初，我父亲的一位挚友从香港回国，问我父亲需要带什么东西。那时，家里什么都缺，人们通常带的是彩电、冰箱和音响，而父亲却让他带一套《基督山恩仇记》，一家人轮流着看。这套香港出版的上、中、下三册竖排本文学名著，迄今仍完好无损地保存在我的书橱里。那是一份怎样珍贵的阅读记忆啊！我弟弟听说我到法国南部，特意和我说："你一定要去那个岛上看看。"尽管我们的阅读岁月颇有慌张夺路之感，然而，茫茫大海中那个与世隔绝、插翅难飞的基督山伯爵之岛，始终是一处充满传奇色彩的神圣之地，一处江湖不死、正义仍在的信仰之乡。

刚出马赛港，从波光诡异的海面上远远望去，一座荒凉的石灰岩小岛就横在海中。悬崖峭壁上，一座中世纪风格的城堡凄然而立。城堡的角落处突兀着三个高低不同的炮楼，岛的西侧一座十几米高的灯塔，同古堡遥相呼应。伊夫堡的历史可以追溯到 1516 年。为了抵御邻国从海上入侵，当时的法国国王决定在进出马赛的水上要道上修建一座军事要塞，伊夫堡就此成为马赛第一座皇家堡垒。1580 年，骑士安瑟伦被控阴谋反对君主制，成为第一批囚犯关押于此。1658 年，路易十四在对异教徒的镇压中将伊夫堡变成囚禁新教徒和刑事犯的监狱。1685 年，枫丹白露敕令的颁布，废除了给予新教徒信仰自由的南特敕令，最终导致新教徒惨遭迫害，引发暴动。伊夫堡则成为新教徒的囚禁地。在长达两个世纪的时间里，有 3500 名新教徒先后被投入这里，或是处死，或是锁上铁链送往别地做苦役。1871 年，马赛公社的叛乱者们也被囚禁于此。伊夫堡的最后一批囚犯是第一次世界大战中被俘的德国人。

　　走进城堡，石墙上到处布满了囚犯们的涂鸦。在用石头堆砌成的中庭院墙上，散布着近百处 1848 年的纪念雕刻，这是当年被关押的暴动者的涂鸦。在南面墙上是 1962 年落成的纪念新教徒受难于此的纪念碑。在走廊尽头的拐角处，曾被用作仓库和军营的集体牢房，留有 1848 年马赛公社纪念雕刻的涂鸦本模型。曾被用作火药库的地方，也被称为爱德蒙·邓蒂斯牢房，牢房拱顶上挖出的洞与邻近地牢相通。地牢是被称为法利亚长老的囚室。透过栅栏，可以看到旧时用于绞动城堡入口大门铁栅栏的木制绞车，这是铁面人的皮索。在粉红色石灰石平嵌线下面，还残存有马木桩，这些平行放置的

木桩是为了防止囚犯越墙逃跑。从低矮的护墙边，可以看见那些暗礁，上面的航标指引着东部港口的航道。从圣若姆塔可以看到 20 世纪的灯塔，更远处，是建有马赛守护神圣母院的山岗。近在眼前的另一个小岛，则是当年囚禁麻风病人的地方，在福柯《古典时代疯狂史》中，我们可以阅读到另一段让人忧伤的历史。

2015 年 06 月 28 日

车过阿尔

车过阿尔,又怎能错过梵高?1888年2月至1889年5月,梵高在这个小镇度过了他生命中最凄美的岁月。欧文·斯通《渴望生活》笔下的阿尔小镇就像一条万花筒似的瀑布,直泻到罗纳河边。对岸的特兰凯塔耶有如一座着色的城市闪烁着。屋顶组成了一幅纵横交织的图案画。红瓦的屋顶经过烈日不断的烘烤,变成五光十色,从最亮的柠檬黄和优雅的贝壳红,到刺眼的淡紫和土黄。

站在山顶上,满眼是乡野的色彩,处处杏花怒放。而天空是那么蔚蓝,一种深沉而无情的蓝色,简直完全不是蓝的,而是毫无颜色。当年,梵高曾经梦想着在这里建立一个艺术家聚居区,但只有和他一样穷困潦倒的高更来到这里,和他一起度过了一个疯狂的春天。梵高在阿尔画了200多张油画,其中,《红色葡萄园》是他在生前卖出的唯一画作,售价400法郎(约合50欧元)。走进阿尔,眼前的小镇却完全不是我们阅读记忆中迷恋的那个小镇,那个令梵高眼中塞满了炫目的光亮、澄明而静谧的小镇。狭窄而拥挤的鹅卵石街道,杂乱

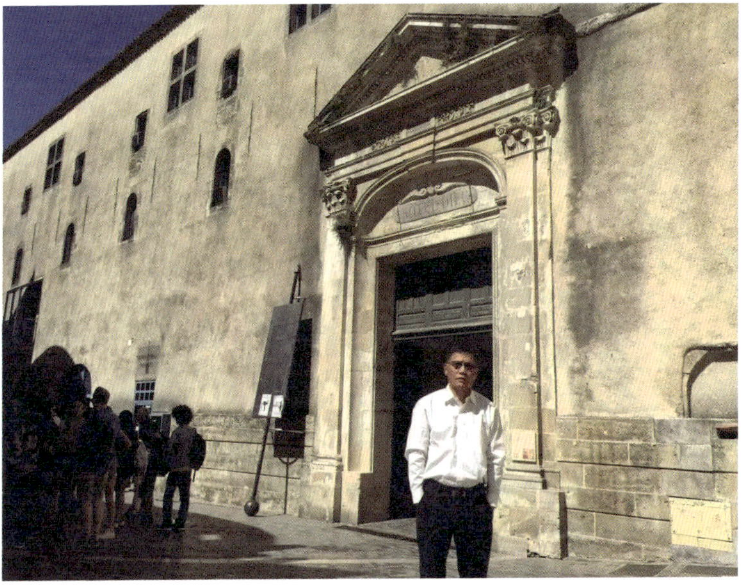

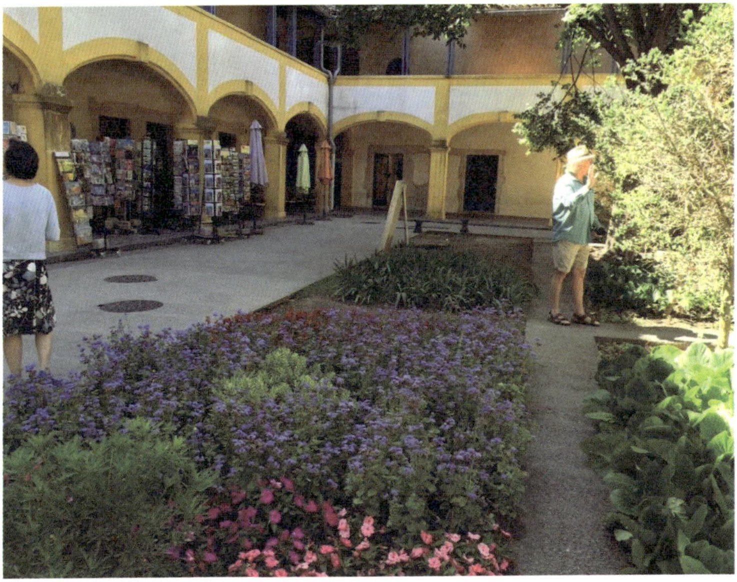

无章的新旧建筑，嘈杂而喧闹的咖啡馆，水果摊和各种兜售旅游纪念品的小商店，店里的老者一口咬定梵高是死于阿尔。

实际上，梵高是被他的邻居联名控告，送进精神病院强迫治疗的，后来又被迫离开阿尔。同年7月，在另一个叫作奥维的小镇，梵高将一把当地农民常常用来惊吓和赶走乌鸦的霰弹枪，射向自己。6个月后，几乎在同一天，他挚爱的弟弟西奥也陷入精神崩溃，举枪自尽。什么都不见了！没有麦浪翻飞的落日田野，没有燃烧的向日葵和孤独的丝柏，甚至也没有飞扬的群鸦。那座位于拉马丁广场的"黄色小屋"早已毁于二战战火。只有阿尔医院的灰色泥土外墙和当年梵高在这里时大致相同。

这是一幢四边形的两层楼房，中间是院子，栽满了五颜六色的野花和羊齿植物，石子小径通向四周，黄色和蓝色相间的长廊面向庭院和圆池。此刻，那个叼着烟斗、眼神平静的画家正孤独地穿过院子的小径向我们走来，走进岁月凝固的记忆。

2015年06月28日

普罗旺斯

行色匆匆，准确地说，我只是路过普罗旺斯。我们的车子在半路上搁浅，一辆红色的拖车阴差阳错将我们拉到了一个叫作"朗格多克"的村庄。据说，想感受普罗旺斯的真正魅力，需要走进麦田深处的小村庄里，那些石头铺就的小路。周围是一望无际的金色麦田，向日葵、葡萄树、橄榄树和梧桐树，空气中弥漫着薰衣草、百里香和松树的味道。

那一年，一个叫作彼得·梅尔的英国人带着妻子和两只爱犬，听从心灵的呼唤，向过去挥手告别，来到这里。他们神游于乡村集市和葡萄园间，梦想着在洒满床头的阳光中悠然醒来。他们的房子地处两个中世纪乡村之间一道土径的尽头，两旁是樱桃树和葡萄园。原先只是一所随意搭建的农舍，后来逐渐扩建成一栋外形不甚规则的三层建筑。墙石历经沧桑，显出一种近乎浅灰与明黄之间的颜色，房子后面是带围栏的庭院，房前屋后共有三口水井，掩映在遮天蔽日的庭荫树和挺直的翠柏下。远处则是用白石板铺就的游泳池，一丛丛迷迭香和一棵高大的杏树。午后，树影筛出的阳光斜进半开半

合的木制百叶窗，如同半梦半醒的眼波。梅尔的石屋背倚吕贝隆山，这里生长着终年繁茂翠绿的杉树、松树和胭脂栎。岩石间开满野花、麝香草和薰衣草，还有蘑菇藏匿其中。山里终年静谧无人。晴空万里的好天气，可以看到山的一侧是阿尔卑斯雪山的绮丽风光，另一侧是地中海的一片宽广蔚蓝。

一栋农舍，一片葡萄园，一颗逃离都市的心灵，梅尔就这样开始在普罗旺斯寻觅安宁。后来，他根据自己的这段生活经历，写了几本书：《普罗旺斯的一年》《永远的普罗旺斯》《重返普罗旺斯》。在梅尔笔下，普罗旺斯已不再仅仅是一个洒满阳光的山谷，或者麦浪翻飞的村庄，更代表了一种简单的生活方式，一种去留无意、闲看花开花落的人生信念。

2015 年 06 月 29 日

腾　冲

一

早春的腾冲，乍暖还寒，"春寒料峭元无事，知我犹藏一布衫"。想象中这座远山苍茫、万家坡坨的滇越古城，却多少有些令人失望。腾冲在西汉时称滇越，这里曾是马帮重镇，古代川、滇、缅、印"西南丝绸之路"的必经要地，历代都派重兵驻守。明建有石头城，称为"极边第一城"。如今，我们更多的只能从阅读记忆中，去寻找隐藏在极边之地的村落传说。

走进和顺古镇，无非有着一般小镇的景色，一湾碧水绕村而过，稻田和黄花间错落着几座祠堂、牌坊、照壁。从东到西，围绕着小坝子环山而建的民居疏疏落落，渐次递升，绵延两三公里。据说，小镇有1000多座明清之际的传统民居。从这些依山傍水、粉墙黛瓦的建筑中，依稀可辨徽派文化的底蕴，透出一丝丝垂柳拂案、绿影婆娑的明清记忆。

和清远、屯堡这样一些散落在崇山峻岭之间的汉族古镇一样，和顺的历史起源于明初的屯边。史载，明洪武年间，朱元璋派大将蓝玉、沐英率兵入滇，事平，40万大军永不还朝。

当地汉族大多都是那个时期到云南从事军屯和民屯的四川人、江南人和中原人的后代,镇上还保留有风格各异的八大宗祠。

  彼时,朱元璋手下的另一位大将周德兴正在东南沿海筑城以抗击倭寇。我的家乡历史就是从那个时候开始的,不过,厦门城还未修筑完成,周德兴就被朱元璋诛杀。而沐英却幸运得多了,或许,因为云南距京城山高皇帝远,边境之地且多战乱,沐英一族得以世代相袭,安然镇守边城小镇。作为沐英部下的和顺五姓祖人,亦得以袭官授田,聚居"阳温敦村",也就是今天的和顺古镇,大概是取"士和民顺"之意吧。

2016 年 02 月 10 日

二

　　雨后的国殇墓园显得格外清冷，庭院里，两株怒放的茶花平添了几许令人胆寒的凄美。循石级而上，忠烈祠内正面为孙中山像和总理遗嘱，两侧墙体镶嵌着阵亡将士题名碑石，共 9618 人。忠烈祠后的圆锥形小山坡，自下而上小碑林立，碑下葬有阵亡官兵骨灰罐，墓园大门一侧筑有收埋日军尸体的"倭冢"。坡顶上，苍松翠柏，青草黄花，孤寂地相伴 3168 座排列整齐的碑石，每块碑石上刻有当年阵亡将士的姓名。

　　滇西抗战纪念馆始建于 1944 年，关于腾冲的这段历史，我最初了解自黄仁宇的《缅北之战》。1943 年的春天，黄仁宇作为一名前线观察员和战地记者，写下了他的第一本书。"军人的生活像一团梦，整个人生的生命又何尝不像一团梦。"多

年以后，黄仁宇回想起这段岁月，他说，每天都有人被炸断腿，头颅大开，胸部被打穿，尸身横在路边，无人闻问。他看到的人类痛苦不知凡几。但是，当死亡不过是一瞬间的事，而生命降格成偶然的小事时，个人反而从中解放。

战争带领人们进入生命中稍纵即逝的重重机会及无比神秘之中，无可避免会引起各式各样的情绪及感怀。黄仁宇写道："一个日军大尉的尸体歪倒在桥下，头浸在水内，旁边的树枝上晾着泡湿的地图和一本《英日字典》。我发现死者和我有许多共通点，属于同样的年龄层，有类似的教育背景。在死前一天，他还努力温习他的英文。谁敢说他不是大学学生，脱下黑色的学生装，换上卡其布军装？他在长崎或神户上船，经过香港、新加坡、仰光，长途跋涉的最后一程还要换搭火车、汽车、行军，最后到达在他地图上标示着拉班的这个地方，千里迢迢赴死，喉咙中弹，以残余的本能企图用于护住喉咙。在孟拱河谷这个清爽的四月清晨，蝴蝶翩翩起舞，蚱蜢四处跳跃，空气中弥漫着野花的香味，而这名大尉的双语字典被放在矮树丛上，兀自滴着水。"

我们同样不会忘记，十万中国远征军入缅作战，最后失败的结局竟是三万余人饿死、病死在缅北丛林中，活着出来的不足一半。

缅北那片曾经是野人出没的莽莽丛林，经过风雨侵蚀，岁月消磨，坟包平了，深埋在枯枝落叶之下，甚至从坟穴中蹿起了一棵参天大树。真正的墓地是不需要碑记的！滇西抗战纪念馆的展厅前，中国远征军使用过的各式各样的头盔，

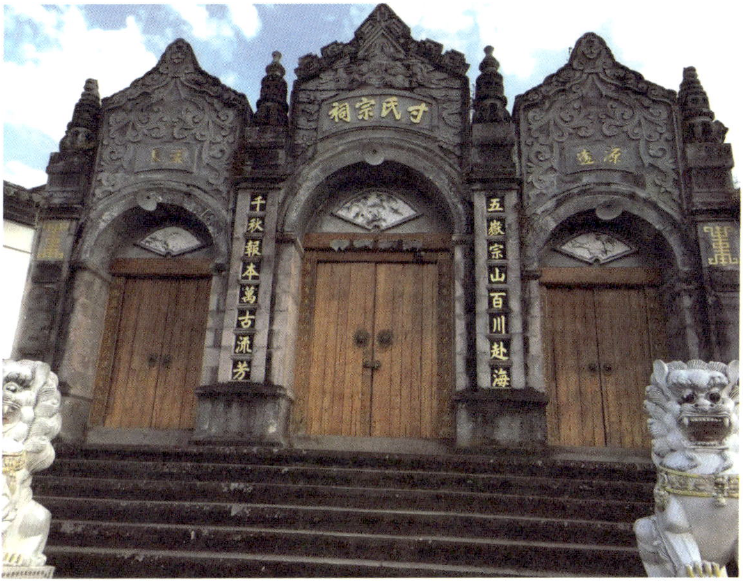
寸氏宗祠
千秋報本萬古流芳
五嶽宗山百川赴海
源遠

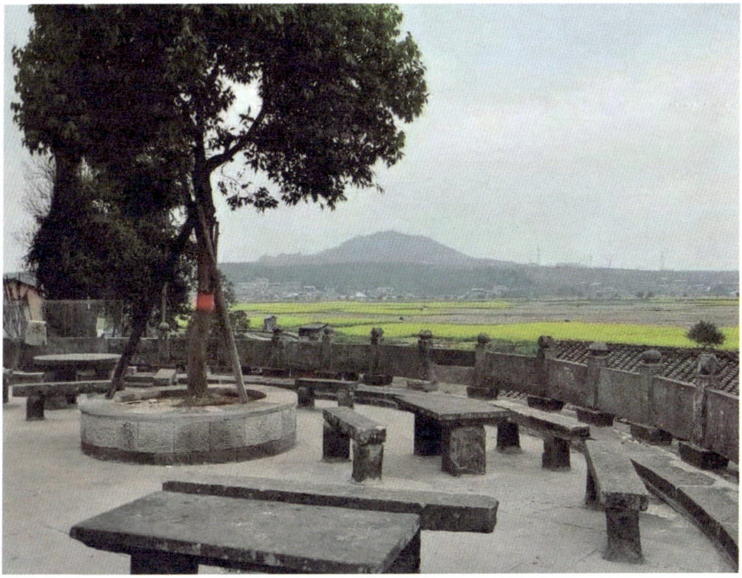

嵌满了四周的墙,这些钢盔足足可以装备一个团的士兵。站在墙前,这段历史又怎么能不令人悲欣交集!

2016 年 02 月 14 日

三

在滇西抗战纪念馆,最令人震撼的并不是密密麻麻的墓碑和满墙的钢盔,而是一封信,这封信被刻在一块破旧的石碑上。写信人叫作张问德,前朝秀才,参加过国民革命,当过龙云的秘书、腾冲县参议会议长和两个县的县长。然而,如果不是因为这封信,没有人会想起这位小人物。

1942年夏天,日军沿滇缅公路直抵怒江,占领腾冲。此时,驻守腾冲的行政长官和军队、警察已全部逃跑。战火之下,

民众只好自主推举已退休在家的张问德担任县长这份苦差事，此时，张问德已经62岁，白发苍苍，一副弱不禁风的瘦小模样，却六渡怒江，八过高黎贡山，率领民众，扛起抗日大旗。1943年8月，占领腾冲的日军头目田岛寿嗣给张问德写了一封信，这封据说由一位汉奸之父执笔写的信倒也不乏旧学修辞，一脸诚恳的口吻："此次捧檄来腾，职司行政，深羡此地之民殷物阜，气象雍和，虽经事变，而士循民良"，"惟以军事未靖，流亡未集，交通梗阻，生活高昂，彼此若不谋进展方法，坐视不为之，所固恐将来此间之不利，其贵境如未见为幸福，徒重困双方人民，饥寒冻馁，坐以待毙而已，有何益哉？职是之故，岛甚愿与台端择地相晤，作一度长日聚谈，共同解决双方民生之困难问题。"

张问德从山沟林莽中回了一封信，这封只有870个汉字的信，就是著名的《答田岛书》。信开宗明义："来书以腾冲人民痛苦为言，欲借会晤长谈而谋解除。苟我中国犹未遭受侵凌，且与日本能保持正常国交关系时，则余必将予以同情之考虑。然事态之演变，已使余将可予以同情考虑之基础扫除无余。"这段文字，分明是"国书"笔法。"古之君子，交绝不出恶声"，在历数日军对腾冲百姓所犯罪行之后，张问德凛然写道："余愿坦直向阁下说明：此种痛苦均系阁下及其同僚所赐予，此种赐予，均属罪行。由于人民之尊严生命，余仅能对此种罪行予以谴责，而于遭受痛苦之人民更寄予衷心之同情。"

感慨之下，还是静静地读完这封信吧："以余为中国之一公民,且为腾冲地方政府之一官吏,由于余之责任与良心,对于阁下所提出之任何计划,均无考虑之必要与可能。然余愿使阁下解除腾冲人民痛苦之善意能以伸张,则余所能供献于阁下者,仅有请阁下及其同僚全部返回东京。使腾冲人民永离枪刺胁迫生活之痛苦,而自漂泊之地返回故乡,于断井颓垣之上重建其乐园。则于他日我中国也不复遭受侵凌时,此事变已获有公道之结束时,且与日本已恢复正常国交关系时,余愿飞往东京,一如阁下所要求于今日者,余不谈任何军事问题,亦不携带有武器之兵卫,以与阁下及其同僚相会晤,以致谢腾冲人民痛苦之解除。""苟腾冲依然为阁下及其同僚所盘踞,所有罪行依然继续发生,余仅能竭其精力,以尽其责任。他日阁下对腾冲将不复有循良醇厚之感。由于道德及正义之压力,将使阁下及其同僚终有一日屈服于余及我腾冲人民之前,故余谢绝阁下所要求之择地会晤以作长谈,而将从事于人类之尊严生命更为有益之事。痛苦之腾冲人民将深切明彼等应如何动作,以解除其自身所遭受之痛苦。故余关切于阁下及其同僚即将到来之悲惨末日命运,特敢要求阁下作缜密之长思。"

距离《答田岛书》仅仅一年又两天,中国远征军收复腾冲。张问德随即挂印而去。

2016 年 02 月 15 日

四

想去松山,完全是因为余戈的《1944:松山战役笔记》。"读了这部书,你才会了解,人,可能疯狂到何种地步,也

可能英勇到何种程度。"当年，日军曾将松山阵地称为"东方马其诺"。为修筑松山阵地，日军拉来几千民工，把山头都掏空了，地面三层，地下三层。最后，还将参与修筑工事的民工全部活埋灭口。正因为有了如此坚固的阵地，日军官兵都陷入某种谵妄状态。

松山战役的最后一幕，日军指挥官真锅邦人大尉，将军旗挂在肩上，挥动着军刀，独自一人发起了"死亡冲锋"。中国远征军发动了10次进攻，最后通过挖坑道，埋进10吨炸药，把松山主峰整个掀起。浓烟散去，中国军队登上山顶后，日本人什么也没留下，只留下两个深20米、宽50米的大土坑。后来，有人听到日军广播说，天皇颁布诏书，松山3000名皇军将士全员覆没，举国哀悼。战斗结束后，整个战场一片死寂。

李弥少将仿佛自言自语地低声问道："你们还恨这些日

本兵吗？""不恨。"参谋们齐声应道。"我现在感到与这些对手作战很光荣，这是军人的幸福。"李弥声音有些哽咽。他没有称这些日本兵为"敌人"，而是用了"对手"这个词。后来的战事证明，日军以留守的千余人，居然坚守松山达3个月之久，让中国远征军付出7000余人伤亡的惨重代价。

日本人认为，在第二次世界大战亚洲战场上，只有3次是他们所说的"玉碎战"，也就是日本人被全部消灭的战役，它们分别发生在滇西的松山、腾冲和缅北的密支那。这3个地方都是中国人打下来的。有人说，14年抗战中国是"惨胜"，松山战役可以说是一个缩影。是谁说过，"美景之美，唯其忧伤"，我最后还是没能去松山，没能去看看那个"在中国最无名的地方发生的最有名的战役"的遗址。

在这个春天，腾冲留给我们的，并不仅仅是血色的记忆。在界头梯田，满山遍野的油菜花，让人想起叶芝的诗："早晨是一片闪亮，中午是一片紫光，傍晚到处飞舞着红雀的翅膀。"在那个叫作"马锅头人家"的庭院烧烤，你会想起辛弃疾的词："八百里分麾下炙，五十弦翻塞外声。"

在银杏村，那些褪尽铅华的枝丫依然秀丽，默默等候着季节里的容颜。树下的农家小院，依然透出暖暖的阳光。那不知被人遗忘在何处的马帮大院，小镇深处的艾思奇纪念馆，到了秋天才一片姹紫嫣红的湿地公园。

这个春天，在腾冲，我们仿佛错失了很多。

2016年02月17日

昆　明

农历乙未九月，我在昆明。不知不觉已是深秋时节，从西伯利亚南迁过冬的红嘴鸥来得比往年都早，预示着又一个寒冬将临。"高鸟黄云暮，寒蝉碧树秋"，五百里滇池早已物是人非，大观楼前空留下百字长联，阵阵寒意中，依稀还记得"尽珠帘画栋，卷不及暮雨朝云；便断碣残碑，都付与苍烟落照。只赢得几杵疏钟，半江渔火，两行秋雁，一枕清霜"。

云南自古多悲秋之地。云南电视台的同行告诉我，就在离我下榻的酒店不远处，就是当年永历皇帝殉难之处。走过一段斜坡，清冷的马路边一方僻静处，寂寞地立着一块石碑，青石质地，高不到两米，碑文楷书刻着："明永历帝殉国处"。这难道就是传说中的"逼死坡"？那座幽幽怨怨的金蝉寺到哪里去了呢？有谁还能想起那段"寒蝉凄切，对长亭晚，骤雨初歇"的悲情岁月？

1644年农历三月十九日，崇祯皇帝在煤山那棵歪脖子树上吊自杀后，明朝就算灭亡了。而事实上，崇祯亡国，明未亡也。在此后近20年间，南方各地朱元璋的后裔纷纷打着明朝的旗号进行抗清，苦苦支撑着摇摇欲坠的乱世王朝。明朝的正统帝系一直由南明所延续。

1644年在南京建立的弘光政权，尚辖有长江以南的大片土地，比南宋的面积都大。弘光政权和此后在福州建立的隆武政权，各坚持了一年多时间。而南明诸帝中，在位时间最长，活动地域最广，经受苦难最多，朝臣忠奸善恶最为分明的，就是眼前这座石碑的主人永历皇帝。

1662年三月，永历皇帝及其家属被从缅甸押回昆明后，就囚禁在昆明篦子坡头的金蝉寺内。那时的金蝉寺树木繁茂，风景优美，寺观林立。从远处看，山坡地形很像妇女梳头的篦子。

据说，清廷核准处死永历皇帝，行刑前吴三桂主张拖出去砍头，而清将领却认为，"永历尝为中国之君，今若斩首，未免太惨，仍当赐以自尽，始为得体"；或主张"一死而已，彼亦曾为君，全其首领可也"。于是，这个叫作朱由榔的永历皇帝连同他的儿子被抬到门首小庙内，用弓弦勒死。南明最后一帝至此烟消云散。在他之后，再没有那个叫作明朝的王朝了。

2016年02月22日

里约奥运会

一

启程的时候，心情还是有些忐忑不安。此前关于里约奥运会的种种传闻，弥漫着一道道挥之不去的阴影。尽管我们的团队参加过北京奥运会、广州亚运会，但那毕竟是在家门口，如此规模的出国转播还是第一次。从广州经迪拜转机里约，30 个小时的飞行时间。

27 人的团队有的从香港，有的从阿姆斯特丹，有的从曼谷，分成 7 组陆续出发。我们到达里约已是当地时间下午 3 点，从机场到奥运媒体村，一路上一点也感觉不到想象中的奥运气氛，没有迎风招展的彩旗，没有铺天盖地的宣传海报和广告，里约人最喜欢的涂鸦依旧随处可见，破败的马路和临时用脚手架搭建的人行天桥，一切都再平常不过，仿佛我们是来参加一场婚礼或同学聚会。只有在机场大厅和门口那些荷枪实弹的巡警，沿途十字路口和立交桥下遍布的军车和士兵，平添了几许令人担忧的气息。

奥运媒体村就在一处云雾缭绕的山谷里，寂静而荒凉。

我们到达这里时，天空阴云密布，渐渐地下起了小雨。

2016 年 08 月 09 日

二

　　一切并非传说中的那样糟糕，一切的糟糕也并非传说。媒体村内新落成的公寓装修极为简易，看起来都像是从淘宝买的廉价设施和家具，倒也基本可用，不必自己动手修理。狭小的房间连张写字桌都放不进，进出得格外小心。冰箱、微波炉是有的，空调还是窗式的，开起来有一种远古的洪荒之声。蚊子是有的，但屈指可数，咬法一般。最难受的是加了大量漂白粉的自来水，且不说泡茶变成另一种味道，每次洗澡后，整个房间弥漫着刺鼻的消毒味道，久久不散。餐厅就在公寓楼前的空地临时搭盖，供应免费的早餐和付费的晚餐。

这是一届颇显羞涩的奥运，很多设施都是临时搭盖和改建的，但这并不影响巴西人欢天喜地地为奥运载歌载舞。位于著名的里约沙滩边的沙滩排球馆，完全就是用裸露的铁架搭建起6层多高的看台。我们负责转播的羽毛球馆原本是会展中心，观众看台也是临时搭建的，运动员开始入场训练时才发现比赛场地居然高低不平。组委会连夜叫来工人把地板全部掀起翻新，所有的摄像机位和线缆又得重新布置。

有谁说巴西人工作效率低呢？他们也是尽了洪荒之力。从驻地到羽毛球场馆，15分钟路程，神一样的司机每次都会开错路。在去往赛艇比赛场的路上，远远地望见依山而建、

密密麻麻的贫民窟。苍穹之下，仿佛有一种同情的目光正在凝视着这座叫作里约热内卢的城市。

2016 年 08 月 10 日

三

从前，金牌几乎是我们对奥运的唯一理解，也是世界对中国的认识。里约奥运会，让我们感受到的更多的却是一个国家的文化颜值。它不仅来自赛场，也来自志愿者、赞助商、电视转播和其他服务供应商。

一到机场，我们就认识了一位叫作吉瑞的西班牙志愿者，他用熟练的中文说他参加过北京奥运会，喜欢重庆火锅和云南的过桥米线。在羽毛球馆，我们还见到一位来自河北医高专的女大学生，她是通过网上报名，自费来里约当志愿者。来自世界各地的里约奥运志愿者，统一穿的是中国企业提供的品牌服装。

在里约奥运会，世界开始感受到越来越多来自中国的文

化颜值，华为提供了通讯和传输服务，格力提供了空调，中国高铁提供了铁路交通。在新闻中心，我专程拜访了江和平总监和丁文华总工程师，参观了央视奥运转播中心，整整一层、超过 1000 平方米的奥运直播场所，近 400 人的奥运直播团队。这还不包括参加 OBS 电视公共信号制作的团队。然而，中国运动员参加了全部奥运项目，而我们的电视转播只能承接体操、羽毛球和乒乓球 3 个项目的公共信号制作。而且，所有的设备、关键技术流程都来自美国。

什么时候，在奥运的天平上，中国的文化颜值能够比金牌更重、比海沙更沉呢？

2016 年 08 月 13 日

四

8月的里约已然是早晚凉爽的冬季,街道边的树木随意开放着红色、黄色、白色和紫色的花朵,树下却不见我们所熟悉的中国游客成群结队的喧闹情景。我不知道,中国人是否对这片土地依然陌生?其实,里约奥运开幕式中红色风帆飘飘的那一幕,让稍懂历史的中国人多少有些难以释怀。

1810年,为了在地广人稀的殖民地大面积种植咖啡和茶,逃亡到巴西的葡萄牙王室贵族派人潜入广东、澳门招募了400多名种茶华工。这些华工大部分病死在南美酷热的气候中。据说,为了纪念他们,后来的巴西国王在里约建造了一座六角形的"中国凉亭"。我不知道,这座亭子是否依然还在。1905年,为了开发亚马逊平原,巴西国王再次向清政府提出引进华人移民的请求,却遭到了清政府的拒绝,理由是天朝的臣民如何能迁往"蛮夷之国"?华人入海,非奸即盗,一律视为"浪民",捉到就地斩首。

相反,日本却在1925年到1941年,先后向巴西移民10多万人。经过数代繁衍,其人口已超过数百万人。当年,流亡海外的维新派领袖康有为曾忧虑中国人满为患,只有巴西可以移民,主张"若迁民往,可以为新中国"。历史终归是一声长长的叹息。

2016年08月21日

槟城记忆

一

槟城是个很容易让人想起家乡的地方。这座位于马六甲海峡的小城有着许多和我家乡一样美丽而相似的身影,有如一位远嫁他乡的闽南新娘,清风拂面,回眸一笑,依然可以看见往昔的丰华容颜。

在槟城,无论是脚踏式三轮车经过的中式店屋,空气中弥漫着袅袅青烟的华人庙宇,还是百年前南洋华人富贾张弼士的"蓝屋",从挑担剃头匠出身变成银行家叶祖意的故居,虽历经数代,其闽粤之风,一望而知。尽管槟城早期的历史鲜有记载,但至少可以追溯到15世纪,中国的航海家首先知晓这个岛屿的存在,迄今海边还有郑和庙,以及被奉为神明的郑和巨石脚印。或许因为早期岛上遍地生长着槟榔树,便将其称为槟榔屿,但那时似乎无人定居。这时期,我的家乡叫作"中左所",不过是一座不足百名兵士守护的军事城堡。历史上,槟城是亚欧两部分之间的水路,坐落在亚洲大国及殖民帝国的交界处,是通往欧洲及中东的贸易出口。

1826年，槟城一度成为海峡殖民地的都会城市，直到后来被更为繁荣的新加坡取代。此后，槟城渐渐遭到当地人遗弃，也几乎被世人遗忘。然而，很多人并不知道，100年来槟城对中国的影响。19世纪中期，槟城在对中国的鸦片贸易中扮演了重要角色，这项贸易的收入占据整个殖民地财政收入的一半以上。在18世纪末和19世纪初，槟城曾是当时世界上最繁荣的港口之一，源源不断涌入的移民，沿着海水晃荡的岸边，建起了一排排水上高脚屋。

　　如今，这些高脚屋和栈桥已残败不堪。夕阳下，依稀可见靠岸的渔船、在家做饭的主妇和四周奔跑嬉戏的小童。

2017年01月31日

二

　　槟城又是个很容易让人忘却家乡的地方。漫步在槟城的大街小巷，你随处都可以凭借电影场景般的景致，感受到这座小城极其热烈而混合的多元文化气息，常常不知自己身处何方，从哪里来，到哪里去。或许你会想起伊斯坦布尔，想起帕慕克笔下那座充满"呼愁"的缤纷之城。你可以在小印度看到中式庙宇，也可以在唐人街发现回教教堂。在每一处街角，东西风格混搭的商店橱窗里展示着精美的金线刺绣丝绸，印度咖喱、辛辣的马来风味和中式面馆一字排开。街边墙面上那些充满想象力的壁画，据说出自年轻的立陶宛艺术家之手。

　　终年包围在烟雾缭绕之中的华人庙宇，不远处的清真寺正在召唤着午间的祷告者。大多马来清真寺都是摩尔式的尖塔，而位于乔治城最古老甘榜地区的亚齐街回教堂，却有着与众不同的埃及式尖塔。作为标志性国家建筑的极乐寺，是马来西亚最大的佛教寺庙。奇怪的是，塔高7层的万佛塔，它的设计风格却是缅甸式塔顶、中国式塔底，中间却是泰国式的，

而最高点则矗立着一尊高达36.5米的青铜观音像。

槟城华人人口密度为大马之首,槟州是马来半岛上马来裔不占大多数的唯一州属,这让槟城得以成为中国海外宗祠建筑最为集中的地方之一。百叶窗、彩色玻璃窗和精美的地砖,集中体现了那个时代富有的海峡侨商所推崇的混合建筑风格。在侨生博物馆,每一扇门、每一堵墙及拱门上都有刷上一层金箔的雕饰。偌大的房间摆放着镶有珍珠贝的中式木制家具,色彩鲜艳的油画和身着华服的家族黑白照片使得墙面陡生一道岁月的记忆,尘埃落尽而沧桑依然。正是这种多元而独特的建筑风格和文化景观,使得槟城被联合国教科文组织列为文化遗产。

不过,如果你要寻找那个记忆中更为遥远的槟城,或许你只能到甘榜浮罗勿洞这样偏僻的小渔村,那里有令人赏心悦目的甘榜式房屋,孤寂的码头停靠着五颜六色的渔船。

2017年02月01日

三

槟城最让我念念不忘的就是龙山堂的族谱,那是我母亲家族的族谱。它静谧地隐身于异国他乡,守候着一个家族的前世今生。

在19世纪中叶和20世纪中叶,槟城涌来了大量中国移民,他们大多来自我的家乡以及周边的闽南地区。华人习惯于依姓氏群聚,通过血缘、地缘和姓氏关系,陆续形成五大姓氏公司及其宗祠。影响最大、也最为壮观的一个宗祠,就是龙山堂邱公司，又称邱氏会馆。1851年，也就是清文宗咸丰元年，来自闽南海澄的邱姓族人在槟榔屿的椰脚街创立龙山堂。1853年，也就是道光乙未年，当时在槟榔屿从事贸易的邱氏族人很多，联合捐资向英商手中购得现在这个地方，建立龙山堂宗祠。

据说，龙山堂所有建筑材料均来自闽南家乡，由闽南工匠设计施工，风格与闽南晚清祠堂完全一致。正面竖立镂空的石雕龙柱，步口檐下的吊筒、斗拱等木雕贴有金箔，在祠堂门廊及各个楼阁亭子均有精美石雕。祠堂内分成两排的36尊守护神像，墙上装饰有精美的壁画，展示了闽南乡俗庆寿、婚礼等场景。屋脊上更是布满神仙、鲤鱼跃龙门等各种形象的华丽瓷雕。祠堂内展示着我们从小熟悉的闽南日常生活用品。龙山堂面对崇山，外环沧海，门口的大镜广场，族人们在此举办迎神赛会、冠婚庆典、岁时祭祀。

广场四周有戏台和24幢店屋，这些店屋最早只限用于来自海澄县三都境新江社同乡的邱姓族人。邱氏家族已经繁衍了25代，族谱说明："槟城龙山堂及其派下之文山堂和敦敬堂的邱氏族人，皆源自中国福建省漳州府海澄县三都新垵保新江社。现为中国福建省厦门市海沧区新垵村。"

走出龙山堂，回头一望，祠堂上方耀眼的纸灯笼，门楣上悬挂的红绸带，让我想起故乡的晚霞，想起那个暮色下炊烟袅袅的小渔村，以及村口榕树下那个相视一笑、远嫁他乡的新娘。

2017年02月02日

四

从槟城到闽南那个叫作新垵的小村庄，我不知道，一份族谱能够读懂多少岁月的悲欢离合。我还记得2013年那个炎热的夏天，我妈妈93岁的姐姐带着三个女儿，从她居住的马来西亚回到了阔别65年的家乡新垵村。

妈妈说她的姐姐年轻时很漂亮，娇小玲珑，一副殷实人家小姐的气质。20岁那年，她嫁给了邻村一户人家，丈夫新婚4个多月就远走南洋。不久，她坐了十天十夜的船到槟城找到了她年轻的丈夫，从此就再没回来过。阳光下的故乡，不再是当年的那个小渔村。老人家怎么也找不到当年他爸爸亲手种下的葡萄树，那座巨大的灶台和几十口人煮饭吃的大铁锅。在她遥远的记忆中，或许这就是家乡的一切。

几百年来，从闽南、广东潮汕等地区定居南洋的移民，顽强地坚守着中国人的身份，在亚热带的阳光下，守护着自己的身影。槟城有许多土生华人，据说当年郑和下西洋时，有一部分随行人员留在了当地，和当地的马来族或其他民族通婚，生下的男性后代称为"峇峇"，女性后代则称为"娘惹"，有人称为"土生华人"或"海峡侨生"。"峇峇"在闽南话是"麻木"的意思，俗语所谓"三代成峇"。他们仍着汉式衣冠，奉中华正朔，祭祀用汉腊，日常语言混合着闽南话和马来语。

"闽人发辫，俱用红线为缵，虽老不改，亦其风俗使然，故见红辫者望而知为漳、泉二府人也。"

在槟城，无论如何你应该去娘惹博物馆，看看那些绣满凤凰和牡丹、融合着中国民族文化意韵的新娘婚礼服装，还

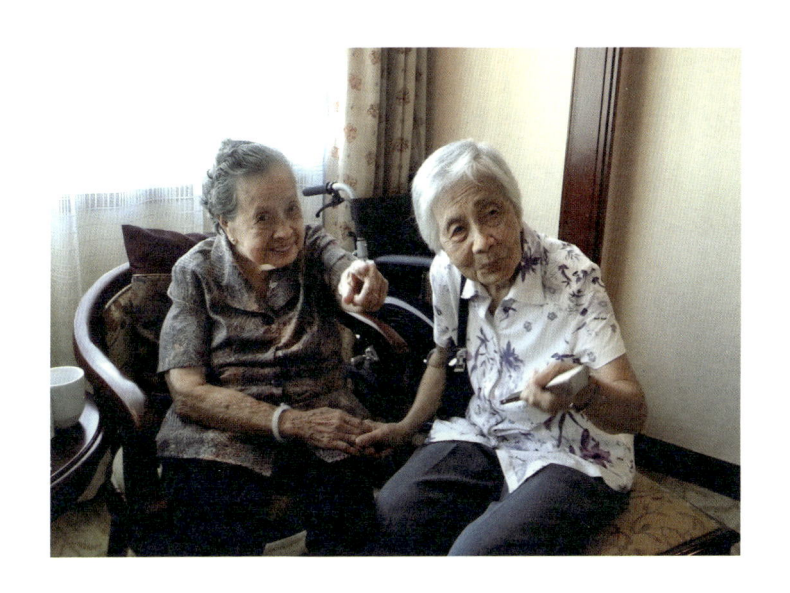

有那双让人无限遐想的珠子鞋。那时,你是否还能想起:"君自故乡来,应知故乡事,来日绮窗前,寒梅著花未。"

2017 年 02 月 03 日

五

槟城极乐寺附近的山壁留有许多文人和同盟会志士的题咏,孙中山和康有为在槟城也留下不少活动遗迹。而在新教徒公墓,则埋葬着在义和团运动中逃离到槟城的中国基督教徒,他们大都死于高烧。然而,槟城让我想起的却是另外一个人,自称"生在南洋、学在西洋、婚在东洋、仕在北洋"的清末怪杰辜鸿铭。

1857 年 7 月 18 日,辜鸿铭就出生在槟城一个英国人的橡胶园内。作为"东学西渐"的第一人,他一生获得过 13 个博士学位，精通 9 种语言，最早翻译了中国"四书"中的三部，著有《中国的牛津运动》和《中国人的精神》等英文书。

1913 年，辜鸿铭曾与泰戈尔一起获得诺贝尔文学奖的提名。有人说，可以代表东方文化的只有两个人，一个是泰戈尔，一个是辜鸿铭。周作人在《北大感旧录》中这样描写辜鸿铭："生得一副深眼睛高鼻子的洋人相貌，头上一撮黄头毛，却编成了一条小辫子，冬天穿枣红宁绸的大袖方马褂，头上戴瓜皮小帽。不要说在民国十年前后的北京，就是在前清时代，马路上遇见这样一位小城市里的华装教士似的人物，大家也不免要张大了眼睛看得出神吧。尤其妙的是那包车的车夫，不知是从哪里乡下去特地找了来的，或者是徐州辫子兵的余留亦未可知，也是一个背拖大辫子的汉子，同课堂上的主人正好是一对。"在帝国的最后一个黄昏，剩下两条最有名的辫子，一条是复辟帝制的辫帅张勋，一条则属于辜鸿铭。辜鸿铭曾送给"辫帅"一副贺寿联，上联是："荷尽已无擎雨盖"，下联是："菊残犹有傲霜枝"。言下之意，清朝灭亡了，那顶官帽已经全无着落，但还留下一条好端端的辫子，足可笑傲于这个寒光闪闪的时代。

当身着一袭长袍马褂，头顶瓜皮小帽，脑后拖着黄毛小辫的辜鸿铭出现在北京大学的讲台上，学生们一片哄堂大笑。笑声过后，辜鸿铭平静地说："我头上的辫子是有形的，你们心中的辫子却是无形的。"课堂上顿时陷入死一般的寂静。

2017 年 02 日月 05

六

　　辜鸿铭的先祖本姓陈，世代在厦门同安一带捕鱼为生。其中有一支迁移到槟城，那时，这个南洋小岛已被英国人占领。辜鸿铭的曾祖父曾被英国人委任为当地首任甲必丹。辜鸿铭的父亲辜紫云，在一个叫作布朗的英国人经营的橡胶园里任总管。

　　辜鸿铭的母亲是金发碧眼的葡萄牙人。布朗夫妇膝下无子，将辜鸿铭收为义子，深为喜爱，从小教他背诵《浮士德》《失乐园》以及莎士比亚的作品。10岁那年，辜鸿铭随布朗夫妇回到苏格兰，被送入当地一所著名的中学，从此开始"学在西洋"之路。后来辜鸿铭回忆说："我的学识是用眼泪换来的"。先西后中，由西而中，一个从小在英国语言和文化下长大的中国人，成年后却蓦然回首，发现了中国文化的精神。在

辜氏学说里，世界上只有"中国文明是一种真正的道德文明"。

离开槟城的时候，辜鸿铭的父亲对他说，你这辈子有两件事永远不能做，一是不当基督教徒，二是永远不可剪掉辫子！辜鸿铭真的做到了，他还为自己辩解："中国之存亡，在德不在辫，辫子除与不除，原无多大出入。"在我们的阅读记忆中，辜鸿铭留给我们的绝不仅仅是一条辫子，而是一种"睥睨中外，作洋文，讲儒道，诚近于狂"的文化纠结。他给祖先叩头，外国人嘲笑说："你的祖先能吃到供桌上的饭菜吗？"辜鸿铭反唇相讥："你们在先人墓地摆上鲜花，他们就能闻到花香吗？"

袁世凯死，全国举哀三天，辜鸿铭却请来一个戏班，在家热热闹闹唱了三天堂会。曹锟贿选，辜鸿铭当天把贿选的400两银子拿去嫖妓。在他看来，这两者并无本质差别。辜鸿铭主张男人应留辫纳妾，女人应缠脚吸鸦片。一部晚清史，辜鸿铭演足了自己的悲喜剧。"中国只有两个好人，一个是蔡元培先生，一个是我。因为蔡先生点了翰林之后不肯做官就去革命，到现在还是革命。我呢？自从跟张文襄做了前清的官员以后，到现在还是保皇。"辜鸿铭曾在课堂上对学生讲过："许多人笑我痴心忠于清室，但我之忠于清室，非仅忠于吾家世受皇恩之王室，乃忠于中国之政教，即系忠于中国之文明。"

2017 年 02 月 06 日

敦煌之旅

天 水

最好的旅行，往往从阅读开始。这是为孩子们准备的旅行导图，就当作一份《幼鸟指南》吧。多年以后，他们远走高飞，无论乡关何处，依然还会想起弱冠之年的这个夏天，在敦煌，在去敦煌的路上。踏上陇道，我们的敦煌之旅，第一站是天水。

"天水"这个称呼，源于一个神奇的传说。大地久旱，忽一日，天河注水成湖，春不涸，夏不溢。人们叫它"天水湖"。到了汉武帝时，便给这个地方起名"天水郡"。更早的时候，这个地方叫秦州、上邽。这是中国历史上最早的两个县级建制。据《史记》记载，秦人的祖先是黄帝之孙颛顼的后裔，秦始皇的嬴姓就是当初舜赐予的姓。到了周穆王的时候，秦人因为平乱有功，受封于赵城，因此"赵"也是秦的代名词。公元前905年，秦人因为帮周王室养马有功，封于秦地。西周灭亡后，秦人又因为护送周王室东迁有功，被封为诸侯。再后来，秦人迁到了陕西，逐渐壮大，灭了六国，统一了天下。所以，

天下有道

354

天水这个地方，既是秦文化，也可以说是中华民族和华夏文明的应许之地。有很多理由让我们的敦煌之旅选择从天水开始。丝绸之路在甘肃境内长达1600公里，而天水则是丝绸之路西出长安的第一重镇。

距今7000多年的大地湾遗址是目前发现的新石器时代最早的遗址，比广为人们熟知的仰韶遗址和半坡遗址都要早。伏羲、女娲、炎帝、黄帝都出生于此，天水堪称中国的"耶路撒冷"。历史课本上常说："三皇五帝"，三皇，指燧人、伏羲、神农；五帝，指黄帝、颛顼、帝喾、尧、舜。天水素有"羲皇故里"之称。天水三阳川的卦台山，相传即是伏羲推演阴阳八卦之地。建于明成化年间的"伏羲庙"，是全国最大的祭祀伏羲的庙宇，每年农历正月十六和七月十九是伏羲的诞辰日和祭日。

传说中的伏羲人首蛇身，与女娲兄妹相婚，生儿育女。他发明了八卦，创造了文字，结束了"结绳记事"的历史。他结绳为网，用来捕鸟打猎，教会了古人渔猎的方法。他发明了"瑟"这种乐器，创作了最早的曲子。作为中国最早有记载的创世之神，伏羲统一了华夏各个部落，他取蟒蛇的身、鳄鱼的头、雄鹿的角、猛虎的眼、红鲤的鳞、巨蜥的腿、苍鹰的爪、白鲨的尾、长须鲸的须，创立了中华民族的图腾，龙的传人由此而来。

天水不仅是嬴秦的发源地，开创中国历史黄金时代的大唐李氏和大宋赵姓也都出自天水。唐高宗李渊是陇西成纪人。有宋一代，天下赵姓，皆出天水。《宋史》记载："天水，国之姓望也。"意思是宋朝的国姓是赵，而天水是赵氏的郡望。"华夏民族之文化，历数千载之演进，造极于天水一朝"，难怪陈寅恪会说："故天水一朝之文化，竟为我民族遗留之瑰宝"。

在天水博物馆，有3万多件不同朝代的藏品，印证这座3000多年古城有史可稽的历史痕迹。其中，春秋瓦纹铜匜、东汉模印狩猎纹画像砖、十六国时期青铜坐佛照像、唐六臂十一面观音鎏金铜造像、唐舞马陶俑、宋耀州窑十三瓜棱执壶尤为珍贵。

2021年07月24日

麦积山

麦积山其实算不上一座山，它只是秦岭山脉中拔地而起的一块红色砾岩。远远望去，就像是一个孤独的麦垛。或许你会联想到莫奈、塞尚等印象派画家笔下的干草堆，梵高的画中那些忧伤的麦垛，想象着千百年前麦浪翻飞的落日田野。

麦积山石窟建于1600多年前，从山脚到山顶，有龛皆是佛，无壁不飞天，窟龛和雕像贯穿山体整个向阳的崖壁，共有221座洞窟，10632身泥塑石雕，1300余平方米壁画。麦积山62窟的三龛三佛像，74窟的西域菩萨像，76窟的飞天花雨壁画，78窟的仇池镇供养人雕像，121窟的窃窃私语雕塑和123窟的童男童女雕塑，都是麦积山不能错过的精华。最高窟4号窟，又称作散花楼。13号窟的西方三圣窟，当年修整释迦牟尼佛佛像，在其左脸颊发现了经书，眼睛上方发现了宋代的碗，

第三辑　行在路上

357

鼻孔发现了燕子的窝。44号窟则是一个叫作乙弗氏的皇后凄美的故事。佛陀本无相。在佛教初期，他的追随者也一直遵奉"如来身者，不可摸则，不可言长，言短，音声亦不可法则"。佛陀造像是在释迦牟尼佛涅槃600年之后，贵霜王朝的迦腻色伽时代才出现真正为人所崇拜的佛像。一部佛陀造像的历史，就是把人变成神，到把神变成人的历史。

"佛与王的混合"，每个君主统治时期，都加入了统治者自己的面部特征，从而把神性转移到世俗王权的身上。龙门石窟的卢舍那大佛就是按照武则天的形象塑造的，云冈石窟的昙曜五窟则象征北魏五朝皇帝的形象。犍陀罗和秣菟罗是贵霜王朝时期的两大造像中心。把神人性化，使得早期犍陀罗的佛陀造像有着希腊人的脸，贴着印度人的胡须。希腊的佛像头发是自然卷发，横折眉，长方鼻，耳垂到鼻尖且没有耳孔，络腮胡子，弓形嘴唇，而犍陀罗佛像头发是波浪形，小弓眉，梯形鼻，耳垂到唇边的圆形耳孔，印度胡须，飞鸟嘴唇。到了犍陀罗晚期，佛像的发髻变成了螺旋形，杏仁眼变成了丹凤眼，印度胡须也不见了。秣菟罗可以说是佛陀真正的家乡。佛陀的圣迹遍布于这个地方。与犍陀罗相比，秣菟罗是在原始印度神以及达罗毗荼人信仰中寻找模型，更显得是"造神"而不是"再现真身"。佛像的发髻从磨光型变成螺旋形，眼睛从象眼变成杏仁眼。波浪型发髻的扎束，是王子身份的标志；而螺旋形发髻则象征佛陀脱离俗世的象征。

大家更为熟悉的巴米扬大佛，并非最早的大佛。最早的大佛在陀历。它的脸似乎永远是一个谜。巴米扬石窟是目前唯一看到的最西端的佛像造像遗迹。佛教西传到巴米扬地区戛然而止。再往西就是信仰拜火教（祆教）的波斯帝国的边界。而巴米扬佛教在绵延几个世纪后，也被伊斯兰教同化，佛教文化逐渐衰微，仅残存大量空荡荡的洞窟和零星的壁画残迹。

有人说，麦积山是一座微笑的山，所有的佛像都面带微笑。那个被称为"东方的微笑"的小沙弥，纯真的笑容不仅仅浮现在嘴上，就连眼睛都有一种笑意，眼形呈上弦月形，俗称笑眼，也叫桃花眼，极尽妩媚之态。而乙弗氏低眉之下的淡淡一笑，与她的人生悲剧一起令人心碎。

我总会想起吴哥窟，想到那些在众神合一、万物宁静的丛林中绽放着的"吴哥的微笑"。然而，我却难以明白，这些沉睡千年的微笑到底意味着什么？从麦积山到吴哥，当你看尽千年繁华，面对一个残缺的世界，你是否还有如此纯真的微笑？

2021 年 07 月 25 日

兰　州

有人说，兰州是漂在黄河上的城市。从青海一路流淌而来的黄河，从城市中央横穿而过，绵延20多公里。然而，如果不是因为白塔山下那座铁桥，我们或许还停留在"黄河远上白云间，一片孤城万仞山"的阅读记忆之中。其实，兰州自秦朝设县以来已有两千多年的建城史，最早叫"金城"，寓意"金城汤池"。到了隋朝，因城南有皋兰山，才改称"兰州"。

历史上，兰州作为"联络四域，襟带万里"的交通枢纽和军事要塞，主要作用是"节制三秦""怀柔西域"。唐代宗和北宋真宗、仁宗年间，兰州曾经是朝廷和吐蕃、党项、西夏必争之地，或隔河对峙，或时相攻伐。在漫长的丝绸之路中，兰州却是一座很容易被忘却的城市。13世纪马可·波罗曾到过兰州，发现这里没有什么值得记录的东西。古丝绸之路并不经过兰州，而是在离兰州以西70公里外的炳灵寺石窟附近的黄河渡口。不过，那条古道现已沉寂在刘家峡水库下面。

在兰州，我们最想去的是甘肃省博物馆，这里的陶器产

品和青铜器是中国已知最早的艺术瑰宝。其中，最令人念念不忘的就是谜一样的《马踏飞燕》。迄今没有人能够说明白，作为中国旅游标志的文物原型究竟是匹什么马。有说是汉武大帝的"天马"，有说是东方苍龙七宿的"神马"，有说是汉文帝的"紫燕骝"，还有说是唐太宗的"六骏"之一，能跑"对侧步"的犄特勒骠马。争议更多的是马蹄之下踏的究竟是燕子还是"龙雀"？龙雀乃神话传说的风神"飞廉"，东汉张衡《东京赋》有"龙雀蟠蜿，天马半汉"之语。还有人干脆说是"乌鸦"。从"雷台汉墓"出土的"五铢"钱和铜奔马上"守左骑千人张掖长张君"铭文，可以推断这件武威出土的文物大约是在东汉年间。然而，铜奔马的主人，这位姓张的将军又是谁呢？

其实，我更喜欢的是嘉峪关魏晋墓出土的彩绘《驿使图》。漫长的西域古道，留给我们更多的是"马上相逢无纸笔，凭君传语报平安"的阅读记忆，而这幅动人的砖画，再现的却是1600多年前，西北边疆驿使驰送文书的情景。画面是一

个邮驿使骑在红鬃马上，头戴进贤冠，身穿右襟宽袖衣，足蹬长靴，左手举木牍文书，驿骑四蹄腾空，信使则稳坐在马背上。传说原图中的驿使脸上五官独少了嘴巴。它是否想告诉我们，有多少秘密被埋藏在这条孤独而又尘土飞扬的古代驿道上？

2021 年 07 月 26 日

第四辑

诗意栖居

清晨小院

北京城外，枯居三天，返厦后竟有些感冒。这才发觉，在北方深蓝的天空下，"我不是归人，是个过客"。皇城的天蓝给它自己看，"亭前垂柳珍重待春风"。该来的雾霾还会再来，该来的沙尘和暴雪依然还会再来。

幸好，早晨起来，惊喜地发现自家小院一片田园的气息。小菜园的芥菜，蓊蓊郁郁，虽有些虫咬，却保证无农药。小茼蒿青翠欲滴，枸杞叶出人意料地蔓延开来。太太从网上购买了盆架、合成的土和肥料，用水浸泡开，如咖啡豆的颜色，撒上花菜、辣椒、包菜的种子，就可以慢慢等着收成。

家里的小狗不懂事，把土搅得满地，再撒上小便，让人哭笑不得。花园的小角落里，鸡还是原来的鸡。去年种在门口的木瓜，早早就被路人摘去了，只有挂在树枝上小小的人造鸟巢，依然空寂无语。"园田日梦想，安得久离析。"

于是，想起了陶渊明，还是读读他的《归园田居》："少无适俗韵，性本爱丘山。误落尘网中，一去三十年。羁鸟恋旧林，池鱼思故渊。开荒南野际，守拙归园田。方宅十余亩，

草屋八九间。榆柳荫后檐,桃李罗堂前。暧暧远人村,依依墟里烟。狗吠深巷中,鸡鸣桑树颠。户庭无尘杂,虚室有余闲。久在樊笼里,复得返自然。"这可是东晋末年,离现在 1600 多年。田园诗酒,美丽的梦却千年依旧.

2013 年 03 月 15 日

借道石室禅院

一

清明时节的一场春雨,来得正是时候。打湿了村庄,打湿了通往山间的小径。每年,和太太回霞阳上山扫墓,总要借道石室禅院。春来春去,花开花落,这座隐身于尘土飞扬之外的寺院,依然行云流水般从容,在潇潇春雨中,淡然一笑,等候你如约而来。

忘记了,是从哪一个春天开始,自从我第一次走过此地,便在心中默默收藏了它。你不必太留意那神态各异、栩栩如生的罗汉石雕,也不必太留意巧夺天工般的潜龙在渊、飞龙在天的艺术长廊,就在红砖铺就的小院前,在春草幽幽的石径旁,挥一挥手,禅意拂面而来。上山扫墓之时,"我来问道无馀说,云在青天水在瓶"。下山扫墓之后,"问我生涯只是船,子孙各自赌机缘。不由地,不由天,除却蓑衣无可传"。千古禅灯,闪闪不变。

想起了年轻时候读过的这本书《曹源一滴水》,依稀记得有这么一段文字,僧问:"如何是禅?"师曰:"石里莲花火里泉。"僧问："如何是如来禅？"师曰："狮子吼时芳草绿。"僧问："如何是祖师禅？"师曰："象王回顾落花红。"至今，我仍没有读懂。《指月录》曾这样解读"何为禅"：若论此事，喻如一片田地，四至界分，结契卖予诸人了也。只有中心树子，犹属老僧在。若究此事，如失却锁匙相似，只管寻来寻去。忽然撞着，开个锁便见自家宝藏，一切受用，无不具足。不假他求，别有什么事？若论此事，如人做针线，针针相似。忽见人来，不觉失却针，只见线。这边寻也不见，那边寻也不见。方就枕时，蓦然一笛曰："原来在这里。"读罢，我依然不懂。

2013 年 04 月 04 日

二

每年的清明时节，上山扫墓总要路经石室禅院。沿着青石小径的廊道，绕过寂静的禅堂，上山下山，仿佛早已有约，

总会遇见这棵守候在季节中的木棉花树，一如既往盛开得柔美。"我说你是人间的四月天；／笑音点亮了四面风；轻灵／在春的光艳中交舞着变。"我总觉得，这嫣红的花朵更像是一盏盏不灭的灯，给这个飘零的世界留驻一片片岁月的记忆。"雪化后那片鹅黄，你像；新鲜／初放芽的绿，你是；柔嫩，喜悦／水光浮动着你梦中期待的白莲。"

据说，石室禅院始建于唐垂拱年间，有古时断碑为证。经过元、明、清、民国多次重建，院内有多块石碑记载这些历史。不过，闽南这个地方真正开发应该是在明朝末年，戚继光在沿海领兵抗倭，玳瑁山至今仍留有"游城古寨""尖山古寨"等遗迹，石室禅院前还留有当年扎兵驻寨时所用的马槽。寺院后山散落着墓地，一些墓碑记载的零星历史大抵在清朝光绪年间。禅院东侧保存的各朝僧尼墓穴，也以清朝居多。

山下的村庄几乎没有历史记载可寻，先民们的聚居或许是迁徙而来。历史是漂泊的生命，而生命终归是一种轮回。"夜凉吹笛千山月，路暗迷人百种花。棋罢不知人世换，酒阑无奈客思家。"我更喜欢想象着，在木棉花纷纷飘落的时刻，有一盘没有下完的对局，一抹残红，闲敲棋子，"几时终一局，万木老千岑"。有如《水经注》和《述异记》记载的那个"烂柯"的故事，什么时候可以看见两个素衣飘飘的童子在这棵木棉树下下棋，而你我会是那个幸福的打柴人。

2014 年 04 月 05 日

正在消失的村庄

这是一片正在消失的村庄。我母亲的家族在新垵,我太太的家族在霞阳。两个村庄紧邻,鸡犬之声相闻。

我曾登上石室禅院的塔顶,俯看山下,不远处这一片村庄,在夕阳下犹如去岁枝头不肯凋谢的花朵零落在喧嚣城市的一隅。冰冷而拥挤的工业厂房、道路把从山脚到海边的村庄撕裂得衣衫褴褛。千百年来,那"燕燕于飞,颉之颃之""呦呦鹿鸣,食野之苹"的岁月,早已烟消云散。城市化的剧变,外来人口的大量涌入,随之而来光怪陆离的生活方式,彻底改变了这片村庄的面貌。就像马尔克斯《百年孤独》中那座充满神奇色彩和坎坷经历的马贡多小镇,在表面的繁荣和热闹下面,还依然顽强地保留一种闽南人特有的、绝不会弄错的孤独神情。

清明时节,雨一直下,我和太太漫步在狭窄而泥泞的街巷,试图寻找这片村庄残缺的记忆。在村口百年古树下,站立着这座雕像。可是,又有谁知道,这里曾经隐埋着一个历史的秘密。在中国近代史中,最寂寂无闻的,要算是雕像里的这个叫杨衢云的人。历史学家唐德刚在《晚清七十年》一书中如

此评价:"一部中国近代革命史,是应该从杨衢云开始写的。"

杨衢云年幼随父到香港,就读圣保罗书院。曾任招商局总书记和沙宣洋行副经理。1890年杨衢云组织辅仁文社,以"开通民智""尽心爱国"为宗旨,主张推翻清廷,建立合众政府。1895年1月孙中山到香港,兴中会与辅仁文社合并,杨衢云为会长,孙中山为秘书。第一次广州起义,由杨衢云在香港任总指挥。起义失败后,杨、孙同被通缉。1901年1月10日,杨衢云于寓所内被清廷所派刺客枪杀,下葬于跑马地香港坟场,墓碑上没留名字,只刻有编号6348,并以天圆地方概念设计,刻有青天白日图案。风雨之后谁著史?杨衢云比孙文更早拥抱共和,却一直"妾身未明"。

据说,蒋介石曾出重金试图收罗和销毁这张杨衢云坐于中央、孙文站于后排的团体照,原因竟是"如果给人看见我们堂堂中华民国大总统竟居于随从的地位,那才真叫人难堪"。一张照片犹容不下,何况白纸黑字的史书?

2013年04月05日

树葡萄

又到人间四月天。花谢花开，正是修行好时节。家里的小花园里新栽了一株"树葡萄"。我原来并没有发现它的奇妙，每天早晨，只是站在树下静静地看一会儿。渐渐地，心里就有一份喜悦的心情。树有花，花有果，因果随缘，刹那花开，飘逸出一片片薄如蝉翼的禅意。

树葡萄四季常绿，在同一株树上果中有花，花中有果，熟果中有青果。熟果、青果、花朵奇特地夹杂生长，犹如人世间的前世今生，风吹柳絮，雁过天际，顺其自然而已。据说，树葡萄生长缓慢，每年却可多次开花结果。当它开花时，白色的小花簇生于树干和主枝上，顶着淡黄色的小花粉，散发出阵阵幽香。花落后，小幼果三五成群地探出脑袋，从青变红再变紫，最后成紫黑色。"如今无处觅深山，但得心闲即闭关。"

站在树前，你会不由自主地想起禅书里说的那些故事。我忽然觉得，树葡萄分明是一位来自远方的修行者，披肩长发般的枝叶不经意地拂上一层岁月的风霜，斑驳手指间温卷着一册《六祖坛经》，远离颠倒梦想，默默地打坐在草地上。

我不知道，它从何处来？曾在哪里生长？我只知道，它如同闲云野鹤，正好浮游到此，暂且在这里栖息。

那一天，在树下想起了这首禅诗："六十年来狼藉，东壁打到西壁。如今收拾归来，依旧水连天碧。"于是，我问树："何为禅？"树曰："春有百花秋有月，夏有凉风冬有雪。若无闲事挂心头，便是人间好时节。"我问树："如何是一味禅？"树曰："闲居无事可评论，一炷清香自得闻。睡起有茶饥有饭，行看流水坐看云。"我问树："如何修禅？"树曰："赵州八十犹行脚，只为心头未悄然。及至归来无一事，始知空费草鞋钱。"那一夜，梦见一阵清风吹过，刹那之间，树葡萄洒落一地。醒来时仿佛听见有人喃喃自语：到底是树乃一味禅，还是禅乃一棵树？

2013 年 04 月 09 日

家有小莫

一

小莫是一条狗。如果要上户口，大名恐怕得叫"沈莫"。或者和我儿子一样，取四个字，叫"沈杨莫莫"。从喧闹的湖边市区一下子搬到宁静的阳光海岸，"啾啾常有鸟，寂寂更无人"。儿子竟然有些孤独，一再要求家里养一条小狗，理由诚恳得让你难以拒绝："没人陪我玩。"也是的，毕竟狗与人类共同度过了数千年漫长的岁月，建立了难以言状的特别共生关系。

据说，人类有意识地大规模驯化宠溺动物的历史，至少可以追溯到公元前6000多年前。古代几大文明均是世界宠物文化的发祥地。我原想养一条大一些的狗，比如秋田、金毛或拉布拉多。想想深夜回家或黄昏出门遛狗，人模狗样的两条阴影之中，到底是狗仗人势，还是人仗狗势？

儿子却一门心思养贵宾犬，为此振振有词，狂赞贵宾犬具有玩偶卡通的脸蛋、甜蜜的笑容、活泼好动的个性，散发着都市感的时尚、偶像般的迷人，风姿绰约而百变有型。它能伴随着许多孩子甜甜地入睡，给成年人带来美好的童年回忆。他还列举数据为证：贵宾犬是全球最受欢迎的犬种之一，在美国犬舍俱乐部、美国养犬俱乐部排名前五。更令人窃喜的是，贵宾犬的智商在同类中排名第二，仅次于边境牧羊犬。太太主张还是从小狗养起，毕竟家里完全没有养狗的经验。其实，她和她的家族从小对狗都有点怕怕的。好不容易，全家形成共识，要养还得从出生就领养，从小抓起。儿子二话不说，迅速四处请教家里养狗的同学，在网上搜寻各种宠物店，终于在离家最近的地方找到了一家叫汤姆狗的宠物中心，欢天喜地地催促着找上门去。

几番周折，宠物店的小姑娘答应找一户好人家，可小狗还没出生，只能等等吧。挑什么颜色的小狗，红色、白色、灰色，价格差别可大，儿子有点犯难了。不过，对我来说，这绝不是问题。我属木，太太属水，儿子属火，水生木、木生火，当然是灰色，就这样定下来。

儿子开始想象，未来的小狗会是怎样？乖吗？聪明吗？漂亮吗？每天放学回家，第一句话就问："小狗到了吗？"

2013 年 04 月 29 日

二

左顾右盼，小狗终于来了。那天傍晚，一家三口无比郑重地来到宠物中心，见到了一只顾盼自怜的小精灵，黑色的眼睛，黑色的毛发，一副心神不定、难以捉摸的样子。

初次看到念叨中的小狗，儿子竟还有些相亲似的腼腆，怯生生地摸了摸小狗，不解地问："不是灰色的吗？"宠物店的小姑娘解释说，小狗生出来几个月毛发还是黑的，再长大一些，剃毛后就渐渐变灰了。坐进车内，儿子小心翼翼地把小狗抱在腿上，两小无猜，相对无言。狗窝、狗粮、狗玩具，一应俱全，连同小狗一起带回了家。没想到，一进家门，小狗就开始不停地狂叫，一种背井离乡的凄凉呼喊，让人不知所措。

太太急忙四处打电话请教如何对付，结果莫衷一是。儿子急中生智，上网搜寻各种妙招，一阵手忙脚乱之后，竟自顾一头扎进被窝，置若罔闻。呵责之下，儿子淡定地说，网上十大妙招之一，就是充耳不闻，置之不理，说完迅速蒙头就睡。那一夜，小狗伤心地叫了一整夜。对它来说，这是一个陌生的世界。长夜漫漫，毕竟我们也有过离家的经历。

第二天一早，太太出门去了。小狗仍旧哭闹，一副誓死不从的模样。儿子早早起床，象征性地哄了哄小狗，在毫无成效之后，突发奇想，打开家庭音响系统，说道："给小狗放点音乐吧，说不定行！"随着一曲自由而飘忽的慢乐章，这是莫扎特的《第十七钢琴协奏曲》，令人心境愉快、美妙或许还有几分体贴。小狗居然神奇地竖起耳朵，一下子安静下来，仿佛走进莫扎特动听的世界。一曲终了，小狗从此不再哭闹。或许，它找到了自己的家。突然想起了尼采说过的这句话："世界是借着对狗的理解而被征服的。世界亦借着对狗的理解而存在着。"

借助于音乐，儿子和小莫似乎找到了共同的世界。等到

太太外出回家时，我们也取好了小狗的名字。就叫"小莫"吧！莫扎特的"莫"。

2013 年 04 月 30 日

三

儿子的两个小表弟，大的 10 岁，小的 5 岁，听说家里来了小狗，兴高采烈飞奔而来。小孩子第一次和小狗一起玩，那一定是自然界最奇妙的游戏。初次见面，大的弟弟就把小莫追得满屋乱跑。最后小莫躲进沙发底下，探头探脑，死活不肯出来。一会儿，小的弟弟反而被小莫追得团团转，跳到沙发上面，半天不敢动弹。儿子则在一旁摆出一副兴风作浪、笑里藏刀的狗模样。

我从书店买了几本相关读物，耐着性子还没读清楚几页，小朋友却已手脚并用，开始对小莫进行野战训练。两个小子打赌：小狗会不会游泳？可怜的小莫，就这样在一个春天的早晨被丢进了鱼池里。此后发生的情况，两个小子一直讳莫如深。我只听说，他们用电吹风把小莫吹得悲欣交集、欲哭无泪。一会儿，大弟弟又异想天开，试图教小莫跳骑马舞。一阵手舞足蹈之下，小莫除了摇摇尾巴，一点儿都不给"鸟叔"面子，吃够了当作诱饵的小饼干后，一转身就溜开了。

据说，人类宠爱动物的最初动因是缘于视动物为超自然的神界使者或神本身。宠物的一举一动都与人的命运息息相关。狗书里说，训练小狗时你得和狗保持眼神的交流。我也曾试图引导小莫，让它从小懂得到小花园草地上大小便，这是起码的要求。刚开始还初见成效，心中暗喜。可过不了多久，小莫就懂得忽悠的技巧。每次吃饭前，在你面前蹲开双腿，摆个难度系数不高的动作，然后就眼巴地望着你。稍有疏忽，小莫竟死活不肯到草地上了。原来，草地上的虫子会爬进小狗的耳朵，搞得直挠耳。只好送它去宠物医院打针。

这以后，客厅里的地毯就开始遭殃了。有一天，小莫被我呵斥后，竟故意蹲到高尔夫推杆练习器上，撒一泡尿，然后示威似的瞪了我一眼，一溜烟躲进沙发下，发出几声轻快的叫声。每次，当你把它从二楼餐厅赶下楼，小莫总是站在客厅地毯上，眼睛一动不动注视着你，随后慢慢垂下尾巴，低头捋捋身上的毛。后来我从狗书上才了解，这动作的意思就是说："你老大，行了吧！"

2013 年 05 月 02 日

家门口有两棵槟榔树

家门口有两棵高高的槟榔树，一棵在左边，一棵在右边。刚搬来时才三层楼高，如今已快高到四层楼顶了。透过婆娑的树叶，一轮圆圆的月儿仿佛从海上升起，朗朗地挂在天上。

不远处就是宁静的大海，那些星星点点的灯火，是夜航的船，还是孤寂的小岛？更远处，是遥远的大海，那天边外的世界你永远不懂。

小花园里，各种爬藤类植物争奇斗艳，那一路开着小黄花沿着门口木栅栏儿快乐爬行的是丝瓜，顽强地绕着粗壮的槟榔树干攀升的是金银花，围着摇椅搭起的藤架优雅地伸展的是百香果，有点羞涩地依偎着露台栏杆蔓延的是美丽的绣球花……这生命的世界你永远不懂。

今天是儿子的生日，终于结束了小学生活。六七个毕业班的同学聚在一起，从早到晚，家里闹腾一片。从捉迷藏到WII游戏机，从肯德基、比萨、日本寿司到可乐、啤酒，最沉迷的还是电子游戏，一人一台手持终端，就这样围坐在地上。游戏的世界你永远不懂。儿子居然还不忘抽身去参加全市运动会网球比赛,三场双打,然后又不知疲倦地赶回家和同学们玩作一团。孩子们的世界你永远不懂。

最可怜的是小莫,无缘无故在笼子里被关了一整天,竖着黑色的耳朵,吐着红色的舌头,挤眉弄眼张望着进进出出的孩子们。小狗的世界你永远不懂。

孩子们的喧闹与欢笑渐渐远去,低下头来,翻读我的天下书卷。手边是厚厚的曼彻斯特《光荣与梦想》,那并不遥远的历史仿佛就在眼前。阅读的世界你永远不懂。

2013 年 07 月 23 日

关于远方

一

早晨醒来,看到儿子凌晨二时发来的短信:"已达伦敦。"就四个字。这才想起儿子出门游学了。记得去年这个时候,儿子从西雅图回来,两三个同学早早就开始谋划今年游学的去处。最后他们选定的是英国的威茅斯,一座我从未听说过的远方小城。

据说,威茅斯的历史可以追溯到12世纪中期,但直到13世纪才见载于史籍。如今,这座仅有5万多居民的城市是英国著名的旅游港口城市,威茅斯港是穿行于英吉利海峡的游艇停泊中心之一,2012年伦敦奥运会帆船比赛就在这里举行。不过,对孩子们来说,恐怕更具吸引力的是作为通往侏罗纪海岸的大门。威茅斯位于德文郡东部海岸与侏罗纪海岸之间,是联合国教科文组织认证的世界自然遗产之一。和第一次出门游学时那种声张不同,我分明感觉到这是一次静默的远航和明亮的捕捞。

暑假一开始,儿子一脸淡定地做他该做的事:新东方的北

天下有道

美精英课程、钢琴课，微视频竞赛的答辩，还漫不经心地参加了一场网球比赛。或许，在他眼里，远方的游学只是一次海边的漫步。傍晚时分，英孚·威茅斯微信群开始热闹起来，孩子们发回了第一批旅途和目的地照片。乔治亚风格的建筑、狭窄有趣的小屋、精致的小镇，还有孩子们一张张疲倦却充满快乐的脸。

不经意间看到了一张照片，儿子和另一位同学在飞机上静静地做他们带去的暑假作业，突然对中国式的教育有一种莫名的感慨。我们年轻的一代，飞往远方的难道是这样一双沉重的翅膀？

2014 年 07 月 16 日

二

每天看着孩子们从威茅斯发来的照片，不知不觉总会掠过一丝心绪，关于远方，关于比远方还遥远的岁月，以及其他。"远方除了遥遥一无所有"，这是海子忧郁的诗："远在远方的风比远方更远／我的琴声呜咽　泪水全无／我把这远方的远归还草原／一个叫木头　一个叫马尾／我的琴声呜咽　泪水全无"。毕业于20世纪80年代的青年学生，那时候，我们读过奥尼尔的《天边外》，读过北岛和顾城的诗，许多人都曾有过一个带本诗集去远方的梦想。可惜，"公元前我们太小，公元后我们又太老，没有人见到那一次真正美丽的微笑"。后来，远方成为埋藏在内心深处的一个梦想，渐行渐远。没有梦想，何来远方？

记得伏尔泰说过："使人疲惫的不是远方的高山，而是鞋

子里的一粒沙子。"一位妈妈对她的孩子说，这世界不只有眼前的苟且，还有诗与远方。这个孩子叫作高晓松，后来他自嘲自己的成长经历是："小学调皮，中学早恋，大学迷茫，长大后出乎意料地养活了自己，还富余出一只眼睛看世界！"这位我们所熟悉的校园歌手这样回忆道："生活就是适合远方，能走多远走多远；走不远，一分钱没有，那么就读诗，诗就是你坐在这，它就是远方。越是年长，越能体会我妈的话。"

儿子的阅读书目中，有一本《追风筝的人》。小男仆拿着追来的风筝浅浅地笑着。小主人说："别人问我你为什么可以不看天就知道风筝的方向，我说因为你就是知道。"在孩子们的眼里，有风筝，就有远方。

2014 年 07 月 18 日

三

从照片上看起来，威茅斯更像是一个海边的村落，美丽的海岸线和历史悠久的灯塔交相辉映，老式渔船和观光船只自由穿梭在如诗如画的海港和岛屿之间。这就是孩子们远游的世界吗？30年前，我们也曾渴望远行，那是因为，在我们朦胧的梦中，外面的世界高楼林立、车水马龙。

那时，我们记忆中的村庄一如海子的诗："看麦子时我睡在地里／月亮照我如照一口井／家乡的风／家乡的云／收聚翅膀／睡在我的双肩"。海子诗中的村庄，麦地是摆在田野上一张天堂的桌子，每到收割季节，麦浪和月光一起洗着镰刀。30年后，我们印象中的村庄渐渐淹没在一座座城市之间。外面的世界让人迷恋的不再是喧嚣的城市，而是那些散落在群山和田野之间、隐匿在童话中的村庄。

"遇见世界最美的村落，然后住下来"，记得这是一本书的名字，韩国人李炯俊用24年时间，走遍1000余处、38座全球最美村落。海明威钟爱的那座叫作基韦斯特的小岛；莱茵河畔歌德常常造访、充满美妙葡萄酒香的小镇吕德斯海姆；白蓝相映的天堂西迪布赛，坐落在村落山坡上的草席咖啡馆，纪德和莫泊桑曾在这里流连忘返于地中海的晚霞；位于比利牛斯山脉深处、拥有世界上历史最悠久美术馆的西班牙小镇桑提亚纳德玛；绽放于苦难中的卡拉库姆之花；吸血鬼传说的起源地、罗马尼亚的城堡布朗，还有英国的书香小镇、旧书之都海伊。

"村庄是人类共同的故乡，每个人的心中或多或少都藏有一丝乡村情怀。"这情怀一代又一代，不因岁月而改变。

2014年07月20日

紫藤花如约而来

家里的紫藤很随意地就开出一串串花来,全然没有一丝"千呼万唤始出来,犹抱琵琶半遮面"的羞涩模样,就这样长发披散,慵懒地倚着白色的栅栏,淡淡一笑,倒也透出几分纯真和率性。对面那户人家,也是紫藤依墙,淡雅飘逸。"非关癖爱轻模样,冷处偏佳。/别有根芽,不是人间富贵花"。每年春天的这个时候,紫藤花总是如约而来,默默相视。

我不知道,这一抹紫色是否属于春天的记忆,抑或是生命的一道轮回。佛经中常常说,一切有生命的东西,如不寻求解脱,就永远在"六道轮回"中生死相续,无有止息。这轮回,并不限于天、人、鬼神和动物,也遍及植物。《瑞应本起经》记载,当初释迦牟尼还是善慧童子时,见一位王族女子拿着许多青莲花,就重金买下一枝五茎莲花,供养给燃灯佛。佛在欢悦之余,给这位佛童授记,预言他将在九十一劫之后的此贤劫时成佛。

手边的书,正读到蒋勋的《肉身供养》,于是,就想到了书中讲到的另外一个燃灯佛的故事。燃灯佛被认为是释迦牟尼佛之前的"过去佛",它的名字来源于《大智度论》等众

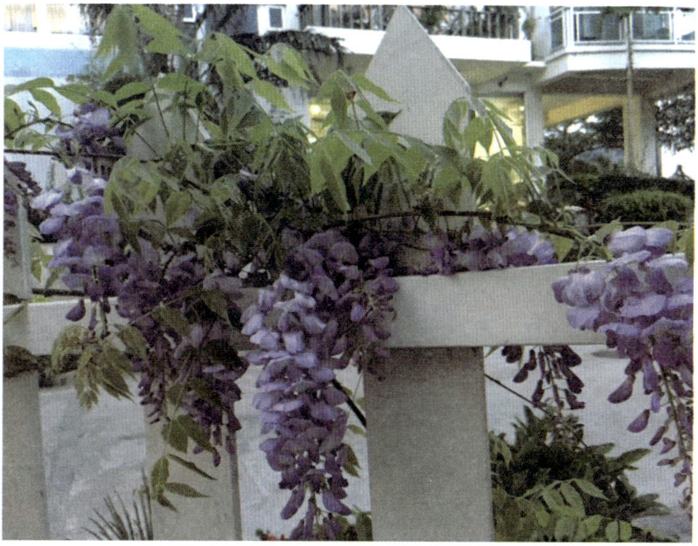

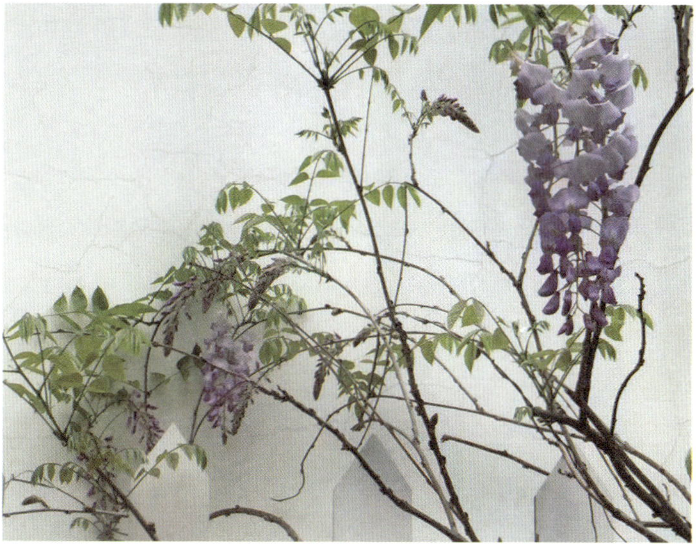

多经卷的传说,"燃灯佛生时,一切身边如灯,故名燃灯,成佛后亦名燃灯"。燃灯佛生在过去世庄严劫。他预言九十一劫后,释迦牟尼接班成佛。

《金刚经》记载了 3900 亿年以前,佛陀师生俩的那次经典的对话。佛陀问:"如来于燃灯佛所,有法得阿耨多罗三藐三菩提不?"梵语的意思,"阿耨多罗三藐三菩提"指的是融真善美于一体的最高境界、智慧和信仰,这是佛教经文中一切修行的目的和正果。对佛陀的提问,须菩提的回答让人心中一惊:"佛于燃灯佛所,无有法得阿耨多罗三藐三菩提。"佛陀感慨地说:"若有法如来得阿耨多罗三藐三菩提,燃灯佛即不与我授记。"

接下来的故事如此凄美,据说,燃灯佛要进城,城门口有一摊污水。燃灯佛一脚正要踩进污水,有一位修行者扑上前去,伏身下拜,头发散开铺在污水上,让燃灯佛从他的头发上踏过去。燃灯佛看着此情此景,就授记说:"善男子,汝于来世,当得作佛,号释迦尼佛。"

在《肉身供养》中,蒋勋问:"肉身流转生死途中,可以传递好几世以前的记忆吗?那一劫中,肉身曾经匍匐在地上,曾经用一头长发衬垫在污水上,让另一个肉身的脚踏过。那是一次授记的经验吗?"在这个雾来雾去的春天,紫藤花会不会也是一位披发掩泥的修行者?《金刚经》云:"当知此处,一切世间天、人、阿修罗,皆应供养,如佛塔庙。何况有人,尽能受持、读诵。"

2015 年 04 月 02 日

普洱茶里的中国文化

一

年轻时读余秋雨，读他的《文化苦旅》《山居笔记》，在我们的阅读记忆中，总会有一种"大漠孤烟直，长河落日圆"的感觉。后来，读他的《霜冷长河》《千年一叹》《吾家小史》，这记忆渐渐变成了"行到水穷处，坐看云起时"的感觉。

眼前的这本《极端之美》，是我在西安机场的书店买的，从西安回厦门的飞机上一路读着回来，却有了另外一种别致的感觉。这感觉照样可以借用王维的诗句："明月松间照，清泉石上流。"和余秋雨的其他散文集不同，这本书谈论的是轻松散淡的话题，关于书法，关于昆曲，关于普洱茶。

在余秋雨看来："最有生命力的文化，一定是那些可以被感官确认的具体作品。"从这个角度上说，书法、昆曲和普洱茶这三项东西，是中国文化的极品。这三项，既不怪异，也不生僻，却是中国文化所暗藏的"命穴"和"胎记"。在这三元组合中，书法是纯粹的"文本文化"，昆曲是"文本文化"

兼"生态文化",而普洱茶则是纯粹的"生态文化"。前两种主要代表过往,普洱茶则主要代表未来。

可惜,我对于昆曲完全不懂,至今也没有想懂的感官兴趣,对于书法也知之甚少,而普洱茶却是常常喝的。余秋雨自称,这篇《品鉴普洱茶》"惊动了整个普洱茶行业"。从生产者、营销者,到喝茶者、研究者,都在读。文中所排列的普洱茶级别序列,引起了广泛重视。

现今全国的茶庄、茶客在品鉴和流通那些顶级普洱茶时,大多会翻阅这篇不短的文章。余秋雨特别慎重作了两个承诺,一是固守这三项极品的专业尊严,不发任何空泛的外行之论;二是因为已经懂得,所以随情直言,不作貌似艰涩的缠绕和掩饰。在他看来,"懂"虽是简简单单的一个字,却是万难抵达。在文化上,懂与非懂,是天地之别,生死之界。

2015 年 04 月 27 日

二

余秋雨的家乡在江浙一带,那里出产上品的龙井。在他的记忆中,一杯上好的绿茶,能把漫山遍野的浩荡清香递送到唇齿之间。

那是一种只属于今年春天的芬芳,新鲜得可以让你听到山岙白云间燕雀的鸣叫。后来,当他喝到乌龙茶里的"铁观音"和岩茶的"大红袍",就渐渐觉得绿茶虽好,却显得过于轻盈,刚咂出味来便淡然远去,很快连影儿也找不到。而乌龙茶则深厚得多,它把香气藏在里边,让人有一种年岁陡长的感觉。不过,这一切在猛然遇见普洱茶之后,开始有了另外一种生命的惊喜。看着这一团黑乎乎的粗枝大叶压成的茶饼,喝一口,有一种陈旧的味道,却再也放不下。

中国茶的历史很长,但关于普洱茶的文字记述却语焉不详。唐代《蛮书》、宋代《续博物志》和明代《滇略》都提到过普洱一带出茶。然而,历史上对普洱茶说三道四的文人不多,初看是坏事,实质是好事。普洱茶由此可以干净清爽地进入历史而不被那些冬烘诗文所纠缠。这历史的开端,应该是在清代。从康熙、雍正、乾隆到嘉庆、道光、咸丰,这些年代都茶事兴盛。乾隆年间有同庆号,道光年间有车顺号,同治年间有福昌号。

光绪元年则是云南经典茶号的创立之年,其主要标志,是诸多为了进贡或外销而形成的"号级茶"的出现。我们今天还能够叫得应的那些古典茶号,如宋云号、元昌号,以及宋聘号,都创立于光绪元年,由此带动了一大批茶庄、茶号如雨后春笋般出现。光绪末年则是云南所有茶号的浩劫之年。由于匪患和病疫流行，几乎所有茶号都关门闭市。这个时期可以说是普洱茶的"经典时代"。

今天，"号级茶"已经越来越少，"福元昌"现在存世大概也就二三十小桶吧，而"车顺号"据说存世仅4片。余秋雨并不告诉我们他所知道的这4个收藏者是谁，他只写道自己喝过同兴号的"向质卿"，据说连慈禧太后也喜欢，那情景："才喝第一口就不由得站起身来。柔爽之中有一种大空间的洁净，就像一个老庭院被仆役们洒扫过很久很久。"

2015 年 04 月 28 日

三

余秋雨在《文明的碎片》中曾经谈道："中国历来缺少废墟文化。"他这样写道："废墟有一种形式美，把拔离大地的美转化为皈附大地的美。再过多少年，它还会化为泥土，完全融入大地。将融未融的阶段，便是废墟。"这废墟，是能让你一抬头就满目眼泪。

不知为什么，从普洱茶的简史就想到了这个问题，难怪余秋雨会说："时代是有味道的，至少一部分，藏在普洱茶里了。"不过，这种"废墟之美"的感觉只能在普洱茶的经典时代，也就是"号级茶"里才能找到。

20世纪，有人开始按照现代实业来筹建茶厂。1940年，从欧洲归来的范和钧以现代制作方式和包装方式，建起了勐海的佛海茶厂。这以后，一些新兴茶厂逐渐实现了规模化的生产和制作，大批由包装纸上所印的字迹颜色而定名的"红印""绿印""蓝印"和"黄印"等品牌，五彩斑斓地开启了"印级茶"的时代。转眼到了1973年，昆明茶厂发明了"发水渥堆"的方法，大大缩短了发酵时间，成功制造出了熟茶，从此之后，生、熟两道，并驾齐驱。后来统称"云南七子饼"的现代普洱系列中，就有很多可以称赞的生茶产品。

看看余秋雨开出的这份普洱茶"经典品牌"的排序吧，"号级茶"前五名：宋聘、福元昌、向质卿、双狮同庆、陈云号；"印级茶"前五名：大红印、甲乙级蓝印、红印铁饼、无纸红印、蓝印铁饼；"七子饼"前五名：七子黄印、七五七二、雪印青饼、八五八二、八八青饼。

自然，不同的专家有不同的排序，无非大同小异。我却只记住了余秋雨最后这几句话，说西方人引进了茶却无法引进茶中诗意，他们滤掉了茶叶间渗透的中国文化。在这个意义上，一个地道中国人的安适晚年，应该有普洱茶伴随。我是谁，我从哪里来，又到哪里去？喝一口便知。

2015年04月29日

漂学之路

不知不觉已过了立秋时节,"桐庭多落叶,慨然知已秋",还能想起陶渊明的这句诗,却怎么也编织不出"碧云天,黄叶地,秋色连波,波上寒烟翠"的岁月记忆。我喜欢这个季节,天高云淡,孤帆远影,远方仿佛有一种牵挂。

在这个季节里,儿子终于踏上了漂学之路。这是他第四

第四辑 诗意栖居

次去美国,而这次,却是漫长的远行。记得三年前,第一次游学西雅图,还是一副满眼稚气的青涩模样。然而,没有谁比我心里更清楚,这是一个命中注定要远行的少年。那年春天,纽约的第一场雪。和儿子一起坐在大都会博物馆里,望着中央公园那一派白雪皑皑、银装素裹的景色。儿子说,他上学的地方应该是一座会下雪的城市。

去年,也是在异国他乡的春天,迎接我们的是第一场雪;离开时,送别我们的,又是一场百年未遇的暴风雪。这是一个风雪无常的年代,一个学漂的年代,每到紫薇花盛开的季节,总会有成百上千的中国学生背井离乡,带着他们的梦想奔波海外求学。

我不知道,这是一种怎样的命运轮回。有人曾经问英国探险家马洛里:"你为什么要登山?"马洛里回答说:"因为山就在那里!"

2016年08月28日

多了一分思念

多年以后，照片中的三个孩子一定会回想起那个春水荡漾的午后，他们在一起拍的第一张"新年照"。那年，我儿子13岁，小学五年级；大表弟11岁，小学三年级；小表弟才6岁，幼儿园大班，上课时还会折纸飞机在教室内飞舞，然后一脸无辜地问老师说："不可以吗？"那时候，我们刚刚搬到这个坐落在海边的小区。

出了大门口或者从四楼的房间就可以看见大海，海面上散落的小岛和点点船帆，你会想起瓦雷里的诗句："这片宁静的屋顶上有白鸽的啄食。"记得照片中那只后来叫作"小莫"的灰色贵宾犬才出生三个月，毛发还是黑色的，过了新年后才渐渐变成灰色，神态也变得越来越得意忘形。儿子说，小狗太孤单，给它找个玩伴吧。于是，家里又多了一只叫作"牧童"的牧羊犬。后来，大表弟、小表弟也跟着养了一只贵宾犬和一只牧羊犬，"新年照"又增添了许多可爱的生灵。

第四年，儿子到了美国读书，对"新年照"依然念念不忘，拍照的时间因而改成了圣诞节。同一个地点，同一个场景，

穿着同一款服装,同样青涩的脸庞和无忧无虑的眼神,每年的"新年照"一拍就是 6 年的光阴。

"岁借阳光三篙翠,春分海岸一脉香",我不知道,一张照片能够留住多少岁月的记忆。而家门口那两棵槟榔树,已默默地从两层楼高长到了四层的屋顶。小区还有不少同龄的孩子,无一例外都去了国外读书。

如今,原本喧闹的小区到了春节却格外寂静。春水依然,而远方却多了一分思念。多年以后,当他们都老了,孩子们一定会记起木心的诗:"从前的日色变得慢,车,马,邮件都慢,一生只够爱一个人。"

2018 年 02 月 17 日

鼓浪屿记忆

一

加缪让人绝望，神学又太沉重，还是读读轻松一点的书吧。不知为什么，又想起了鼓浪屿，想起了朱水涌老师主编的这本《鼓浪闻音》。或许，在我们的眼中，那个"拥有一种与世无争、和平共处的心境"，那个"一百多年来头顶上总是一直响着经久不息的教堂钟声"的小岛，早已消逝了。

在我们的心中，曾经默然守护的内心安宁和秩序，如今，只能在这些名家的笔下，依稀找回童年的记忆，留住往昔的梦想。还是先听听巴金的回忆吧。1930年的秋天，巴金第一次登上鼓浪屿，"听着窗外的雨声，望着躺卧在窗下的海景"，巴金编织着他柔美的"南国的梦"："鼓浪屿这个地名突然冲破梦的网出现了。它搅动了窒闷的空气。"在一间窄小的房间，靠着露台的栏杆，年轻的巴金这样写道："窗下展开一片黑暗的海水。水上闪动着灯光，漂荡着小船。头上是一片灿烂的明星。天没有边际，海也是。"我仿佛认识它们，我仿佛了解它们的语言。我把我的心放在星星的世界中间。我做着将来的梦。

鼓浪屿给巴金留下的印象是新奇："美丽的、曲折的马路，精致的、各种颜色的房屋，庭院里开着各种颜色的花，永远是茂盛和新鲜的榕树。"在巴金的记忆中，"我喜欢这种南方的使人容易变得年轻的空气"。正如赫尔岑曾说过的这句"单是那明亮的阳光就够使人怀念了"。又有谁能够想到，这是一片苦难的阳光。

2013 年 05 月 10 日

二

是谁说过："美景之美，在其忧伤。"巴金再次来到鼓浪屿时，在日光岩上眺望美丽的海，剥着花生，剥着荔枝，听着风声，听着海水击岸的轻微的声音。他这样写道："我的眼前尽是明亮的阳光和明亮的绿树。在这个花与树、海水与阳光的土地上我们做了两小时的南国的梦。"离开小岛时，"我还留恋地投了一瞥最后的眼光在那形状奇特的岩石上，还有岩石中间的小桥。先前我们明明走过的，现在它显得这么高，这么小。但是船再一转动，鼓浪屿便即刻消失了。我的眼前只有花和树、海水和阳光"。多年以后，远在异国他乡的日本横滨，巴金眺望着猎户星座的七颗明星，"远远地在天际是那一片海，白蒙蒙地在冷月下面发光"，使巴金不禁想起日光岩下的美丽的岛上风光。

不止一次，我在日光岩下的岛上看过这七颗永不会坠落的星，看过和这海相似的海。在巴金的记忆中："龙眼花开的时候，我也曾嗅着迷人的南方的香气；繁星的夜里我也曾坐了划子在海上看星星。我也曾跨过生着龙舌兰的颓垣。我

也曾打着火把走过黑暗的窄巷。我也曾踏着长春树的绿影子，捧着大把龙眼剥着吃，走过一些小村镇。我也曾在海滨的旅馆里听着隔房南国女郎弹奏的南方音乐，推开窗户就听见从海边码头上送来的年轻男女的笑声。"而这一切，"说起来就想流泪似的感动"。我们这代人似乎也曾编织过这样的"南国之梦"。如今，海水依旧，梦想却早已深埋于苦涩的海底。

2013 年 05 月 11 日

三

追寻一座城市的记忆，总是缠绕着每个人成长的感伤。鼓浪屿一直是一座充满帝国失落遗迹的宫殿，一座纠结着传统和现代、东方和西方情怀的花园。清朝乾隆年间《鹭江志》

记载，这座小岛"在海中，长里许"，"俨然几案是也"。这个小小的几案，却让林语堂看到了一个缤纷的世界。

早年在鼓浪屿寻源书院读书，林语堂这样写道："我与西洋生活初次的接触是在厦门。我所记得的是传教士和战舰，这两分子轮流威吓我和鼓舞我。当我是一个赤足的童子之时，我瞪眼看着1905年美国海军在厦门操演的战舰之美丽和雄伟，只能羡慕赞叹而已。"在林语堂的记忆中："我们人人对外国人都心存畏惧。他们可分为三类：传教士的白衣，清洁无瑕和洗熨干净；醉酒的水手在鼓浪屿随街狂歌乱叫，常令我们起大恐慌；其三则为外国的商人，头戴白通帽，身坐四人轿，随意可足踢或拳打我们赤脚顽童。"

林语堂后来的文学思想，从他早年的这段求学经历就已埋下了难分难解的脉络。在他的《八十自叙》中，他还清晰地记得小学校长那贪得无厌的打算盘声，传教士女高音的合

唱声，英国足球队和美国舰队来访时的军乐队演奏声。而最令他感到惊骇怪异却又莫名兴奋的是外国人俱乐部的舞会，"半裸其体，互相偎抱，狎亵无耻，行若生番"。对从穴隙偷窥的林语堂和那时年轻的中国学生来说，"那种令人难以相信的人间奇观，真是使人瞠目吃惊"。

在《林语堂自传》中，他不无调侃地说："到现在呢，我也看得厌了，准备相信这些奇怪的外国人之最坏的东西了。"鼓浪屿不就是这样一个"奇怪"的文化产物吗？

2013 年 05 月 13 日

四

一座城市的珍贵并不仅仅在于它的美丽，更重要的是它所呈现的那些激动人心的记忆和影响久远的思想。鼓浪屿的珍贵，恰恰就在于 100 年前西方文明在东方海上掀起的波澜，

至今依然涟漪阵阵。舒婷记住的是100多年来经久不息的教堂钟声。林语堂记住的是传教士和战舰。王鲁彦记住的是罗马字拼厦门音的《新旧约全书》。艾芜记住的是鼓浪屿的洋式建筑和坡头绿荫,"便像谁在使用绘画那样手法似的,在对面的水上分明地展画出来"。

从鼓浪屿散发出来的绝不仅仅是海水的记忆,赵元任笔下的周淑安,却不知因为有了教堂,才有了钢琴,有了合唱团和女指挥家。冰心笔下的林巧稚,如果没有教会医院,又怎么会有生于基督教家庭、一直奉着"爱人如己"教义的白衣天使?梁实秋笔下的马约翰,难道不是因为教会学校,体育得以成为一种新的教育思想?端木蕻良在追忆马约翰老师时,仍念念不忘"我从前好爬树,所以对体育馆的爬杆很感兴趣"。

令人啼笑皆非的是,我的母校开始要求学生上体育课,学会爬树。这居然引起了一场风波。据说这是校长访问威斯康星大学的考察成果之一。而且,不仅要爬得上去,还必须从一棵树翻腾到另一棵树。我们的体育老师是否也必须挂在树顶上授课?是否也能从一棵树翻到另一棵树?不幸的是,四季如春、绿树成荫的校园,居然找不到一排能够爬的树,不是太矮就是枝繁叶茂。

思想走远了,当我们试图拼贴起这些碎片化的历史记忆,才发现我们的鼓浪屿颇像被抛弃的情人扔掉的心上人的衣物和照片。又有谁愿意收拾旧情残物,重提那些辛酸的往事?

2013年05月14日

五

很久以来，我们对鼓浪屿总是有一种不可名状、欲说还休的心理纠结，但我一直无从形容这种100年来始终笼罩在这个小岛上的光与影。

朱水涌在《鼓浪闻音》中也曾试图从这些名家的笔下找寻这个历史的答案，可惜，这些名人不过是匆匆的过客，一如台湾诗人郑愁予的诗句："我答答的马蹄是美丽的错误，我不是归人，是个过客。"他们笔下的记忆，不过是一个小孩透过布满水汽的窗户看外面世界所感受的情绪，你可以很容易用手背抹去这些雾气中的记忆。他们之所以赞叹鼓浪屿如此美丽，更多时候是因为他们深知这种美丽将不复存在，而这种美丽让他们备感悲伤。

多年以后，我沿着博斯普鲁斯海峡，走进伊斯坦布尔，走进帕慕克缤纷的世界，我悄然发觉，远隔万里的伊斯坦布尔的命运，竟然和我们眼中的鼓浪屿，有着一种令人不可思议的相似之处。我们苦苦寻找的鼓浪屿记忆，犹如帕慕克目睹着一座充满帝国遗迹的忧伤，收拾童年成长的记忆和失落的美好时光，穿越传统和现代并存的城市历史，以一种迷人的哀歌，把伊斯坦布尔带到世界面前。

在帕慕克的记忆中，"世界几乎遗忘了伊斯坦布尔的存在。我出生的城市在她两千年的历史中从不曾如此贫穷、破败、孤立。她对我而言一直是个废墟之城，充满帝国斜阳的忧伤。我一生不是对抗这种忧伤，就是让她成为自己的忧伤"。

同样，当我们在记忆中一次次穿越鼓浪屿这些窗裂墙塌的砖块废墟，这些多年来已无人照料的羊齿植物、凤凰花和三角梅缠绕的栅栏，从内心深处便感受到一种因帝国文明的失落而唤起的哀愁。无论是伊斯坦布尔，还是鼓浪屿，这种忧伤之气无处不在。

2013 年 05 月 15 日

六

一座城市的声音，留给人的记忆是久远的。在我的记忆中，伊斯坦布尔最震撼人心的声音来自那每天清晨到夜晚的祷告声，排山倒海地笼罩着全城。在帕慕克的眼中，这声音浸透着根深蒂固的忧伤和神秘。"我喜欢那排山倒海的忧伤，当我看着旧公寓楼房的墙壁以及斑驳失修的木宅废墟黑暗的外表，看着黑白人群匆匆走在渐暗的冬日街道时，我内心深处便有一种甘苦与共之感，仿佛夜将我们的生活、我们的街道、属于我们的每一件东西罩在一大片黑暗中，仿佛我们一旦平平安安回到家，待在卧室里，躺在床上，便能回去做我们失落的繁华梦，我们昔日传奇梦。"

当教堂的回响归于寂静时，身为一个异乡人，一个匆匆的过客，"在伊斯坦布尔这样一个伟大、历史悠久、孤独凄凉的城市中游走"，我不知道你是否也会惊喜地注意到，石子铺就的并不宽阔的街道两旁，栗子从树上掉落在地的清脆声。这声音更像是一种生命的慰藉，正如博斯普鲁斯对许多伊斯坦布尔的家庭来说，是他们仅有的慰藉。

回到鼓浪屿，这座小岛上最令人流连忘返的也有两种声音，"100多年来经久不息的教堂钟声"和让人浮想联翩的钢琴声。

这座小岛上人均密度很高的教堂和钢琴，一直为人津津乐道。我却十分沮丧，从我儿时的记忆中，就没听见过一次教堂的钟声。我童年时代的那些带十字架的尖顶教堂，那些墨绿和乳白色的百叶窗扉，始终处于一种紧闭状态。当我从颓窗断墙外透过潮湿的树丛探看神秘的世界时，心头便掠过一股忧伤。

　　我也曾不止一次来到钢琴博物馆，仔细端详着这些古老的西方钢琴。常常会想，它们究竟是为了什么漂洋过海来到这里？是寻找一处托付终身的家园，还是仅仅为了填塞我们已然失去的钢琴之梦？毕竟，在早已嘈杂喧闹如集市的鼓浪屿，你是否听见钢琴的声音已毫无意义。这并不能挽回我们对失去的一切所感受到的痛苦，更多的时候，只会迫使我们创造新的不幸和新的逃避方式。而我们只能借筑梦来逃避。

2013 年 05 月 16 日

七

博斯普鲁斯绝对是一片容易让人迷失的海。置身又深又黑的海水其间,仿佛可以从大海深处触摸到伊斯坦布尔横跨欧亚文明刀口的忧伤。"你会看见公寓楼房和昔日的雅骊别墅,阳台上看着你、品着茶的老妇人,坐落在登岸处的咖啡亭,在下水道入海处下水、在泥地上晒太阳的只穿内衣的儿童,在岸边钓鱼的人,在私家游艇上打发时间的人,放学后沿海边走回家的学童,坐在遇上塞车的公车里眺望窗外大海的游人,蹲在码头等待渔夫的猫,你从没意识到如此高大的树,你根本不知道的隐秘别墅和围墙花园,直入山中的窄巷,在背后隐约出现的公寓楼房,以及慢慢在远方浮现的混乱的伊斯坦布尔,它的清真寺、贫民区、桥、宣礼塔、高塔、花园以及不断增多的高楼大厦。"

沿博斯普鲁斯海峡而行,我们仿佛走入帕慕克的童年回忆,他的母亲、祖母带他乘船出海时的情景。此刻,我不得不想起我童年时的鼓浪屿。每到夏季,吃过端午节的粽子,父亲总会带我们三个兄弟一起到鼓浪屿海滩去游泳。那时候天总是很蓝,海面上总是风平浪静。港仔后、大德记一带的沙滩柔软而洁净,高高低低的槟榔树、相思树、蒲葵、夹竹桃、三角梅和大叶榕错落有致地等候在岸边,远远眺望着在海里游泳的人的剪影。

那时候,日光岩下还没有搭建愚蠢的廊道和大煞风景的缆车,岛上也没有所谓环保的电车和该死的轿子、轿夫。不需要莫扎特和斯特劳斯的钢琴、雅尼的电子琴和肯尼基的蓝色忧郁,更不需要一路令人败兴的流行歌曲,海水轻轻拍岸就是拨动心灵的音乐。

搬离鼓浪屿好长一段时间,我们还常常回来这儿游泳。暮色降临时,在码头上带一个西瓜或一大把荔枝回家,用塑料网袋捆着放进小院子中的老井里,井水和瓜果一样冰凉透澈。顿时,感觉自己拥有了一片鼓浪屿的海。渐渐地,这片童年的海不知不觉地迷失在岁月的梦乡。

2013 年 05 月 17 日

八

我的童年时代从未出海远游,甚至从未到过鼓浪屿周遭的小岛。不是因为那些岛无人居住,而是因为那些岛属于军事管辖区。一到夜晚,鼓浪屿和这座城市的许多道路、海滨都有军人和民兵巡逻。"我只想看看那些岛,看看岛上那些不知名的树和花,还有栖息的白鹭。/你有路条吗?没有!/那你就别想过去。"

那时,你只能默默远眺那些近在咫尺却又如此寂寞的小岛。退潮时,沿着海边数着一个又一个废弃的碉堡。在长满青苔的礁石上,在盘根错节的老榕树下,这些荒凉的石块和水泥堆砌的防御工事,看起来就像是远古年代出土的兵马俑。每到刮西南风的日子,总会听见远处漂洋过海而来的邓丽君甜蜜的歌声:"我要为你歌唱,唱出我心中的悲伤,因为是你带给我希望。"我大学时一位叫季弗的

诗人同学曾为此写过一首缠绵悱恻的诗，至今我还记得这句："隔山隔海飘过来的丝丝小雨，淋湿了许多小小的伤心，那时我正要启程。"

多年后，当我阅读帕慕克，不由自主地想象着作者从孩提时期开始，俯瞰博斯普鲁斯，数着往来船只的情景，有如我儿时数碉堡一样，仿佛置身其间。罗马尼亚邮轮、苏维埃战舰、保加利亚客轮、意大利运煤船，渔船和货运船，在伊斯坦布尔海岸间窜来窜去的市区渡轮。"夏日傍晚，当染红的天空与黑色神秘的博斯普鲁斯连在一起时，海水飞溅的浪花，拖在划过其中的船只后头。但紧邻浪花的海面却是风平浪静，其色彩有别于莫奈的莲花池那般变化万千，起伏不定。眺望亚洲那岸的山丘，看着如神秘之海熠熠闪耀的博斯普鲁斯随日出变换颜色。雾气笼罩的春日傍晚，城里的树叶一动也不动。有那么一刻你会听见呼啸的激流声，惴惴不安地注意到似乎从天而降的晶莹白浪，于是不得不怀疑博斯普鲁斯也有灵魂。"

每一个在海边出生、在海边成长的人，心中都长留着一片海，时而宁静，时而忧伤。无论发生什么，我们随时都能漫步在博斯普鲁斯沿岸，漫步在鼓浪屿海边，数数船只，数数碉堡。

2013 年 05 月 17 日

九

帕慕克曾将数百年来始终弥漫在伊斯坦布尔的忧伤，用土耳其语称为"呼愁"。"呼愁"一词，出自《古兰经》，表达心灵深处的失落感。

在帕慕克看来，"呼愁"就像冬日里的茶壶冒出蒸气时凝结在窗上的水珠，它带给我们安慰，柔化景色。这是某种集体而非个人的忧伤。"源于城市历史的'呼愁'使他们一文不名，注定失败。"就像黑白老片中，即便最感人最真实的爱情故事，若以伊斯坦布尔为背景，一开始便能看出男孩生来背负的"呼愁"，将故事导入通俗剧。

"呼愁"并非来自主人公残破的痛苦经历，亦非来自他未能娶到他心爱的女子,反倒像是,充塞于风光、街道与胜景的"呼愁"已渗入主人公心中,击垮了他的意志。于是,若想知道主人公的故事并分担他的忧伤,似乎只需看那风景。帕慕克写道,假如过去两百年来,"呼愁"是伊斯坦布尔文化、诗歌和日常生活的核心所在,若想了解"呼愁"作为文化概念所表达的世俗失败、疲沓懈怠和心灵煎熬,若想传达伊斯坦布尔让儿时的他感受到的强烈"呼愁"感,则必须描述奥斯曼帝国毁灭之后的城市历史,以及此一历史如何反映在这城市的"美丽"风光及其人民身上。伊斯坦布尔的"呼愁"不仅是由音乐和诗歌唤起的情绪,也是一种看待我们共同生命的方式。我们几乎可以不假思索地将这段文字同样用来描述鼓浪屿的前世今生,描述100多年来夹生在传统与西方文化中痛苦彷徨的鼓浪屿人。

我想说的是,这种"呼愁"与生俱来,随处可见:那些一座接一座废弃的别墅、学校,老师曾指给我看的老照片,划着小船到对岸城里兜售的小鱼贩,背着画架和小提琴包回家的女孩,父亲带我们游泳的沙滩,它们渐渐消逝。然而,有件事始终不变:那就是我们这代人共有的"呼愁"。它像一层覆盖着海面的薄雾,苦苦支撑着这座岛屿的梦想。

2013年05月20日

十

鼓浪屿至今还留存着上千座风格各异的楼房、别墅。这些建筑大都建于19世纪末至20世纪上半叶。黄昏时分,狭窄而又歪歪斜斜的街道上，随处可见三三两两的"背包族"。这些年轻人，他们是来寻找"家"的吗？

不管你是否承认，过去100多年来，鼓浪屿和伊斯坦布尔一样，"是个谁都不觉得像家的地方"。在我们充满"呼愁"的记忆中，鼓浪屿好像是外国人的"家"。从1844年开始，先后有13个列强在鼓浪屿设立了领事馆，兴建教堂、开办学校、医院、洋行。1903年以后，鼓浪屿沦为公共租界。位于鼓新路的八卦楼，其楼主在甲午战争后，因不愿做亡国奴，举家内迁，定居于鼓浪屿。具有讽刺意味的是，1913年大楼因资金短缺而停工，竟由日本人出资续建，并由日本领事馆接管该楼。坐落于鹿礁路的日本领事馆，在馆内外竟然还附设了警所和警察本部，内有刑讯室和监狱。地下监狱的墙壁上至今仍留有数十处当年被关押者用手指或木片刻画的字迹。希萨尔说："一切文明皆如亡者一般短暂无常。就像我们难免一死，我们也得接受来而复离的文明一去不回。"

在这种逝去的忧伤中，鼓浪屿更像是中国人的避难所。20世纪上半叶，大量富商、华侨纷纷到鼓浪屿建宅置业。他们并非是为了落叶归根，更多的是为了避居乱世，寻求某种精神寄托；抑或是一种身份的炫耀和自我保护。我听说有一幢别墅，他的主人还没来得及看它一眼，就在返回东南亚的轮船上因赌而易于他人。还有一些别墅主人根本就没回来过。仔细看看位于鸡山路、鹿礁路、福建路和安海路的老别墅门楼，你几乎触摸得到深沉的"呼愁"。长城城墙、飞檐斗拱、龙

天下有道

凤须弥、闽南石雕、彩绘彩塑甚至八卦图,跃然在海天堂构、金瓜楼和其他别墅的门楼上。

在"西学为体"的建筑风格中,顽强地生长着中国文化的野草,在无意之中创造出了一种与世隔绝的文化。这种文化仿佛来自另一个时代的另一种语言:我们始终知道那个时代早已消失,一去不复返。在帕慕克眼中,这种文化乃是"瘫倒在路旁的死去之美"。

2013 年 05 月 21 日

十一

鼓浪屿最令人迷恋的是那些伊人憔悴般的迷宫小径。在我童年的记忆中,这些小径始终缠绕在我内心深处。第一次背着书包上学,每天来回长长的斜坡;在靠近街角的拐弯处,四个井孔取水的地方;通往海边沙滩的交叉小径,足以打发下午放学的时光;学校和教堂周边寂静的小路,参差不齐的树木、杂草丛生的草地和爬满常春藤、野蔷薇的断垣残壁,正是捉迷藏的好去处。

100 年来,这些小径时而弯弯曲曲,漫不经心地蹒跚着,等候你散淡的足音;时而高高低低,与世无争地蜿蜒着,回望你惆怅的眼神。有时,小径的尽头突然涟漪式地推开一个又一个路口,令人惊慌失措;有时,又在不经意之处怯怯地露出另一条小巷,让你蓦然回首。漫游在阡陌纵横的小径编织的深街僻巷里,仿佛生命的钟摆来回摇荡,时而由内,时而由外,感觉自己不完全属于这个地方,却也不完全是异乡人。

这正是鼓浪屿100年来呈现给人们的"呼愁"。这些小径的迷人之处,还在于它通往一处处"诗意的废墟"。看看这些老照片吧,如今,照片里的故事又淹没在哪条小径的记忆中?

本世纪初外国人开辟的足球场,俗称"番仔球埔",为人诟病的是那块"华人与狗不准入内"的告示牌。美国领事馆前后,据说有4个洞的高尔夫球场,有文字记载的中国第一场高尔夫比赛地。1869年丹麦人在鼓浪屿设立电报公司,铺设了厦门到上海、香港的海底电缆,在田尾建的电报房,开始收发电报。1902年爱尔兰人在鼓浪屿燕仔尾山麓创办了机器公司,修造蒸汽船。

1895年《马关条约》签订后,日本人在鼓浪屿设立"厦

门日本邮便局"，使用日本邮票寄发信件。俗称"日本球间"的大和俱乐部，还有专供日本人娱乐的舞场、酒吧、桌球和网球场。更有甚者，在鼓浪屿浪荡山下，专门建造有"厦门日本共同墓地"。这些充满忧伤的照片，犹如鼓浪屿岛上的小径，每一条都通往苦涩的"呼愁"。

2013 年 05 月 24 日

十二

一座岛屿和她的城市留给人们的如画之美，不是来源于随时间推移而变美的建筑风光。一座岛屿和她的城市留给人们的如诗之梦，也不是来源于因空间构造而变美的自然景观。

100 年来，鼓浪屿岛上散落和聚集的这些建筑物，四周环绕的青草绿叶，奇异的岩石，天边的浮云和蔚蓝的海水，唯有在历史赋予它无常的苦难和永恒的"呼愁"后，才变得如诗如画。有时候，在黄昏时刻，在月明星稀的夜晚，在每一个细雨飘飘的季节，你会突然感觉，鼓浪屿这些死巷、空屋和寂静的教堂在你的眼中显得格外千娇百媚；你会突然叩问："世界上还有哪个地方比这里更令人忧伤"；你会突然沉思："殊难相信，这些死寂的城墙后头存在着活生生的城市"。无论是作为"万国建筑博物馆"，还是作为"海上花园"，你都不能忘却鼓浪屿作为"公共租界"的前世今生。翻读老报人赵家欣写于"厦门沦陷于日寇铁蹄之下 70 周年的这个鼠年之夜"的这篇文章，不禁黯然神伤。

1941 年 12 月 8 日，日军出兵攻占鼓浪屿，这天正好是日本海军奇袭珍珠港，太平洋战争全面爆发的同一天。这绝不是历史的巧合，显然是一个蓄谋已久的阴谋。早在1895年，《马关条约》签订后，日本窃取台湾之后就已经开始打起厦门和鼓浪屿的主意了。他们先以低价强行收购鼓浪屿一处山坡作为日本人共同墓地，又于1899年1月24日由驻厦领事照会福建兴泉永道，要求"设立专管租界，划地至22万坪之多，其意欲囊括全岛也"。

当时的兴泉永道道台恽祖祁还算是个明白的官员，他把这事透露给了美、英、德驻厦领事。果然，列强闻风而动，声言"鼓浪屿是各国通商口岸，不能有租界"。这招"以夷制夷"的策略居然收到了成效。令人寒心的是，这位恽道台竟因此被清政府开缺议处。1900年，义和团运动爆发，外国传教士集中到鼓浪屿避难。日本即借口保护侨民，命令停泊在厦门港的日本战舰派遣陆战队强行登陆鼓浪屿，企图浑水摸鱼。驻胡里山炮台官兵怒将炮口对准鼓浪屿日本领事馆。英、美则分别派出军舰来厦示威。1938年5月10日，日军占领了厦门。而这个时候，鼓浪屿早已沦为各国的公共租界。

2013年05月25日

十三

100年的历史绝对称不上厚重，对鼓浪屿来说，历史远不止这些。在此之前，鼓浪屿和这座城市，与其说是一座小渔村，不如说更像是一座城堡。我一直以为，我从小生活而且不曾离开过的这座城市，历尽沧桑，但始终未曾改变的就是这样一种"城堡"式的文化生存状态。

还是翻翻历史吧：明洪武二十年（1387），朱元璋派江夏侯周德兴到福建，置卫所、建城寨，每"卫"下辖左、右、中、前、后5个所。厦门设中、左两个所。所以，历史上厦门又称"中左所"，与嘉禾屿并用之。《明史》对此事的记载，只有短短几行："居无何，帝谓德兴：福建功未竟，卿虽老，尚勉为朕行。德兴至闽，按籍金练，得民兵十万余人。相视要害，筑城一十六，置巡司四十有五，防海之策始备。"当时福建东南沿海"一郡者设所，连郡者设卫"。也就是，泉州设永宁卫，管辖5个所，即福全、中左、金门、高浦、崇武。惠安设立5座城，即崇武城、獭窟城、小岞城、黄崎城、峰尾城。

到了明末清初，郑成功据守厦门、金门，以此作为反清复明的基地，在此展开长达30多年的拉锯战。期间，郑成功设立了不少山寨要塞和练兵场所。如今，鼓浪屿岛上还保留着日光岩的水操台、国姓井，龙头山上的"龙头山寨"。在对岸虎头山和鸿山顶上还建有城墙、寨门，称"嘉兴寨"，鸿山顶上书刻"延平郡王"4个大字。一龙一虎锁住鹭江两岸的海上咽喉。据说，日光岩原来叫晃岩，出生在日本平户海滨的郑成功，发现其景色胜过日本的日光山，于是就把晃字拆开，称之为日光岩。"田横尚有三千士，茹苦间关不忍离。"

实际上，600多年来，从明王朝的抗倭、禁海，到郑成功与清王朝的殊死抗争；从鸦片战争到"五口通商"和"公共租界"；从抗日战争日本占领到海峡两岸的军事对峙，鼓浪屿和这座城市始终没有逃脱作为"城堡"的历史命运。

2013年05月27日

十四

每一次翻读帕慕克的《伊斯坦布尔》，竟然常常会分不清楚这些充满忧伤的情景，到底是帕慕克笔下的伊斯坦布尔，还是我记忆中的鼓浪屿和这座城市？

我小心翼翼地挑出这样一些情景：太阳早早下山的傍晚，走在街灯下提着塑料袋回家的父亲们；隆冬停泊在废弃渡口的老渡船；在鹅卵石路上玩球的孩子们；老别墅的空船库；挤满失业者的茶馆；冬夜赶搭渡轮的人群；从窗帘间向外窥看等着丈夫半夜归来的妇女；贩卖宗教读物、念珠的老人；雾中传来的船笛声；傍晚空无一人的市场；栖息在生锈驳船上的海鸥，驳船船身里覆盖着青苔与贻贝；严寒季节从百年别墅的单烟囱冒出的丝丝烟带；在桥两旁垂钓的人群；街头摄影人；戏院里的呼吸气味；日落后不见女子单独出没的街道；贴满脏破海报的墙壁；在街头尝试把同一包面纸卖给每个过路的小孩；无人理睬的钟塔；繁忙的十字路口设置的地下道；阶梯破败的天桥；在同一个地方卖了40年明信片的男子；在最不可能的地方向你乞讨、在同一个地方日复一日发出同样乞求的乞丐；在摩肩接踵的街上、船上、通道和地下室里阵阵扑鼻的尿骚味；人人尚在睡梦中、渔夫正要出海捕鱼的清晨时分；上了6年没完没了令人厌烦的英文课后仍只会说"yes"和"no"的中学生们；散落在冬夜冷落的街头市场上的蔬果、垃圾、塑料袋、纸屑、空布袋和空盒空箱；在街头市场怯生生讲价的美丽蒙面女子；带着三个孩子艰难走路的年轻母亲；

铺了许多沥青而使台阶消失的鹅卵石楼梯；大理石废墟，几百年来曾是壮观的街头喷泉，现已干涸，喷头遭窃；小街上的公寓，医生、教师和他们的妻子、儿女们，傍晚坐在公寓里听收音机；在码头上等顾客上门时凝望风景的小贩；所有损坏、破旧、风光不再的一切；近秋时节飞往南方的鹳鸟。

100多年来这些情景映照出城市自身的"呼愁"，城市的文化认同感在回忆中则成为"呼愁"的写照。实际上我想说的是"呼愁"不是某个孤独之人的忧伤，而是数代人共有的文化情绪，是伊斯坦布尔和鼓浪屿这两座城市共同的命运。

2013 年 05 月 28 日

十五

一部鼓浪屿和这座城市的历史，几乎就是一部东方和西方的海盗史。假如没有海盗，我们可能还陶醉在唐诗宋词的梦想里，生活在元杂曲的小调中。筑城始于此，毁城止于此。

600多年来，明王朝忙于筑城，忙于海禁，忙于抗倭，忙于雕刻"剿灭红夷"的摩崖印记。100多年来，清王朝忙于建造无数的炮台，忙于购买西方先进的火炮装备，忙于败战谈判，忙于"以夷制夷"的雕虫小技。我将这段历史当成一个象征，一半是海水，一半是苦难。当我们凝望这座城堡一样的岛屿和城市，不免百感交集。唯有时间与历史剧变能够赋予它此种面貌。其间得蒙受多少征服、多少败战、多少苦难，才得以创造出眼前的景象。

在我童年的记忆中，依稀还记得一张明代古战船的图片，

这张图片迄今还展示于郑成功纪念馆。明清之际，郑芝龙、郑成功和郑经三代家族拥有当时东南沿海实力最强大的一支武装商业团队，领导数十万海贼，经营走私与劫掠事业，横行于台湾海峡，曾经完全掌握了连接中国沿海与东南亚地区之间贸易网络的控制权。

1633 年，郑氏武装击溃荷兰东印度公司舰队，此后，又一次次打败荷兰人，从此控制海路，收取各国商船舶靠费用，并对缴保护费的商船给予郑家的令旗。"凡海舶不得郑氏令旗者，不能来往。每舶例入 3000 金，岁入千万计，以此富敌国，自筑城安平镇。从此海氛颇息，通贩洋货，内客外商，皆用郑氏旗号，无傲无虞，商贾有二十倍之利，尽以海利交通朝贵，寖以大显，八闽以郑氏为长城。"至此，郑氏海盗的通商范围遍及东洋、南洋各地，拥有超过3000艘大、小船的船队。一位历史学家说："与其竞争对手相比，包括满族人、荷兰人，郑氏网络的商业和政治智慧一点都不逊色。这组织无疑具备了与东印度公司相同的一些特征。"这个海盗式商业王朝延续了将近50年，他们代表了拥有武装力量支持的华人商人的可能拓展的最辽阔的边疆。

然而，历史的悲剧就在于，中国这样一个炊烟袅袅的农耕社会，从来就缺乏能与政治权力抗衡的商业与社会力量。过去是，现在仍然是。这些纷乱的故事，最后徒然剩下一句感叹："臣取之海，无海即无家。"

2013 年 05 月 30 日

十六

"所谓不快乐，就是讨厌自己和自己的城市。"帕慕克这样叙述自己对伊斯坦布尔的感受，"有时候，你的城市看起来像陌生之地。熟悉的街道突然改变颜色。我看着身边擦身而过的神秘人群，瞬间觉得他们在那儿已有100年的时间。泥泞的公园，荒凉的空地，电线杆以及贴在广场和水泥怪物墙上的广告牌，这座城市就像我的灵魂，很快地成为一个空洞，非常空洞的地方。"

福楼拜造访伊斯坦布尔时，曾预言它在一个世纪内将成为世界之都。事实却相反，奥斯曼帝国瓦解后，世界几乎遗忘了伊斯坦布尔。在我看来，与其说这是一种遗忘，不如说是一种沦陷，一种历史和文化的沦陷，正如鼓浪屿和这座城市的际遇。

100多年来，这座城堡从未落入倭寇之手，却逃不过清军的铁蹄，这是她第一次沦陷，留下了多愁善感的遗民文化。城堡至今残留许多明城墙、炮台、书院、神像、宋江阵以及明朝民间风俗和遗民色彩。鸦片战争之后，城堡第二次沦陷，成为"五口通商"口岸，烙下了早期西方工业文明的移民文化。至今保存的鼓浪屿老照片中，就有许多关于教堂、教会办的学校、西式别墅、邮局、明信片、造船、灯泡、感光照片、咖啡、钢琴、网球和足球运动场。到了抗日战争时期，城堡第三次沦陷，日本文化的影响更多地和日据时期的台湾文化联系在一起，至今丝丝相扣，剪不断，理还乱。

一次次的沦陷并没有改变城堡的命运，却决定了鼓浪屿和这座城市的性格色彩。既非大家闺秀，也非小家碧玉，有如一片废墟之中生长出的美丽而忧伤的无名之花，命中注定萎缩于平庸。我不知道如何形容她的百变面孔和性格，我只知道，在这些忧伤的美景之画中，鼓浪屿并不快乐。

直到今天，有许多生活或曾经生活在这座小岛上的居民，他们渴望离开。因为鼓浪屿从来没有像今天这样让他们感到如此陌生。城堡里早已没有童话，只有平庸的生活，或许，她正在被潮水般平庸的商业文化吞噬，再一次沦陷于一天天平庸下去的历史时光。

2013年06月03日

棋行长汀

一

长汀，犹如一卷散佚于深山密林中的古老棋谱，静静地隐藏在一座失落的古寺里，抑或，一处桃花寂寞的地方，留给人们的只是芳草连天般的遐想。

我从未到过长汀，然而，不知从什么时候开始，不知为何，这座传说中的隐秘山城竟让人产生一种素未谋面却偶尔会让你有些莫名的想念和牵挂，想着在一个春天的季节去看看它。于是，借着假期，厦门围棋界的几位棋友相约："去长汀看看，如何？"从厦门到长汀，雨中出行，一路高速，车程也得4小时。

想象中的汀州，应该是唐诗中的"人闲桂花落，夜静春山空。月出惊山鸟，时鸣春涧中"的诗情画意；或者，是宋诗里"乱山深处小桃源，数家临水自成村"的乡村景象。然而，初入长汀，扑面而来的一片山城却令人有些失望和郁闷。传说中的"中国最美丽的县城"混迹在杂乱无章的新旧建筑之间。据说，4000年前，这里就有古越族人休养生息。从大唐开元二十二年（734）设立汀州，一直到清末，长汀一直是闽西政治、经济和文化中心。

如今，你还能断断续续地寻找到唐朝的古城门三元阁、双柏，唐代至明代的古城墙，宋代的汀州文庙，明清两代的汀州试院等。可惜，这些古迹不是破破烂烂空置着，就是和居家极不协调地杂处，随处晾晒着零乱的衣物。发现并爱上这个美丽而寂寞的古老山城，你得漫无目的地走入长汀的大街小巷，或者，沿着汀江逐水而漂到乡下去，才能细细品味它的韵味，才能体会到"一声江上侍郎来"的那份惊喜。

2014 年 05 月 03 日

二

其实，我之所以念念不忘这座古时叫作"汀州"的偏远小

城，并不在于它本该山清水秀，"暮烟千嶂，处处闻渔唱"，而在于我的母校曾经在这里留下一段短暂却又充满苦难的时光。毕业 30 年了，这段岁月依然静静地躺在我们的阅读记忆中。

1937 年 7 月 1 日，厦门大学正式由私立改为国立。七七事变的前一天，萨本栋被任命为厦门大学校长。抗日战争爆发，随着北大、清华被占领，南开校园化为残垣断壁，中国高等教育步入生死存亡之境。本来已躲进鼓浪屿租界，借英华中学和毓德女校部分校舍偏安一隅的厦门大学也难以平静。日寇军舰和飞机接连轰炸袭击厦门，东南沿海处于战火严重威胁之下。厦大生物楼被摧毁，学校于 1937 年 12 月 20 日停课，准备迁移。萨本栋委派教务长兼文学院院长、语言学家周辨明博士去福建内地选址。周的父亲周之德牧师自 1892 年就在长汀传教，于是就选定长汀为厦大内迁的校址。

现在我们已经难以想象，那时从厦门到长汀，关山阻隔，战火纷飞，一路上道路崎岖，土匪出没，100 多名学生借舟渡海，跨越九龙江和十几条溪流，翻过崇山峻岭，长途跋涉800里，前后历时20天，从1937年12月初开始搬迁，到第二年1月17日在长汀复课。

厦大的迁移并不是当时特有的现象。随着战争迅速蔓延到华北、华南各地，战火覆盖了整个长江下游，一所又一所大学迁往内地。3年之内，到1941年初，战前114所大专院校中有77所迁往内陆。就这样，在每个入学和毕业的季节里，在一个个天真无邪的梦里，我们记住了一座又一座小城的名字。

2014 年 05 月 04 日

三

"眼泪的存在，是为了证明悲伤不是一场幻觉"，出自罗兰·巴特《爱的絮语》中的这句话，让我们对厦大内迁长汀的这段岁月充满了苦涩的回味。

初迁长汀时，追随母校的学生仅有百余人；到了1944年返厦时，在校学生共800人。偏僻的山城几乎一无所有，学校只能先租用长汀饭店和附近民房为教职员宿舍，借用专员公署、修整文庙祠堂为图书馆、实验室。后来又在卧龙山麓东自育婴堂、西至中山公园周围的一大片坡地上，陆陆续续建造了一幢幢简易校舍，学生宿舍有集贤、映雪、囊萤、笃行、求是、勤业斋，每间住4人，除木床外，每人都有一张书桌和一个木橱。

随着校园逐步扩大，萨本栋校长亲自设计，就地取材，以树皮代替屋瓦，以粗麻布代窗玻璃，以竹篾裹泥巴作为墙壁。在北山山麓挖筑防空洞，甚至还修了一座水库。没有电，萨本

栋把自己小汽车上的发动机拆下来，配上发电机，指导安装电灯。没有粮食，学生就吃糙米饭，学校自制豆腐。难怪长汀的豆腐至今还很好吃，令瞿秋白临死时仍念念不忘。他在《多余的话》最后写道："中国的豆腐也是很好吃的东西，世界第一。永别了！"

抗战岁月，厦大几乎占据了半个长汀城。一代纯粹的知识分子在困苦中依然"幻想于一条清洁的小河"的诗意，用他们的浪漫情怀，在战火的阴霾下坚持让知识之灯长明。当我站在长汀宾馆的顶层露台眺望，孤城一片，眼前的山城已找不到当年校园的身影。

穿过一条小街，赫然看见路口一所小学的校门上方，一块写有"国立厦门大学"字样的牌匾。这就是母校在长汀的旧校址！

四

路易·艾黎，一位有着"中国情结"的新西兰作家曾说过："中国最美丽的两个小城就是湖南的凤凰和福建的长汀。"1938年，艾黎受宋庆龄的委托来到长汀，创办"中国工业合作协会"长汀事务所。李约瑟，这位英国皇家学会的中国科技史专家曾注意到，长汀有很多古寺庙和会馆，"这里的建筑很绮丽，是从前的商人公会、客栈和庙宇的三位一体"。历史的眼神匆匆一瞥，留下的却是不同的倒影。这两个小城，一个举世闻名，一个却默默无闻。

如果不是抗战和厦大内迁的这段短暂的历史，今天的长汀该是一个怎样宁静的小城？绕城而过的汀江被称为"客家母亲河"，每年秋天，世界客家公祭母亲河大典都会在这里举行。奇怪的是它直直往南而不是往东出海。长汀、梅州和赣州，号称客家人的三大聚居地。

从西晋"永嘉之乱"起，中原汉人几度大规模南迁，汀州成为客家繁衍生息的祖籍地。古城深深地烙上了客家的印痕，客家民居继承了中原建筑文化的宗府门第式风格，它和客家土楼一样，是客家人聚族而居的"家族城寨"。

长汀的老街，挂满红色的灯笼和略微有些做作的小黄旗，倒也一派村廓酒旗风。几间木制工艺品店、当地小吃店值得逛逛。意外的是，还有一间小书店，洒落灰尘的两三排书架上可以找到一些和当地有关的文人作品，有纪晓岚的《阅微草堂笔记》、宋应星插图本《天工开物》、朱熹线装本《四书集注》，以及辛弃疾、陆游的诗词选集。在孔庙，我们还看到一班学生在练习吹奏葫芦笙，那声音似乎还弥漫着一丝中原遗民的悲凉。

2014 年 05 月 07 日

五

历史常常留给人们一个悠长的倒影。抗战时期，北大校长是蒋梦麟，他让受制于政治动乱旋涡中的北大再度青春焕发。清华校长是梅贻琦，他把清华从一片混乱的管理中拯救出来，办成了一所卓越的大学。张伯苓既是南开的创办者，又是校长。听到一生的事业被毁为废墟时，他只说了一句："侵略者只能摧毁我南开的物质，毁灭不了我南开的精神。"杨荫榆是北京女子师范大学校长，也是中国第一位女性大学校长。这位被鲁迅痛骂为推行"寡妇主义"教育、迫害学生的"一广有羽翼的校长"，有谁知道，抗战爆发后，日寇占领苏州，杨荫榆严词拒绝日军要她出任伪职。为保护女学生免遭蹂躏，她多次到日军司令部抗议，终于被日军枪杀于河中。"邻近为她造房子的一个木工把水里捞出来的遗体入棺。棺木太薄，只好在棺外加钉一层厚厚的木板。"杨绛回忆说："那具棺材，好像象征了三姑母坎坷别扭的一辈子。"如果鲁迅不是早死了一年，我不知道他又该说些什么呢？"我颠倒了整个世界，只为摆正你的倒影"，这好像是作家三毛说过的一句话。

在长汀，我没有来得及寻访萨本栋校长的故居。在我们零星的阅读记忆中，正是他力主"东南高等教育，还需要维持"，厦大必须留在最偏远的福建境内。他"经常身穿布质中山装,脚着双钱牌球鞋在校内奔忙,新来的同学往往以为他是校内工友"。日机炸毁山城大片民房,死伤甚多,他总是最后一个进入防空洞,第一个走出。在他的惨淡经营下,我的母校得以"弦歌不绝",成为一盏屹立东南敌后的不灭灯火。

2014 年 05 月 07 日

六

我们这代人从来就不缺少对苦难的阅读。令人难以理解的是,在贫瘠却充满政治药味的大学教育中,从来没有人告诉过我们,母校在长汀这段几近逃难的历史。毕业多年以后,没有几个同学记得这座从前叫作"汀州"的山城,它掩藏在崇山峻岭之中,曾经汇聚和收留过一批来自东南沿海的知识精英。无独有偶,与厦大这段历史同时发生,更为波澜壮阔的西南联大的历史记录也一度在我们的阅读记忆中消失乃至绝迹。

在母校的校园里,坐落着两座雕像,那座在人来人往路口的是鲁迅,另一座则在僻静的树木掩映的石阶下,这是萨本栋。我不能理解,两座雕像的命运何以如此迥异。鲁迅在厦大不过三四个月,期间他正热烈地玩"师生恋",写《两地书》,和同事翻白眼,拿着超高薪水却不停地抱怨日常琐事。他曾不无讥讽地形容厦大"硬将一排洋房,摆在荒岛海边上"。有人说,鲁迅是因为被排挤、打击而离开厦大;是因为"爱情",急切到广州和许广平相会,这无非为了掩饰他对厦大

的失望。然而，就是这样，如今在厦大校园里，鲁迅的身影无处不在，除了花岗岩塑像，还有纪念馆、鲁迅广场，校门、校徽上是他的墨迹，信封、毕业证书上也是他的手书。

而"舍身治校"的萨本栋却默默无闻，连同那段苦难的历史消失在师生们的记忆中。萨本栋的校长任期本为2年，但他一干就是7年，几乎和抗战同期。期间，他创办了土木、机电、航空等抗战急需的院系，使厦大赢得"加尔各答以东最完善之学府"的赞誉。死后仍将骨灰安葬于他所为之献身的厦大。

或许，在我们身后，母校一天天变得令人难以辨认，我们只能转身从那些苦难的历史记忆中寻找失落的精神家园。

2014 年 05 月 08 日

七

最让我深恶痛绝的是，谁让校园的钟声变成了该死的铃声？小时候，最喜欢听上课和下课的钟声，那钟声从容而悠长，充满了想象和希望，回荡着无尽的韵味。在钟声里，校园是一种美好的生活，一种对自由的信仰和渴望。

不知从什么时候起，钟声变成了刺耳的铃声。这铃声是一种使唤，一种恐惧和强迫症。在铃声里，校园渐渐变成了一座没有铁丝网的监狱，一串套在宠物脖子上的怪圈。如果说，钟声是阳光的象征，铃声则是苦难的诅咒。加缪说过："为了改变自然的冷漠，我置身于苦难与阳光之间。苦难阻止我把阳光下和历史中的一切都想象为美好的，而阳光使我懂得历史并非一切。改变生活，是的，但并不改变我视为神明的世界。"

在长汀，或者西南更为遥远的那一个个叫作"蒙自"、叫作"叙永"的边城，"叶沾寒雨落，钟度远山迟"。我们苦苦追寻的正是这样一种钟声。这恰恰是我们为什么会对母校那段历时短暂、鲜为人知的历史孜孜以求的原因。厦大和西南联大殊途同归之处，在于边地知识分子生活在一种几经流离失所、家破人亡，"国难耻而不辱，学风历难不衰"的时代。教授变卖图书，兼职为生。依照市价，教授的正薪买不到三斗白米。为养家糊口，校长夫人自制糕点，在街头巷尾摆摊。学生一般以最粗劣的大米和一丁点青菜果腹。他们共同提出了一个普世性的重大问题：在处境艰危之际，促使一所大学完成使命的内在动力是什么？是长夜漫漫中绵绵不绝的钟声！

"来是空言去绝踪，月斜楼上五更钟。"站在山城从唐朝到明朝不断重修的城墙边，我仿佛听见了从内心深处传来的杳杳钟声。

2014 年 05 月 09 日

八

一部中国乡村的草根历史，实际上就是一种暴力文化的历史。在汀州和它周边的闽粤赣地区，这些斑驳陆离的古代城墙、石碑、碉堡和山寨，留给我们的印象更多的是一张由盗匪、暴乱、兵变和家族械斗构成的诡异脸谱。"将略平生非所长，也提戎马入汀漳。数峰斜日旌旗远，一道春风鼓角扬。莫倚貔师能出塞，极知充国善平羌。疮痍到处曾无补，翻忆钟山旧草堂。"这是明朝王阳明写于汀州连绵群山之间的一首诗，题为《丁丑二月征漳寇，进兵长汀道中有感》，见诸明嘉靖《汀州府志》。

正德年间，南赣、汀州、漳州、龙川这些地方，壤界相接，山岭相连，其间盗贼不时生发，东追则西窜，南捕则北奔。正德十年（1515），池仲容、谢志珊领导的农民起义军四处攻城略地，杀官吏士绅，"拟官僭号"，各地"穷民""小户""浮口""客户"，避役逃民，百工技艺，游食之人纷纷响应，"福建、江西、湖广、广东之界，方千里皆乱"，朝野震动。这一年王阳明45岁，被任命为南赣巡抚，率兵剿匪，进驻汀州。武将剿匪，无非以暴易暴；而文人剿匪，却另有一番景象。

王阳明的这段剿匪历程，堪称中国剿匪史上最值得玩味的拍案惊奇。且看王阳明和擒获的匪首谢志珊的一段对话。王阳明问："汝何得党类之众若此？"谢曰："亦不容易。"王阳明问："为何？"谢曰："平生见世上好汉，断不轻易放过；多方钩致之，或纵其酒，或助其急，待其相德，与之吐实，无不应矣。"王阳明后来对他的门人说："吾儒一生求朋友之益，岂异是哉？"

2014年06月10日

九

明朝中叶，汀州和漳州，加上江西的南安、赣州，这一大片穷山恶水，刁民和暴贼云集，男盗女娼，周边省份都不想要这块地方。于是，这片区域就被拼凑成一个特别行政区，行政特首叫南赣巡抚。

朝廷里的文官，如果跟谁有仇，那就诅咒谁去当南赣巡抚。王阳明毕竟出身于名门望族，其父是明成化十七年进士第一，历官至南京吏部尚书。作为官二代和当朝官僚，他虽然看到了"破心中贼难"，却将匪患的根源归之于民风不善、教化未明。为此，他热衷于颁布乡约，建立保甲制度，恢复社学，兴办书院，开课讲学，试图教化百姓，纠正民风。殊不知，真正的贼在朝廷，在专制制度中。500年后，吴思用血酬计算的办法，直截了当地剖析了匪患的根源，这就是血酬定律：为了一定数量的生存资源，可以冒多大的伤亡风险，可以把自身这个资源需求者损害到什么程度。在王阳明笔下，土匪从事耕作的背景，一个因素是官府建立了保甲制度，防范越来越严，同时官府开始练兵，准备剿匪，抢劫的风险增大了。另一个因素是土匪数量不断增长，民众贫苦逃亡。狼多、牛瘦、羊少，抢劫收益大大下降。这就意味着，土匪流血多了，收入反而少了，血酬降低了。

吴思举了民国初年一个更为极端的例子。灾荒之年，全县老百姓都去当了土匪，官府既没有那么多的兵去抓，也没有那么多牢房去关。实际上，这些人并不是土匪而是灾民。王阳明剿匪成功，无非是提高了当农民的收益，加大了当土匪的风险，于是，许多山贼下山投诚，转化为农民，谋取血酬最大化。王阳明称之为"新民"。何新之有？

2014 年 06 月 13 日

十

有人说，汀州是客家人梦开始的地方。"五百年前兴废事，至今人号旧州城。草铺昔日笙歌地，云满当年剑戟营。"然而，我总觉得这座有着千年历史的唐宋古城，更像是中原文化的流亡之所。在我们的阅读记忆中，历朝历代在汀州的文人墨客大多被贬被逐，其作品弥漫着一种忧郁和哀愁。

唐顺宗年间，因为"八司马"事件，诗人韩晔被贬为汀州刺史。同时被贬为柳州刺史的柳宗元写下了《登柳州城楼寄漳汀封连四州刺史》:"城上高楼接大荒,海天愁思正茫茫。惊风乱飐芙蓉水,密雨斜侵薛荔墙。岭树重遮千里目,江流曲似九回肠。共来百越文身地,犹自音书滞一乡。"

唐元和年间,元自虚被贬汀州刺史,诗人张籍从京城来汀州看望,写下《送汀州源使君》:"山乡只有输蕉户,水镇应多养鸭栏。地僻寻常来客少,刺桐花发共谁看?"长汀驿作为宋代的驿站,流放的文人、官吏常常途经此地,留下了一声声叹息。

宋淳熙五年(1178),念念不忘"王师北定中原日,家祭无忘告乃翁"的诗人陆游,垂暮之年居然被任命为提举福建常平茶盐公事,主持国家粮油储备和茶、盐专营事务。穿过浙赣越杉关,走进汀州崎岖的山路,周边尽是连绵不绝的青山、水流湍急的河滩,深山密林间人烟稀少、鸟语婉转。诗人写下了《长汀道中》:"晚过长汀驿,溪山乃尔奇!老夫惟坐啸,造物为陈诗。鸟送穿林语,松垂拂涧枝。凭鞍久忘发,不是马行迟。"这种背井离乡的愁绪,仿佛是客家人与生俱来的文化特质,1000多年来始终没有改变,反而置身于阳光和苦难之间,散发出愈来愈浓烈的味道。

2014年06月15日

十一

"百越文身地"的汀州,又岂止是文人眼里的伤心之地,就连游方和尚们也忍受不了寂寞和悲凉。历史上记载最早谪居汀州的僧人,是会稽云门寺律僧灵澈上人。《全唐诗》有一首

《初到汀州》就出自这位僧人之手："初放到汀州，前心讵解愁。旧交容不拜，临老学梳头。禅室白云去，故山明月秋。几年犹在此，北户水南流。"透过淡淡的禅意，依然可以感受一份无尽的怅惘和失落。

从唐玄宗开元二十四年（736）长汀置州伊始，1200年来，在客家文化和原住民文化的融合中，佛教扮演了极其重要的角色。最早入闽的王审知及其家族笃信佛教，优待佛事，福建一度有佛国之称。而陆续从中原战乱辗转南迁的客家先民，大都也尊崇佛教。汀州最鼎盛时期，建有佛寺25座，仅报恩光孝禅寺、同庆禅院、东禅院等僧尼就达千人之众，可见当时佛教之盛。不过，这一些并不能改变我对于汀州更为神秘的阅读记忆，这记忆来自纪昀的《阅微草堂笔记》。

清乾隆二十七年（1762），纪晓岚督学福建，次年，在汀州举试，住汀州试院。试院里有两株古柏，在一个月朗星稀的夜晚，纪昀凝目古柏，若有所思，留下了一副意味深长楹联："参天黛色常如此，点首朱衣或是君。"《阅微草堂笔记》是纪昀暮年的作品，其故事题材以妖怪鬼狐为主，但凡故老疑闻、官场百态、人情翻覆、典章考证，乃至下层庶民的曲巷琐谈、奇闻异事、医卜星相、神鬼狐媚。从这些近乎六朝志怪的叙述简谈之中，"发人间之幽微，托狐鬼以抒己见"，我们又可以找到多少古老汀州的身影？

2014 年 06 月 17 日

十二

我到长汀的时候，内心渴望着能够遇上一场山城的雨，这完全是因为王阳明的一篇《时雨记》。500年前，汀漳大地上那场淅淅沥沥的雨，下得如此酣畅淋漓，让人喜极而泣，至今在我们记忆的深处依然难以抹去。

明正德十二年（1517）农历三月，右佥都御史王阳明率军征剿漳州匪盗，途经汀州上杭时，时值大旱，应士绅之请，王阳明模仿三国时期的诸葛武侯，脚踏七星八卦，在驻节之地的察院行台为民祈雨。居然天公作美，大雨下了一天一夜，旱象得以稍解。当王阳明挥师剿灭漳州匪盗再次班师回上杭时，已是四月戊午。久旱逢甘雨，是时，大雨三日三夜，飘飘泼泼，如泣如诉，恍然天若有情天亦老。困扰百姓生计的旱情和匪患，同时一扫而去。在一片双喜临门、万民欢悦声中，王阳明一派春风得意，谒朱文公祠，登上杭城南楼，一览七峰山名胜。

应地方官员之请，王阳明将察院行台厅堂改名"时雨亭"，并挥毫写下《时雨记》，后人改题为《时雨堂记》："雨，明日又雨，又明日大雨，农乃出城。登城南之楼以观，民大悦。有司请名行台之堂为'时雨'，且曰：'民苦于盗久，又重以旱，谓将靡遗。今始去兵策之役，而大雨适降，所谓王师若时雨，今皆有焉，请以志其实。'呜呼！民惟稼穑，德惟雨，惟天阴骘，惟皇克宪，惟将士用命效力，去其莨蝛，惟乃有司实耨获之，以庶克有秋。乃予何德之有，而敢叨其功？然而乐民之乐，亦不容于无纪也。"

文字被手书刻石，立碑为记。历经漫漫岁月时光的磨损，虽然有些笔迹已漫漶不清，却神韵犹存。当年的"时雨堂"，几经重修为"社学""阳明书院"和"阳明祠"，早已不复完整。

2014年06月18日

十三

山城的雨有如一道道岁月的轮回，我们的阅读记忆依然可以柔软地触摸到500年前的那场雨。"山城经月驻旌戈，亦复幽寻到薜萝。南国已忻回甲马，东田初喜出农蓑。溪云晓度千峰雨，江涨新生两岸波。暮倚七星瞻北极，绝怜苍翠晚来多。"正德丁丑年间的春季，湿云飘荡，千峰喜雨。这位明朝士人的传奇一生，恰因两座山城而漂泼见奇。

王阳明出身于名门望族，自小才学出众，却屡试落榜，将近而立之年才中进士，却因上疏乞宥得罪宦官刘瑾的给事中戴铣，差点死于四十廷杖之下，一度气息奄奄。明朝的士人历来以被廷杖为荣，籍此在江湖上混个名声。在被贬谪为贵州龙场驿丞的途中，刘瑾暗中派人一路追杀。过钱塘江时，王阳明险遭杀害，投江装死，丢下一双鞋子和一条纱巾，只身潜入武夷山中。贵州地处偏僻的龙场，万山丛棘，蛇虺成堆，当地夷人累土为窟，使用的语言有如鴂舌。然而，正是在这里，王阳明在山上凿石为椁，昼夜端坐其中，胸中一片洒脱，忽然悟到了"格物致知""心外无物"的奥秘。

据说，这来自于雨夜的一场梦寐。"夫良知即是道。良知之在人心，不但圣贤，虽常人亦无不如此。"王阳明的心学就此成为晚明以来一场浸漫中国知识分子的大雨。后来，王阳明每每被人问起"存天理灭人心"这一人间至理时，总是推说自己仍在参悟之中。至于"天理"究竟为何物，王阳明说："近欲发挥此，只觉有一言发不出，津津然含诸口，莫能相度。"

从贵州的龙场到汀州，王阳明就这样孤寂地完成了他"五溺一归正"的人生转折，而唯一不变的是这山间的雨，还有那座笼罩在群山暮色之中的、王阳明曾经在此祈雨的七星亭。

2014 年 06 月 19 日

十四

"凡鸟偏从末世来"，曹雪芹在《红楼梦》王熙凤判词中的这句话，几乎可以用来概括这座山城魔咒般的命运。1000多年来，每当乱世末年、朝代更迭之际，长汀总是以一种辛酸的姿态见证历史的悲情。"当年丞相过桥东，战马啸啸满路风。万古人间留壮烈，百年溪水泣英雄。伤心荒涧碑犹在，极目寒山事已空。怀古不堪回首望，冷烟衰草夕阳红。"清朝诗人林泰的《题国公桥》感时伤怀，抒发对文天祥抗元驻兵汀州、以孤忠挽救大宋江山未竟之举的感慨。

明末清初，明宗室唐王朱聿键在福建建立隆武政权，两广、江西、湖广、云贵、四川等地多半拥戴唐王抗清。然而，由于郑芝龙拥兵自重，"中兴"之梦难有作为。郑芝龙乃"居闽海为奇货"之寇，他先是一再借口"关门单薄"，阻止隆武帝"出汀州入赣"；后来又索性撤去仙霞岭守关之兵，致使清兵得以长驱直入。郑芝龙降清后如此说道："我非不忠于清，恐以立王为罪耳。"其实，他是舍不得自己那份"田园遍闽广，秉政以来，增置庄仓五百余所"。空有一身抱负的隆武帝朱聿键逃至汀州，一说为清兵所俘，死于汀州之府堂；一说逃于五指山为僧。隆武政权前后历时仅一年有余。

到了清末，太平天国石达开数万部众由宁化移驻长汀，杀劣绅并没收其财物，传令各乡凡归附者不纳粮。太平军还在汀州开科考举人。随后，数十万人分两路经长汀城入江西。太平天国溃败时，太平军汪海洋部自瑞金退至长汀濯田，同年十二月兵败。

"万里悲秋常作客，百年多病独登台"，长汀的"悲秋"情结，在一次次大厦将倾、梁木崩坏的疾风残雨中，就这样飘落成一片凄美的秋叶，瞬间就被岁月遗忘。

2014 年 06 月 21 日

十五

"云骧风月"是汀州八景之一。我们从一处略显寂寞和破败的小庙出来，沿阶而下。一路上不见古树参天，更无流水潺潺。

不经意间，就到了云骧阁。这座典型的唐宋楼阁建筑，始建于唐大历年间，那是大唐王朝最后一段令人怀念的风流时光。安史之乱平了，仆固怀恩之乱灭了，吐蕃入寇长安也是几年前的事了，而德宗时的四镇之乱还没爆发。然而，这个曾经气势恢宏的朝代，从精神上早已披头散发，颇显苍白和困倦，盛唐士人狂放不羁的风骨不复存在。

"大历十才子"不过是暮色苍茫中一道稍纵即逝的晚霞，这道回光返照显然与偏安一隅的汀州无关。"别后竹窗风雪夜，一灯明暗复吴图"，见证风云际会的云骧阁，如今成为棋声清美的忘忧幽静之处。就在这里，我和同行的棋友留下了

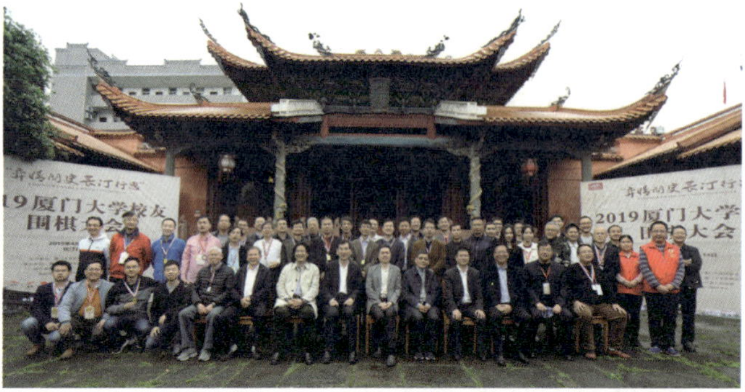
19厦门大学校友
2019厦门大学

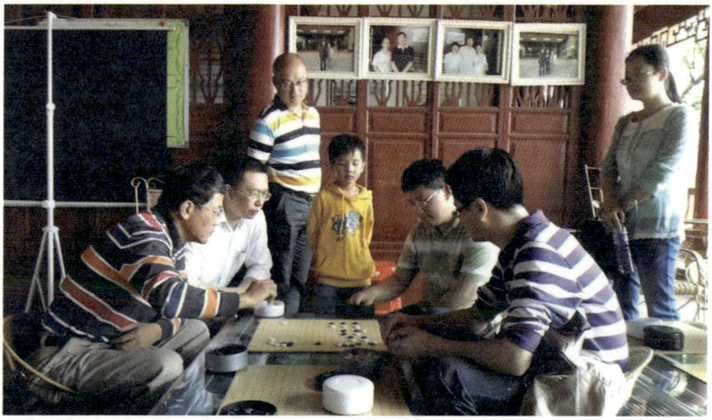

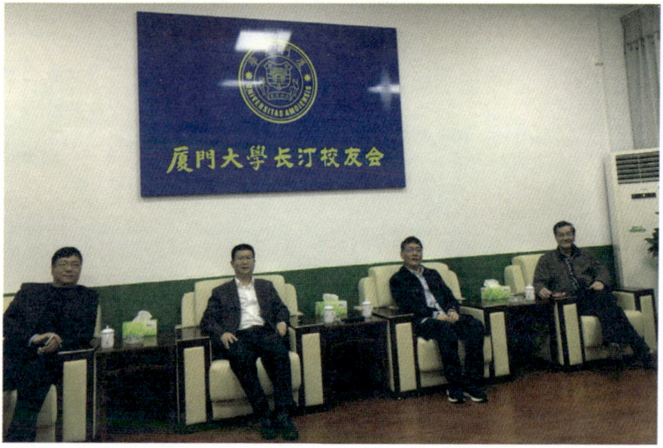
厦門大學長汀校友会

一局难忘的四手联棋。记得王阳明有诗云:"世外烟霞亦许时,至今风致后人思。却怀刘项当年事,不及山中一着棋。"

走出云骧阁时,突然想着,如果历史可以记录成一张棋谱,那么,又有多少棋局是这样率性为之的?唐皮日休《原弈》直指:"弈之始作,必起自战国。有害、诈、争、伪之道,当纵横者流之作矣。"更早时期的汉代班固《弈旨》则说:"局必方正,象地则也;道必正直,神明德也;棋有黑白,阴阳分也;骈罗列布,效天文也。四象既陈,行之在人,盖王政也。成败臧否,为仁由己,危之正也。"

画纸为局,截木为棋,现在回想起来,古老的汀州不过是中国漫长历史的一局残棋,一枚劫材。"古人重到今人爱,万局都无一局同。静算山川千里静,闲销日月两轮空",这是棋,也是史。

2014 年 06 月 22 日

鼓浪屿的芳华

一

每年除夕上午,我喜欢在这时候上鼓浪屿。四面八方的游客潮还未涌来,而岛上已然是满满的节日气息。或许,也只有这个时候,鼓浪屿是属于它自己曾经的芳华。眼前那些似曾相识的街道和建筑,依稀还能唤起我童年时代的缤纷记忆。

位于泉州路 70 号这座三层的红砖建筑,我小时候住过的地方。楼的主人是印尼的华侨。从 1952 年起,外婆和妈妈租住在这里,每月的租金是 60 斤米。1972 年搬离鼓浪屿后我才知道,住在我们家三楼的是卢嘉锡先生。如今,楼门口多了一块"卢嘉锡故居"的牌子。两年前楼里还有几户人家,他们却怎么也想不起来当年住在二楼的那对双胞胎的男孩。从狭窄的楼道走到后院,院子里还有一口水井。

院子外就是安海路和"三一堂"。在我的童年记忆中,这座建成于 1945 年的教堂永远是寂静的,散发着一种淡淡的忧伤。教堂的斜对面,是雅裨理的故居。1842 年,这位美国

归正教会的牧师搭乘英国军舰来到鼓浪屿,最初就是在这里租民房居住和布道。当年我和弟弟就读的人民小学也在离教堂不远处,它的前身是由怀仁、毓德两所小学合并而成。我上学时,鼓浪屿还有好几所小学,如今仅存的就是这所学校。

记忆中,那时学校旁靠近日光岩边上还有一片小农场,学生们可以种蔬菜、花生和玉米。那时上学最高兴的事莫过于看电影。通常是上完一节课后,孩子们唧唧杂杂地排着队、唱着歌到位于海坛路菜市场上面的延平戏院看电影。印象中也就是《海岛女民兵》,以及中央新闻纪录电影制片厂拍的毛主席、周恩来接见西哈鲁克亲王之类的影片。

延平戏院是 1928 年由在缅甸靠拉人力车起家的华侨王紫如、王其华兄弟所建。20 世纪 80 年代，到延平戏院看电影曾经是岛上居民最美好的回忆。曾几何时，我们眼前的这座小岛日渐喧嚣与陌生，然而，在我记忆的深处，童年时代的芳华却缤纷依然，始终不曾离去。

2018 年 02 月 19 日

二

除夕的鼓浪屿，依然难逃节日的喧嚣。早春的气候有点湿冷，今年的游客似乎来得格外早，薄雾中夹杂着梦游般的人群。每年，我喜欢在这个时候上岛，为的是找寻那份它曾经有过的宁静。

拾级而上，穿过龙头山寨，终于找到了位于日光岩上的弘一大师纪念园。1936 年 5 月，大病初愈的弘一法师从南普陀养正院潜居日光岩寺闭关修行。他在这里完成了《修学的遗事》《道宣律师年谱》。然而，这里并没有给他留下一个宁静的世界。渡海而来消夏与朝山、索字求法的人们终日不绝。

深爱静僻的弘一法师本意是为了避开熙熙攘攘的世界，而这个世界却如影随形而来。他在这里只住了 5 个多月，便再次移回南普陀寺后山。在日光岩寺的最后几天，诗人郁达夫慕名前来。两个名人能见一面，也是因缘。在小关房内，两人默默地坐着，竟无言语。末了，陪同前来的广洽法师说要走了。弘一取出《佛法导论》《寒笳集》等几本书送给郁达夫。隔天，郁达夫寄来一首诗，诗中有云："不似西泠遇骆丞，

南来有意访高僧。远公说法无多语，六祖传真只一灯。"

如今，日光岩寺香火鼎盛依然，而位于西侧的弘一大师纪念园却显得格外清冷。一缕薄雾闲云野鹤般在海面上飘来荡去，弘一法师的雕像一坐经年，双手结印，安然无语，仿佛置身于冷漠和遗忘之外。络绎不绝的游人经过这里涌向日光岩顶，俯瞰岛上一片片红砖绿瓦。

在鼓浪屿，或许你可以追怀这座小岛很久以前的风华和孤独，枯藤老树、断壁残垣间依然雕刻着万物宁静的美好时光。可有谁还能想起"长亭外、古道边，芳草碧连天"，想起那位叫作李叔同的出家青年？

2019 年 02 月 05 日

月港往事

一

有明一代270多年的历史中,"隆庆"只是个小小的年份。前有嘉靖,后有万历,仅有6年光景的隆庆一朝,有如一枚夹在线装古籍里的书签,一不小心就会掉出历史之外。我之所以记住这个年份,是因为离我家乡不远一个叫作海澄的地方,与这个年份有着特别的关系。

这座位于九龙江下游江海之滨的小城,更为人们熟知的名字叫作"月港"。隆庆初年,福建巡抚涂泽民请开海禁,准贩东西二洋。不过,最初的选点并不是月港,而是在诏安的梅岭,"后以盗贼梗阻,改道海澄"。这一年,也就是1567年,海澄设县。

有明一代,福建新增的几个县都是因为"以其地多盗故也"。所以叫"海澄",寓意就是"海疆澄静"。然而,九龙江口这一带地方自古以来,"高者苦旱,低者病卤,民不聊生久矣",民多货番为盗,从来没有平静过。"先是海禁未通,民业私贩，吴越之豪，渊薮卵翼，横行诸夷，积有岁月，海波渐动，当事者尝为厉禁，然急之而盗兴，盗兴而倭入"，当地百姓"岁岁苦兵革"。有学者指出，嘉靖倭乱，推其祸始，即是闽浙沿海百姓私与日本通商所致。而闽浙大家族亦参与其中。

九龙江最早名为"柳营江"，因六朝以来，戍闽者屯兵于龙溪，阻江为界，插柳为营。从月港码头出发，到九龙江入海口的海中，岛屿星罗棋布，"在在皆贼之渊"，为海上走私提供了良好的地理条件。明代经由月港出海贸易的商人都必须在月港岸上采购货物，然后装载，航行于月溪港道和过去的护城河，沿着南港向东，经九龙江入海口进入台湾海峡，再往东南亚岛夷诸国。

海乱让月港登上了风雨交加的历史舞台。而隆庆开禁，则奠定了月港在明中叶之后独揽贩洋之利的特殊地位。月港已然繁华一时，时称小苏杭。

2019 年 02 月 10 日

二

我对海澄念念不忘，还有一个特别的原因。孩提时代，我曾在这座小城度过了两年时光。那时，父亲带着大哥下放到了南靖山区，母亲进了学习班，目不识丁的大舅妈只好带着我投靠在海澄中学教书的女儿。

记忆幽远而散淡，据说，我是在睡梦中被抱进了海澄。一觉醒来，家已远去。我们就租住在一户农家院子里，八九个租户都是学校里的老师。我们三人挤在一个房间，煮饭和

睡觉都在这个房间里。小院子里养了些鸡鸭，门口有两头石狮子。前门出去是条狭长的巷子，后门出去是条小河。平日里洗涮、做饭都是从河里取水。

记得有一天，河面上漂来一具童尸。恐惧的人们有很长一段时间得走到很远的地方去挑水。这是我最早对死亡、焦虑的意识。在那个向死而生的年代，这种恐惧无处不在。巷子口住着一个阿婆，一脸慈祥，常让我到她家里玩。有一天，记得是黄昏时刻，忽然看见阿婆一身缟素，披麻戴孝，嚎啕大哭，在家门口跳起神来，吓得我从此不敢从她家门前经过。后来听大人说，阿婆在城里的儿子参加武斗死了。

我们住的地方离学校不远，常常可以到学校去玩。在我小时候的印象中，学校好像不是用来上课的，而是用来贴大字报的地方。离开海澄后，我就再也没有回来过。一江春水，无问岁月。眼前，这座童年记忆中的小城已变得如此陌生，整洁的街道挂满红色的灯笼，两旁的建筑清一色黄墙红砖，家家户户门口都有一片竹编的屏风。

正月初四，是妈祖巡安的日子。十字路口堆起了燃烧的木柴，妈祖庙前色彩艳丽的迎神队伍熙熙攘攘，一会儿，一支支迎神的队伍穿街走巷。或许，只有从这古老的仪式中，从早已荒弃的码头和野草萋萋的古航道，你才会想起那个落尽千帆的月港，想起那些并不遥远、令人掩卷长叹的海上往事。而我们，不是归人，是个过客。

2019 年 02 月 11 日

活了很久很久的树

每年除夕，总会到岛上来，到小时候的旧居拍张照，留一份岁月的印记。纵然世事维艰，唯望初心不忘。在宁远楼前，找了个外地游客帮着拍照。她很好奇地问，这个地方有什么特别之处吗？我笑了笑，告诉她，我小时候就住在这里。她立即流露出羡慕的眼神，很认真地为我和太太拍下了这张照片。

和往年不同的是照片上的那个口罩。多年以后，当你老了，翻出这张照片，慢慢回想起这个戴口罩的春天，到底发生了什么？让记忆如此忧伤。岛上没有了往日的喧嚣，爬满小巷墙壁的炮仗花显露出一种令人迷离的妖娆。所有的旅游景点都已关闭，曲曲折折的马路上只看见一张张戴着口罩的诡异脸孔，每个人似乎都用一种忐忑不安的眼神打量着别人，心里想着："你从哪里来？"

从中华路经过三一堂和我上小学的学校，我想找的是这处叫作"黄氏小宗"的地方。这座默默无闻的闽南宗祠建筑之所以让我念念不忘，是因为两位美国归正教牧师，一位叫作"雅裨理"，另一位叫作"甘明"。1842 年，他们搭乘一艘英国军舰来到厦门开始在中国传教。他们最初就租住在黄氏小宗祠堂后面的五间护厝里，"既没有门，也没有窗户，并且没有一间地板是完好的"。后来这里也被当作一个简易的诊所。或许，这是鼓浪屿最早的布道场所和中国近代第一个西式诊所。

1898 年，戊戌变法后，黄氏族人在祠堂开设私塾，后来成了一所学堂。据说，雅裨理在厦门感染了肺结核，不得不离厦返美。他是被抬下船的，去世时年仅 42 岁。他的遗体被埋葬在纽约附近的格林伍德公墓，主日学校的孩子们为他捐

助了一块纪念碑。在雅裨理之后，先后有 150 多位归正教传教士来到厦门。有很多因为疫情感染而客死异乡。

其中，著名的郁约翰牧师，在鼓浪屿创办了救世医院。1910 年春天，厦门鼠疫流行，郁约翰因为救治病人不幸感染，死后就埋葬在鼓浪屿岛上的"番仔公墓"。光阴荏苒，潮来潮去，莫问何处是故乡。如今的黄氏小宗已面目全非，残垣断壁间，只剩下了一条死胡同。

照片中，我手上的那本书是在鼓浪屿虫洞书店看到的，书名叫做《那些活了很久很久的树》。书上说，即使是那些消失已久的树，也可以存活在记忆里。

2020 年 01 月 25 日

平和：林语堂故乡

一

第一次去平和的时候，一路上，我一直在看着山，看着远方那些连绵起伏的青山，心里想着，早晨它该是云雾缭绕间的一抹黛绿，中午该是一片闪亮的青蓝，傍晚斑驳着晚霞的身影。许多年后，身处异乡的林语堂对故乡的这片青山依然念念不忘。"坂仔村之南，极目遥望，但见远山绵亘，无论晴雨，皆掩映于云雾之间。"在《八十自叙》中，他回忆道："童年时，每年到斜溪和鼓浪屿去的情景，令人毕生难忘。"

船蜿蜒前行，两岸群山或高或低，当时光景至今犹在目前。树木葱茏青翠，田园间农人牛畜耕作，荔枝、龙眼等果树处处可见，巨榕枝杈伸展，浓荫如盖。冬季，梅树开花，山间朱红处处，争鲜斗艳。林语堂念念不忘的是他的初恋，"她的脚在群山之间，是多么美丽"！而鼓浪屿对于林语堂来说，则是远山外的世界。"我常常幻想一个人怎能够走出此四面皆山的深谷中呢。"漳州路44号，这座有着150年历史的别墅，

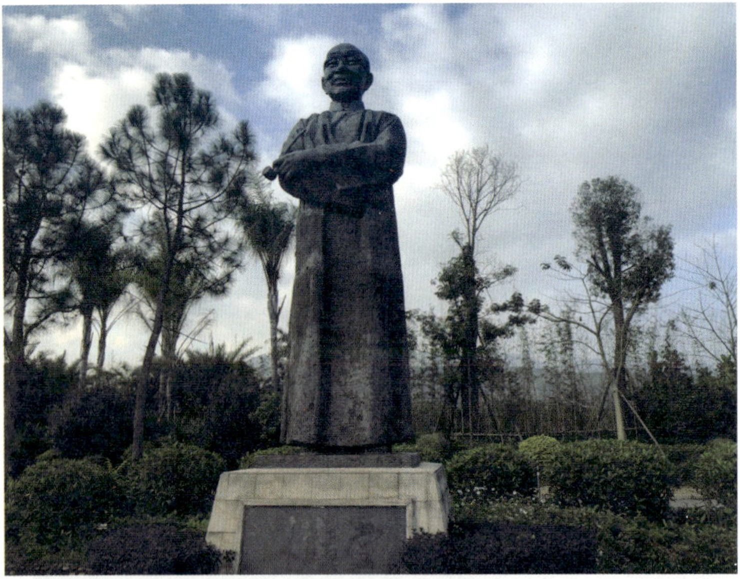

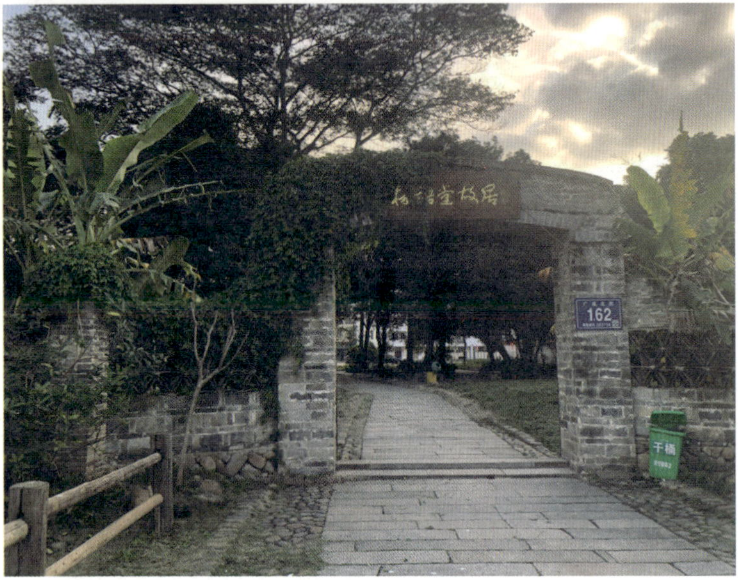

天下有道

曾是林语堂的故居。就读于寻源书院的林语堂，从这里看到了一个天边外的世界。

一生漂泊，晚年的林语堂，叶落不能归根。他把最后的住居选择在阳明山的半山腰上。或许，从这里他可以常常回想起故乡，青山依旧在，几度夕阳红。

2020 年 02 月 05 日

二

从前，从厦门到石码、平和（小溪）这些地方，必须走河道。在林语堂笔下，两岸看不绝山景、禾田与村落农家，"沉沉夜色，远景晦暝，隐若可辨，宛如一幅绝美绝妙的图画。如岸船上高悬纸灯，水上灯光掩映可见，而喧闹人声亦可闻。时则有人吹起箫来，箫声随着水上的微波乘风送至，如怨如诉，悲凉欲绝，但奇怪得很，却令人神宁意恬。"

当年，那些在这条河道来来往往的传教士，在他们的旅行日记和回忆录中，也留下了许多令人回味的文字。1892 年 4 月美国归正教牧师亨利·考伯乘船从厦门到小溪。"我丝毫没有料到在中国的这个地区竟能看到如此美丽的景色。"大片的平川向四周延伸，地面上覆盖着翠绿茂盛的稻田和菜地。在溪堤上，星罗棋布地长着一丛丛优雅而枝叶茂盛的竹子，时而竹林成行，还有枝叶伸展的印度榕树。经过一个个村落，可以依稀看到白色的农舍，漂亮诱人。溪的两边，一座座小山从眼前掠过，有的山树木繁茂，有的山梯田一直修到山顶。在蓝天的映衬下，峰峦起伏，笼罩在雾霭当中。那时，河道上航行的船叫做"溪船"。汲沣澜牧师曾详细描述了这种船的模样：长约 28 英尺，宽 7 英尺，舱内有一张桌子和两个厢座，隔厢很低，这是最早的一种单桅大帆船。这种船最多能容纳三个成年人，有草编的矩形船帆，吃水较浅，船夫们经常需要撑篙摇桨。

沿漳州到天宝、山城和小溪之间，还有一种"小溪房船"。这种船很长，两侧呈曲线形，底部是平的，船首和船尾较平钝，船顶有一个高约 4 英尺的竹架，用棕榈叶覆盖在上面可防晒和遮雨。享利·考伯牧师曾用生动的笔触写道："指挥这艘船的是一位精神饱满的老太太，已经 72 岁了。船上的水手包括她的女儿和女婿及四个外孙也在船上，因为这船就是他们唯一的家。所有的家当都在这里，包括一个煮饭用的小火炉，各式瓶罐、水壶、篮子和床。掀开甲板上的一块厚木板，你会看到一窝小兔子，再掀开另一块，这里有一头猪！这头猪从早到晚躺在甲板下面，几乎一声不发。船头的架子上摆放着两三棵盆栽的植物。"如今，这些情景或许只能永远埋藏在我们的阅读记忆中。这记忆，正如林语堂所说的："时至今日仍是我精神上最丰富的所有物。"

2020 年 02 月 06 日

登日光岩

鼓浪屿对外开放了。仿佛经历了一个梦魇般的漫漫长夜。我不知道，有多久没有登过日光岩顶，又有多久没有感受过这份宁静和自在。

眼前这片藏于儿时记忆的天空，白云飞过，海鸟飞过，"我曾认识他，后来忘却了，又回忆起一半"。从日光岩顶俯瞰岛上一片片红砖绿瓦，"房屋活着、房屋死去，有一个时间来建筑，有一个时间来生活"。

开着百叶窗的旧居，爬满青藤和牵牛花的残垣断壁，凄凉万古的基督教教士墓园，以及盘根错节的街道，"向上的路就是向下的路，朝前的路就是朝后的路"。在这个寂静的春天，鼓浪屿依然雕刻着万物宁静的美好记忆。

2020年03月07日

"乡愁"步道

东坪山步道大约5公里,我喜欢把这条步道叫作"乡愁"步道。因为东坪山或许是厦门岛内仅存的一处让人记住乡愁的地方。走进东坪山,多少还能想起这座城市的前世今生。

1863年,一位叫作麦嘉湖的英国传教士来到厦门。他在《中国南方掠影》一书中写道:"围绕着这个岛四周的群山的另一边就是平原,那儿有100多个村庄,众多的人口一年到头依靠收获的庄稼过着安逸的生活。沿着海岸附近前行,厦门岛的轮廓越来越清晰了,它开始看起来不像我们最初的那么凄凉了。半隐半现在岩石和高地中的村庄使景致不再那么单调,比起群山所呈现的灰与黑,绿油油的耕地和梯田所呈现的变幻多样的景致,更使人心旷神怡。"

那时候,厦门还是一个小镇,人口25万。岛上分布着136个村庄,其中一些村庄有居民1000多人,而其他的只是一些小村落,仅有数十人居住。曾几何时,一个曾经宁静的小村变成了一座喧哗的都市。从空中俯瞰,厦门岛南部山脉的中段,

东坪山、梧村山、坂尾山、大厝山、观音山等群峰连成一片，宛如"空谷幽兰"。

沿着蜿蜒其间的登山步道向南往海边走，暮春三月，江南草长，杂花生树，群莺乱飞。在东坪山山脚和山坡上还可见着一些稀松平常的古朴民居。我们试图寻找阅读记忆中的那些村庄："暧暧远人村，依依墟里烟。狗吠深巷中，鸡鸣桑树颠"，这是陶渊明的村庄；"清江一曲抱村流，长夏江村事事幽。自去自来堂上燕，相亲相近水中鸥"，这是杜甫的村庄；"绿树村边合，青山郭外斜。开轩面场圃，把酒话桑麻"，这是孟浩然的村庄；"竹篱茅屋趁溪斜，春入山村处处花"，这是苏轼的村庄；"看麦子时我睡在地里，月亮照我如照一口井"，这是海子的村庄。

记得熊培云在《一个村庄里的中国》说过，村庄是一个能

够让人褪去浮华、回归安宁的所在。尽管，有些你熟悉的东西再也找不到了。在这个纷乱的春天，东坪山重新开始规划整治，它留给我们的不再仅仅只是一个风景区，而是一份城市的记忆。否则，再无村庄栖乡愁。

2020 年 03 月 29 日

云何所住

记得上大学时,特别羡慕那些外地同学,每逢放假时节,无论老生还是新生,脸上无时无刻不闪烁着一种幸福返乡的幽光。我是宿舍里唯一的本地人,却从来不知道"乡关何处",好似《金刚经》上说的"无所从来,亦无所去"。

岁月悠悠,不知从什么时候开始,每年除夕,我都会上鼓浪屿,去看看我出生和成长的地方。据说,我出生的这所鼓浪屿医院,前身是美国归正教会在鼓浪屿创办的"救世医院"。1842年,美国医生甘明在鼓浪屿黄氏小宗,也就是照片上那排白色的小房子,设立了厦门第一家西式诊所。1898年4月,一位名叫郁约翰的美国归正教传教士,在靠近海边的河仔买下一块地,建起了厦门第一所正规西式医院"救世医院"。现在这个地方成了"故宫鼓浪屿分馆"。

1910年4月,厦门发生瘟疫,郁约翰也因为救治病人染上瘟疫去世,死后被安葬在鼓浪屿鸡山基督信徒墓园。那是一片没有鲜花盛开的墓园。面朝大海,从坡上望去,荒草之

天下有道

下，尽是乱坟。你会想起瓦雷里的《海滨墓园》吟唱的诗句："这片平静的屋顶上有白鸽荡漾／透过丛林和墓地，悸动而闪亮。""多好的酬劳啊，在一番深思之后，／终于得以眺望远方神明的宁静！"

我不知道，这些葬身异乡的灵魂，他们又该如何返乡？或许，每个人的心灵深处，都会有一条属于自己的回家的路。无论你身处何处，云何所住？

2021 年 02 月 12 日

博弈犹贤

一

冬至时节的北京，残寒正欺病酒，更那堪，雾霭重重、唯余茫茫时。昨日抵京还一片阳光灿烂，忽如一夜气温骤降至零下八度。昨天还在笑叹："雾霭们都哪里去了？"今天就四面八方，伏兵四起。

凄美的湖面上正在结冰，光秃秃的树丫上，不见昏鸦悲鸣、雁阵惊寒，到处是一派含沙射影、欲盖弥彰的肃杀景象。零下八度的北京，一座让人忘却记忆，一踏入就想转身离去的城市。幸好，今晚8：10的国航航班居然是百年不遇的准点。

在机场，偶遇同学的儿子，留学美国波士顿大学，返厦过圣诞假期。他说，美国东岸正下大雪，人们欢天喜地跑到屋外堆雪人、打雪仗，更有一群穿比基尼的少女，梨花胜雪、分外妖娆。这边是雾，那边是雪，寰球同此凉热乎？就这样来去匆匆，出席央视主办的"海峡两岸媒体前瞻论坛"。国台办张志军主任、央视胡占凡台长致辞。台湾包括东森、三立、中

天、中视、华视、公视、中国时报等主要媒体，大陆包括新华社、人民日报社、央视、央广、国际台以及湖南、福建、深圳等驻台媒体，以及两岸学术研究机构首脑、专家、学者悉数出席。全国政协主席俞正声在钓鱼台国宾馆接见与会代表。

很荣幸被点名在分论坛上发言，每人限定6分钟。"尽管我的口音最像台湾人，不过我不会利用这个优势占用大家更多的时间。"我在发言中说，在两岸交流日益频繁和深入的今天，媒体人担纲主角。从了解到理解，从误解到化解，从谅解到和解，两岸宜解不宜结。

江丙坤在接受厦门卫视独家专访时曾说："厦门和台湾渊源很深，利用卫视，两岸很多的沟通能够实现，把厦门卫视变成两岸的一个桥梁，我想，这是大家共同期待的。"秉持这样的理念，厦门卫视和许多台湾媒体开展了广泛的交流合作。

我们相信，两岸唯有抱着相看两不厌的态度，构建"彼此包容、相互对话、充满善意"的两岸交流平台，努力寻找两岸最大的公约数，"为曾经遭遇的悲欢留下见证，为仍然存在的分歧留下思考，为尚未着墨的空白留下想象"，两岸媒体终将迎来一个合作与交流的美好时代。

2013 年 12 月 22 日

二

第 27 届晚报杯全国业余围棋锦标赛在观音山国际商务营运中心落幕。值得关注的并不是厦门晚报观音山队凭借旗下伊凌涛和马天放包揽个人冠亚军的骄人战绩，同时获得团体冠军，而是在观音山这样一个总部经济和金融聚集的国际商务营运中心，居然营造出一片宁静的天地，面朝大海，闲敲棋子。这是多么难得的文化呼吸啊！

20 世纪 80 年代，那曾经是围棋最激动人心的年代，也是中国最具文化活力的年代。然而，今天，在这个惊涛拍岸的时代，越来越多象征中国文化的符号和元素正在渐行渐远。我们是否想过，狂风暴雨的房价下，现代化建筑物林立，家家户户门口却找不到地方贴上一副春联；车马喧嚣的街市，却容不下春节时放一串鞭炮之声；琳琅满目的商店，又到哪里寻找阅读的空间？宽敞明亮的教室和孩子们的书包，又在哪里可以存放毛笔和砚台？更何况围棋，"古今之戏，流传最久远者，莫如围棋"。

"绝艺如君天下少，闲人似我世间无。别后竹窗风雪夜，一灯明暗覆吴图。"这是唐代杜牧送给当时国手王逢的情思细腻的围棋诗；"黄梅时节家家雨，青草池塘处处蛙。有约

不来过夜半,闲敲棋子落灯花",这是宋代赵秀师意境清新的围棋诗;"夜凉吹笛千山月,路暗迷人百种花。棋罢不知人换世,酒阑无奈客思家",这是欧阳修奇特的围棋诗。如今,在略显冷清的赛场上,这些文字显得格外凄美而无力。

我们的历史文化有如落叶般正在一片一片地被掏空,端午已被韩国人拿去"申遗"去了,屈原的汨罗江白跳了吗?说不定哪一天,"尧造围棋,以教子丹朱。或云,舜以子商均愚,故作围棋以教之"这一文化瑰宝,也会成为另一座"钓鱼岛"?

2014 年 01 月 11 日

三

又是人间四月天。在庆祝母校 97 周年这个特别的日子里,来自全国各地热爱围棋的校友们欢聚一堂。青春做伴,以棋会友,以"学海弈情"这种特别的方式,表达我们对母校的感恩之心。棋虽小技,国运所系。

在一代又一代厦大人学习和成长的岁月中,黑白世界给我们留下了许多令人难忘的记忆。20 世纪 80 年代,如火如荼的中日围棋擂台赛曾经燃烧我们这代人"为中华崛起而读书"的激情。学海无涯,弈道有情。《厦门大学棋人棋事》记载了一群学弟学妹书写的围棋与大学的美丽故事。

围棋很美,它既是一种体育竞技运动,又是一种薪火相传的文化。今天,随着人工智能的推广,围棋作为一种教育方式和教学工具,无疑具有更广阔的发展前景。感谢母校,感谢围棋,感谢所有热爱围棋的校友们!

2018 年 04 月 13 日

附录

大家眼中的艺奇

聂卫平先生

阅读使人的灵魂变得羽翼丰满,从而翱翔于无限的精神世界,这时,人是真正自由的、独立的。艺奇先生酷爱阅读,爱之入骨。他从万卷史册中,抚今追昔;从无数经典里,追寻真理。在书海里,他像一个一往无前的独行侠。一次次的思想远行,却不断唤醒他的精神回归。他始终守护生养他的那片热土,始终深爱关怀他的这些亲人,始终笑谈人间胜负局,从来淡写世上功名剧。他在文章中,不时提到"记忆",这可能是他写作的出发点,也是目的地。在这部随笔集中,我读到了作者闲适恬淡的性情,慈悲为怀的处世哲学,更读到了他胸怀天下的气度。作者说希望在阅读中看见自己倒立的身影,这是他对读书意义的一种阐释。一纸书卷也如一盘棋局,方寸之间演绎着精彩的博弈。此心光明,亦复何言!

陈秋雄先生

"天下有道"是个宏大的命题。这个"道"是脚下的,也是心中的。在这个"道"上,艺奇学友不断回望反思质疑,又不懈向前求索追寻。他向往瓦尔登湖的澄明宁静,又深知生命的本质是"时时刻刻不知如何是好"。他文字中的道理,能直抵人们心灵的深处。

(陈秋雄,系作者厦门大学中文系8001同学,厦门市委原副书记、市关心下一代工作委员会主任)

施群先生

我与艺奇的交往缘于围棋。

我是他虚长几岁的学兄。我们都深爱围棋,于是我们都做了围棋的义工。义工的含义就是为围棋服务,为棋友服务。

厦门的围棋活动在艺奇的带领下有了长足进展,有声有色,多姿多彩,朝气蓬勃。一个围棋赛事,艺奇可以把它办成多层次、多结构、众多参与者的围棋大会。每年的巡回赛都被他赋予了新鲜的主题。

艺奇还发明了别出心裁的赛制,叫奇点围棋。国家围棋队的名手们尝试了这种新赛制,并给予了好评。

围棋AI出现后,艺奇对它的学习、理解和研究是相当深入的。他曾专程到乌镇参加围棋AI大会,观摩了柯洁与人工智能的对弈。那时候对围棋 AI 有如此敏锐感觉的人着实不多。想起来我学到的一些招法，还是源于艺奇。

厦门业余围棋界有这样的领头人，厦门被中国围棋协会评定为"中国围棋之乡"也就顺理成章了。

我退休后定居厦门，与艺奇交往日渐频繁。话题也多了。时与势，人与关系，茶与咖啡，书与蠹，总是受益良多。

去年忽然晴天霹雳，艺奇走了！内心之痛难以言表！我已至天命之年，却逢知交半零落，想来真是怆然！

如今艺奇的文集要出版了，可以延续神聊神交了，总算是一件宽慰人心的事。

"师兄，师兄！"冥冥中有人唤我。或在行走的路上，或在梦中。

三十多年了，始终如此唤我的，唯艺奇矣！

（施群，福建人民出版社原社长、总编辑，福建省围棋协会原主席）

张亚良先生

我和艺奇是同学，厦大 1980 那届。我们有三个厦门本地的考生进入中文系就读，毕业后我们俩留在厦门，还有一位去了北京，短暂工作几年后又回到厦门。我和艺奇工作单位不一样，但在同一栋楼，我有时会去他单位的图书室翻翻书。阅读于我们是愉悦的，我想首先是读中文系培养了我们阅读的习惯。在这个高度物质化的时代，阅读叫人踏实，备感心安，而优秀文学也让我们感受到一份孤独。我知道艺奇工作之余读了大量的书，有些书是大致翻翻，有很多书是认真读，读进去了。这些发在微信里的读书笔记，有散文的笔法，是心灵的历史。早几年，有两三年的时间，受他启发我也在自己的微信上写类似的系列读后感。他看了我的微信后有时也会点评一两句。坚持每天读书后写一篇读后感，这需要很强的意志力。那些年他的点评于我是很受鼓励的。

艺奇走后，朋友圈没有了他的这些心灵笔记，有时，我会在某个午后想想他，想起大学读书期间那一次，我们去他在水流巷居住过的旧居，他指给我看的那些藏书。他的这部书稿的电子版，我从头到尾读了一遍，有些文章之前在微信读过，有些好像似曾读过，深夜有时读着读着就睡着了。他走后我只梦见他一次，凌晨四点钟猛地醒来，心里空荡荡的。这样的醒来，让我白天的灵魂仿佛都在焦躁地赶路。

（张亚良，系作者厦门大学中文系8001同学，厦门市委原办公厅二级巡视员）

沈艺峰先生

我想你心中的大昭寺一定很美，
你才会一去不回，让佛牵你的手走，
只是不知道是否有人相陪？路程是否遥远？
如果你心中的大昭寺真的很美，
我也愿你长住着，摇动所有的经筒，

不用回家再来看到老母亲，挂满眼泪的脸。
七月是最残忍的月份，台风从海上卷来，
一阵暴雨，把凤凰花吹落，混合尘土，
深埋进死亡的土地里，哺育着，下一代，
弱小生命，在不知是否风调雨顺的来年。

去年也是这个时候，你让我读瓦雷里的《海滨墓园》
"这片平静的屋顶上有白色的鸽群在游荡。
它们透过松林和坟丛，悸动而闪亮。
日当正午，那里用火焰织成，大海，
大海啊，永远在重新开始！
终得以放眼远眺神明的宁静！
这应该是对你沉思后的报偿。"

鼓浪屿，飘渺的小岛，
那座海滨墓园在山的另一边。
几百级台阶下到白色沙滩。
舅母说，你们放学回家的路，
要从日光岩路过一大片竹林。
哦，我们只是去哪玩，
去山后面的海滨墓园。
现在我重返那条斜坡，
却看不到你的身影了，
空空。这是一座空心的小岛。
你不住这，你心中有大昭寺。

我想你心中的大昭寺一定很美,

你才会一去不回,转山转水转佛塔,

只是不知道能否托个信来,说你一切安好?

如果你心中的大昭寺真的很美,我也愿你长住着,

我生本无乡,

心安是归处。

(沈艺峰,系作者弟弟,厦门大学教授,厦门大学管理学院原院长。已故)

郭红燕女士

于艺奇而言,阅读已成为一种生活方式。他纵横天下书卷,记忆力惊人,知识渊博,才华横溢。他的读书随笔,内容广博,文字轻巧、幽默,引人入胜,发人深思。他以"天下有道"为名在朋友圈发表的文章,在很长一段时间里都是亲友们翘首以盼的精神陪伴。原来可以这么阅读,阅读是如此有趣。受他的影响,身边人都爱书读书论书。

门内有君子,门外君子至。艺奇风趣诙谐,口若悬河,"沈氏讲座"从来不缺听众。尽管时有刻薄、犀利之语,也有人难忍他的毒舌,但他"泡"的茶永远是最香醇浓郁的那壶。于朋友们而言,他如良师益友般地存在。他与人为善,常为人指点迷津,素有"半仙"之雅号。"置身于阳光与苦难之间",他始终向阳,保持一颗赤子之心。他兴趣广泛,琴棋书画,

无所不通。他呵护家人,是个有趣有爱的人儿。这一切在他的随笔中都得到了印证。读艺奇的文章,印象最深的就是他胸怀天下的气度、博古通今的才情、慈悲为怀的智慧。他以哲言慧语滋养众人,阅读他的文字,本身就已是一场美的享受。

(郭红燕,厦门日报社原党委副书记)

詹朝霞女士

午后又下起了一阵雨。党校的花草树木葱茏如洗。天竺山连绵起伏,烟云如驻。人于其间,是山川相望,绿水长流,无上清凉。

我欲小眠,息昨夜未眠之乏。一个消息跳进来:沈总上周六走了……

我一个激灵起来,睡意顿消,揉揉眼睛,仔细看屏幕,真的吗?这是真的吗?

难以相信,但不得不信。

4月下旬的一个深夜,我第一次惊闻沈总重病住院的消息,我大惊失色,不敢相信。我泪水盈眶,不能不信。我不知道,我会为他流下眼泪,这么猝不及防,这么势不可挡。

我们隔墙院而居,却在很长的时间里互不相知。我们在微信中交换文章和图片,分享读书心得,却在线下疏于相见。唯一的一次,在朋友的工作室,他与他的棋友们对弈棋局,而我添列其中观棋不懂,却喜欢那敲子沉思、落子为定的黑白分明。

这样稀松平常的交往，我都不知道我和沈总算不算得上朋友。我和他相识何时何处，我已记不清了。只记得与鼓浪屿有关，仿佛是个评审会之类的场合。我们受邀于主办方，同为评委，算是相识了，但可能当时连微信都没有。

再次见到沈总，是几年后，在广电集团。我应陈玲之邀，做客"玲听两岸"。那一档节目，讲的是我新出版的《鼓浪屿，故人与往事》。陈玲说，沈总对鼓浪屿和厦门地方文史非常关注，希望多做些这方面的节目。节目后，沈总在广电餐厅与节目团队一起用了个便餐。这是我第二次见到沈总。也许就是这次见面，我们加了微信。

2019年夏天，我在微信朋友圈发出"厦门号"新书将出的消息。陈玲再次邀请我做客"玲听两岸"，用了两档节目的长度，深度讲述"厦门号"的故事。以后杨青的"两岸秘密档案"也对"厦门号"进行了跟踪拍摄。对此我心怀感激，我知道这一切都与沈总对厦门文史的关注支持有关。

但我从未向他道声谢。非我不懂，而是觉得，他不需要。因为风吹云动，自然而然，并不需要多此言语。

我编着一本小小的刊物《鼓浪屿研究》，每每新出一期，都想到寄给他，经常托卫红转交给他。而他报以读书笔记，用微信发来，内容远远溢出鼓浪屿。沈总兴趣广泛。"在北京五塔寺有许多外国传教士的墓碑，利玛窦、汤若望、南怀仁的墓碑则安放在北京市委党校内。"——沈总对明史兴趣浓厚，尤其对明时传教士利玛窦等人在早期中西文化交流中所扮演的角色研究颇深。他的"天下书卷"一段段发过来，郑成功、弘一法师、徐志摩、木心，他阅读之广，钻研之深，非我可以想象。每每让我惊叹,惊于他的博学多识才思泉涌,叹于自己的才疏学浅散漫疏懒。

这样断续微信,并不以为意。久无音讯,亦不为缺。或偶尔图片数帧,文字数段,不过足迹所至,有感而发。闻之亦欣悦,艳羡他读万卷书、行万里路。

如此不觉经年。虽隔墙院而居而互不相访。只时有问候,"离你住的地方很近了。什么状况?" 问的是一例阳性是否潜伏在我的附近。

"卢嘉锡的书,你喜欢就留下了!"是说我耍赖不肯还他的书。

……

所谓"君子之交淡若水",说的就是这样吧!

直到4月下旬的那个夜晚,惊闻沈总病重的消息,泪水决堤而下,我才知道,原来,君子之交,是醇酒如水吧?

我被自己的泪水吓到了!我原以为许多话,不需要说,因为岁月悠长,来日方长。但此刻我觉得必须说出来,立刻、马上,一秒钟也不能耽误!

我立即写了一个微信,知遇、感恩、感激、祝福、祝愿、祈祷,祝他早日康复,执棋突围。我按下发送键,不再有任何顾忌。斯时夜晚临近1:00。

完全不敢指望他能回复,他会回复!但是,第二天凌晨,一条短信照亮了整个世界:

"呵呵,最近遇上一头大怪兽,也只能与天斗其乐无穷。斗不过了,就爬到树上,用绳子绑住,不让肉掉下来让怪兽吃了。这是鲁迅教导的方法。疫情条件下,医院是不让探护的,心意我领了。"

我被他的幽默惹笑了。我不知道他是在怎样的情形下,写下这些字。一笔一画已是千山万水。一字一句已如千钧之重。而那头怪兽还暂时未将他吞噬。他依然有信心与怪兽作战。

我于是写下以下的话:

"恕我愚钝,不懂围棋。但我寻思,围棋之围在于突围,围棋之棋在于出其不意,围棋之魅力在于冲破层层重围,突围而出。沈总是围棋高手,相信你一定可以战胜怪兽突围而出,到时候我们为沈总举杯,不醉不归!"

可是,我再也不能为沈总举杯了!我只有将泛起的泪水,和着天竺山脚下洋洋洒洒的雨水,但见满目苍翠,仿佛青山依旧在。

沈总,沈艺奇先生也!才子!君子!读书万卷,遂有天下书卷!瘦骨清风,默然有神。

(詹朝霞,厦门市社科院《鼓浪屿研究》编辑部主任)

郎立斐先生

文质彬彬,然后君子。这句话形容本书作者,堪称贴切。真能静下心读书的人在当世已算罕物。读本书文字,可知沈艺奇读书之痴迷,涉猎之广博,思考之深邃,笔耕之勤勉。我认识沈艺奇的时候,他就已经是领导了。后来他调到我们单位,成为"顶头上司",偶尔交流,多是关于读书。有时他会在朋友圈发一些读书心得,现在想来那仅仅是他读书写作的冰山一角。他竟然能在应付官场、市场、舆论场的同时，还有心力读书写字，算是极为难得的事，这也正是他不同于别的领导之处吧。

有一次我们部门的一篇报道"惹祸"，直接影响了他"进步"。他也没有任何责怪，似乎并没有放在心上。办公大楼千把人，都认识他，他未必认识所有人，但是只要在电梯楼道遇到，他常常首先点头问好。读圣贤书，行仁义事。他骨子里还是书生本色，耽于书，游于艺，有书生的痴，也有书生的傲。

对于爱书的人来说，天堂就是图书馆的模样。他去的地方应该还会有书读，那么他就是快乐的。

（郎立斐，厦门广电集团首席编辑）

陈晓松先生

我和艺奇是大学四年的上下同铺、大学四年的对面同桌。我们之间的关系虽然从不亲密，但始终非常默契。

我们的寝室头两年在芙蓉四102，后来上楼搬到304。其他同学始终保持入校时安排的上下铺位置，而我和艺奇，则时不时会更换上下铺位，不依时令，但看心情。这样的调整，每次都应该是我的提议，而艺奇每次都是照例爽快答应。那是时代和个体激情同步澎湃共振的岁月，睡在上铺的人，难免会有点抒发激情的表现。此时，不管我们谁睡在下铺，只要用脚轻轻一顶，上铺的人马上就会平息内心的涟漪，阒然静默。

关于我们寝室的生活细节及趣闻，毕业之后由艺奇领衔其他同学加持，在"5460中国同学网"创作了一个"巴灵鸡系列"，洋洋洒洒，才情俱胜，机趣盎然，长时间都是我们同学的精神家园。其中，记得艺奇如此描述过我："每当此时，我那下铺的九江同学，总是从贴满伤湿膏的蚊帐里探出头来……"

我和艺奇除了同睡一张高低床，还共用一张八仙桌。桌子很简单也很方正，用桐油漆过的原色，只不过不是像普通书桌那样在桌面下方安装抽屉，而是一分为二对开把桌面直接翻起来。这样的好处是最大限度利用了储物空间，不方便的就是如果一方掀起桌板，就几乎挡死了对方的光线。但是，我们同桌四年朝夕相处，彼此都有长时间的伏案，从来没有为此产生过一点不愉快，这也是殊为难得。

不过，另有一事让我多年耿耿于怀，觉得对不起艺奇。我生性散漫不羁，走进大学时刚满16岁，正值青春叛逆期，为了不受管束便发誓不入团。后来，艺奇担任了班级团支部书记，我偶然才知道他有一个目标，就是要实现班级入团率达到百分之百。而他知道我的誓言后，对我表现出极大的容忍和尊重，从来没有直接或动员他人做过我的思想工作。只是没想到毕业两年之后，因为工作需要我不得不入团，所以才会觉得挺对不起艺奇的。

今年6月29日，是我们厦大1984届学生毕业38周年纪念日。38年过去，弹指一挥间！现在回过头来看，艺奇在很多方面都是我们大学生活的引领者。

艺奇见多识广，善于表达。我们班大部分同学都是来自小地方，上大学之前，没有坐过火车、没有说过普通话、没有和女同学说过话、没有戴过眼镜的，比比皆是。艺奇虽然也没有出过厦门岛，但他一直都是接受比较完善的教育，求知尚学、待人接物各方面都领先我们大多数同学几个身位。

艺奇毕业于厦门市第八中学，这是一所令他深感自豪的名校，因为我们听闻他每次提及母校的时候，都是"厦"字略有拖音，重音放到"八"字，"中"字短促带过，很有韵味地说出来，非常富有感染力，以至于我们好几位同学去中山路逛街时，要特意绕到厦八中门口瞅瞅。艺奇还经常提及他们一位名叫"彭一万"的老师，绘声绘色描述这位后来担任厦门市文化局长的老师执教多么多么的严厉，厦八中学生谈之色变。于是这样一句俗话在同学们当中流传开了，叫："不怕万一，只怕一万！"因为艺奇的能言善辩，我们在寝室内部赠送了他一个绰号"破嘴"，其中钦佩多于调侃，多年后他担任了厦门广电掌门人，我们更是觉得实至名归。

艺奇还有个绰号叫"沈艺怪"，这也是大家叹服他奇思妙想之多、活动组织之妙而赠送的。

大部分同学上大学之前，只见过象棋和军棋，等到大家相互熟悉以后，艺奇陆续从家里搬来了围棋和国际象棋，还开始教大家打桥牌。毫不夸张地说，我们班所有下围棋、下国际象棋、打桥牌的同学，都是厦门市围棋协会、厦门市桥牌协会沈艺奇会长的嫡传弟子。直到现在，有的身居要职的同学在忙碌的工作之余，难得的消闲，就是在网上下下围棋打打桥牌。艺奇还组织过我们寝室和秋雄他们寝室的多人围棋国际象棋联合对抗赛。因为我们得道既近又早便精，所以一顿功夫把隔壁寝室杀得片甲不留，后来再也不敢挑衅。

艺奇不光能言善辩，下笔同样有神。他很早便开始创作，和其他同学多是主攻某一文体不同，艺奇是全面开花，几乎无所不能。他写过一篇小说，标题和内容我全忘了，但开篇深深地镌刻在我脑海里，只有短短的四个字："海堤很长！"这看似平凡的四个字之所以能引起我强烈的共鸣，余音萦绕至今，正是因为当年从鹰潭过来的绿皮火车驶上厦门海堤的那一刻，我人生第一次在异乡看到了初升的太阳，在轰鸣声中穿过了那神往已久的斑驳闪映的大海。可以说，厦门海堤就是我人生的新起点，所以艺奇的一句"海堤很长"让我无限感慨。他特别用这四个字开篇，也自有其隽永的用意。

大家都记得，低年级时班上组织到万石岩野炊，每个寝室或小组都要出节目。艺奇便给大家导演莎士比亚名剧《李尔王》，他饰演李尔王，我的角色是勃艮第公爵。后来到了大三下学期末，同学们开始为毕业躁动，艺奇趁势而为创作了多幕话剧《告别城市》。他是一个注定一辈子都不会离开城市的人，却以告别城市为主题，隐约表达了内心的期许和不甘。这个剧本在同学们之间产生了很大的反响，班委会决定将它搬上舞台，所有的演职人员都由同学分工承担。剧组分派我做了"剧务"，具体的工作就是收集城市喧嚣嘈杂的声音。艺奇特别强调要有鸣笛，他从家里拿来那种板砖似的收录机，还配了一个话筒。我接受任务之后，用黄书包装着这玩意去了厦门火车站，进不去站台只能蹲在站外的铁轨旁。那时候通达厦门的火车不多，而且进站并不鸣笛，只是呼噜呼噜放气。嘈杂是录下来了，可主题不鲜明，艺奇审阅之后不满意。我只好每天中午——这个时候进出大门人少，不觉得害羞——

端着收录机蹲守在大南门,期盼那突突突冒烟的小四轮运砖车通过。因为录音效果继续可想而知的不理想,我的劳动最终付之东流,但我反而庆幸从艺奇身上学到了严谨和执着。不知道前三届学兄学姐有没有举办过这样的话剧专场演出,如果没有,那这场在建南大礼堂公演的《告别城市》,就是现在厦门大学文化品牌"中文有戏"的滥觞。

今天,艺奇化作一缕青烟升仙而去。这番,你不仅是告别了城市,更是告别了人间。痛风中的我特地穿上毕业30周年厦门大聚会你参与设计的T恤衫,择正午良时,拄杖长江匡庐间,东南向深深鞠躬,送别远行的你,师友兼具的沈艺奇同学!

(陈晓松,系作者厦门大学中文系8001同学)

林啟文女士

这几天满心悲伤,眼前时不时晃过跟沈艺奇同学交往的点点滴滴,断断续续写下此文,谨以此纪念沈艺奇同学。

记得刚入学时,我们在校园里面经常遇到沈艺奇。有时候他会跟我们打招呼,跟我们笑笑,有时候却理也不理我们,好奇怪的一个人。于是女同学开始叫他为"沈艺怪",再加上他的奇谈怪论,这名字就慢慢扩散开了。后来才知道,原来他有一个跟他一模一样的双胞胎弟弟,也在学校经济学院就读。

入学不久,我们在万石植物园野餐,几个女生走丢了,大家急得不行，到处找。后来还是被家在厦门，熟悉植物园的艺奇给找回来了。他满脸因着急而生气的样子，让女生们感到有点古怪。

当年厦大学生诗刊《采贝》在学生中非常流行，现在已成为各界大拿的许多师兄弟姐妹，当时都有作品发表在上面。我从曾在美国办报纸的7901师兄朱碧森的遗作里读到，艺奇前前后后可能有用几十个笔名在《采贝》上发表诗作，可见他的多产与"怪"。师兄在文中还揶揄道：他应该是中国用笔名最多的一位诗人。

那时候我也往《采贝》投稿，后来渐渐发现，我的习作发表出来已经被他们这些大才子提刀改得面目全非。在他们眼里，我或许根本就不会写诗，根本就没有诗歌方面的才能，只有一些没有什么深度的小女生清汤似的情感。我也就慢慢地不投稿了，但我仍然喜欢和他们一起玩，喜欢听他们酸来酸去。现在还记得离校前的一个晚上，与8001几个"诗人"在海边最后一次相聚。大家面对大海，吃着西瓜。沈艺奇忽然扭头对我说："你是不能离开家的，你是要想家想妈妈的。"一句话勾起我满腹心事，因为彼时的我正为自己选择去南京而忐忑不安。我记得当时鼻子一酸，难过了好久。

毕业后的第三年，我当时工作的学院让我去厦门招生。我先去福州见闺蜜和老同学，痛痛快快地和宋玉、欧阳玩了几天。去厦门公干前，我问宋玉、欧阳：厦门同学都很忙，我应该找谁？欧阳说你就找沈艺奇，她把沈艺奇的电话给了我。

我在招生点的集美住下后，就给艺奇打一个电话。他来招生点门口等我，陪我去厦大巫兄汉祥大哥的教师宿舍楼泡茶聊天待了一天，见到了少聪和芳昭。天很热，晚饭后我们到海边走走。老巫说着芳昭刷新房的趣事，还在海边买了一个西瓜。回来前遇上庄克华老师，她已显年迈，拉着我的手说了许久，直到老巫故意把手里的西瓜晃来晃去。回老巫宿舍，打赶猪牵羊打到半夜，饿了吃方便面充饥。打得他们惨败，让艺奇和巫兄连呼"芙蓉斗不过丰庭"。半夜听他俩在隔壁说着什么，还时不时地传来窃笑声。第二天一早，老巫一起床不吃东西就开始泡工夫茶，他们边喝边继续口伐。我好几年没这么喝茶，醉茶醉得厉害，难受得不行，让我生平第一次体验到了醉茶的滋味。

大约是1991年，他到北京出差，顺路在南京逗留了几天，也到无锡看了老同学。来前也不打招呼，出现在出版社我们编辑室门口时，第一句话便是："你怎么在这里了？"估计他是到我原来单位找了一圈后才摸过来的。

那一次他还跟我们编辑室的杨主任交谈甚欢。在我的鼓动下，杨主任同意我打开了我们编辑室的样书柜子，让艺奇选他喜欢的书。他特别喜欢我们江苏人民出版社的那套《海外中国研究丛书》。后来这套丛书陆陆续续出版的样书，我都寄一本给他。从此也就有了我们的关于书的信件交流。后来一次我去厦门，和艺奇及几位厦大爱读书的师兄弟姐妹见面，聊了许多关于书的话题，特别是《海外中国研究丛书》。我当然不会白送书给他们，趁机请他们读了以后有什么想法和一些技术性的如翻译、校对之类的问题要及时指出，这样在再版时可以修订，因为这套书重版率很高。作为出版社的编辑，能拥有优秀的作者群、读者群是件多么幸运的事。可惜我在出版社没待多久又开始漂泊了。他对我远行的祝福是，希望我做一粒幸福的澳洲葡萄，让同学们望洋发酸。

那一次老主任几乎把我们编辑室最好的样书都让他选走了（那时候我们多编学习材料，没多少好书），不知道有没有哄他来出版社工作的意图？我还托他带了一本《如何给孩子起名字》送给新婚的大哥巫汉祥。得到的反馈来信是新婚夫妻对这个礼物不怎么感冒，还加着他的风格评论：取名字要什么学问？名字不过是个符号而已。信末照例落有他龙飞凤舞的签名。我也回击：我当然知道你们这些学问人不需要这么一本书，这是一份祝福嘛，你难道不知道？！

那时候的他还闲云野鹤似的。市委宣传部那点活计让他有时间读书积累，走到哪都要看看当地的历史文化。我给他安排住我们出版社的招待所。本来是要抽空陪他去夫子庙和南京博物院逛逛的，但出版社临时有一个加急任务，我只好给了他一张我们出版社出的旅游图，让他自己转去。晚上我和他一起乘公共汽车回我家，到市郊那个在五楼、屋顶发着霉、两家挤在一起的蜗居里吃晚饭。我带回去一条鱼，我和经济学家都不怎么会做。艺奇说他从小就帮父母做家务，7岁开始就会烧鱼。我相信这是实话，他们双胞胎，父母哪忙得过来？他自告奋勇下厨房做清蒸鱼，我做排骨汤。他把我家的各种油都加在鱼盘里，麻油豆油菜油，好像猪油也放了一些。蒸出来的鱼，他动了一筷子，我们也动了一筷子，就再也没有人动第二筷子了。倒是排骨青菜豆腐汤我们吃掉一大锅。他边吃还边和经济学家一起调侃我，说让我第二天去上班，把那条鱼带到单位去当午饭。我把这个故事讲给其他同学听，大家哄堂大笑。一向是他取笑别人，总算有了取笑他的话资。

后来在5460中国同学网还有过一场和艺奇关于诺贝尔文学奖的口水战，待以后分解。

20世纪八九十年代的中国，物质条件不好，交通工具多是公交车和自行车，同学之间的感情却那么朴实真诚。我们守着不成文的规定：来不一定接，走一定会送。那一次我送艺奇从南京西站上车回厦门，上车前聊了许多厦大老师近况。

2014年，我回去参加毕业30年相聚。在那次短短三天的聚会里，有一次和艺奇同坐在一排大巴座位上，东南西北不记得叨叨些什么。还有一次是同坐在饭桌前啃螃蟹腿。那一次感觉他健康状态很好，精神愉快而轻松。语言没有那么尖锐，更有兄长风范，忍不住对他说他现在有点不一样了。那种温馨美好的时光却再也不会有了，2024年转眼就要来到，毕业40年相聚他要缺席了。

艺奇上次来澳洲，没有安排堪培拉的行程，只是在几个大城市转转。他在悉尼打电话问我有没有时间过去。不巧那天有一个面试，我说这次不方便，等大家退休了有时间了，找同学一起我们出去自驾游。他在悉尼转了一圈后，给我发了一个信息过来："悉尼歌剧院不过是几只在海边打着哈欠的癞蛤蟆。"我们家经常聊起他这句话，每次我在歌剧院漫步的时候想起"打哈欠的癞蛤蟆"都忍不住笑起来。

2017年我们回国探亲，在老同学的安排下，在武夷山玩得很开心。我们选择从福州拐去厦门转机回江苏婆家，只有大半天的时间在厦门，去探望独居的90多岁的中学时代的师母。艺奇来电话问有没有时间厦门同学小聚一下，我说我们从师母家就直接去机场了，只好下次再见了。

总以为年富力强，来日方长，再加上现在交通通讯发达，再见很容易很方便，没想到有时候一转身就是永别。

最近一次和他单独聊天是去年年末圣诞前后，他说他对儿子就像对待小时候的自己。字里行间满满的舐犊之情。

后来，他越来越少在班群里发言，我当时想可能是他太忙吧。

我了解一些他的脾气。记得有一次和他一起吃饭，当时他的牙龈出血很厉害。我劝他去好好体检一次，用中医什么的调理一下能强身健体治小病，没准还能防大病。他反过来讥讽我：这次回来怎么变成了医生了？不是医生胜似医生。我只能翻翻白眼。

没想到这回真的是生了大病，而且是现代医术无法挽回的病！只有极少数同学知道他生病的消息，因为他不想麻烦同学朋友。噩耗一出，似晴天霹雳，同学们都无法接受这样残酷的消息。

万事如棋，始终笑谈人间胜负局。

一生数笔，从来淡写世上功名剧。

大家都认为这挽联是对艺奇人生的最恰当的概括。据说是他的弟弟写的，真的是一门两才子。

才子、君子，有趣的灵魂，是同学朋友对他的评价。做了多年厦门广电的掌门人，事业有成，妻贤子孝，人生赢家，生命有足够的厚度。

艺奇同学从政、读书写作、围棋桥牌等方面的造诣，其他同学朋友都已经写了。但在我的心里一直有一种遗憾，若是当年他直接去了新闻部门，若是他没有为官，是不是文字方面会有更高成就，会不会给我们留下更多的精神食粮？

当年读书的时候他就是诗歌、小说、剧本无所不能。他答应我们同学：等他退休后，他要公开他的朋友圈。我们也都一直期待着他的读书笔记"天下书卷"。如果上天能给他多点时间，退休以后重归初心，以他这么多年的积累，可以轻易展开另一个天地。

艺奇同学亦师亦兄亦友，我很庆幸曾经和他同行过一段路。感谢艺奇同学的帮助、教诲、理解及他那特有的沈氏语言给我们带来的乐趣！

（林啟文，系作者厦门大学中文系8001同学）